U0924492

打火机与公主裙

Twentine 著

青岛出版社
QINGDAO PUBLISHING HOUSE

图书在版编目（C I P）数据

打火机与公主裙 / Twentine著.--青岛：青岛出版社，2017.3

ISBN 978-7-5552-4763-0

Ⅰ. ①打… Ⅱ. ①T… Ⅲ. ①长篇小说－中国－当代 Ⅳ. ①I247.5

中国版本图书馆CIP数据核字(2016)第248787号

书　　名　打火机与公主裙

著　　者　Twentine

出版发行　青岛出版社

社　　址　青岛市海尔路182号（266061）

本社网址　http://www.qdpub.com

邮购电话　010-85787680-8015　13335059110

　　　　　0532-85814750（传真）　0532-68068026

责任编辑　那　耘

责任校对　耿道川

特约编辑　李文峰　孙小淋

装帧设计　千　千

照　　排　梁　霞

印　　刷　三河市鹏远艺兴印刷有限公司

出版日期　2017年3月第1版　2021年7月第6次印刷

开　　本　32开（880mm×1230mm）

印　　张　11

字　　数　230千

书　　号　ISBN 978-7-5552-4763-0

定　　价　36.00元

编校印装质量、盗版监督服务电话　4006532017　0532-68068638

建议陈列类别:畅销・青春小说

目 录

C O N T E N T S

打火机与公主裙

Chapter 01

打火机与公主裙

“再检查一遍行李。”

朱韵一语不发地听从母亲的话，将行李箱再次打开核对物品。

“带齐了吧？”

“齐了。”

母亲满意地点头。

终于进行到下一步。朱韵被母亲拉到身边，一下一下地顺着肩膀，像是在捋羊毛。

“到学校要马上联系家里，知道吗？”

“嗯。”

“妈妈真想直接给你送到学校。”

“不用了，开学了你跟我爸那边也忙，我自己去就行了。”

母亲一脸担心。

朱韵：“反正也不远，都在一个省。”

母亲叮嘱：“跟老师同学好好处。”

“嗯。”

“我再谈几点需要注意的地方：第一，不管什么情况下，都不要搞特殊化，以免被欺负；第二，一定要和室友处好关系，你们是要在一起住四年的；第三……”

"我知道的，知道的。"

趁着母亲还没展开论述，朱韵频频应声。

检票口只剩她们母女俩了，母亲眼眶发红，摸了摸朱韵的头发："要乖乖的，你是妈妈的骄傲。"

挥手告别。

拉着行李进站台，朱韵深吸气，心情平复之后，一身轻松。

她扛着两个大箱子上车，四个小时后，又扛着两个大箱子下车。

朱韵不是第一次来到这座城市，也不是第一次来到这座学校。作为全国数一数二的名校，又离家不远，这里很早就被朱韵父母列为高考第一志愿。

学校还有一位教授是父亲的好友，听说年前脑出血死了。

报到日。

学校格外热闹。

不愧是名校，新生一个个英姿勃发，不管唇线抿得再如何保守矜持，眼神里的热烈还是无法抑制。与之相比，学长、学姐就淡定多了，研究生院的老油条更是行动迟缓，目中无光。他们耷拉着眼皮，看着眼前的菜鸡扑棱着翅膀东奔西走而无动于衷。

朱韵将行李搬到寝室时，里面已经有一个人了。

朱韵以前有个朋友喜欢化妆，拜她所赐，在朱韵浅薄的意识里，所有会化妆的女孩都被归类为美女。按这个标准，里面拿镜子这位该是个绝世美女，她的妆面浓得就像生日蛋糕。

蛋糕女听见有人进来，转头看。四目相对，朱韵露出善意的笑容："你好，我叫朱韵。"

蛋糕女上下打量着她。

烟熏妆并没有把白眼仁涂上，被这么直晃晃地看着，朱韵的笑容有点维持不住。

"我叫任迪。"蛋糕女终于自我介绍。

然而……到底是多少年的老烟枪才能造就这样沙哑的嗓音?

朱韵脑袋混沌，不知所措。

"那个……"就在这时，身后传来声音。

朱韵回头，一个戴眼镜的女生看着她与任迪，说："我们应该是室友吧？你们好，我叫方舒苗！”

又是一轮自我介绍。

任迪话很少，浓妆之下的脸显得非常冷淡。

情有可原，你能指望一块蛋糕有什么表情?

朱韵想尽一切办法才勉强维持场面不冷。好在方舒苗很活泼，她一边聊，一边从箱子里掏出干果：“家乡特产，你们尝尝吧。”

朱韵道谢，把母亲事先准备的肉干分了。

可能是班里女生比较少的缘故，她们没有等到第四个室友。客客气气地聊了半个小时后，朱韵提议说：“时间差不多了，我们去领军训服吧。”

方舒苗也想起来：“对啊！下午还有班会。”

大学第一次班会，见班主任和其他同学，还是很重要的。

夏日的午后，燥热难耐。

排队排了十几分钟，前面还没有要动的趋势，一条长龙直直地伸到体育馆里面。

朱韵准备齐全，从包里掏出伞：“你们也来打吧。”

“谢谢。”方舒苗钻进来。

“任迪？”

“我不用了。”任迪本来站在后面听歌，被朱韵打断后，干脆扣上手机，冲前面大喊：“到底发不发了？”

朱韵和方舒苗同时被吓了一跳。

名校学子素质普遍良好，大多数时间里都轻声细语、规规矩矩。此时小鸡崽初出茅庐，激动的心情无法抑制，被任迪这么一嚷，队伍也跟着躁动起来。

“就是啊！”

“还发不发？中暑了要！”

“晒晕了！”

群鸡咆哮。

喊了一会儿，体育馆里面终于出来个满头大汗的负责人：“别急！叫到名字进来领！都能记住自己的学号吧？”

大家纷纷低头翻看刚拿到手的学生证。

负责人手持一张破烂名单，仰脖吼：“先是计算机系！应用技术一班！一号李峋！”

朱韵欣慰，能少晒一会儿了。

“一班一号！李峋！”

没人应。

负责人声嘶力竭：“李峋！李峋在不在？有没有这个人？李——”

“到。”也不知道从哪儿冒出来一道走马灯似的应答。

朱韵一愣，觉得这声音好干净。

这种清澈的、底蕴十足的、又因长时间日晒而松散发软的声音，在午后的校园里辨识度非常高。

果然学校好，苗子也好。

朱韵欣慰地想着，慢慢回头，然后被震得五内俱焚。

其他人也被吓住了，随着那人走上前来，队伍从中间劈为两半，犹如摩西分海。

等他消失在体育馆尽头，鸡群又炸开了锅：

“我×，这么拽？”

“谁啊那是……”

“学校让这么染？”

……

“哎，看见没有？”方舒苗推了推朱韵，“一头金毛啊！”

看见了。

怎么可能看不见，晃得像电灯泡一样。

朱韵的父母都是老师，她从小就跟各种各样的学生打交道，但就算是在再破的学校里，她也不曾见过顶着这种纯度发色的学生。

朱韵环顾四周。

比起高中，大学要自由很多，染发的学生也不少。但毕竟理工学校偏保守，普遍染棕色、栗色，最多漂个闷青，像这种在阳光下金到发白的头发，绝无仅有。

这人叫什么来着？

李峋。

染这么金干吗？装太阳？

在朱韵思绪翻飞的时候，李峋领完军训服出来了。

大家都不约而同地闭嘴看风景，用余光扫视。

他穿着普通的棉质灰色短袖，因为热，袖子被撸到肩膀上，露出臂膀流畅的线条，有着年轻人独有的消瘦感。他步子很大，出来之后没跟任何同学一路，径自离开。

他与朱韵擦肩而过。

个子很高，脸很窄，人很困——这是他给朱韵的第一印象。

“哼。”一声轻哼打断朱韵的思绪。

朱韵侧头，看见任蛋糕手臂抱在胸前，正眯起眼睛盯着李峋离去的方向，脸色不善。

这是她出场后第一次露出表情——挑左眉毛，撇右嘴角，眼珠子斜靠。暂且先算是冷笑吧。这种表情一直持续到李峋身影消失于视野，然后她沉吟数秒，淡而清晰地吐出两个字——

“嚣张。”

朱韵心说，你们真是棋逢对手。

领完军训服，学生们陆陆续续往教学楼走。

“哎，图书馆！”方舒苗拉住朱韵，指着不远处一座建筑。

通常来讲，学校图书馆基本可以反映整所学校的学术氛围。方舒苗往里望，黑压压的一片，她兴奋地说：“好多人！真棒！”

是在发新书吧。

教学楼的楼道里挤满了新生，像菜市场一样。

朱韵三人顺利找到自己的班级，在偏角处坐下。过了一阵，同学慢慢到齐，大家都跟自己的室友坐在一起，有一句没一句地聊着。

然后，某一刻，屋里静了一瞬。

朱韵下意识地回头，果然是李峋，他坐在她斜后方。待她想仔细看看的时候，上课铃响起，朱韵本能地转身面向讲台，一条走廊都静下来。

没过多久，一个中年男教师进教室。他个头不高，脑袋溜圆，来到讲台上，先冲大家笑了笑：“同学们好啊。”

底下稀稀拉拉地回应：“老师好——”

老师搓搓手：“我先自我介绍一下啊，我叫张岱，是应用技术一班的班主任，也是大家高等数学课程的任课老师。”

张老师是显而易见的学术型人才，履历金光闪闪，却极其不擅表达，磕磕绊绊地烘托着班级氛围。

“这样吧，大家也做一遍自我介绍，让老师认识一下，也跟其他同学都熟悉熟悉。谁想先来？”

死一样的沉寂。

张老师抹抹头上的汗：“那个……要不，咱们还是按学号来吧。”

学号？说起来，我班一号……

斜后方站起来一个人，从朱韵身边晃过去。他往讲台一站，顿时显得人民教师的形象更加矮小了。

朱韵定睛，这次终于可以光明正大地看他的脸了。

凭良心说，有点帅。只是那头发……

离得近了，朱韵看出他还喷了定型胶。

用就用，你好好使呗。不！一头短发被他抓得乱七八糟，说好听点像一片荒芜的野草，难听点就是用龇了的笤帚。

下面的同学包括朱韵在内，都隐隐期待着张老师的发言。

张老师不愧是见过大世面的人，只是微微一顿，很快就释然了，转头对大家说：“对了，我们班本省考生不少吧？”

“嗯……”

很多人都开口，朱韵也跟着点头。

张老师又说：“这位是今年的理科状元，大家还不知道呢吧？”

一个大写的What（什么）出现在朱韵脑海里。

状元？

说起来，今年放榜的时候，理科状元确实没有被报纸报道。当时她还有点奇怪，可毕竟不是自己的事，一想一过也就算了。

所以，现在的情况是……全省考生都输给这个“杀马特”了？

朱韵有点胃疼。

张老师拍拍李峋臂膀：“来，自我介绍一下吧。”

全班鸦雀无声。

他黑眼圈很重，一看就是严重缺觉，张老师的话让他勉强打起一点精神。

“我叫李峋。”

又是那干干净净的声音，不高不低，稳妥得像是用上好的木材在寂静的庭院里相互敲击。

大家都在等着下面的发言，而他似乎没有想好下半句要说什么，思忖了几秒，然后恍然，露出一个群嘲的笑容——

“是今年的高考状元。”

台下十几个本省考生心里不约而同飘过两个字——

我×！

事实证明，话不在长，有力则行。

整一轮自我介绍结束后，朱韵发现留给她印象最深刻的还是一号选手。

“你感觉怎么样？”身旁的方舒苗小声问朱韵。

“嗯？”

“那个李峋。”

朱韵保守地说：“挺有个性的。”

“老师不会允许他染这种颜色的头发吧？”方舒苗皱眉说，“都成年人了，还搞什么叛逆啊！我妈妈从来不让我跟染发的男生来往。”

那你还好。朱韵心想，换作是她母亲，看到这样的学生会直接给校长写信，呵斥不正风气。

朱韵不经意地看向李峋那里。

他懒散地靠在椅背上，似乎还有些困，眼皮半耷拉着，连呼吸都很慢。似乎这种特立独行的人到哪儿都格外引人注意，尤其是他还顶着“状元”的名头。在自我介绍结束后的休息时间里，李峋身边聚集了几个同学，大家很客气地同他聊天，想要增进了解，可他看起来并不是很感兴趣。

啧啧啧。

之后张老师又讲了一会儿，大概介绍了整个专业的课程内容、未来的就业趋势以及科研发展方向。

朱韵注意到，方舒苗从自我介绍环节结束后就一直闷着头往小本子上写着什么，不时停笔蹙眉，嘴里念念有词。

“那么，我就先说到这儿了。”张老师终于结束了自己冗长的发言，“下面我们进行最后一项——班委会选举，希望有想法的同学踊跃参与。我们先从班长位置开始选，哪位同学……”

方舒苗背得差不多了，扣上小本子，一脸严肃地举起手。

见到这么快就有人配合，张老师明显松了一口气："这位是方舒苗同学吧？来，上前面来吧。"

方舒苗落落大方地走到讲台上，清清嗓子："大家好，我叫方舒苗。大家现在可能还不熟悉我，但没关系，以后相处的时间还长，大家可以慢慢了解。"

方舒苗开始了潇潇洒洒近五分钟的演讲。

"……以上就是我竞选班长的发言，希望大家都能给我投出信任的一票，请大家支持我，谢谢！"

班主任带头鼓掌，大家也回过神，掌声噼里啪啦。

张老师："还有没有其他同学想要竞选班长？"

听了方舒苗教科书般的竞选演讲，所有人都蔫了，张老师连着问了几次也没人应声。

于是方舒苗顺利上位。

"班会结束之后来一趟办公室，最好再带个同学，有一些材料要发下去。"张老师嘱咐方舒苗。

回到座位上，朱韵给方舒苗比画一个大拇指："好棒啊！"

"谢谢！"方舒苗说，"对了，等下你有空吗？"

"有啊。"

"陪我去一趟老师办公室行吗？好像要拿点东西。"

朱韵点头，点到一半想起什么，回头。

任蛋糕从李峋自我介绍结束后就对班会全无兴趣了，一直低着头听歌。

朱韵轻轻戳戳她。

"干什么？"

"等下我陪方舒苗去老师办公室，你一起吗？"

任迪冷淡地看着朱韵："我为什么去？"

"……"

班会结束。

在教学楼门口，朱韵又问了一遍任迪，得到的还是同样的答复。

"算了，我们自己去吧。"方舒苗小声说，"她不想来，就别叫她了。"

终于在路口分道扬镳。朱韵看着任迪离去的身影，心有戚戚。这才第一天，就搞成这样，那往后四年，岂不是无论如何都不能和谐度过了？

朱韵和方舒苗忙活了一下午，去食堂吃了晚饭。等她们回来的时候，在寂静的楼道里隐隐听见音乐的声音，好像是从她们的寝室里传出来的。推开寝室门，任迪抱着一把吉他坐在床上。

“哎？你会弹吉他啊？”朱韵反手关上门，仰脖说。

任迪从她们进来后就把吉他放到一边了，听见朱韵问话，随口嗯了一声。

朱韵赞叹道：“真厉害啊，我什么乐器都不会。”

“还在学，弹得不好。”

难得有了话题，就在朱韵打算再进一步的时候，门被敲响了：“有人在吗？”

“谁啊？”

“我是学生会的，问点事情。”

朱韵把门打开，外面的学姐一手拿本，一手拿笔，好像在记录什么。

“学校让统计一下，你们寝室有信教的吗？”

朱韵回头看看，方舒苗摇头：“我不信。”

任迪从床上探头出来：“有什么说法吗？”

学姐有些奇怪：“说法？”

“比如信什么教可以不上早晚自习什么的。”

众人：“……”

朱韵很想把这句话归结为任迪独特的幽默感，但看她的神情，明显不是。

学姐用圆珠笔搔搔脸：“这个……好像没有吧，之前都没有先例。”

任迪很快失去了兴趣，缩回床里。

朱韵忽然觉得有点好笑，转头：“那我们寝室就……”

“你不信吗？”

朱韵一愣：“什么？”

学姐离她很近，指了指她的领口。

她低头，发现十字架的项链不知什么时候露了出来。

“啊，这个……”朱韵把链子收进衣服里，“就是个装饰品而已。”

学姐点点头，往下一间去了。

军训开始了。

八月份的太阳，大得吓死人。今年的天气也不知道是怎么回事，热得人睁眼睛都费劲。仅一个上午的时间，不只新生累得汗流浃背，连教官都有点受不了了。

“队伍拉到树荫下面，休息一下！”

大家码成一排，坐在路边。朱韵被晒得迷迷糊糊，方舒苗扑通一下坐到旁边，朱韵一个激灵，醒了。

“累死我了，班级要整理的材料好多。”方舒苗脸通红，眼睛里热得都透出血丝了。她拿起水壶，发现已经没水了，哀号一声。

“辛苦你了，我去买水。”

“不用不用！”

朱韵晃晃自己的瓶子：“正好我的也喝完了。”

自动售货机在实验楼后面，朱韵绕过两个弯，一抬头，瞬间停住脚步。

李峋那头毛实在太好辨认了。

他似乎也是来买水，顺道抽根烟。

过去吗?

……还是算了，完全不知道要如何打招呼。朱韵决定等他把这根烟抽完再去。

三四分钟后，李峋掐了手里的烟，往回走。朱韵碎步调整位置，永远站在他与树连接的延长线上。等李峋离开，朱韵才过去买水。直到拿到水的一刻，朱韵才察觉自己已经口干舌燥。她一边往外走，一边拧瓶盖。

为了方便通行，实验楼的一层是打通的，可以直接穿过去。朱韵抄近路从里面走，结果刚踏进去，就看见李峋站在十几米开外的地方，正跟一个女生说话。

朱韵闪身到一旁。

“那个，我能留一下你的联系方式吗？其实报道的那天我就注意到你了……”

朱韵的瓶盖还没拧开，在心里抱怨：这也忒紧了。

“抱歉，我暂时没有这方面的想法。”

让我喝水，我要喝水。

安静了。

朱韵的瓶子也顺利拧开了，她大口大口地灌了半瓶，总算是活了过来。往外看了看，那女生已经离开，李峋也正准备回训练场。结果没走出三步远，又一个女生远远跑过来，朱韵只能再次缩回角落。

“开学那天我就看见你了，能给我你的联系方式吗？”几乎一模一样的发言。

“手机拿来。”

……

朱韵从水泥墙后面慢慢探出头。

不出所料，这个比刚刚那个漂亮许多。一个能把土得掉渣的军训服穿得风情万种的女生，朱韵只扫了一眼就判断出这种水准肯定不是出自计算机系。

真是威名远播。

朱韵不知道有多少女生来找过他，也不知道有多少女生入了他的“法眼”，顺利留下电话号码。反正军训进行到一半的时候，已经有个新闻学院的学姐每天跟他一起离开，而到了军训后期，学姐不见了，他身边换了一个不管风吹日晒都坚持来给他送冰豆浆的女生。

另一方面，与朱韵起初预料的差不多，在初次释放的善意没有得到充分回应后，大多数同学选择放弃与李峋交朋友，朱韵也听闻了一些他们背后关于李峋的评价与传言。

不过让朱韵有些感慨的是，大学到底与初高中不同，人都成熟了很多，在面对异类的时候，就算心里再不舒服，大多也会选择井水不犯河水。

抑或是名校学子智商高，在摸清对手底细前，不会轻易翻脸?

谁知道呢。

总之，在经过了一番莫名其妙的余热后，九月来了。

学校正式开学了。

Chapter 02

打火机与公主裙

方舒苗拿着学生名册站在讲台上点名。

不出意外，包括任迪在内的几个“困难户”再一次逃了早自习。方舒苗点名点到最后，已经眼泛泪花。班级早晚自习的出勤率直接挂钩班委工作业绩，对于有心想要竞争学生会席位的方舒苗来说，至关重要。

奈何此班奇葩太多，方舒苗上任三天，脸上已经开始爆痘了。

除了朱韵，没人关注台上的班长，大家都在埋头苦学。尤其那个角落里的高数课代表吴孟兴，简直就要把脸贴在高数书上了。

朱韵着实有点奇怪。

高等数学到目前为止才上了一节课，张老师在课上主要讲了三点——

“高等数学”学什么；“高等数学”课的要求有哪些；怎么学好“高等数学”。

不过好学生自我要求高也正常，提前预习无可厚非。朱韵端正心态，也翻开书看了起来。

中午吃完饭，方舒苗去开会，任迪不见踪影，寝室只有朱韵一个人。屋里太静，静得她晒着太阳迷迷糊糊就睡着了，睁开眼睛的时候已经迟到。

班主任的高数课。

朱韵顶着睡成鸡窝的头发一路狂奔，心里祈祷千万别点名。

课堂上，张老师正在介绍微积分。

朱韵做贼一样猫着腰，趁老师回头看黑板的时候，小心翼翼地从后门溜进去，就近坐在最后一排的角落里。

她气喘吁吁地问旁边的同学："点、点、点……"

"没。"

……这声音？

朱韵拨开自己睡乱的头发。

李峋。

她进屋时头压得太低了，根本没有看到是他。

"谢谢。"她小声说。

李峋没有应声。

对于刚刚经历了"黑暗"高三、做过无数变态题库的新生来说，高等数学的入门课程很简单，几乎都是常识性的知识。简单的课程内容让朱韵有更多的时间分散精力关注其他的事，譬如，她发现身边的人此时非常专注——虽然他专注的点也不是讲台上的张老师。

其实包括刚刚朱韵问话的时候在内，李峋自始至终都没有看她一眼，他的全部注意力都在自己腿上——那里放着一台十一二寸大小的笔记本电脑。

朱韵不能明目张胆地看过去，不知道他具体在干什么，只听到他在不停地敲击键盘，速度奇快。

是不是该垫张膜啊……朱韵心说，你敲得这么旁若无人，很容易被发现啊。

前方张老师叫课代表回答问题。

吴孟兴可能是早上学得太猛，导致午后困顿，被叫起来时紧张得话都说不完整："那个……就是，就是……"

吴孟兴脸涨得通红，盯着书，头也不敢抬。

在安静的几秒钟里，教室后方那隐隐的、富有节奏感的敲击声越发明显了。

在全班都回头看过来之前，朱韵轻轻咳嗽一声。

毫无作用。李状元显然已经进入浑然忘我的境界。

可能是遇到了什么瓶颈，李峋眉头蹙着，下手更加用力。前面吴孟兴还僵着，张老师好声好气地道："别紧张，叫你起来就是精神精神。大家也是啊，下午第一节课最容易困，坚持一下。"他顿了顿，往后看："那个……李峋同学，你来回答一下吧。"

被叫到名字还没反应，朱韵犹豫着要不要正式提醒他，李峋另一侧的同学已经开口了："喂，叫你呢！"

他在桌下踢了李峋一脚，李峋总算抬头。

那同学极快速地用只有最后一排才能听见的声音对他说："课后练习第六题，分解复合函数。"

书一直都是摆好的，李峋往下瞥了一眼。

那位同学接着说："从外往里分，第……"

李峋把笔记本放到地上，起身。

随着他站起，一股香味被带了起来……

朱韵轻轻一吸，沐浴露？

"y=2u，u=−v2，v=sin w，w=3x。"

好像是薄荷香。

"正确，请坐。"张老师满意地说。

课代表的后脖子都红成麻辣味了。

李峋坐下，旁边的同学有点兴奋地说："好快啊。"

高见鸿。

朱韵对他的印象停留在军训期间，那时方舒苗被各种杂务摧残，实在分不开身了，便找同学帮忙跑腿，高见鸿答应了很多次。

他是个阳光爽朗的男生，在班里很受欢迎。

李峋的思路被张老师的提问打断，看起来也没有继续下去的心情了。他扣上电脑，跟旁边的高见鸿聊了起来。

下课铃响。

朱韵抱着书本，与身旁的李峋同时起身。她下意识地停顿……

您先走。

她跟在李峋和高见鸿身后，离开教室。走廊里挤满了下课的学生，她抬头看，李峋的身高和黄金后脑勺在人群里极为突出。他单臂夹着电脑和书，一手揣在裤兜里，消瘦而修长。

方舒苗回到宿舍，见屋里只有朱韵一个人，顿时脸就垮了。

"怎么办啊？"方舒苗搬着凳子来到朱韵身边坐下。

"我要愁死了。"方舒苗抱着朱韵的手臂诉苦，"他们是有多不喜欢上自习，他们是怎么考上这所学校的？"

“你先别激动。”

“我怎么能不激动？你看看我班这出勤率，我要完蛋了！”

“……”

方舒苗上火上得嗓子都哑了。

朱韵给她出主意：“要不你跟张老师谈谈？”

“有用吗？”

“让他找他们聊聊，毕竟老师嘛，肯定威慑力强一些。”

“有道理。”方舒苗跃跃欲试，搬着凳子回去了。

手机震起来，朱韵掏出一看，是母亲的电话。她拿着手机离开寝室，到走廊尽头的阳台接听。

母亲照常嘘寒问暖：“课紧张吗？”

“不紧张，才刚开学。”

“老师怎么样？”

“挺好的。”

“要听老师的话，不要让妈妈担心。”

“我都多大了，我乖不乖，你还不知道吗？”

母亲在电话里温柔地笑：“知道知道！对了，同学都怎么样？”

呃……

朱韵条件反射地想起了蛋糕女和金毛怪：“还都挺有性格的。”

“有性格？”

朱韵为免母亲开始长篇大论，转移话题说：“对了，我们班的班长跟我一个寝室，是个很好的女生。”

母亲果然顺利被带跑：“那你要好好跟人家相处啊。”

朱韵把方舒苗忧心学生会选举的事跟母亲讲，不过当中涉及的具体人物被她一句带过。

“你要帮她啊。”母亲听完了说，“她是个好孩子，你有能力的话就尽可能帮帮她。哪有刚上学就开始逃课的，太不像话了。”

“……嗯。”

母亲郑重其事地说：“很多学生都把高考当成终点，这是很错误的观念，大学才是真正传授立身根本的地方。这不是结束，甚至连中哨站都不是，绝对不能掉以轻心。”

“嗯。”

貌似是另一个方向的长篇大论，朱韵换了个姿势拿手机。

母亲条理清晰地发言二十几分钟后，总结说：“好了，虽然认真念书很重要，但也要注意劳逸结合，多出去逛逛，别总待在屋里。”

“嗯。”

朱韵刚准备说结束语，母亲又开口：“还有，你们还太小，没有接触过社会，价值观很不成熟。千万不能拿无知当成乐趣、拿无礼当成性格，知道吗？”

“……”

以为一句话能把话题转移，自己还是太天真了。

放下电话，朱韵刚好跟外面回来的方舒苗碰了个头。方舒苗满头大汗跟朱韵说自己跟张老师的沟通结果：“张老师的意思是让班委先接触一下，如果没效果再让他来说。他说毕竟刚开学，直接让老师去跟学生谈，太正式了。”

朱韵点点头，然后就看到方舒苗一脸期待的表情。

“……”

方舒苗拉住朱韵的手：“救命。”

朱韵参考了一下刚刚母亲的话，说：“也行，你让我去找谁谈？”

方舒苗：“最难的就是那俩咯。”

“都让我去？”朱韵一头汗。

方舒苗：“那你选一个。”

“任迪。”

方舒苗深吸一口气：“那我去找李峋。”她悄悄告诉朱韵：“刚刚我看见任迪了，她在操场。”

朱韵往阳台外望去，天色渐暗，远处的操场一片漆黑，像吞人的猛兽。

“我去看看。”

朱韵在楼下买了两杯奶茶，准备等会谈心用。

一天的课都上完了，大批学生向生活区的方向走，朱韵逆行在青灰色的水泥路上。

操场被高大的铁丝网围着，朱韵绕到入口处，一抬眼，看见了两抹身影。

按理来说，这么暗的天色下，很难看清什么，可架不住有个人走哪儿都喜欢带电脑。

操场上零星有些锻炼身体的人。中央是足球场地，本校的足球场质量不高，草不新，甚至有些荒凉感，被很多爱踢球的同学抱怨过。

朱韵倒是觉得这里不错。设想哪天一对情侣坐在这片荒草地里，一同看没有星星的夜空……这种永久且过时的文艺范，还挺吸引人的。

然后，现在——

朱韵回过神。

两个目标人物都在前方。

上，还是不上。

这是一个问题。

做了两分钟心理建设，朱韵上前。刚巧任迪往外走，两人撞个正着。然后，任迪就那么背着吉他，径自从朱韵身边走过去了。

朱韵：“……”天太黑了？

“任迪？”她试图叫住任迪，但对方的注意力完全没在这儿。任迪从黑暗的角落里拖出一辆电瓶小摩托，骑上去，一溜烟就不见了。

这就很尴尬了啊。现在目标人物只剩一个，朱韵内心很想掉头，但想起方舒苗沙哑的嗓音和母亲的谆谆教诲，站了几分钟后，朱韵还是决定硬着头皮顶上去。

“那个……”

李峋这次没有沉浸在自己的世界里，听见声音，看过来。他的额头因为抬眼的关系，压出几道浅浅的纹，眉眼和发色在屏幕冷光的映衬下，平添凉意。

后悔了……

后悔了，后悔了，后悔了！

她就应该直接回寝室，独自享用两杯奶茶。

“干什么？”李峋问。

朱韵胃里直抽筋，先自我介绍说：“那个，你好，我叫朱韵，我们是一个……”

“什么事？”

朱韵尽量平复心态：“是这样的，学校最近查出勤，早晚自习……”

李峋低下头，接着敲键盘。

“……”你能不能让人把一句话说完？

朱韵好声好气地说："因为刚刚开学，所以老师盯得很紧，现在班长也很犯愁，她不想给你们报上去，一直都瞒着，但如果……"

面前忽然多了一物。

话又没说完。

李峋坐在草地上，单手举着电脑，另一只手从兜里摸出烟来，点着。

吹口气，他冲朱韵说："拿着。"

嗯？

"拿着。"

朱韵把奶茶放到一旁，双手捧着电脑。

屏幕上是一个编译器。

"按回车。"

"啊？"

"你听不明白人说话？"

"……"朱韵按回车键，蹦出一个小窗口，里面有个黑黢黢的像素小人，手持一把剑。

游戏？

"上下左右控制移动，躲避上面飘下来的小球，过到河对岸。"李峋坐在荒草地里，背靠足球门框。他手夹着烟，长腿一收，冲她抬抬下巴，"三次机会，没死我就去早自习。"

呀嘿？

也行，玩游戏总比跟他沟通轻松。

朱韵深吸一口气，单击开始键。哐当！天上登时砸下来个球，朱韵浑身一抖，死了。

这叫"飘下来"的球？她抬眼，看见李峋一脸轻松。

朱韵："一共几个球？"

李峋无声地伸出两根手指。

那就行了。朱韵心说，三次机会，两个球，第一次的落点她已经知道了，第二次试出下一个球，第三次正式过。

再次按下开始，朱韵马上往后退一步，顺利躲开第一个球，然后继续前进。到路尽头的时候，又一个球砸下来，朱韵已经以最快速度按键盘了，还是被砸死了。

她抬眼，李峋扯着嘴角看着她。

你设计的这个破游戏……这根本就不是人能反应过来的速度！

不过不要紧，还有一次机会。朱韵让自己放松，攥了攥手，发现手心竟然出汗了。

最后一次机会。朱韵顺利躲过第一个球，继续，走到路尽头。她精神紧绷，在球有落下苗头之际，以把键盘戳漏的气势按下去，终于躲过第二个球。

朱韵松了口气，直接跳过河。

死了。

啊？朱韵眼珠子差点要瞪出来了。

另一边，李峋闷着头，笑得肩膀乱颤，烟灰随风飘散。

朱韵忽然注意到一直在角落里默默运行的编译器。她心里一动，顾不得李峋的嘲笑，把编译器调出来。

他们还没开始正式学习编程，但编译器里的代码非常简单，跟高中数学里的流程图差不多，框架清晰，她一眼就看到了最初的函数判断。

过河，死。

死××。

电脑被扣上，抽走。

朱韵抬头，看见李峋站在面前。

这么近的距离，她发现他真的很高……但高不高不是现在的问题……

“你这个……”朱韵想了想，小心地说，“你这个游戏设计得是不是，稍稍有点不合理啊？”

李峋没有说话，拍拍裤子上的灰。

朱韵笑了笑：“被球砸中是死，过河也是死，弄错了吧？”

“没有。”他低着头，咬着烟，说话声音显得有些低沉。

朱韵：“那怎么玩都会死啊。”

“对。”

“……”朱韵谨慎措辞，“那这游戏是必输了？”

“嗯。”

“那为什么还让我玩？”

“看你不顺眼。”

What?

朱韵以为自己听错了：“什么？”

“因为我看你不顺眼。”

标标准准的普通话，声音还挺好听。

朱韵愣了半天，才又问了一句：“为什么？”

李峋终于拍完身上的灰，直起身。

朱韵觉得自己这个时候还能注意到他皮肤很细腻，也是没谁了。

他居高临下地看着她，拿掉嘴边的烟，淡淡地说：“你这人，太他妈假了。”

北风“辣”个吹。

朱韵来到图书馆。不看书，看风景。

她在开学第一天的时候就发现，夏天夜晚，图书馆为了通风，顶层是开门的，可以直接上到天台。

图书馆一共六层，顶楼没有栏杆，坐在地上可以直接眺望远处的喷泉广场，视野一片开阔。

妈妈小时候对她说，心情不好的时候，去开阔的地方深呼吸，内心也会开阔，那些琐碎的杂事会变得不那么重要。

朱韵冲着远方，深深地吸了一口气，然后闻到角落油漆桶的味道。

“咳咳咳！”

……还是算了。

朱韵席地而坐，捅开一杯奶茶喝起来。喝到一半的时候，忽然听到身后一声短促有力的——

“靠！”

她回头，看见一个黑影站在后面。

天色黑，影子的脸看不清，但背后那把吉他，朱韵还是很眼熟的。

“任迪？”

影子走过来几步，果然就是任迪。

朱韵身子侧过去，给她让开地方：“你怎么来了？”

任迪蹙眉：“你呢？”

朱韵不好细说，就道：“我出来吹吹风，凉快一下。”

任迪毫不留情地质疑：“宿舍里有空调，你上这儿凉快？”

朱韵大萝卜脸不红不白："这里是自然风嘛，总吹空调容易落病，还是自然风好。"

任迪眉头紧皱。

朱韵赶紧问她说："你呢，你怎么来这儿了？"

任迪不情不愿地坐下，说："我在这儿练琴。"

"在这儿练琴？"

"宿舍练被人投诉了。"

"……"

朱韵看任迪一脸不高兴的样子，递给她一杯奶茶："喝不喝？"

任迪瞥她一眼，似是在犹豫。

朱韵："就是时间久了，冰都化了。"

任迪终于接过奶茶。

夜色之中，任迪弹起曲子。

朱韵叫不出曲名，而且任迪刚刚学琴不久，手法非常生涩。可不知为何，朱韵听着听着，刚刚被金毛怪刺激的心情竟慢慢平复了。音乐的力量真神奇。

练习过后，朱韵想起方舒苗的嘱咐："那个……"

"嗯？"

"你怎么不去早自习呢？"

任迪咬着奶茶吸管："不去，有事。"

"天天都有事？"

"嗯。"

"什么事啊？"

"你管这么多干什么？"任迪转头看她，"我不上早自习又不影响你。"

"不不，你误会了，我不是这个意思。主要是方舒苗工作也不容易，缺勤率太高的话——"

"我没举手。"

"啊？"

"当初她选班长，我没有举手投票。"

朱韵犹豫了一下，说："你不喜欢方舒苗？"

"跟她没关系，谁我都不会选的。"

"为什么？"

任迪一脸超然地看着朱韵："特地选一个人出来管自己，有病吗？"

"……"

"从小我就不选这些。"任迪冷笑一声，"不过我举不举手也没人在乎。但对我来说，我没投她，就不受她管。"

"……"朱韵被任迪这匪夷所思又自圆其说的逻辑震撼当场。

任迪瞥她一眼："你真喜欢替她管这些事？"

朱韵一顿，小声说："毕竟都是同学嘛。"

"是吗？"任迪笑了笑，没有再说话。

又坐了一会儿，任迪收起吉他，起身。

朱韵也跟着起来："一起回去吧。"

任迪摇头："我晚上有事，要出去。"

"这么晚？"

"没事。"

与任迪告别，朱韵独自回到宿舍。坐在凳子上没一会儿，上了好几趟厕所。

方舒苗关心地问候她，朱韵连连解释："奶茶喝多了。"

一间破旧的酒吧，音乐震天响。

李峋和高见鸿与另外两个二班的男生坐在沙发里聊天，李峋现任女友柳思思贴着他坐着。

不一会儿，一个人从人群里挤过来，站到他们面前。

高见鸿看过来："任迪，怎么来这么晚？"

任迪："没事。"她冲里面道："李峋，过来一下。"

柳思思看她一眼，李峋起身，从拥堵的沙发里两大步跨出来。

任迪跟他走到一旁。

"那事能定下来吗？"任迪问。

李峋靠在吧台上："能啊。"

任迪皱眉："真的？你说话算话？"

"嗯。"

任迪认真地说："好，以后有收益了，按说好的倍率还你。"

李峋笑了笑："行。"

任迪松了一口气。

李峋看着她："这么紧张干什么？怎么来这么晚？"

"哦，被人拉着教育了。"她看了李峋一眼，"我室友，朱韵，认识吗？"

李峋啊了一声。

任迪想起什么，蓦然笑了。

李峋："怎么？"

任迪往李峋身边凑了凑，扯着嘴角说："她不老实。"

"嗯？"

任迪冲李峋挑挑眉："我刚去练琴的时候，看见她在天台上抽烟。"

某新课程开课前一天，朱韵照常翻开书本预习。第一课是入门的理论知识，朱韵浅浅地浏览一遍，然后随手往后翻。后面的内容让朱韵慢慢睁大了眼睛。虽然她还不知道那些具体的函数意义，但这些程序的基本架构给她留的印象太深了。

这不就是"过河死"吗？

朱韵翻书的手越来越快，质量一般的教科书在她手里稀里哗啦地响。

撸完最后一页，朱韵深吸一口气，合上书，看着封面斗大的加粗字体。

"C语言……"高考结束后，朱韵第一次对某一门课程燃起了熊熊斗志。

当晚，她看书看到后半夜，早上不到六点就睁开眼睛，接着看。等到上课的时候，三章的内容都被她啃完了。

C语言的老师姓林，听说是个很有来头的教授，五十岁冒头，头发已经秃了，而且本来搞程序的都显老，他又很喜欢笑，直接导致脸上的皱纹倍增，生生一个小老头模样。

上课的地点是多媒体教室。

这种教室上课最容易溜号偷懒。几排电脑同时开着，跟着人一起散热，超过半小时就闷得不行。加上有屏幕这道天然屏障，只要老师不下讲台，在下面睡成什么样都没人管。

但朱韵也不知道跟谁较劲，下定决心好好学这门课，进教室后直接坐在离老师最近的第一排。

上课铃响。

朱韵眼神不自觉地飘来飘去。

没来？

……不至于狂成这样吧？

刚这么想着，李状元就大踏步地进屋了。可能是午睡刚醒的原因，李峋的金毛乱得像超级赛亚人一样。

进屋后，他径直走向最后一排。刚走到那里，一个同学就告诉他："这台开不开机，坏了。"

李峋起身，环顾周围。

朱韵心里好笑——大学教室后方位置都是靠抢的，这都不懂，还睡午觉？

林老头备完教案，泡完茶，清完嗓子，正准备开讲，赫然发现李峋金鸡独立在教室后方。

他冲李峋招招手，指了指朱韵的方向。

朱韵心中顿时生出一种不祥的预感。

NO、NO、NO、NO、NO……

果然，林老头接着道："那位同学，这里还有位置。"

朱韵内心："NO——"

赛亚人走过来，一屁股坐下，朱韵面无表情地低头看课本。

林老头开始上课。

他捧着茶杯，对下面的学生说："有没有谁之前已经对C语言有所了解的，或者已经尝试过用C语言写一些小程序的？"

朱韵在心里斜眼李峋。

你举手啊，你不是会"过河死"吗？

见无人响应，林老头笑着说："大家还是很腼腆啊。"

他放下茶杯："大家都知道，现在是信息化时代，计算机的发展速度非常快，各种编程语言发展得也非常快。C语言与这些新兴的语言相比，就像我站在你们面前一样，已经垂垂老矣！"

林老头一脸慈祥，笑得有些顽皮。

"但俗话说'姜还是老的辣'，老也有老的好处，它丰富且严谨。将来不管你们是想继续研究算法，还是研究编译、数据库、操作系统，你从C语言里学到的技能，足以成为你所有编程的基础。但有一句话，我要在课前先对大家讲，你们一定要记住，就七个字——功夫都在技巧外。"

下面的同学都悄然无声，认真地听着。

林老头伸出一根手指，目光炯炯："你们能考来这里，是非常值得骄傲的，但记住，千万不要犯好学生通常喜欢犯的病——死磕书本。”

朱韵感觉自己被噎了一下。

“大学四年，你们会学习到很多编程语言，但不论哪一种语言，你们都要记住，不要沉迷奇技淫巧，一定要从大视角来看待问题，即使是最简单的程序——好了，我现在说这些，恐怕大家也不能完全懂，只能从学习过程中慢慢体会了。现在大家看屏幕，开始上课。”

朱韵细细品味刚刚林老头的发言，一不留神看到旁边的李状元正在低头玩手机。

李峋个子高，一双大长腿简直不知怎么摆放才好。刚开始的时候他还知道收敛，后来越来越放松，一点一点地侵蚀着朱韵的地盘。到最后朱韵只能像个日本女人一样，两腿并拢收在凳子上，一动不动。

腿好僵。

好想动一动。

这课上得好痛苦……

“所以，学习C语言首先要搞懂它的历史和特色，那么大家谁能谈一谈C语言的发展历史？”林老头提出课堂第一个问题。

朱韵平日不是在课堂上主动回答问题的类型，但现在她实在太想活动了，手像不受控制一样举了起来。

朱韵坐得近，林老头一眼就看见她：“这位同学。”

昨晚预习的功效显现出来，朱韵起身，流利地将答案背了一遍。

回答一次问题，浑身血液得到充分循环，就像上完厕所一样轻松。朱韵舒爽地坐下，一斜眼，看见李峋正偏着头看她，似笑非笑。

“是你啊。”

合着你才看到我？朱韵冲他点点头，以示礼貌，然后看见李峋露出嘲讽一哼，再次低头玩手机。

“……”

林老头说：“所以说你们就是腼腆，刚刚我问有没有人对C语言有所了解，一个都不举手。”他看向朱韵：“你叫什么名字？”

朱韵连忙回道：“朱韵。”

林老头在签名册上找，然后打了个钩：“你是课代表了。”

朱韵：“？！”

我并没有这方面的意愿啊，老师！

忽然身边一声浅笑。朱韵侧目，李峋还低着头，也不知道是笑她还是笑手机。

第一节课主要讲基础知识，只在最后的时候教了一点非常基础的代码内容。

刚讲完，下课铃就响了。

林老头也不压堂，扣上茶杯盖："编写完程序的可以走了，电脑不用关，课代表留下检查一遍。"

李峋放下手机，在键盘上一阵噼里啪啦。

说是一阵，其实五秒不到他就起身离开了。

林老头把名册拿到朱韵这里，说："做完的打钩，没做完的打叉，辛苦你了。"

"……"

程序非常简单，同学们陆陆续续完成，朱韵拿着名册，首先看向李峋的电脑。

空格键运行。

屏幕上瞬间出现一行字——

hello world。

朱韵看着看着，也不知道为何，忽然就笑了。

开学半个多月后，班级早晚自习的缺勤率已经高得不得不让班主任亲自出马了。

朱韵早就料到有这天。并且，她一直觉得从金毛怪和蛋糕女的奇葩性格来看，班主任注定要打一场恶战，可出乎她的意料，这场战争刚开始没两天，就和平结束了。

那李峋他们老老实实来上早自习了吗？

并没有。

是班主任都管不了他们了吗？

也不是。

消息是方舒苗告诉朱韵的。

要说这个李峋，真的是能想邪招。就在班主任找他谈话的前一晚，他将之前准备好的一系列文档资料上交到系部。然后第二天，系主任亲自批下来，建立一个大一新生的“数字技术实践基地”。

这个基地主要有三项特权——

一，归为第二课堂实践活动；

二，加学分；

三，基地活动期间免早晚自习。

朱韵听完，干巴巴地发问：“所以这个基地，应该准备二十四小时活动了吧？”

“对啊！二十四小时！全天候不间断！”方舒苗拍着大腿，“这样也好，一劳永逸，我再也不用担心出勤率了！”

基地的领导人名义上是系主任，但其实人老人家根本就没露几次面，剩下的全是李峋在管理。林老头倒是兴趣浓厚，挂名指导老师，有事没事就去活动中心看看。

此事一出，系里一片哗然。

一时间，各种流言蜚语像雪花片一样飞来飞去，主题很统一——大家都在猜测李峋的家庭背景。

八方人马各显神通，朱韵几乎每天都能听到不一样的版本，每个版本都绘声绘色，斩钉截铁得宛若真理。

日子一如既往地过着。

某天，朱韵去给林老头送作业，碰到李峋正在跟他讨论问题。

林老头戴着一副眼镜，正在操作李峋的笔记本，目光严谨得让朱韵不敢上前一步。

终于，他们讨论完，李峋夹着笔记本往外走，碰见朱韵，扬扬下巴，漫不经心道：“哟，课代表。”

“……”

朱韵将作业放在林老头的桌面上，林老头笑眯眯地喝茶，心情大好的样子。

旁边一个老师路过，对林老头打趣说：“您这学生可个性哈！”

林老头哼哼两声。

老师又说：“传言好像很凶啊。”

林老头脸一拉：“那都是扯淡！我告诉你们……”

那位老师手机忽然响了，冲林老头挥挥手，转身接电话。

林老头一口气没顺下去，干脆扭头跟朱韵说：“告诉你们——以后你们就知道了！”

朱韵站了两秒。

知道什么，您倒是说啊！

林老头开始讲作业的事，话题终了。

一周之后，实践基地的事渐渐平息了，但李峋这个简单上口的名字，却不动声色地印在了很多人的心里。

学长提起他，模棱两可；同届提起他，闪烁其词。

而李峋本身，还像之前一样——缺早晚自习，敲最快的代码，睡午觉，永远顶着一头杂草般的金色短发。

Chapter 03

打火机与公主裙

实践基地的诞生受到诸多非议，但在往后的日子里，大家用实际行动生动形象地演绎了什么叫作“嘴上说不要，身体还是很诚实的”。

早上多睡一会儿觉，晚上多上一会儿网，对于还没有接触社会与金钱利益的学生来说，已经是最难以拒绝的诱惑。

于是，在实践基地成立短短半个月的时间里，陆陆续续地有几十人找李峋了解情况。

李峋来者不拒，谁想来都行，谁报名都收，没有任何条件限制。

最后甚至连方舒苗都过去挂靠了。

方舒苗给出的解释是：“学生会竞争压力太大，我得挤时间去校领导面前混脸熟。”她还不忘好室友：“你想来不？我帮你跟李峋说。”

朱韵婉拒：“谢谢，我暂时先不用了。”

朱韵父母都是老师，在她从小受到的教育里，参加早晚自习是学生理所应当该做的事，算不上痛苦。而且，她到现在也没有弄懂那个所谓的“实践基地”到底是干什么的。

对于传言所说，是系里因为李峋家庭背景过硬而开的小灶，朱韵一个字也不信。

为什么不信？

不为什么。

过了一段时间，事情渐渐有了变化。朱韵发现，好多之前为了不上自习而去基地挂靠的学生陆陆续续都回来了。

方舒苗又带回了前线第一手战况。

“太扯淡了。”她皱着眉头说，“项目太难，我们现在也就学了基础，才见过几个代码啊，就要搭那么复杂的程序，头都炸了。”

“很难？”

“难！”方舒苗斩钉截铁。

朱韵有点想问是什么项目，但临时想起什么，又问：“那任迪呢？”

就朱韵担任课代表的C语言一科来说，任迪的作业都是直接复制她的，看不出对编程有任何兴趣。

一提起任迪，方舒苗的语气明显含糊不清起来：“她啊……她没参加项目。”

“那她怎么留下了？”

“李峋让的呗！项目开始第一天就把她名字写进去了，也不管她来不来。”

“这样啊……”

方舒苗耸耸肩，然后偷偷瞄朱韵一眼，小声说：“告诉你，任迪几乎天天晚上都去找李峋。”

朱韵挑挑眉。

“李峋也是。有好几次本来很忙的，但任迪一来，他放下手里的活儿就走了，到半夜都不回来，谁也不知道干什么去了，神奇吧？”

朱韵刚想说话，方舒苗又道：“诶，也不算谁都不知道吧，高见鸿知道，但不讲。”她边说边撇嘴，“切，神神秘秘，一男一女还能有什么事？都成年人了，怕鬼啊！”

“……”

“任迪也是，蠢得要死！谁不知道李峋换女朋友换得比衣服还快，她图什么啊？”

方舒苗说完，翻了个白眼，施施然离开。朱韵一句话都插不上。

实践基地项目的难度刷掉了九成的混子。

另外一个值得考究的现象就是，这些人在回来之后，就很少参与到那些讨论李峋的话题中了。

又过了一段时间，所有人都老实起来，期中考试到了。

这是开学以来第一次正式考试，占期末成绩百分之三十的比重，大家都格外重视。

朱韵也是，尤其是对于她担任课代表的这门C语言。

也不知道是暗地跟谁较劲，朱韵每天都泡图书馆，电脑上装了各种运行软件和编译器，不知疲倦地将一道题换着花样写。

每次想放松的时候，朱韵的脑袋里就自动浮现出那个拿着宝剑的像素小人，咔吧咔吧地朝她一剑捅来，然后她马上就斗志昂扬了。

等到考试那天，朱韵摩拳擦掌，来到考场。这种涉及编程的课程都是计算机答题，考试开始后，朱韵直接拖到最后一道编程题。

题目是“用程序画一个爱心”。

朱韵皱眉，林老头出题实在太过随性，这题简单得有点过分了……

她当时的感受就是，一个大厨准备了一套做满汉全席的食材，可最后发现客人只想吃泡面。

朱韵一气呵成做完程序题，再转头去做理论。

她复习得全面，题目很快做完。在她想要交卷的时候，忽然发现隔着几台机器坐着的李峋还没有起身。

呃……

不知为何，朱韵已经放在“提交”键上的手松开了。

她将考题翻来覆去检查十几遍，实在不知道还能改哪里。最后一道程序题运行结果也非常顺利，一个标准得不能再标准的爱心图案，而且……

让她有些得意的是，刚刚她无意中瞥了旁边的高数课代表吴孟兴一眼。虽然看不到他的具体代码，但编译器中的代码长度她看到了，是她的将近四倍长。

也不知道写的什么东西，啰里啰唆。

李峋终于交卷了。

至此，朱韵已经干坐了十几分钟。看着李峋离开的背影，她为自己莫名地叹了口气，也提交了。

几天后，成绩下来。

完全出乎朱韵的意料，李峋在班里才排第十一名，被自己活生生压了七位。

朱韵看到名次的瞬间简直有种腾云驾雾的感觉，等她看到具体成绩单的时候，又木然了。这位偏科偏得也太明目张胆了，一个毛概就被拉了十几分。

C语言一栏，他们都是满分。

朱韵拿着成绩单感受了片刻，好像也没想象中那么兴奋……

当天有林老头的课，朱韵去的时候发现自己常坐的位置被吴孟兴占着，正与旁边的李峋说话。吴孟兴的书包还放在原来的位置上，朱韵判断他应该很快就会离开了。她走过去，在吴孟兴右边的座位上等着。

"你……你帮我看看行吗？"她听见吴孟兴说。

"打开。"李大爷懒散道。

吴孟兴运行了一个程序，朱韵不动声色地斜眼过去，正是考试的内容，画一颗心。

"我的思路是这样的。"吴孟兴好像有点怕李峋，说起话来磕磕绊绊，"将爱心分成三部分，然后……然后再分左边空格，第一部分爱心，中间空格，第二部分爱心，然后再用for不断循环……"

朱韵一下子就听懂了，这思路跟吴孟兴本人一样，就俩字——耿直。

隔了一会儿，朱韵听见李状元一声轻笑："你这也算数学课代表？"

这也太伤人了！

果然，吴孟兴被他嘲讽得窘迫异常，哆哆嗦嗦："你、你、你、你能给我看看你的吗？"

李峋："我的你就不用看了，去看你旁边课代表的吧。"

咦?

吴孟兴转头。

他这一扭动，直接导致朱韵跟李峋的视线撞了个正着。

朱韵大腿抽筋，脸上淡定："怎么了？"

吴孟兴："朱韵，你能把你的程序给我看看吗？"

朱韵点头："当然可以。"毕竟我是像春风一样的同学。

朱韵打开自己的程序，吴孟兴眼前一亮："好简洁！"

两个for循环，一共才六行。

吴孟兴："原来爱心也能写函数，我的方法太笨了。"

"没，还好。"

吴孟兴脸色严肃，拿本子写写画画，嘴里一直嘀咕着。他底子是有的，只是有时脑子转不过来弯，现在式子拿出一看，马上就懂了。

领会了的吴孟兴神清气爽，跟朱韵连连道谢，朱韵则友好地让他不用客气。

其乐融融。

送走吴孟兴，朱韵回到自己的座位，脸上的温柔还没散尽，又跟李峋的眼神对上了。

朱韵着实想问他一句，到底是什么样的经历，造就了他这种三百六十度螺旋式无死角的嘲讽脸?

“想说什么就说。”李峋靠在椅背上，灰色的衬衫堆在腰腹间，松松垮垮。

“嗯？”朱韵茫然，“什么？”

李峋嗤笑一声，转过眼去。

你鄙视谁呢你?

朱韵被他连番刺激，也不知是脑子哪根弦没搭好，脱口而出：“给我看看。”

李峋懒洋洋斜眼：“嗯？”

朱韵一鼓作气道：“你的程序给我看看，行吗？”

李峋不紧不慢：“行啊。”

他往键盘上一按，编译器里的代码显示出来，朱韵凑过去。

……

啥玩意儿?

论长度，李峋的代码比吴孟兴的还要长，但吴孟兴那犹如钻木取火般粗暴古老的思路，一眼就能看到底，而李峋这个……朱韵调动全部脑细胞，也只能看到第五行。

后面那是什么？最后输出的是什么？

“看不懂就别勉强了。”身后传来平和动听的声音，“再憋坏了。”

一种没有经过外界强烈刺激而感受到的突发性疼痛——俗称神经痛，第一次光顾了朱韵的大脑。

在某人天旋地转的一刻，上课铃响了。

林老头踩着点，端茶进屋，朱韵默不作声地退回座位上。

下课后。

李峋前脚迈出教室门，朱韵后脚就掏出笔，将刚刚代码里的几个关键节点一一写下，然后飞奔回寝室。

她又是翻书又是查资料，最后折腾了四个多小时，经过十几次测试后，终于将李峋的代码成功复制下来。

运行——

屏幕中央，一颗立体的血红色心脏，在昏暗的背景图中，扑通扑通地跳动着。

天台。

今夜的风也很清凉啊。

朱韵感慨着，眺望远处的喷泉池，捅开一杯奶茶。

刚吸一口，就听见身后一声熟悉的——“靠！”

朱韵转头，打招呼：“任迪，过来坐啊。”

夜色朦胧，琴声响起。

朱韵被任迪的进步速度惊呆了。上一次听到任迪弹琴的时候，她最多也就是个“一闪一闪亮晶晶”的水平，现在忽然各种变奏扫弦，听得朱韵一愣一愣的。

任迪弹完，将琴放到一边，与朱韵并排坐着。

朱韵说：“好厉害。”这次是由衷的。

任迪耸耸肩。

静了一会儿，朱韵忽然说：“挺值的。”

任迪有点疑惑。

朱韵指着她的琴，说：“能弹这个，不来上自习挺值的。”

任迪面无表情地看着她，半晌，动了动嘴角。

朱韵觉得，这是她与任迪认识以来，她最接近“笑”的一个表情。

面前多了一张纸片，朱韵接过，借着黯淡的夜光，看到上面是一个地址。

“我的工作室，你不想在学校待了，就来这儿坐。”

“工作室？”

“离学校不远。”

朱韵点点头，将纸片收好。

任迪伸了个懒腰，揉揉眼睛，透出一股疲倦之意。

“很累啊？”朱韵问道。

“嗯，晚上还得去找李峋。”任迪拿起旁边的水瓶，拧开喝水，低声抱怨，“又得跟那个狗屁柳思思抢人。”

“柳思思？”朱韵想了想，“艺术学院那个？”

“对，没滤镜不敢照相的那个。”

“……”

柳思思是李峋女朋友，可乐瓶身材，假人一样。

任迪哼笑："那'塑胶'女人恨不得长在李峋身上。"

朱韵想起之前方舒苗说的话，说："李峋女朋友，好像换得挺勤的。"

"没错。"任迪喝完水，把瓶子塞回包里，"臭痞子，私生活混乱。"

朱韵小声说："那你平日要注意好啊。"

"注意什么？"

朱韵也不敢说得太直白，谨慎解释："就是……措施什么的……"

任迪先是奇怪地看着她，后来忽然领悟，仰头大笑："哈哈哈哈！我的天！"任迪乐起来丝毫不注意形象，整个人倒在地上，一抽一抽的。

朱韵："也不用在地上打滚吧？"

任迪爬起来，狠狠地拍了朱韵一下："你真他妈逗！"

朱韵："……"

任迪盘起腿，从衣服里掏出烟，递给朱韵："要吗？"

朱韵摇头。

"不要？"任迪叼着烟，半眯着眼睛看着她，用低哑的烟熏嗓对她说，"你抽，我就告诉你点好玩的事。"

朱韵默不作声地取了一支烟出来。

任迪笑得意味深长。

烟草的味道进入肺腑，夜都漫长了。

"我跟李峋不是那种关系。"

"哦。"

任迪抽了一口烟，说："我不喜欢他，不过……我们寝室倒是有个人喜欢他。"

朱韵像第一次抽烟一样，被呛得咳嗽起来。

寝室一共就仨人，连排除法都不需要了。

任迪胳膊垫在膝盖上，哼笑一声："不然你以为她为什么坚持留在基地？她那个脑子，跟李峋的项目很吃力的。"

朱韵看向任迪。

任迪："怎么？"

朱韵摇摇头，说："你是为了让我压惊，才给我烟的？"

任迪咯咯笑，笑完还是那句话："你真他妈逗！"

朱韵坐回去，在烟雾中细细思索之前的蛛丝马迹。

原来之前方舒苗跟她提及任迪与李峋时，含糊其辞的语气下，藏的是嫉妒？她喜欢李峋……什么时候的事？

“没戏。”任迪冲远处吐了长长的一道烟雾，没有任何情感地评价，“她坚持不了多久，李峋这人……一般女人跟不住他。”

那晚朱韵踩着门禁时间回到宿舍。屋里，方舒苗正坐在凳子上发呆。

朱韵过去，手在她眼前晃了晃：“回魂了啊！”

方舒苗醒过来，看见是朱韵，顿时像见到救命稻草一样，紧紧拽着朱韵的胳膊：“朱韵，救命！”

朱韵一惊：“怎、怎么了？”

方舒苗将书桌上放着的两张纸拿来，给朱韵看：“这个这个，你有啥招儿吗？”

朱韵拿过纸，细看了一下，上面列举的是网站的功能需求。

朱韵：“这是什么？”

方舒苗瘫在桌面上：“实践基地的项目。”

朱韵仔细看着上面一项项的要求：“你们想要练习开发网站？”

方舒苗回头：“不是练习，你往后翻。”

朱韵直接翻到第二页，看到最后落款的是一家公司的名字。

她再次抬眼看向方舒苗，方舒苗神态茫茫然：“朱韵，他打算去接外面公司的网站外包。”

朱韵一语不发，重新看第一页内容：“你们怎么分配这些功能？”

“如果能拿下来，到时候一人一个？我也不清楚。”

朱韵点点头，又问：“那怎么才能算拿下来啊？”

“拿个屁啊！”

“……”

方舒苗直起身子，眉头紧皱：“你看看那纸上写的，里面的功能要求根本不是我们现在能做出来的。而且外面那些竞争对手都是专业做IT外包的，经验多丰富啊。”说到这儿，方舒苗不禁长叹：“项目要完成才能加学分，明知道完成不了还做，我们得白搭多少时间。”

朱韵将材料还给她：“那你打算怎么办，退出？”

“啊？”方舒苗好像被问住了，“退出？”

她好像还没有考虑到退出的问题，怔怔地看着手里两张薄薄的纸，又开始新一轮发呆。

这次朱韵没有再打扰她，回到自己的位置，动动鼠标，临走时没有关掉的电脑重新亮起来。屏幕中心那颗鲜红的心脏，还在扑通扑通地跳动着。

窗外夜色黑沉。

坐了一会儿，朱韵小声说："方舒苗，你想写哪个功能，我来帮你吧。"

方舒苗激动得跑过来，给了朱韵一个大大的拥抱。最后两人在杂七杂八的一堆功能里，挑了个"相关产品推荐"。

蓝冠食品公司主营零食和营养品生产，已经十几年了，但在现在互联网发展的大环境下，传统产业有点经营不下去了，想要转型。朱韵拿到题目后，开始尝试构思草图、搜索相关素材。她没日没夜地搞了一个星期，功能实现得差不多了，打包起来，让方舒苗带去基地。

说实话，朱韵也是第一次做，到底成不成，她自己也不清楚。

周六清晨，朱韵醒得很早，爬下床，手掌撑着下巴在凳子上坐着发愣。桌面上全都是从图书馆借来的网页开发书籍，她来来回回翻得都要烂掉了。

方舒苗今天的行程是早上去开会，下午参加实践基地的活动，一直到傍晚才回来。

朱韵全天吃饭都没胃口，等方舒苗一回来，朱韵马上问她："怎么样？"

"什么？"方舒苗没反应过来，"什么怎么样？"

"基地。"

"啊……"方舒苗耸耸肩，"他说不能用。"

朱韵心里一凉，连为什么都忘问了。

方舒苗又说："不过他说做出一个功能就算贡献项目，我的学分OK了，也不用退出项目——朱韵你真是天才！"

天才个鬼！

朱韵终于问出口："为什么不能用？"

方舒苗眨眨眼："他没说。"

朱韵险些吼出来——你倒是问问他啊！

可能是朱韵的意念太过强大，方舒苗搬着凳子过来解释："喏，是这样的，虽然基地现在差不多稳定在十几个人左右，但是真正的核心团队就那么几个人。李峋和高见鸿是中心，他们天天在一起，第一时间推进度，把握整体框架，可能是你写的程序……跟他们思路不一样吧。"

他们什么思路？功能已经实现了，还要有什么思路？

朱韵胸闷气短。她有些庆幸自己晚饭没吃太多，不然肯定胃疼。

“别想啦，他们脑子跟正常人不一样。来！给你这个！”方舒苗从后面拿来一个大袋子，里面是个小熊双肩包，“我前天去商场买的，这次太谢谢你了。”

朱韵摆手：“不用了，我也是学习。”

“不行，你必须收着，不然我过意不去，明天晚上我再请你吃饭。”

“真不用了，你太客气了。”

“拿着拿着！好不容易告一段落，必须庆祝一下。这星期我这心哪……七上八下的。”

当晚，朱韵做了个梦，梦里一堆小熊在她身上踩来踩去。

第二天依旧踩来踩去。

……

连续被踩了三天以后，朱韵顶着熊猫眼，带着程序去找林老头。

她实在无法告诉自己，事情已经“告一段落”了。

朱韵没有告诉林老头这是给实践基地做的项目，只说最近在自学，做了一个功能，想看看哪里还有不足的地方。

林老头沉默不语地看完整个程序，看向朱韵。

这是让她有些熟悉的表情——当初她在办公室里，林老头就是这样看着李峋，跟他讨论问题的。

这表情让她不自觉地严肃起来。

林老头：“朱韵，我发现你写的代码都很短，应该精简了很多遍，对吧？”

朱韵点头。

“这是对的，俗话说，代码就像女人的裙子，越短越好。”

“……”

“但简洁不繁复只是一个方面，你就差那么一点点，你需要更多地思考如何将你的思维抽象化、模块化。我在第一次上课时就说了，不要沉迷于奇技淫巧，要着眼大局。”林老头关了编译器，顿了几秒，忽然问，“你很喜欢编程？”

这问题让朱韵也顿了几秒。

很喜欢吗？好像不是。

不喜欢吗？好像也不是。

那是什么在推着她往那个方向走？

“如果对实践有兴趣，我建议，你可以去李峋那儿试试。”

为什么？

“一定会有帮助的。”

是吗？

朱韵低着头离开，刚出办公室门，视线里就多了一双脚。

抬头，李峋靠在走廊的窗台上，单臂夹着笔记本。虽然已经秋天了，可他还是穿着半袖，两边袖子撸到肩膀上，头顶金色短发，杂乱如常。

逆着光，朱韵看不清他的神色，但稍稍一想，也该是一如既往地调侃加讽刺。

“课代表是不是该听老师的话？”

朱韵已经没力气跟他周旋了，转头往外走。

三米开外，身后传来清澈又懒散的声音：“来不来啊？你来，我请。”

朱韵要爆炸了。

最近来自各方的信息量都太大，她觉得自己得抽空好好消化一下。

对于李峋当日的话，朱韵像往常一样给了客客气气的答案：“我考虑一下，谢谢你的邀请。”

李状元听完，一声嗤之以鼻的笑，直接进了办公室。

朱韵更加胸闷了。

不过人的心理真的很奇怪——在事情过去的几天里，朱韵经常回想，虽然李峋最后那声笑着实欠揍，但总体来说，这件事带给她的正面情绪远远大于负面情绪。尤其那句“你来我请”，与之前那句“你这人太他妈假了”放在一起回味，让她由衷地体会到一种从心底涌出的滔滔不绝的胜利感。

这就是做人的乐趣啊！

容光焕发了几天后，朱韵差不多冷静下来，她开始认真思考这件事。

李峋的基地……她想去吗？

在她思考这个问题的时候，方舒苗之前的一句话总是不自觉地进入她的脑海：“虽然基地现在差不多稳定在十几个人左右，但是真正的核心团队就那么几个人，李峋和高见鸿是中心。”

核心团队……

朱韵下巴垫在图书馆自习室的桌子上晃来晃去，下了决定。

林老头的课上，李峋照常坐在朱韵身边，从进教室起就开始摆弄自己的笔记本，到需要做课堂练习的时候就抬头几分钟。

他再也没有向朱韵提过去基地的事。

朱韵很理解——李状元能邀请一次已经是屈尊就卑，指望他三顾茅庐还不如期待铁树开花。

“那个……”趁着林老头讲基础知识，朱韵小声开口。

李峋看着自己的笔记本屏幕，手下不停，嗯了一声。

朱韵：“之前那件事……”

李峋斜眼。

朱韵发现，每次凝神思考的时候，李峋的神色看起来都格外冷。

“说啊。”他催她。

朱韵也不犹豫，直接道：“我考虑完了，我想去你的基地。你们的项目都很有难度，我也想锻炼一下自己的实践水平。”

事实上，李峋在听完前半句的时候已经把头转回去了，等朱韵整句说完，他敷衍地嗯了一声，表示自己已经知道了。

对这位未来的准上司，朱韵决定一切忍为上，她问他：“基地的活动时间是？”

“没有活动时间，有空就来。”李峋敲敲键盘，淡淡地说，“我都在。”

朱韵看了他几眼，最后道：“好。”

回到宿舍，朱韵看到方舒苗，这才想起来这件事还没有告诉她。等她把事情说完，方舒苗直直地看着她：“你怎么突然要去基地了？”

朱韵没有告诉她李峋的邀请，只说了林老头：“林老师说让我去锻炼一下。”

方舒苗哦了一声，很快又说：“那你把你帮我做程序的事跟李峋说了？”

“没有。”朱韵总算知道她在担心什么，安抚道，“你放心，我不会说的，我去了会选个别的功能做。”

方舒苗点点头。

下午没有课，朱韵吃过午饭，带了两本图书馆新借的网页设计书就去基地了。

李峋的基地设在实验楼A幢一层，虽然朱韵已经有意无意地路过无数次了，但进到里面还是第一次。

楼道里有点阴凉，她找到102——基地门口，没有敲门，先偷偷地在外侧耳聆听。

似乎有轻微的唰唰的声音。

朱韵心里怦怦跳，有点小紧张。就在她准备深呼吸的时候，门开了。

吴孟兴一手拿着笤帚，一手拎着垃圾袋，干得满头大汗。

看见朱韵，他吓一跳："哎呀，你怎么来了？"

朱韵："……"

原来你也在，你还真是没被李峋虐够啊！

两人招呼打完，朱韵侧身让吴孟兴出去倒垃圾，自己进屋。

基地是正常班级教室大小，一共二十台电脑，以小组形式摆放，每组四台，围成一圈。

朱韵进去的时候，算她在内，屋里有五个人。

哦不对，六个——吴孟兴回来了。

屋里这几个，一个保洁，一个吃饭，一对情侣在打情骂俏，还有一个在电脑前工作——当然不是李峋，李峋是打情骂俏小组的。

朱韵干站在门口，看着"塑胶芭比"柳思思挂在李峋身上，两人正在相互喂冰淇淋，你侬我侬，何其幸福。

这招呼要怎么打呢?

朱韵正思索着，对面电脑前的高见鸿已经发现她了，高举手臂："朱韵！"

李峋回头，看见她："来了？"

朱韵只能点点头。

李峋随手指了指："你看你想坐哪儿，随便。"

朱韵拎着包准备往靠墙的座位走，被高见鸿叫住："来来，朱韵，来这儿。"他指了指身边的座位。

NO，NO，NO！太近了，吃不消。

"我坐这里就行了。"她将包放在李峋旁边一组的桌子上。不一会儿，吴孟兴扫完地，来到她身边坐下，说："我坐这儿。"

朱韵冲他点头示意。

周围很静，只有角落里那位闷头吃农家小炒肉的同学偶尔吧嗒一下嘴。朱韵坐了一会儿，看李峋和柳思思的冰淇淋还没有喂完，小声问吴孟兴："什么时候开始啊？"

"开始什么？"

"活动？"

吴孟兴张张嘴，了然道："已经开始了。这里就这样，他不分任务的时候随便干什么都行，电脑都是可以联网的。要不你先上网玩会儿吧，这里电脑有好多游戏呢。"

……我为什么要跑来这里上网玩游戏？

朱韵打开包，拿出那本网页设计书，翻看起来。

看得入神，等她再次抬头的时候，已经过去了一个多小时，屋里又多了几个人，还是静悄悄的。

她转头，柳思思不知什么时候已经走了，李峋窝在椅子里，敲击着自己的笔记本电脑。

她再回头看吴孟兴，后者脸色严肃地编写着代码，朱韵瞄了一眼，似乎是在完善搜索功能。

朱韵舔舔牙，忽然觉得好孤独啊。

她低头接着看书，这次她抱着"干脆一口气把书看完"的心态，完全沉浸在知识的海洋中，直到一根修长的手指在书面上敲了敲。

朱韵抬头，看见一张不耐烦的脸。

李峋："来，干点活。"

终于要给我分任务了？朱韵合上书，等着他发话。

李峋将一个练习本扔到她面前。朱韵低头一看，然后面无表情地抬眼："这是干什么？"

柳思思的小脑瓜从李峋身后冒出来，冲她嘻嘻一笑。

朱韵："……"

李峋看起来也是被柳思思烦得不行了，对朱韵说："帮个忙，随便弄弄。"

柳思思垫脚拍李峋肩膀："什么随便啊？不要随便啊！"

李峋眉头紧皱，拎起柳思思脖领。

"哎哎哎！你轻点，把我衣服都拉坏了！"

李峋给她扯到朱韵旁边："你在这儿待着。"

柳思思噘着嘴，老大不乐意地坐下。

李峋给她扔这儿自己就回去了，剩下柳思思托腮看着朱韵："你叫什么名字？"

"朱韵。"

"小学妹，麻烦你啦！"

原来你还是学姐啊……

"没事。"朱韵笑笑，淡定地翻开她的英语作业本，"写什么？"

"要翻译一篇艺术论文，自己随便找。"

"你找好了吗？"

"找好啦！我给你看！"

柳思思挤过来，兴奋地用朱韵面前的电脑上网搜索。她输入关键字"青年画家田修竹"，瞬间跳出很多页面。柳思思熟练地点进一个网站，道："就是这个！"

朱韵看了看，说："这不是艺术论文，这是个人简介。"

柳思思："哎哟，随便啦。"

好吧，你的作业，你说了算。

朱韵接过鼠标，草草扫了一眼，文章介绍了这位青年画家的求学经历以及目前的作品成就。

"好帅，好乖……"

朱韵斜眼，看见柳思思花痴地望着屏幕。

文章配有一张照片，里面的少年眉清目秀，笑得很腼腆。

朱韵再向下拉，看到他的一幅作品，心里一跳。

那是一幅木炭画，名为"嶙峋"，画的是一片枯干的山峦，笔法成熟而狂放，可谓是排山倒海，千钧之势，摧枯拉朽，群魔乱舞。

冷不防看一眼，朱韵觉得这画里爆炸般的气势倒跟屋里的某"峋"有几分相似。

胳膊被人戳了戳，柳思思正不满地看着她："往上，看照片！"

朱韵："……"

她拖回上层，开始翻译起来。文章很短，十分钟不到就翻译完了，她稍加润色，一刻钟交稿。

"多谢你呀！"柳思思早就坐不住了，在朱韵翻译过程中到处乱走，看见她弄好，从背后抱住她。

学姐，你的胸……

柳思思胸之坚挺，更像是两支机关枪，抵着她，让她不得不照令办事。

朱韵忽然有一瞬间的好奇，转过头，问柳思思："田修竹和李峋，你更喜欢谁？"

柳思思笑眯眯地推她一下："哎哟，问这么尖锐干吗？太不友好了。"

尖锐？不友好？

柳思思抱住朱韵，小声在她耳边说："你更喜欢谁，我就更喜欢谁。"说完，欢天喜地地收起作业本，去找李峋了。

留下朱韵坐在原处，哑口无言。

傍晚时分，朱韵收拾东西准备离开，临走前去跟李峋打招呼。李峋百忙之中抽空瞥了她一眼，淡淡地夸赞："不愧是课代表，作业写得够快。"

"……"

朱韵觉得自己走之前有必要让他明白一点："我来这儿不是为了给别人做作业的。"

柳思思歪头看她。

李峋忙着手里的事："帮个忙而已。"

他的手指在键盘上飞快敲击。朱韵很有兴趣弄清他在干什么，在写什么程序，用了怎样的思路，可她看不到。

柳思思搞定了作业，整个人轻松得不行，挂在李峋身上，安安稳稳地做假人。

朱韵觉得自己的肺部生出一股气，不听管控，难以善罢甘休。

站了几秒后，她终于对工作中的李峋开口："喂。"

没有叫名字，李峋还是抬头了。

朱韵咬文嚼字地提醒他："我可是你请来的。"

此话一出，周围四五个人都停下手里的活，一齐看向她。

高见鸿一脸笑意，柳思思嘟着嘴，静观其变。

李峋嘴里嚼着口香糖，面无表情。

朱韵暗自挺直腰板，难道你忘了之前邀请我的事？别装！

对视一会儿后，李峋扣上笔记本，道了句："好吧。"

好什么？

李峋淡淡地吸了一口气，起身，一手掐在腰上，面向整个基地。

朱韵一见他那表情，内心条件反射地觉得要不妙。

干甚?

你要干甚?

李峋敲敲桌子："来，都停一下。"

朱韵紧张起来。

李峋抬手，没什么腔调地介绍："这位，"指朱韵——"是我们请来的公主。"

朱韵："……"

高见鸿直接笑出了声，柳思思也捂住嘴，其他同学不明所以，只能鼓掌配合。也亏得朱韵这么多年修炼有方，才能在这样的场面中稳如泰山。

李峋看了眼时间："等会儿我请客，给公主接风，愿意来的随意。"

朱韵忍住一把火燎了他满头杂毛的冲动，对李峋说："谢谢你，不用了。"

李峋看她："别！毕竟是请来的，委屈谁都不能委屈公主殿下。"

我上辈子杀你全家了？为何今生要遭此大劫?

柳思思兴奋地揽住李峋："哪儿聚？我也要去。"

李峋报了个名字，是学校附近的一家KTV，柳思思乖乖拿着手机去外面订房间。

再说什么都没用了，朱韵只能坐回去，等着其他人忙完正事，给她"接风洗尘"。

七点多，一行六人从基地出发。

朱韵都不知道原来校外KTV这么火爆，周五晚上包房全部爆满，全靠柳思思跟店里伙计熟悉，才硬抢来一间。

KTV装修不错，但隔音效果不怎么样，朱韵被隔壁的公鸭嗓吼得头晕眼花。

柳思思准备了一下，开启麦霸模式上台献歌。柳思思不愧是艺术学院出身，唱得好听，身段扭得也到位，专业得像个三流明星。

虽然这场聚会美其名曰是给朱韵接风洗尘，但酒已经喝了一箱了，朱韵还是丝毫没有体会到身为"主人公"的实感，她只能自娱自乐地在各种噪音里努力分辨柳思思的嗓音。

没留神，一个高高的人影拎了两瓶酒过来了。

地方实在太小，李峋一屁股把朱韵衣服压住一半，递她一瓶酒。

朱韵摇头："我不喝酒。"

李峋也不勉强，将酒放到面前的桌台上，自己拿起另外一瓶喝了起来。

朱韵偷偷瞄了李峋一眼。

虽然这里很吵，但气氛真的不错，而且李峋貌似已经喝了不少酒，整个人看起来十分放松。

朱韵觉得这是个机会，是时候就自己将来的基地生活跟李峋聊上一聊了。

"那个，李峋。"

环境嘈杂，李峋完全没反应。

朱韵酝酿片刻，在他耳边大吼一声："李峋！"

李峋被喊得一口酒呛在嗓子里，大骂："找死啊！"

"……"

朱韵决定先不道歉，把自己的事情说完要紧："下次你给她写作业吧！"

李峋看着她。

朱韵："给自己女朋友写作业天经地义！"

李峋笑了，说了句什么，朱韵完全没有听清："你说什么？"

李峋又说了一遍，朱韵还是没有听清："你大声点——"

下一秒，朱韵感觉自己脖领子一紧，然后整个人被扯过去。

李峋的胸膛里有清淡的味道。

你说怪不怪？他抽烟喝酒染发纵欲，但身上的味道总是干净的。

耳边响起李老板不驯的声音："听我的话，才叫天经地义。"

你咋不上天呢？

朱韵无语地从他身上爬起来，结果起身的时候一不小心，手掌在他大腿上打了个滑。

呃……

朱韵抬眼。

李峋放松地坐在沙发里看着她，完全没有要动一动的意思。

包房里的彩灯转来转去，映得他的金发华丽而艳俗。

朱韵盯着他，心想如果现在扫黄大队来了，是不是不需要盘问就能给他抓走？

李峋："看什么？"

他声音很轻，但朱韵只须看着他的嘴唇，便知道他在问这句。

朱韵摇头，声音也很轻："没什么……"

李峋靠近，一双单眼皮让他的容貌看起来很锋利："坦率点，才招人喜欢。"

"……"

李峋回头，半开玩笑地同屋里其他几个人说："哎，我问你们，女人是不是笨点好？"

大家都喝了不少酒，听见李峋问话，高见鸿迷醉着第一个举手："是！"

其他人也纷纷搭腔表忠心，最后除了前面的柳思思，其他人都跟着举手，开心地对着麦克风喊叫："没错！笨女人最好！笨女人万岁！"

……这伙人已经疯了。

朱韵再也待不下去，起身告辞："我先回去了，你们接着玩。"她得重新思考一下还要不要留在基地了。

朱韵穿好外衣后，听见李峋不咸不淡的声音："又开始乱想。"

没，我想得有理有据。

李峋勾了勾手指。

朱韵内心天人交战十秒钟，决定最后再忍他一次。

凑过去，李峋懒洋洋地说："回去看邮箱。"

李峋说完，就不再理会朱韵，转头跟高见鸿玩起骰子来。

朱韵一头雾水地回了宿舍，打开电脑，登录邮箱，还真有一封未读邮件，题目为"公主殿下亲启"。

朱韵脑神经一跳一跳，咬着牙将邮件打开，然后愣住了。

里面的东西她很熟悉，那是她帮方舒苗写的"相关推荐"功能，但具体内容又跟她当初写的不一样，这是修改过的。

李峋的代码跟他的形象相比，亲和力爆表，具有极强的可读性。他在每个修改的地方后面都加上详细的注释和展开，标准得宛如教科书。朱韵只在两三处地方停顿，查了资料，剩下的一气呵成，通篇都搞懂才花费半个多小时。

看他的代码，就像在跟他说话，一闭眼，他的意图、他的思路，甚至他那张飞扬跋扈、欠揍的脸，都那么清晰地呈现着。

他的代码没有太多繁复的花样，跟他的脾气很像，直接明了、不遮不拦，明明白白地给你看。

朱韵泡了杯咖啡，看了一眼收信时间，是今天晚上七点。

七点……那不就是他们离开基地之前吗？那他一下午都在改她的代码？不对……他怎么知道这个功能是她写的？他什么时候知道的？

带着满腔疑问，朱韵回想起李峋懒散的笑脸，还有他窝在椅子里敲键盘的样子，最后一头栽倒在桌面上。

总之，退出的事情还是再放一放吧。

第二天是周六，朱韵早早起床，简单吃了两口饭，动身前往基地。时间很早，她本以为自己会是第一个到的，结果进屋就看见躺在两张椅子上睡觉的李峋。

整个基地弥漫着一股宿醉的味道，朱韵去开窗通风，回来时才注意到，李峋的上衣被他睡得走形，露出腰身。他一手挡着眼睛，一手顺势搭在腹部。

这凳子稳不稳妥？好像不是很结实……

还有那肚皮，窗户开了有风，这么直接吹着肚皮，会不会拉肚子？

朱韵偷偷往屋外看了看。

周六的清晨，校园一片寂静，大家都跟李峋一样，在沉睡。

朱韵蹑手蹑脚地走过去，两手捏着李峋上衣下摆，准备往下拽一拽。

会不会出事？一般情节进展到这儿都会出事。

朱韵极力维持着手里的稳定，将衣服轻轻地往下拉。

拉到一半，李峋动了，可能是布料摩擦到手掌让他觉得有些痒，他将另一只手放下来，挠了挠。

再然后，他就给自己挠醒了。

朱韵第一时间抽手回来，淡定地看着睁开眼睛的李峋，心中感叹：就说情节进展到这儿一定会出问题。

好在问题不大，李峋明显睡眠不足，一脸便秘的样子，坐起来，头发再次爹成超级赛亚人，眉头紧得能挤死苍蝇。他意识尚且不清，但起来第一件事就是掀开自己的笔记本，按开机键。

要不要这么拼，你不怕猝死吗？

李峋脸色实在难看，朱韵决定不惹这尊活火山，转身回到自己的座位上。

李峋使劲搓脸，因为缺觉和醉酒，他的眼睛有些肿，怎么搓都精神不起来。他晃晃荡荡地去了洗手间，用冷水洗脸。

李峋回来的时候，气场已经没有那么恐怖了，他掀起上衣抹了把脸，但没擦干净，最后头发脸上衣服都沾着水滴。

坐到座位上，李峋弓着腰，低声说："打火机。"

朱韵将桌子上的打火机扔给他。

李峋点了根烟："讲个笑话。"

他的声音难得这样沙哑低沉。

不过……讲个笑话？

朱韵回头，李峋一边抽烟一边揉太阳穴："让我精神精神。"

清晨的校园静悄悄，太阳还没升太高，屋里偏暗，很温柔的色调。

朱韵思忖一番，说："实验楼里不让抽烟。"

李峋从修长的手掌中抬眼。

朱韵惊讶地发现疲惫让他暂时变成双眼皮了——单眼皮族真是个神奇的物种。

他嘴角弯了弯："确实是个笑话。"

可能是成功讲了笑话让李Boss高兴了，朱韵今天十分幸运地见到了正式项目。

一张长长的单子，朱韵拿到之后就闷头看起来。

李峋起身，靠在她桌边："第二课堂我这里一共能拿两学分，一个普通项目0.2，特殊的0.4。"

朱韵抬头："什么样的算特殊？"

"赚钱的。"

"……"

李老板站得很近，她要仰头才能看清他的脸。

这么熬夜，皮肤怎么维持的？

李峋敛眉抽烟，困得睁不开眼睛。

朱韵问："那基地挣的钱都给学生吗？"

"做梦呢你！"宿醉让他的声音有些沙哑，他上身拧了个小小的弧度，回头看她，尚且湿润的衣服被肋下堆出了柔和的褶皱，"知道校企合作中心吗？"

教室静得像清晨的公园，阳光都没有来打扰。

朱韵好奇他们是如何自然而然地聊起天来的，就像一对老朋友。

“知道。”朱韵说，“每个院系都有吧，跟外面企业合作的。”

“嗯，这些按理来说都有机会赚钱，但很多效益不好，到学校手里的不多，也就是个场地费和管理费。”

“所以基地赚的钱都给学校？”

“也不是，有分成。”

“分多少？”

李峋没答，将烟头按在一张白纸上：“怎么，想赚钱？”

“……”我是冲你这点钱来的？

朱韵客气地说：“没，没，我随便问的。”

李峋坐在桌面上，一双长腿直接拖地，懒洋洋道：“又开始了！装什么，想说什么就说。”

朱韵本来就有气，被李峋一激，不假思索道：“提到钱就满嘴防备，你的人简直跟你的发色一样俗。”

说完，两人都蒙了。

李峋瞠目结舌：“你再说一遍？”

“……”

“脱俗的朱小姐，你刚刚说什么，再说一遍。”

一失足成千古恨。

谁来救救她？

“误会了。”朱韵用低得不能再低的声音说，“我去趟洗手间。”

李峋长手一捞，拽住朱韵领口，朱韵差点被勒死。

“跑什么？”李峋在她身后说。

朱韵觉得在这样的时候，男人格外男人，女人格外女人——她是指体力上。

朱韵无法挣脱，李峋的大手捏着她的脖子，给她硬生生拧过来。

这回又是单眼皮了。

你他妈是神啊？

“我人怎么样，我发色怎么样？”

朱韵梗着脖子：“挺好，都挺好的……刚刚我乱说的，误会，真的误会了。”

走廊里传来声音，朱韵吓了一跳，小声说：“来人了！快松开。”

李峋冷笑：“我怕看啊，还是你怕看啊？”

他的手稳如泰山、不慌不忙，真的完全不在意外面越来越近的声音。

朱韵在教室门开的前一瞬，猛地一推，箭步回到自己座位，闷头看项目单。

吴孟兴进来，看见李峋和朱韵，招手打招呼，然后自觉地拿起笤帚，打扫起卫生来。

李峋在旁边打了个哈欠，冲朱韵道："别选了，等会儿拿东西过来坐这儿，你跟我做项目。"

朱韵低头哦了一声，合上手里的项目单。

陆陆续续又来了几个人，高见鸿到的时候也是一脸疲惫，本想坐下来休息一会儿，被李峋一掌拍起来，又招呼朱韵过去开会。

朱韵总算是见到李峋的笔记本真容了——桌面很干净，别说游戏，连基本的社交软件都没有，朱韵怀疑他整台电脑里都是编译器和运行插件。

项目就是蓝冠公司的那个，朱韵已经知道了，李峋给她看目前的项目进度："你们俩可以把功能稍稍弄一下，不用太明确细节，先确认一下思路，等下周去他们公司定了再深入。"

朱韵看着李峋："他们还没决定？"

高见鸿回答："没定，不过竞争对手里面最好的那家我已经了解过了，水平很一般，我们应该可以拿下来。"他笑着推搡李峋："主程大人，全靠你啦。"

朱韵看过去，李状元笑得气定神闲。

回自己座位的时候，朱韵忽然想到一个问题——所以她现在，是核心团队的成员了？

Chapter 04

打火机与公主裙

接下来的几天，李峋专心致志策划搭框架，朱韵和高见鸿则着手准备基础模板。

朱韵桌上堆的书越来越厚，人睡得越来越晚，精神却越来越亢奋。

一晃到了周三，李峋帮三人请了假，拉着朱韵和高见鸿一起去蓝冠公司。

蓝冠的食品厂位于郊区，朱韵提前查好了复杂的公交路线，结果第二天李大少直接在街上拦了一辆出租车，五百块钱包了一整天。

早上七点出发，二十分钟后，车下了二环高架，开进一条小路。小路在施工，他们便像坐船一样晃了一个多小时。

朱韵之前怕白天事多繁忙，临走前特地吃了两个包子垫肚子，结果车坐到一半吐了个干干净净。幸好司机停车及时，才没让她吐在车里。

高见鸿蹲在朱韵身边，担心地说："没事吧，怎么吐成这样啊？"

朱韵面无血色："没、没事。"

李峋抱着手臂远远地看热闹："紧张的吧？"

朱韵吐得双眼通红，抬头盯他。

李峋："瞅你这点出息。"

高见鸿忍不住说："你少说两句行不行？你看她呕得更狠了。"

朱韵气息不匀，已经全吐光了，不然真想攒点干货喷他一脸。

李峋扔过来一瓶水："快点吐，走了。"

重新回到车上，朱韵的胃里好受多了，一抬眼，看见李峋坐在副驾驶位哈欠连连。朱韵深吸一口气，心道，这次算他说对了，她确实有点紧张。

八点半左右，他们终于到达了目的地。

下了车，视野一片开阔，偌大的厂房总共三栋，最里一栋层数最高，看起来像是办公地。厂子虽然大，但似乎并不十分正规，来往的工人行动迟缓，跟逛街的路人差不多少。

下车后，李峋打了个电话，不一会儿来了一名工作人员，打量着李峋三人："人家都到了，你们怎么这么慢？"

高见鸿连忙说："不好意思，修路来着。"

工作人员："都等半天了，快来吧。"

他领着三人来到最里面的那栋楼，楼里很空，一踏进去就凉飕飕的。站在廊道入口，放眼看去，阳光里全是尘埃。

这也叫食品加工厂……

到了三层，总算是有点人气了，楼梯两旁摆放着花盆，里面种着拧成麻花的发财树。

他们悄声从会议室后门进入，里面有人正在宣讲。

会议室里有二十几个人，前排四个西装革履的是蓝冠公司的老板和技术高层，后面一堆一堆的，都是各个软件公司的员工。

工作人员给他们领进来就离开了，朱韵找了个位置坐下，开始仔细听前面的人发言。

在一开始的焦虑情绪平复下来后，朱韵渐渐发现了问题。

台上这位大哥先后向甲方展示了炫酷的UI界面、强大的功能分析以及美好的前景展望。

可是……你要接的是程序外包，你全程拿PPT（Microsoft Office PowerPoint，微软公司的演示文稿软件）图片演讲是什么意思？素材全部网上download（下载），功能也从其他相似网站带皮扒，前景更是吹得边儿都没有。

朱韵皱眉看着那位唾沫星子乱飞的发言人，直到最后，才意识到这位发言人根本连最基本的思路都没有就上来了。

耳边忽然有股热气，朱韵侧头，黄毛怪坐在她右手边，此时正抱着手臂，斜靠向她。

她压低声音："干什么？"

这么近距离，朱韵发现李峋不算是严格意义上的单眼皮，他内双，眼皮到了尾处分开了一点，细细薄薄的，很好看。柔时是雨燕的尾，烈时便是开刃的剪刀。

他笑着问她："还紧张吗？"

……好像不了。

越往后听，朱韵越不紧张，因为她已经看过李峋的代码。

终于轮到他们，李状元从包里拿出电脑，起身。

他走得一点征兆都没有，朱韵没来得及说加油。

他在台上发言。那不高不低、有些散漫的声线，舒缓了所有人的情绪。朱韵听着听着，慢慢忘记了他讲的内容，只剩专注地看着他。

他几晚没睡了?

朱韵好几次踩着门禁点离开基地，每次李峋都没有走，真应了他当初说的——"基地没有活动时间，有空就来。我都在。"

他穿着普通的灰衬衫，头发是浑身唯一的亮色。

李峋身材挺拔，像根新竹一样，可他从不乖乖地挺胸抬头。仗着个子高，他坐着时就喜欢窝起来，站着时也微微驼背。

朱韵看了一会儿，从衣服里拿出手机，拍了一张照。

高见鸿看她："怎么了？"

朱韵放下手机："没什么，感觉……挺值得纪念的。"

高见鸿笑了，转头看向台上："是啊。"

除了刚上台时那头杂毛引起了领导层的微微骚动以外，李峋的演讲十分顺利。

他们组的演示时间最短，但得到的技术高层提问最多。李峋思路清晰、有条不紊，所有的问题都回答得清清楚楚。

大老板看不懂程序，皱眉说："你这界面看着不是很吸引人啊。"

技术高层连忙在他耳边说了几句，大老板皱着眉点点头。

李峋拿着电脑回来，朱韵冲他比画了个大拇指。李峋嘴角轻挑，不可一世。

他们是最后一组，之后是大老板的总结发言。憋了许久，大老板总算能释放甲方的威力了，像煞有介事地讲了一会儿，然后让大家回去等通知。

朱韵三人跟着大部队往外走，蓦然间，她注意到一个人——走在边儿上的，干干瘦瘦的一个年轻人。

脖领被拉住，李峋给她扯回来："再走撞墙了。"

朱韵小声问李峋和高见鸿："你们看那个人。"她悄悄指那名年轻人，"你们觉得眼熟吗？"

高见鸿摇头："不认识。"

朱韵皱眉："我怎么感觉在哪儿见过他。"

李峋："喜欢就上去问啊，眼光真差。"

"……"

走到拐弯处，朱韵脑中一闪，忽然停住脚步："我想起来了。"

李峋斜眼。

朱韵："我去接方舒苗开会的时候见过他，他是我们系研究生院的。"

朱韵说完，李峋没什么反应，高见鸿倒是问了一句："研究生院？"

"嗯。"

"确定没看错？"

"肯定。"他长得太丑了，瘦得像个骷髅，当时给朱韵留下了深刻印象。

高见鸿想了想，又问："哪个导师，你还记得吗？"

朱韵摇头："我得问问方舒苗。"

高见鸿看向李峋，后者低头点了支烟，再抬头时说："先回去，杵这干什么。"

朱韵留心了这件事，回去后马上找到方舒苗询问。

"哪个？什么研究生？"方舒苗忘了个干干净净。

"就是之前你市区做学生代表开会的那次，不是一起去了很多人吗，最后时间太晚了，我还去接了你。"

朱韵努力帮她回忆，方舒苗舔着棒棒糖，眼珠子向上瞟："啊！那个骷髅！"

"没错，就是那个骷髅。他是我们系研究生院的吧？"

"对，姓韩……叫韩什么来着？"方舒苗咬掉半块糖果，"他不是学生代表，他是替导师去的。"

"他导师叫什么？"

"记不清了，但我记得是个女老师。怎么了？"

朱韵摇摇头，方舒苗问："最近学生会事情多，我都没有时间去基地，怎么样了？你们项目成了吗？"

朱韵："在等通知，不过应该……"应该没问题吧。

项目有没有问题还不知道，第二天，那位骷髅研究生学长拜访了基地。

他叫韩家康，来了之后直接把李峋叫了出去，谈了很久。

朱韵还没来得及弄清状况，下午的课要上了。

C语言一整节李峋都没有回来，林老头也没有问。临下课的时候，朱韵看到教室外面来了个女老师，在门口跟林老头打招呼。

林老头嘱咐朱韵等会儿组织安排课堂作业，然后按时间下课，便跟女老师走了。

朱韵正摸不着头脑的时候，高见鸿从教室后方蹭过来，坐在往日李峋的位置上。还没坐稳，他就开口道："撞上了。"

朱韵："什么撞上了？"

高见鸿："项目。"

其实朱韵昨天在蓝冠公司见到韩家康的时候，心里已经隐隐有所预感，如今被高见鸿证实了。

"真是见了鬼了！"高见鸿低低地骂了一声，眼睛盯着人已经走没了的教室门口，小声说，"那个张晓蓓我打听过了，之前是搞自动化的，也不知道是傍上了校里哪条大腿，今年提副教授了。"

朱韵："自动化？那怎么变成计算机系了？"

高见鸿冷笑："她那破实验室能有多少油水，转专业了。"

见朱韵没说话，高见鸿莫测高深道："你知道光我们这个项目能谈到什么数吗？"

朱韵摇头，高见鸿在桌下比画了两个数字。

"……"她冤枉李峋了，他一点也不俗。都是成年人了，提到钱，防备一下也是应该的。

后面两节课李峋还是没来，朱韵心不在焉地熬到下课，拎包去基地。

黄毛怪照旧窝在椅子里写代码。

朱韵走到他面前，李峋抬头，看见是她，指了指桌面。朱韵拿起桌上的纸，上面是正式整理好的项目要求和时间规划表。

“绿色部分你负责，时间要严格遵守。”

朱韵粗略地看了一遍：“怎么少了这么多内容？”

李峋好像打错了一行代码，翘起小指轻巧地敲删除键，然后把电脑放到桌面上，长腿一蹬，伸了个懒腰：“高见鸿来了没有？”

李峋揉揉眼睛，话音刚落，高见鸿就从外面进来了：“这儿呢。”

李峋勾手指，将人拢到一起。

高见鸿放下包：“开会？”

李峋：“再等等。”

不一会儿，外面又来了一伙人，打头的就是张晓蓓和林老头，后面还有韩家康等三四个学长。

朱韵和高见鸿不自觉地挺直身体，李峋另开了隔壁一间教室，一行人进屋落座。

朱韵看向张晓蓓。

她看起来很年轻，化着淡淡的妆，高挑身材，披着长发，脸色和善。

林老头搓搓手，笑着先开口说：“这次把两边都叫来，主要是讲这么个事：我们基地不是拿下了一个软件外包项目嘛，刚巧张老师的实验室也申报了这个项目。刚刚张老师找我谈了一下，我们是这个想法——两边合作，强强联合！你们也能跟学长们多学习学习。至于名头呢，就挂张老师那边的，毕竟研究生实验室还是要专业一些。”

两边学生都一语不发。张晓蓓说：“主要也是赶巧了，之前刘主任出差，加上我这儿的学生一门心思搞课题，消息太闭塞，不然也不会重了。”

朱韵往后看了一眼，韩家康一脸平静地坐在后面。

林老头：“没事，合作也是好的嘛，互通有无。让我的学生也跟外面交流交流，像这个——”指李峋，一脸笑意地说：“这种脾气要飞上天的，也该让人给他往下拉拉了。”

李峋搔搔下巴。

林老头嘴上不饶人，可语气里的骄傲和炫耀谁都能听得出。

张晓蓓看向李峋：“这位就是林老得意门生吧？早有耳闻。”她弯着眼角啧啧两声，“林老的学生一看就不一般。”

林老头摆手：“哪呀，跟只狼崽子似的，弄起东西来我都怕他！”

张晓蓓呵呵笑。

林老头又指向朱韵："有什么事跟我课代表说，她稳妥。"

朱韵吓一跳，连忙冲张晓蓓那边点点头。

又聊了一会儿，林老头要上课，先离开了。

张晓蓓对李峋说："你们虽然是本科生，但林老师跟我说你们都相当优秀，这次也想让你们通过真正的实践项目好好锻炼一下，到时你们有什么问题和困难就直接找我，也可以联系你们学长，不要觉得不好意思。"

李峋慢悠悠地点头。

"那就这样吧，韩家康，你留下再沟通一下，其他人没事的赶快回去干活，效率就是生命。"

就剩四个人了。

骷髅学长还是那张平静的脸庞："你们有什么想问的吗？"

李峋慢悠悠地摇头。

"那我也走了。"他拿出纸笔，写了一串数，"这是我电话，你们存一下，有事就给我打电话。"

他起身，准备离开。

"你们什么时候报名的？"朱韵忽然开口。

韩家康回头。

朱韵问："之前报名的那些公司里，好像没有你们吧？"

韩家康考究地看着她。

朱韵笑着说："早知道有研究生导师带队，我们也不那么辛苦了。"转头看李峋："是吧，点灯熬油那么多天，多吃力。"

李峋慢悠悠地点头。

韩家康眉毛松了松，说："开始报名的时候，我们手头的课题还在收尾，后来虽然报名截止了，但公司听说导师实力强，就通融时间了。"

没人说话。

韩家康又说："那天宣讲我们虽然没上台，但东西其实是准备了的，张老师的意思是别内部消耗，浪费资源。"

还是没人说话。

韩家康的骷髅脸上看不出任何表情："还有别的问题吗？"

大家都看向李峋。李峋慢悠悠地摇头。

韩家康走了。

李峋直起身，刚打了个哈欠，身边高见鸿噌地一下从椅子里站起来，脸色难看地说："李峋，你跟我来一下。"

李峋跟高见鸿在外面说话，朱韵趴在桌子上玩手机。

在下午上课的时候，朱韵已经查过这个张晓蓓。她今年三十有二，教学之路顺风顺水，晋升极快，可学术上乏善可陈，身为一个副教授，根本没有论文独立发表在什么像样的核心期刊上。

朱韵趴着趴着，忽然觉得身心俱疲，长时间的劳累似乎一下子压了下来，她闭上眼睛，慢慢睡着了。

睁开眼时，天色已黑。

高见鸿不知去处，李峋靠在窗台边抽烟。

或许是为了不呛到朱韵，抑或是想吹吹风，李峋站在窗边，离她很远。

如果没那飘动的烟雾，她会以为面前是幅画。

"李峋？"

李峋看过来："稳妥的课代表醒了？"

朱韵："……"

她走过去，他将烟掐了。

外面刚下过雨，空气里有股湿润的泥土味道。

"高见鸿呢？"

"回去干活了。"

朱韵一愣，李峋看过来："怎么，以为他不干了？"

朱韵没说话，她就是这么想的。

李峋慵懒地靠在窗台上笑。

学校环境好，窗外是一片竹林。

墨绿的林叶，深灰的衣衫，金色的发，白炽的灯。

他们好像又变成老朋友了。

李峋抱着手臂，垂眼看她："他要说的都说完了，你有没有要说的，一起吧。"

朱韵沉默。

李峋笑笑："又开始了？想说什么就……"

"你甘心？"

李峋眉毛一挑："嗯？"

朱韵仰头看他："林老师一心钻研学术，从来不关心这些歪门邪道。他不知道，但你应该知道。那个张晓蓓是来干什么的？连名头都挂在她那里，那我们都去给她打工了？这种研究生导师我从小听闻多了，我们不用这么轻易就答应，肯定还有别的解决方法。而且就算没有他们，以我们的实力，做这个网站也不成问题。"

李峋听到最后笑了："公主殿下信心满满啊！"

朱韵第一次对他的调侃无动于衷。

她后背发烫。为这个项目付出得最多的人是谁？设计规划的是谁？天天熬夜的是谁？搭出那么结实的框架的人是谁？

为什么他还能这样开玩笑。

朱韵试图从他脸上寻找愤怒的蛛丝马迹，可没有成功。

"你就不生气？"

"我为什么要生气？"

你平时牛哄哄的看不起这个、看不起那个，怎么碰到稍稍硬一点的就不敢上了？——这讽刺的话她忍在心里。

不能说，就算冲着他熬过的那些个夜晚，她也不能说。

朱韵心里憋气，忍不住看向一旁。

静了几秒，李峋弯腰："哭了吗？"

朱韵转头瞪他，李峋道："眼圈都红了。"

憋的！

李峋笑，窗外的小竹林被夜风吹得沙沙作响。在朱韵的沉默中，李峋轻声问："公主，你以前见过坏人吗？"

什么意思？

坏人？坏到什么程度算坏人？

还没等朱韵想出他问这话的理由，就听见李峋说："你现在就像个没气的轮胎。"

朱韵："……"

怎么回嘴？她的攻击力确实下降了。

李峋往外走："回去干活，耽误一下午了。"

朱韵提不起兴致。她这时才想到，自己似乎已经为基地无间断地卖力很久了，好像高三都没有这么累过。

紧绷的弦忽然拉松，之前没有在意过的拼命和劳累，现在统统在意了。

“我今天想回去休息。”朱韵说。

李峋停在了教室门口。

氛围有点怪。

五秒之后，李峋折返回来，径直来到朱韵面前，双手扶住朱韵的肩膀。

朱韵被他饱含深情的目光吓得灵魂都抖起来了。

李峋低沉地开口：“朱韵，你知道吗？”

我知道什么？

“所有事，都只有在最开始的时候才是它原本的样子，越往后，就越偏离。”

好像有点道理。

“但仍是值得努力的。”

为啥？

“因为我们努力，可以让它不偏得更远。”

这样啊……

“你说是吗？”

呃……

朱韵看着李峋真挚的目光，只能梗着脖子，缓缓点头。

在她刚点第一下的时候，李峋已经立马恢复了大爷脸：“所以抱怨一下就得了，别想真怎么着。”

他双手插兜，一双剪刀眼俯视着她，低声威胁道：“敢退我就按死你！”

朱韵：“……”

为了不被按死，朱韵回基地干活了。

开机过程中，她悄悄看高见鸿。

高见鸿正专心编程，余光注意到朱韵：“怎么了？”

“……李峋给你熬鸡汤了吗？”

高见鸿手上不停，一脸忍笑的表情，小声说：“嗯……吓死我了。”

同感。

那晚朱韵效率不高，但照样坐到最后一刻才离开。她离开时，李峋也照样还窝在椅子里敲代码。

下完雨的夜，寂静空灵。

朱韵路过操场，向里望去，荒草地里有水，没人。她看了一会儿，然后改变路线，去了生活区的一家打印店。

“想印什么？”

“照片。”

“U盘呢？”

“在手机里，你们有数据线吗？”

“有，印几张？”

“一张。”

她将自己偷拍的李峋在蓝冠公司宣讲时的照片打印出来，放在书包的最深处。

很管用。

她第二天再去基地的时候，已经完全没有劳累的感觉了，不再像昨天见完韩家康后那么无力，也不再像一个干瘪的轮胎，做什么都提不起兴致。

她精神奕奕，容光焕发。

这招比鸡汤好使多了，她简直就是背着能量源在旅行。

Chapter 05

打火机与公主裙

与张晓蓓实验室的合作开始了。

林老头因为课业事情繁杂，加上他对李峋十分信任，所以从基地建立开始，他就是只有项目碰到难题时才会来，平日里就是学生自己管理。

而张晓蓓不同，她对自己的实验室和这边的实践基地都格外上心，并且持着公平对待的态度，有事没事都要天天来基地露一面，关心项目进度、提出修改意见、测试网页，并将每天完成的部分带回实验室记录整合。

这样的日子平稳而忙碌地继续着，开始的时候维持得还不错，后来慢慢开始出现问题。

张晓蓓第一个大包大揽的项目就是网站前端的美术设计，张导师最喜欢揪着对话框的颜色改来改去。

负责UI组件的是朱韵，她拿到实验室的图片时，第一时间做了插件，结果没多久，实验室再出图，颜色、大小、表单细节都发生了变化，导致朱韵一下午都在覆盖之前的插件，这么折腾了几次后，朱韵有点受不了了。

她找到李峋，将情况说明，李峋放下电脑，打电话叫韩家康过来。

韩家康还是那张无表情的骷髅脸："怎么了？"

李峋让他转告张晓蓓，蓝冠公司的项目负责人近期要来查看进度。他旁敲侧击地告诉韩家康，如果到时一个完整页面都拿不出来，恐怕会很难看。

韩家康一语不发地听着，一句话都没有插。

朱韵注意到韩家康临走的时候脚步顿了顿，似乎想说什么，但最终还是沉默地离开了。

从那儿之后，混乱的情况稍稍好了一些，蓝冠公司的项目负责人来了几次，都是张晓蓓在接待。

李峋的速度越来越快。

朱韵一度怀疑他是不是不用睡觉，白天的课照上不误，其余时间完全泡在基地，周围堆满了书籍和文件。

朱韵也像打了兴奋剂一样，目标明确，思路清晰。她觉得身上似乎被绑了绳子，绳子那边系在李峋手里。他越快，她就越快；他不累，她也不累。

在初期磨合后，项目步入正轨，与公司负责人的对接也十分顺利。张晓蓓心情大好，某日让韩家康送来好几箱进口零食，犒劳整个基地。

大家欢呼雀跃。

除了朱韵三人，基地其他同学并不清楚蓝冠公司项目的具体内容，大家只是模糊地知道基地正跟研究生院的一个实验室在合作，而现在研究生导师给基地发福利，大家都有口福了。

朱韵从一堆零食里抬头看李峋。

如常。

面对着屏幕，他的脸冷峻如常。

扣上电脑嚣张狂妄，打开电脑严酷冷漠。朱韵咬了口芒果干，思考着到底哪种状态的李峋更让人抓狂一点。

最后她得出结论，一半一半吧……

“又在那编派我什么呢？”

朱韵：“……”你在我脑子里装窃听器了？

李峋刚抬头瞥她一眼，吴孟兴就过去找他问问题。李峋听完，笑着说：“封装啊，封装的问题你得问朱韵。”

朱韵镇定地吃着芒果干。

李峋对一脸迷惑的吴孟兴说：“你不知道吗？我们课代表是封装高手啊，内心戏多得都能出本书了，就是什么都不说，谁也看不见。”

他冲朱韵仰仰头：“是不是啊？”

是个屁！

李峋一指她：“你看，又开始了。”

朱韵泰然自若地转过身，干脆不看他。李峋在后面叫：“过来。”

叫谁？

“没错，就是你。”

朱韵回头，李峋指着那堆零食，说：“挑点好的装起来……”

朱韵：“你要留着当夜宵？”

李峋接着说：“然后给柳思思送去。”

朱韵一张脸瘫了五秒钟，然后点点头：“行。”

不过说起来……她装完零食，问李峋：“我好像挺久没有给她写作业了，她自力更生了？”

李峋忙着敲代码，不知道听没听见。

朱韵带着一大包零食去艺术学院找柳思思，后者正好在上专业课，接了朱韵的短信直接出来了。

“这是李峋让我给你的。”

“嗯，谢谢。”

朱韵随口问：“最近怎么不去基地啦？”

“分手了呗。”

“……”

虽然一直都听闻李峋的女朋友换得很勤，但真实经历一段，感受还是不太一样。

“分手了？”

“嗯哼。”柳思思嘟嘟嘴。

之前柳思思在KTV里献歌的场景浮现在朱韵眼前，朱韵竟莫名其妙地觉得有些伤感。

柳思思的气色还不错，但朱韵仍觉得有必要安慰一下：“那个，别难过，以后还有……”

说了一半，她停了。

以后还有更好的。

以后还有更好的吗？

肯定有啊，温柔妥帖的男生、善良谦逊的男生……有很多啊。

那你停什么？

朱韵在脑中自说自话，柳思思道："没事，我不难过，我甩他的。"

朱韵沉默。

"真的。"柳思思怕朱韵不信，又说，"之前他分了那么多女朋友，其实他都是被甩的。"

这……原来那么狂的李状元也有不为人知的一面。

"他不追人，也不甩人，当然也不留人，都是女生自己来自己走。"柳思思笑，"你看他多省事。"

朱韵忍不住问："为什么走？"

虽然脾气臭了点，但凭良心说，看惯了那头金毛之后，李老板着实很帅啊！

"没意思了。"柳思思靠在路边的玉兰树上，看着艺术学院的花园，"其实当初找他也没想太多，就是因为他长得好。他也一样，他谈恋爱就是图放松，缓解压力而已。"柳思思看向朱韵，"你知道吗？我们在一起的时候，从没打过超过三分钟的电话，我要找他只能去你们的实践基地。"

朱韵："……"

柳思思："刚开始还行，新鲜劲过了就继续不下去了。不是我自视甚高，我也是有很多追求者的好不好？天天窝在电脑前面，换谁谁受得了！"

朱韵思索一番，认真提议说："你可以跟他沟通啊。"

柳思思安静了一会儿，没有马上回答。

凉风习习，玉兰树的花朵已经落得差不多了。

柳思思说："我之前谈过不少恋爱。"

朱韵啊了一声。

柳思思："男生其实很好懂的，谁是真的谁是假的、谁是一时起意、谁愿意纠缠不休，我能看出来。"

柳思思直起身，伸了个懒腰："男生心动和动心是两回事。算了，你不用安慰我，我们和平分手，谁也不欠谁。"说着，她又想起什么："对了，他下一个女朋友是播音学院的，学习比我好，应该不用你帮忙写作业了。"

朱韵实在不知道该接点什么。

柳思思拎着零食袋，忽然道："学编程难吗？"

咦？怎么突然问这个。

朱韵："还可以吧，如果数学和英语的基础好的话，再加上对……"

“行了行了！”柳思思摆手，“打住！全是我不想听到的词，到此为止吧。”

看着下一秒就兴奋地翻着零食袋的柳思思，朱韵感慨，怪不得李峋说喜欢“笨女人”。

笨女人真不错，轻轻松松、简简单单，分手了一袋零食就能喜笑颜开，然后各走各路，互不相干。

回到基地，李峋跟朱韵走时一样，连位置都没有动。

朱韵过去汇报任务：“给完了，她很喜欢。”

李峋嗯了一声，手在噼里啪啦地敲键盘。朱韵凑过去看，李峋正在整理她和高见鸿的代码，速度飞快。

本来朱韵想跟他聊聊柳思思的事，但看着那双全神贯注的眼睛，最终还是把话都咽下去了。

在项目进展了大半之后，某天，韩家康找来基地。

这次他的态度跟之前有些不一样，低着头，一副欲语还休的样子。李峋等了半天也不见他说话。

朱韵从旁边偷瞄过去，不是又出什么幺蛾子了吧？老天保佑，不要啊！

磨蹭了半天，韩家康终于说：“我能在你们这儿干活吗？”

他仿佛有些不好意思，声音很小，只有李峋这一小组的人听见了。高见鸿跟朱韵对视一眼，看向李峋。

韩家康连忙说：“只有这个项目。因为那边……也差不多只有我在负责，总是来回跑效率也不高，如果在一起的话，沟通也方便点。”

这个确实……直接沟通效率会高很多。

李峋挠挠脸，然后一指小组最后一个空位。

韩家康松了口气，说：“那我回去拿东西，马上就来。”

现在三个人，朱韵算是坐在中间，韩家康走后，李峋起身，对朱韵说：“你跟我换位置。”

啊？为什么？

朱韵一边收拾东西，一边忍不住想，是不是他还有些介怀项目被抢的事，不想临着韩家康坐？

李峋把自己电脑收起来，跟朱韵换完位置后，对她和高见鸿说：“你们俩挨着他，多看他东西，他前端开发水平高，对HTML和CSS的细节理解很深。而且看他布局应该是有设计学基础的，多跟他学。”

李峋在桌下磕朱韵鞋，鄙夷地说：“发什么呆！尤其是你，别天天就知道性能，是不是女人，美点儿行不行？”

我挺美的好不！知道我三围数字吗？你个瘪三！信不信我眼镜一摘、头发放下，再随便上个妆，什么张王李赵、柳思思全部靠边站。

李峋：“想什么呢？”

……没什么。

朱韵默不作声地闷头写程序，不一会儿，韩家康带着一堆东西来到基地了。

起初，朱韵是抱着怀疑的态度看待这位骷髅研究生学长的，但后来，慢慢地，朱韵发现事情并不是自己想的那样。

韩家康工作起来，认真程度并不输给李峋，而且就如李峋所说，他的实力不容小觑，尤其是前端开发——朱韵看到他的程序的时候才知道，原来页面上那些精彩的渲染并不是套的模板，而是徒手写出来的。

韩家康来这儿之后，朱韵的效率提升很大，她直接与韩家康对接，所有的问题都在第一时间得到反馈。

韩家康刚开始时还有些沉默，后来相处多了，他渐渐开朗起来。而且说到底，韩家康来了之后，工作量减轻最多的还是李峋。因为韩家康知识面丰富，又很乐于助人，而且至关重要的是——他的态度比某“杀马特”好了不止一个数量级，所以没出一个礼拜，吴孟兴等人就喜笑颜开地投入学长怀抱了。

天气一天比一天冷，秋天过去了。

在某个清凉的傍晚，他们的项目完成了。

当晚他们前往公司。算上张晓蓓在内，一共去了五个人。他们与蓝冠公司的项目负责人围在电脑边，深谈到半夜。几个人轮番上去讲，包括最后的测试和验证，还有后续的维护更新内容。

最后所有人都说得口干舌燥，嗓子冒烟，喝多少水都没有用。

张晓蓓和公司负责人好像有说不完的话，让李峋三人带上韩家康先行离开了。

从公司出来的一刻，冷风侵袭。

身上出了汗，被风一吹，皮肤收紧。恍惚之间，朱韵竟有种正在蜕皮的错觉。

李峋低头点了根烟，有些沙哑地说："走吧，我请客。"

朱韵疑惑为何李峋请客的地点永远是酒吧、歌厅这种不见天日的地方。

酒吧老板看起来跟李峋很熟，一路说说笑笑。

他们坐在大厅里面，李峋叫了酒，放到朱韵面前一瓶，在台上乐队震耳欲聋的歌声中冲她喊："公主！喝酒吗？"

朱韵一脸死机相。

李峋看她那表情，大笑，将酒扔过来，朱韵连忙接住。

"这是玻璃，不是塑料！"她握着冰凉的瓶身，冲李峋喊，"碎了怎么办？"

李峋凑过来，眼睛比水凉，比水亮。他一脸嘲讽地看着她，淡淡道："碎就碎，瞅你这点出息！"

朱韵恨不得把桌掀了。

李峋一开就是二十瓶，在桌面上码成一排，然后举起一瓶准备敬酒。其他两人见状，一人拿一瓶，然后三人一起看向朱韵。

朱韵跟他们一起对瓶喝起来。

朱韵酒量不好，喝了一瓶就有点晕了。三个男人喝得开开心心，开心得韩家康都哭了出来。

嗯……等等，哭了出来？

朱韵揉揉脸，起身，李峋和高见鸿也暂时停止了讲荤段子。

韩家康一开始只是小声啜泣，后来可能是发现酒吧暗，背景音乐声还大，哭也没关系，便越来越大声，惨烈得有水漫金山之势。

朱韵看了李峋他们一眼，李峋冲她一指。

啥意思？我上呗！

朱韵叹口气，来到韩家康身边，拍拍他肩膀，说："学长，没事吧，怎么了？"

喜极而泣也不至于这个程度。

韩家康泣不成声，断断续续地说："我明天，要去，要去给导师，搬家。"

"……"

朱韵分析了一下他话里的逻辑关系——哭，搬家。

难道你暗恋张晓蓓？你口味也是很独特啊……

“还有新项目，手里的课题做都做不完……做不完就不让毕业……”

原来是这样，朱韵递给他纸巾，韩家康鼻涕一把眼泪一把。

他借着酒力，一股脑儿地吐苦水：“我研究生已经念了三年了，我师兄都四年了，研一整年都没上过课，一直在做导师的横向。师兄的论文卡了那么久，就是不给过，不让毕业。你看看我，现在都成什么样了？”

他掏出手机，哆哆嗦嗦地朱韵展示以前的照片。

朱韵震惊，原来他不是生下来就是骷髅啊！

“她让我师兄给她代课，整整一年，就给了八百块！还是师兄觍着脸要来的！”

朱韵说：“不想做的话，就不做呗！”

“哪那么容易！导师跟学校领导关系好，跟市里教育局的领导也熟悉，我和我师兄根本不敢得罪她。”韩家康捂住脸，“怪我们当时太天真了，以为她能给我们推荐好工作。”他绝望地说，“她拉项目像疯子一样，明知道做不完也拉。说是锻炼我们，其实就是为了赚钱，只要有钱的项目，她肯定要拉！她自己计算机专业水平不够，就指挥我们像狗一样干活！”

韩家康抬头，看向李峋：“我实话跟你们说，蓝冠的项目就是她抢的。她从林老师那儿知道你们在做，而且做得特别好，能稳稳地拿下来，才打着学校的名号去找公司的。宣讲那天，我们根本什么都没有，我他妈那天才刚刚知道有那个项目！”

朱韵转头看李峋，后者靠在沙发里喝酒，像没听见一样。

“我对不起你们！我天天帮她向你们要程序、要数据，我脸都没处放了！”韩家康鼻孔放大，一激动，直接给自己来了个嘴巴子。

“哎哎哎！”朱韵赶快拦住他，“你先别激动。”

酒、泪，还有鼻涕，都混在一起，韩家康狼狈不堪。

他还没说完：“我告诉你们，她认识最多的就是媒体，我闭着眼睛都能想到她会跟蓝冠负责人怎么说。”

韩家康学着张晓蓓的语调，拿腔拿调：“‘我认识几位媒体朋友，业界名声都是响当当的，可以帮忙报道。到时候我们一起出面，也算是给网站提前做宣传，咱们双赢。’”

“然后——”韩家康一拍大腿，“你们看着，等这个报道出来，我拿人头担保，绝对不会出现你们的名字！这个项目到最后，不管里面还是外面，都彻彻底底归她了！”

韩家康看起来比谁都生气，还没处撒，使劲跺脚：“臭贱人！臭贱人！臭贱人！我他妈整个研究生生涯都被她毁了！”

朱韵看着失态的韩家康：“这么闹心，走好了。”她说。

韩家康怔怔地坐在那儿，最后说：“不行，我得要学位。”

朱韵终于听到李峋那边一声笑，他直到现在才对韩家康整盘发泄做出反应。

朱韵转头，看见李峋冲她招手。

韩家康已经倒在沙发里昏睡过去，朱韵来到李峋身边，等着他发表高见。

“听出来了吗？”李峋眼神发亮，他越喝酒，眼就越亮。

“什么？”朱韵问。

李峋指了指耳朵。

他讲了那么长一段话，你总要给我个大概方向，我才能深入分析啊！

看朱韵还是一脸迷茫，李峋嗤笑一声，直起身，靠回沙发里，淡淡地说：“亏了任迪还跟我说你是她朋友。”

醍醐灌顶。

他一句话把世界翻了个个儿，从痛苦压抑的这边，翻到了嘶吼狂放的那边。

朱韵猛然回头。

酒吧的唱台上，一个乐队在激情表演。乌烟瘴气之中，朱韵一眼就看到了中间那个人。

韩家康那些话她忘干净了，眼中只剩一个一脸浓妆的女人，耳里只剩一抹烟熏沙哑的嗓音。

周围全是人，大家吵闹、疯狂、挣扎。

高见鸿在喝酒，韩家康迷醉不醒，李峋隐匿在黑暗中。

朱韵看不清任迪的表情，可总觉得她在笑，她的笑比李峋更加张扬，也更加讽刺。

朱韵坐回沙发，一斜眼，看见李峋拿着酒瓶对着她。朱韵从桌上抄起一瓶酒，两人隔空碰了一下，都一饮而尽。

她喝不下，硬往里塞。天地晕转中，任迪那躁动撕裂的声音，似乎都变得轻柔了。

强灌酒的后果，就是隔夜饭都要吐出来了。

朱韵从来不知道自己有一天会这样抱着座便吐，吐完还仰起头，冲着灯管嘿嘿笑。

没救了，要死了！

她到水池边，用冷水洗脸，祈求理智回归，一抬头，看到镜子里的自己脸色潮红。她摸了摸，烫。

从洗手间出去，李峋在门口等着。

“没事吧你？你灌那么急干什么啊？”李峋手掐着腰，皱眉，一双长腿线条流畅，饱受瞩目。

朱韵冲着那腿就过去了。

“哎！”李峋一抬手，给她顶住，“还行不行？”

朱韵摇头。李峋眉头紧皱，思考片刻，然后拽着她往外走，边走边打电话。

不一会儿，高见鸿架着醉倒的韩家康出来。

又过了一会儿，任迪背着吉他也出来了。

“怎么了这是？”任迪来到朱韵面前，挥挥手，“嘿！”

朱韵也冲她挥手：“嘿！”

任迪乐了，李峋问她：“你现在可以走了？”

“嗯，时间差不多了，剩下让他们弄就行了。”

李峋点点头，然后把朱韵推任迪怀里：“你带她。”

朱韵被这么一推，又有点想吐了。任迪拍拍她后背：“稳住，走了。”

走在深夜的人行道上，朱韵迷迷糊糊地问：“这不是回学校的路啊。”

李峋抽着烟：“这都几点了，还回学校。”

朱韵：“那去哪儿？”

任迪扶着朱韵：“回我工作室。”

任迪的工作室开在学校南面两条街开外的写字楼里，四层，百十来平方米，为了方便摆放器材，打成了开阔的样板间，只剩几根承重的柱子。

工作室南边是排练的地方，地上堆着乐器和音响，还有纠结在一起的一堆电线。北面是休息的地方，很原始，两张大通铺，上面乱七八糟。

已经快两点了。

折腾了一整天，所有人都累得不行，高见鸿将韩家康扔在床里，自己也一头栽倒，半分钟不到就睡着了。

任迪放下吉他，拉着朱韵到另外一张床上，也不卸妆，直接倒下。

工作室只开了个瓦数很低的小灯，昏暗得很。朱韵看着周围，角落里有李峋的包和衣服。她小声问任迪：“李峋晚上都在这儿睡？”

任迪累得睁不开眼，说：“嗯。有时候在基地，太晚了就来这儿。”

“给他当免费宾馆？”

“他是乐队资助人。”

“啊？”

任迪翻了个身，声音越来越小：“你之前不是好奇我俩的关系吗？就这关系，他是我拉的投资人。”

朱韵眨眨眼。

任迪打了个哈欠，浑浑噩噩地说：“不行了……困死了，我要睡了。”

朱韵转头，看见承重墙旁站着的李峋。她远远地问他：“喂——你睡觉吗？”

李峋好像在想什么事情，听见她的话，看过来：“我等会儿，你睡吧。”说着，将那盏低瓦数的小灯泡关了。

屋里瞬间黑暗。

朱韵头冲着李峋那边躺下，在床上翻了两圈，然后感觉到头顶方向有些微的亮光。

朱韵仰头，看见李峋抽完烟，坐到地上，靠着承重墙打开了电脑。

所有人都睡着了，她用气音小声说：“你干吗呢——”

李峋淡淡道：“没干吗，睡你的觉。”

朱韵抻着脖子：“项目都做完了，你还写什么？”

李峋不耐烦地又点了根烟，回头：“你到底睡不睡？喝点酒废话这么多！”

“……”安静了。

安静了三秒钟，李峋刚回过头准备干活——

“又有新项目了？”

“……”

“关于什么的？”

“嗞！”烟灰烫手，李峋狠狠地扣上电脑。

五米开外都能感觉到怒气，朱韵连忙缩回去，胆怯地说：“好了好了，我闭嘴了，我睡觉了。”

世界再次安静。

几分钟后，李峋感觉有点不对劲——黑暗中，似乎有什么毛茸茸的东西从他的斜后方伸了过来。

李峋做东西专注，很少分心，但这毛茸茸的物体已经快要进入屏幕范围了，他不得不打断思路。侧头，朱韵的脑袋贴得越来越近，她的后半截身子藏在承重墙后面，正一点一点往这边爬。

亏得李峋神鬼不怕，换个胆小的，见了这个状况非得吓晕过去。

“蓝……”有个小小的声音念着。

她刚一开口，李峋瞬间反应过来，放下电脑，一把捂住她的嘴。

“冠——”朱韵挣扎着，要把自己的话说完，“蓝唔唔唔——”

“你给我小点声！”李峋压低声音，手忽然一痛，“你敢咬我？！”

她岂止敢咬，她还敢踢呢！

朱韵脚丫子乱蹬，蹬得李峋怒火中烧，最后两手一钳，双臂一用力，将朱韵死死压住：“能不能老实点？！”

“蓝冠公司！”

挣扎中，她的眼镜早已不见踪影，为了更好地看清对手，展现气势，朱韵近距离瞪眼，跟李峋鼻子对鼻子。

“我看到了！”她呼哧呼哧，浑身酒气，“别以为我看不出来，那是给蓝冠公司做的！那又是什么项目，你做多长时间了？你背着我们干什么呢？从实招来——”

她声音渐大，李峋怕其他人被她叫醒，再次试图捂她的嘴。

这次朱韵早就有所防备，在他手稍稍松开的一刻，马上跷起双腿，一招猴子挂树，死死地勾在李峋的身上，然后往下一沉。

李峋瞬间跪地上。

“我×！”膝盖磕在水泥地上，李峋疼得直咬牙。

那边朱韵成功反制后，不忘用眼神接着镇压他，还附带配音——“呔！”

李峋：“……”

床上有人翻动，李峋看看那边，又看看挂在自己身上的朱韵，最后无奈一叹，扣上电脑，从地上爬起来，带着考拉附身的朱韵去了阳台。

门一合上，李峋马上把朱韵给扯了下来。

“喝点酒跟他妈疯子一样！”他看着披头散发的朱韵，忍不住骂。

朱韵指着他："别转移话题，那是什么？"

李峋斜靠在阳台上，看着宁静的夜景，厌烦地说："所以我就不喜欢你们这种女人，絮絮叨叨，一天到晚刨根问底。"

"是什么？"

李峋看她一眼，然后起身往屋里走。朱韵想拉住他，李峋回身抬手一掐，捏住朱韵下巴。

他离得很近了。

"差不多行了啊！"他低声说，"在这儿等着！"

于是朱韵乖乖等在阳台。

过了一会儿，李峋拿着电脑回来，直接放到朱韵怀里，顺势又点了支烟。

朱韵一边看，李峋一边说："这个系统主要功能是——"

"不不不！"朱韵打断他，"功能我可以自己看。"

李峋挑眉。

朱韵犹带醉意的脸上露出得意扬扬的神情，缓缓地说："我现在能看懂你的代码了，不会憋死了。"

勾起以往的回忆，李峋无奈笑了。

朱韵一屁股坐在地上，说："你就告诉我，你做这个干什么吧！"

"卖。"

"卖？"

"蓝冠那个网站后期开发得太空了，照这样下去，收回成本都费劲，很难赚钱。"

朱韵抬头，李峋靠在阳台上，手里的烟点着了，却不抽，低头，捏着玩。

楼上是一家足疗馆，牌灯是引人发醉的桃红色，照在他金色的发上，又脏又漂亮。

"你知道不赚钱，为什么不告诉他们？"她问。

李峋被她逗笑了："告诉他们，我赚什么？"

朱韵低头，不说话。

李峋："购物网站那么多，还有不少大型平台。蓝冠自产自销，网站没有任何特点，人家凭什么进去买？他们连自己的优势都搞不清楚，只知道跟风凑热闹，钱是那么好赚的吗？"

朱韵还是不说话，气氛有些凝滞。

李峋静了静，低声说："我也不是故意瞒着你们。我最开始不是这么打算的，如果张晓蓓不牵扯进来，我们合同签完，我会给他们提意见。但她扯进来了，只能这样应付。"

李峋将烧完的烟头扔地上，一脚踩灭。

这份安静让他有些闹心。

"别耍脾气，我不哄人。"他皱着眉，看着垂着头的朱韵，"你——"

鼾声起。

"……"

李峋蹲下身，看到朱韵低着头，已经睡得实实成成。他哑口无言半天，才愣愣地说了句："……我还真是×了！"

他把朱韵抱起来，放回屋里的床上，由衷地期望她明早起来什么都不记得了。

翌日。

朱韵起床的时候李峋已经离开，她跟高见鸿一起去学校，上完课直奔基地。

李峋正跟播音学院的新女友打得火热，朱韵走过去，扶住新女友的小细腰，轻轻挪到一边："来，你先在这儿待一会儿。"

"干吗啦？"女友不满意。

朱韵拉开凳子，正襟危坐地看着李峋："咱们昨晚的话题还没结束呢。"

李峋第一次感到熬夜后的头疼。

他起身，把朱韵拉到走廊里。高见鸿正好进来："怎么了？"

"没事。"李峋说着，脚下速度更快了，朱韵基本上是被他拎着走。一直到走廊转弯处，朱韵被李峋一把推到墙上。

"你没完没了了是不是？"

李峋个头高，这样俯视的角度让他在气势上格外占优势，朱韵悄悄垫脚，收效甚微。

"你把话说清楚。"

"我说个屁！"

她忍不住推了李峋一下，虽然没推动，但足以表达情绪了："我们费多大力气做出这个网站，结果被你说得一文不值。那我们这么长时间的努力都是无用功了？"

“无用功？”李峋冷笑，“你完成项目一点收获都没有？”

朱韵小声说：“……话不能这么说。”

“我要是告诉你这网站赚不来钱，以后会被另外的取代，你还能这么努力学习？”

朱韵：“可是……”

“没有可是！网站没问题，完成度很高，至于赚不赚钱，那是很多因素一起决定的。”

朱韵：“那你可以告诉我们，我们直接一起做最好的那个。”

“韩家康的话你就酒喝了？”

“……”

“直接做，给人打工、帮人赚钱？”

朱韵忍不住嘀咕道：“钱钱钱，满嘴都是钱！我看你跟张晓蓓有得一拼了。”

啪！

李峋的手掌贴着朱韵的脸按在墙上。

“公主殿下。”

“……”

“你还真是不当家不知柴米贵啊！”

哦？

李峋道：“你知不知道就任迪那个破乐队，一个月要多少开销？”

朱韵摇头，换来李峋一声嗤笑。他扬扬下巴，又问：“基地电脑跑得快吗？”

点头。

“知道什么配置吗？”

摇头。

“你有没有想过，为什么全校只有这一间教室的电脑跑得这么快？”

再摇头。

“难道学校特地出钱给你买设备？凭什么？凭你长得好看？”

咦？你觉得我长得好看？

朱韵发现自己思考的重点完全变了。

李峋睨她一眼，直起身说：“好项目就那么多，不争就没了。想让我让资源，不可能！”

朱韵偷偷看他。

李峋手掐着腰，正看向一旁思索着。

真像一只安静的野狗。

朱韵问：“你要是不满意张晓蓓，怎么不早点跟我们说，非得忍气吞声？”

“早说的结果就是各说各话、没完没了。”他看了一眼朱韵，“解决事情的方法有很多，既然我能弄出更好的，你们也可以用这个项目梳理流程、增加经验，那就没必要浪费时间。至于张晓蓓……”李峋嗤笑一声，“这种人海了去了，我要一一纠缠到底，那饭都不用吃了。”

“……”

朱韵低着头，李峋问：“想什么呢？”

朱韵努努嘴：“我在回味。”

“回味什么？”

“你当初给我煲的励志毒鸡汤。”

“……”

朱韵学着李峋的口吻，咳嗽两声，声情并茂地说：“‘所有事，都只有在最开始的时候才是它原本的样子，越往后就越偏离，但仍是值得努力的。我们努力，是为了让它不偏得更远。你说是吗？’”她冲李峋挑挑眉，“是吗？”

朱韵本是想要调侃，没料到李峋嘴唇一抿：“我的话记得这么清楚啊？”

“……”

“不错。”

得胜的李将军趾高气扬地往基地走，朱韵憋了半天，在后面小跑两步，泄愤一样冲他后背使劲一推。

李峋踉跄，回头：“干什么？！”

朱韵紧紧盯着他：“你这只黄毛怪，哼！”说完，狠白了他一眼，扬长而去。

李峋给高见鸿解释的时间比朱韵的长了不止一倍。

高见鸿回来的时候，没有像之前那次一样脸色轻松，他沉默了好几天，才慢慢恢复过来。

朱韵觉得，有时男人和男人之间的事情，比男人与女人更复杂。

在三人都了解情况之后，朱韵迫不及待地向李峋要程序。她想知道李峋现在做的跟之前他们的网站究竟有什么不同。

李峋将程序复制给他们两人，朱韵拿到手后，回去看了个通宵。

看完之后，她有点奇怪，也有点失望。

她事先以为自己会看到一个汇集绝妙创意、完美算法、良好拓展性的无敌网站。但不是的，李峋暗地里开发的，严格来说都算不上网站，而是他们之前做的网站里的某项功能的拓展研发。功能看起来很单一，朱韵并不能理解，高见鸿同样也不能。

某日，李峋带他们来到一家咖啡馆。

踏入咖啡馆的一刻，朱韵感慨，他们终于有一次来到太阳光能照到的地方聚会了。

他们坐在一个有电源的角落里，服务生拿来餐单，李峋一边开电脑，一边道："想吃什么随便点。"

李老板请客，朱韵也不客气，不一会儿，桌上摆满了她喜欢的食物。

高见鸿忍不住说："你这么能吃？"

朱韵咬着奶油面包："最近太费脑。"

高见鸿耸耸肩，表示理解。

李峋开了电脑，屏幕翻过来，给他们看。

朱韵说："不用看了，我都快背下来了。这也不是完整的网站，怎么卖钱？"

李峋："谁说只有完整的网站才能卖钱？"

朱韵嚼着面包，等他解释。

李峋说："蓝冠不想借由其他平台，想有自己的网站，起点是好的，但他们不了解现在的互联网趋势。"

朱韵："啥趋势？"

李峋："这几年购物网站刚刚兴起，虽然看起来百花齐放、站点很多，但其实用不了多久，绝大部分资源都会慢慢集中到几家大型平台上。这样的平台搭建起来非常费劲。"

朱韵："我们做不了吗？"

李峋看着她："能，你搭上十年应该差不多了。"

"……"

看着朱韵不是很信服的脸，李峋往前探探身："公主殿下。"

朱韵把面包放下："你能不能不这么叫我了？"

李峋："那怎么叫？"

"我没名字？"

"公主不好听？"

"问题是，我不是公主。"

"那你是什么？"

骑士——她心里瞬间浮现这个词，但没说，怕他笑。

"你继续吧。"她接着吃面包。

李峋看着她，问道："蓝冠公司有多少商品，还记不记得？"

朱韵："五百多种。"

"几百条商品，你一个select就可以完成搜索功能，但如果是几亿条呢？"

朱韵无言。

"几十亿呢、几百亿呢？到时任何一个数据库都无法存放，然后你要开始研究分布式数据储存，再然后你还要研究如何排列这些数据、如何推荐这些数据，增添删除，每一项你都需要强大的算法支撑才不会导致系统的崩溃。你觉得，给你一个月你做得出来吗？"

"……"

"这还只是一个搜索功能。这样的网站，不管是前期还是后期，都需要投入大量的人力物力，我们人不够，蓝冠也没那么多钱。"李峋靠到沙发里，"所以你知道了，想要凭借综合实力抗衡这些大型网站是不现实的。"

静了一会儿，李峋又淡淡地说："但想异军突起，也不是没有别的办法。"

朱韵和高见鸿都看着他。

"大型平台的特点是广，什么事情都是这样，一旦广，就很难精。所以如果能在一个功能上做深、做精，或许那破厂子还有救。"

李峋手指点点屏幕，道："蓝冠的优势是营养品，他们的产品里具有保健功能的占有绝大部分，而且品种很特殊，只有他们在生产，这可能是跟蓝冠老板的母亲是搞中医的有关。"

你连他们老板的妈搞什么的都知道了？

"这个功能主要针对保养，你们看这里……"他一边说，一边给朱韵和高见鸿演示。

为了方便挑选和购买，李峋做了详细的产品推荐。

“一般人对保健品和营养品的认识不够多，字又懒得看，不会一样一样翻阅，所以不如直接对症下药。”李峋打开一个搜索栏，“在里面写上症状，例如‘头晕眼花’、‘恶心反胃’，然后系统会自动推荐保养品。蓝冠的产品都是系列形式，很容易推广出去。”

朱韵盯着屏幕，忽然说：“要不要加一个阐述病理的功能，简单讲一下身体出状况的原因，再介绍对应的能解决问题的产品配方，会不会更有说服力，让人看完更想买？”

李峋看着她，眼神异常冷。

朱韵淡定地吃面包，她已经习惯了李峋思索时这种可怕的表情。她也知道他眼睛虽然看着她，可脑子没有。

李峋的思路和他的身高一样，喜欢从上往下，俯视整体。他一定在飞速地思考，重新梳理整个系统，谨慎得像一只织网的蛛。

过了几分钟，李峋脸色渐松，简单地说了一个字：“加。”

当他点头，就说明，一切没问题。

李峋点了支烟，松散地靠在椅背里，瞧着朱韵。

朱韵：“干吗？”

李峋笑着摇摇头，咬着烟瞥向窗外，轻松地说：“还想吃什么，接着点。”

“你喂猪呢？”

“是在喂朱啊。”

“……”

她好像永远说不赢。

不赢也没关系。

她静静地坐着，静静地吃面包。

在那个安详的午后，在那个移动业务刚刚兴起、智能手机还没有完全普及的年代，她在那家小小的咖啡馆里，听李峋讲他的思路、讲他的构想，讲他接下来要给基地添的Mocap（动作捕捉）系统。

朱韵不知道这个程序能不能顺利卖给蓝冠，她唯一能肯定的是，这段记忆会永久储存在她的大脑中，每次调用，都会充斥着阳光和奶油面包的味道。

他们开始一起完善软件功能。

朱韵发现了单项突破的另一个好处，就是能避免跟张晓蓓的冲突。他们做的并不是网站，没有“取代”之意，到时如果张晓蓓质问，完全可以用“兴趣拓展”的理由搪塞过去。

李峋做起项目跟不要命一样，他在这套系统上下了大功夫，所有资料都精心考证，尤其是与医学相关的，绝对不允许随意摘抄。

于是，朱韵刚刚结束了网页设计，马上又投入了中医的怀抱。

这比网页设计要复杂多了。

李峋给了朱韵一个文档，上面记录了所有蓝冠公司的保健品项目，还有每个产品的详细说明，包括配方用料以及保健方向。

“你抱着本《黄帝内经》得他妈看到哪年去？”李峋往桌上一甩资料，“从后往前推，产品到药理，做细点！”

“那产品没有的呢？”

“……”

李峋起身，慢慢靠近朱韵。

朱韵被迫后撤，最后退无可退，听见李峋轻轻的声音：“公主殿下，我们的软件名字叫‘包治百病’吗？”

朱韵摇头。

他刚洗过澡？身上味道好清爽。

“既然不是，您就不要这么杏林春满、悬壶济世了好不好？”

朱韵点头。

李峋刚要回去工作，朱韵：“那个……”

他瞥过来。

朱韵：“我不是公主。”

李峋静静地看了她几秒，然后抬手，指着她，缓缓地说：“朱韵，你信不信，你再跟我强调这个，我就把‘公主殿下’四个字打印出来贴你脑门儿上！”

“……”

你工作起来像炸药包一样，你知道吗？

李峋皱着眉头噼里啪啦地敲键盘，朱韵一边腹诽，一边合上了《黄帝内经》。

虽然李峋总是强调从产品出发往前推，但对于朱韵来说，中医理论还是太过庞大，且繁杂陌生。她连续设计了几个方案，都被李峋否了。

最后李峋看她实在抓狂，给她放了两天假让她休息。朱韵哪里闲得住，最后赶着周末，去了本市最大的中医馆找灵感。

中医馆处在市区最中心，闹中取静，里面一水的古典装修，环境优雅，一踏进，便如步入国画之中，赏心悦目。

朱韵向里走，离开了挂号区，人渐渐少了起来。

再向里，绕过小院，朱韵又隐隐听见有人说话。

她朝声音的方向走过去，来到院子深处。这儿有一间小馆，门口贴着宣传海报，上面是某道门某大师的养生课介绍。

朱韵站在外面，透过落地玻璃悄悄往里瞄。屋里人很少，稀稀拉拉地分散坐着，大多在闷头玩手机。

台上的大师长着长须长发，冷不防乍一看，仙风道骨，但仔细一观，其实岁数并不大，最多四十岁冒个头。

下面没人听，大师也不在意，淡定地讲着，颇有大学毛概老师的劲头。

朱韵走累了，见门开着，进去贴边坐下休息。

台上挂着一张破旧的人体穴位图，大师跷着二郎腿，笑着说："每次一提道教，大家都觉得要修仙，要白日飞升，那层次太高了，修岔了容易摔死。"

朱韵笑了。

大师又说："我们退而求其次，白日飞升修不来，可以修无疾而终嘛。"

朱韵坐着听了一会儿。大师天南海北一通扯皮，朱韵没听出他的养生水平怎么样，倒是觉得他的相声水平挺不错的。

时间差不多了，朱韵起身准备离开，在门口与另一个看似走累了，也想要进来休息的人擦肩而过。

朱韵脚下一顿。

大师还在讲："所以呢，我们道家讲求一个'随心所欲'。好比你们现在玩手机的玩手机、睡觉的睡觉，我都不管，我照讲。就算你们不听，我也不生气。"

那少年眉清目秀，俊俏非凡。

朱韵坐着公交往学校走，某个路口，忽然灵光一闪。

刚刚那个让她有些眼熟的少年，不就是柳思思的那份英语作业吗？

叫什么来着？

朱韵凝眉回忆。

“青年，画家……田修竹？”

朱韵很快就把青年画家的事忘到了脑后。

回到学校，朱韵去基地，本想找李峋谈谈软件功能的问题，结果一进屋就看见李峋的播音学院女友正坐在她的座位上，跟李峋对台词。

女友深情款款地看着他：“谁叫你找到这儿来的？”

李峋：“爱情。”

他看了一遍词本就背下了，开始脱稿演说：“爱情怂恿我探听出这个地方。我不会操舟驾舵，可你在辽远的海滨，我必须冒着风波，寻访你这颗珍宝。”

女友：“我得承认，若不是你乘我不备时偷听了我真情告白，我一定会更加矜持！所以原谅我吧，是黑夜泄漏了我心底的秘密，不要把我的允诺看作无耻的轻狂！”

李峋：“姑娘，凭借这一轮皎月，我发誓……”

“不——”女友情绪高昂，破音了。

“咳！”她清清嗓子，又说，“月亮变幻莫测，你若对它起誓，没准你的爱也像它一样无常！”

“那我要对什么起誓呢？”

女友一把握住李峋的手：“若你愿意，就对你优美的身体起誓吧！因为那是我唯一迷恋的、唯一崇拜的！”

“真的吗？你真的这样想吗？”

……

怎么莎翁的台词到你俩的嘴里，就变得这么猥琐呢？

朱韵来到吴孟兴身边坐下。吴孟兴等基地的人早就习惯了，对李峋的各任女友都能泰然处之。

“还优美的身体……呸！”朱韵嗤之以鼻。

“嗯？”吴孟兴从电脑屏幕上抬眼，“什么身体？”

朱韵摇摇头，几秒钟后，脑中忽然劈过一道闪电，想起了刚刚中医馆里，某大师的养生课上挂着的人体图。

“身体……”

朱韵起身，来到女友身后，手扶着她细细的小腰，说：“来，你先到这边待一会儿。”

女友慷慨激昂的表演被打断，气得脸蛋通红，直跺脚："第二次啦！"

李峋安抚她："明天再说吧。"

女友收起词本，哼了一声拧着腰离开。李峋看着她的背影，点了根烟，瞥了朱韵一眼："这个好玩吗？"

"你找女朋友是为了搞笑的？"

李峋靠在椅子里抽烟，道："谈恋爱当然要让自己轻松。"他冲朱韵扬扬下巴："不是都给你放假了，怎么还来？"

朱韵重新整理思路，说："刚刚我去中医馆，看到了一张人体穴位图。你不是一直说之前的界面系统太繁复吗？不如我们也直接用人体图吧。"

李峋窝在椅子里，淡淡地嗯了一声："接着说。"

朱韵拿出纸和笔，涂了一个人的身体，说："用人体表现肯定更加直观，先用笔来模拟鼠标。"她拿着笔在图上圈圈点点，"用户看见人体模型后，用鼠标点击或者圈出觉得不舒服的位置，然后我们跳出病症选择和说明，引导性会更强。而且这样的话，我们可以直接对人体进行几大体块划分——头、四肢、背、腹部等等，系统也更有统一性。"

朱韵一口气说一堆，然后等李峋决定。

李峋烟抽得凶，眼睛被熏成一道缝。

半晌，他回头问高见鸿："动捕系统什么时候能装好？"

高见鸿："安装加调试，还得培训，至少一周吧。"

李峋点点头。

朱韵在他提到动作捕捉系统的时候，心里一动——想用Mocap系统做动画效果?

"正好用项目练手了。"李峋道，"干学理论没用，套实践里学得最快。"

朱韵点点头，她凝神思考，忽然面前一暗，抬头，李峋"优美的身体"出现在她面前。

"你去联系柳思思。"他掐了烟，对朱韵说。

朱韵停止思考。

你让我联系你前女友干什么?

李峋："让她在动画学院给我找几个做3D的高手，价钱随便开。"

这话听得朱韵热血沸腾——价钱随便开。啧啧……

有了这种豪言做基础，柳思思很快拉来两个动画学院大四的学长。学长们见到动捕系统时都惊呆了。

“牛×……我们学院都没有！”

没有是正常的。

那时动作捕捉还是一项新兴技术，别说一个小小的艺术学院，全国所有高校算在一起，有这套设备的，也不超过五家。

朱韵偷偷瞥向李峋，其实当初引进这套设备的时候，她和高见鸿也很惊讶，因为他们并没有特别需要动捕系统的地方，但李峋最后还是力排众议买来了。

李峋喜欢尝试，他总是渴求新东西。

得知能免费培训，学长们兴奋异常，学会这套系统，对于他们毕业找工作来说是绝赞的加分项。两人纷纷表示报酬可以不要，一定会拿出做毕业设计的热情来完成项目。

整个流程终于敲定，李峋又开始急速推进度。

朱韵发现，自从来到基地后，她似乎被李峋传染了偏科的毛病。曾经美好的综合成绩终成梦境，所有的非专业课上，朱韵不是在写程序，就是在查资料，期末前的小测验，从全班第四掉到了第九。

更可恨的是，李峋竟然从十一升到了十。

你真他妈的稳定啊！

看着成绩单上两人并排在一起的名字，朱韵愤愤不平之后，对折收起。

上午的英语课结束，朱韵抽空给林老头送作业，边走还边想模型渲染的事情。

之前谁也没有用过动捕系统，会不会有兼容性问题啊？

她觉得应该找李峋聊聊，提醒他一下，免得之后出现问题还要返工。

正这么想着，楼道里一抹金脑壳一晃而过。

朱韵脚下停顿……

李峋？

他又来找林老头问问题了。朱韵撇撇嘴，虽然她是林老头的课代表，可谁都能看出，林老头更喜欢李峋一些。

抱着作业来到林老头办公室，林老头正在喝茶，屋里只有他和另外一名老师。

朱韵给完作业，林老头还打趣地问她：“基地现在怎么样啊？有没有什么疑难杂症需要我帮忙诊断啊？”

朱韵：“还能撑。”

林老头嘿嘿两声，朱韵问：“刚刚李峋来过吗？”

“没啊。”

朱韵哦了一声，跟林老头道别。

从办公室出来，朱韵感到有些奇怪。

那种色调的后脑勺，全校只有李峋一个人。她往刚刚李峋去的方向走了些距离。这边的办公室很少，整条廊道都静悄悄的，朱韵不自觉地放轻了脚步。

在最深处的教室里，她听见隐隐的说话声。

朱韵前后看了看，然后鬼使神差地偷偷过去，蹲在门口，将耳朵贴在门上听。因为走廊太静了，所以就算李峋和张晓蓓说话声音并不大，她还是听得清清楚楚。

“之前的事情你考虑完了吗？”张晓蓓问。

“还没。”

“李峋，我是看你的实力真的不错，能够胜任，才向宝科公司推荐你的。宝科你也知道吧？业界非常有名的软件公司。”

“知道。”

“他们的项目很有挑战，如果顺利做下来，没准能拿到实习名额的。”张晓蓓笑着说，“本来人家根本不要本科生，是我连续一个多星期、跑了好多趟找他们的负责人谈，才把你担保上去的。”

“谢谢。”

噗！

外面听着的朱韵险些笑出声。

张晓蓓似乎也听出了李峋话里的敷衍，叹了口气：“我知道你那个基地事情多，但凡事都有主次。你不要有抵触情绪，老师是过来人，哪些项目好、对你未来帮助大，我最清楚不过了。你也可以去问问林老师，看看他的看法。”

李峋点点头：“好，我再考虑一下。那个……没别的事的话，我就先走了。”

朱韵一惊，五官都挤到了一起——你不要走得这么突然啊！给我时间撤离啊！

她刚要逃跑，又听见张晓蓓开口：“你家里情况挺困难吧？”

啊？

朱韵停下了，李峋也停下了。

张晓蓓说：“你户口上是农村的吧？”

什——么？

虽然一开始朱韵也觉得李峋那头金灿灿的杂毛有股浓浓的乡村风，但熟悉之后，试问李少爷那大手大脚的做派，哪点能跟农村挂钩……还是现在的乡村都升级到这个程度了？

在朱韵脑子一片混乱的时候，张晓蓓又说：“但你上报的档案是改过的，包括你家里人的联系方式、住址，还有其他所有信息。学校根本就联系不到你的亲人。

“你向学校申请了助学基金，学校也拨款了，我不知道你是怎么混过审核的，但你要知道，如果细查的话，你的助学基金一定会被取消，而且如果校方严肃处理……你应该知道后果。

“当然了，老师说这些只是想告诉你，老师知道你的困难，你现在又要拉项目又要做主程，还要上课，精力肯定不够用。你来我这儿，就可以不用分心其他事。

“还是那句话，老师是过来人，知道什么对你未来发展最好。你好好考虑，不要有抵触情绪。”

全世界都静悄悄的。

过了好一会儿，李峋才轻声说：“老师。”

张晓蓓：“嗯？”

他淡淡地笑：“你好厉害啊——我说真的。”

张晓蓓浅声一句：“是吗？”

朱韵默默起身离开。

往后的几天里，李峋一切如常——他照常上课，照常工作，照常嘲讽他们编程里犯的低级错误。

好几次朱韵提交文件的时候，都想跟他说点什么，可最终还是没有出口。

又过了几天，朱韵在林老头办公室里见到了张晓蓓。

“我是真的没想到他这么忙……”

张晓蓓一脸苦恼，林老头安慰她："我知道，我知道，张老师你先别急。"

"我怎么能不急？！人数我都报上去了。唉，也怪我没有先问他一下，我就看到有好机会，心里一高兴，就自作主张地给他拿下来了。谁知道他……唉！"

"你也是好心。"

"我是好心，可人家不领情啊，现在都愁死我了！项目马上就要开始了，我那边的研究生手头都有课题，我上哪儿再去找人？"

林老师："主要是李峋那孩子……"

"那您说，到时我怎么跟人家公司交代？"

林老头被连续逼问，最后皱着眉，犹豫说："那要不，我再……"

"老师。"朱韵抱着作业本，敲门。

林老头和张晓蓓同时回头，朱韵冲他们点头示意："那个……我来送作业。"

林老头在看见朱韵的一刻简直豁然开朗："来来来！"朱韵过去，林老头拍着她的肩膀，跟张晓蓓介绍道："这是我课代表，张老师也认识吧？"

张晓蓓考究地看着她，目光像是一杆秤一样，反复掂量："认识，蓝冠的项目她也参加了。"

林老头："你觉得她水平怎么样？"

张晓蓓点点头："不错。"

"是吧！学习能力特别强！而且脑子灵活、思路非常广！"林老头自豪地说完，转头看向朱韵："你知道宝科公司吗？"

朱韵笑着说："知道啊！"

傍晚。

朱韵推开门，天台上，火云烧天。

不远处坐着三个人，是任迪和她的两个乐队成员，围在一起正讨论新歌。

朱韵过去在他们身边坐下，把笔记本抽出来放到腿上，开机。

"你被李峋传染了？走哪儿都带电脑。"任迪讥笑她。

朱韵伸了个懒腰，说："等份文件。"张晓蓓要她随时待命，准备接收项目要求。

"给你介绍一下，这是我乐队吉他手八哥，这是鼓手小六子。"

带着奇特称谓的两人一同冲朱韵敬礼："YO（嗨）！"

朱韵冲他们回礼："YO！"

任迪哈哈笑，朱韵问她："有烟吗？"任迪给她一支，又帮她挡住风，点着。

好长时间没抽烟了，朱韵望着远处的火烧云，心想，他让自己忙得什么都忘了。

那天李峋跟张晓蓓的谈话她没有听到最后，她提前走了。她并不怕李峋会答应张晓蓓的要求，她知道那是不可能的，可她还是没有往下听。

她想了很久原因，最后终于发现，她打从心底里，不能忍受李峋低头。

那只嚣张的野狗……他怎么能低头？她不接受，也不允许。

"干什么？想杀人？"任迪在她身边轻笑着说，"表情这么吓人！"

电脑屏幕叮咚一声，邮件来了。

朱韵："给我弹首好听的呗？"

"行啊！"任迪抱起吉他低声弹唱。

朱韵眯着眼睛看项目要求，看到最后，笑了。

她吸了两口烟，敲响键盘。

第二天上林老头的课，爹毛少爷打着哈欠进教室，一屁股坐到凳子里："水。"

我是你家丫鬟？

"水。"

朱韵老老实实递了瓶矿泉水过去，李峋喝完，勉强提起精神，打开电脑。

"我要请几天假。"朱韵说。

"干什么？"

"有点事情。"

"什么事？"

"你管那么多干吗？"

李峋将她上下扫视一轮："生理期？"

"……"

李峋大方地说："行，给你带薪休假。"

谈话貌似很顺利，结果当晚，朱韵正在寝室研究宝科公司的项目时，接到李峋电话。

朱韵在基地时就发现李状元这个特点，他联系人很少发短信，也几乎从不使用聊天工具，他觉得那样效率太低。他想找谁，直接电话，不接的就等死吧。

朱韵先喝水润嗓子："喂？"

"给我出来。"他声音低沉。

"现在？"朱韵往外面望了望，说，"很晚了啊。"

"我在你宿舍楼下，给你一分钟。"说完，李峋就挂了电话。

我还得换衣服呢，一分钟，你让我跳楼下去?

朱韵在衣服和李峋之间权衡三秒，然后就那么穿着睡衣下楼了。

李峋就在宿舍楼门口的奶茶店旁等着。

天已经全黑，奶茶店微弱的灯光不足以驱散李峋周围的低气压。朱韵走过去，离得五米远李老板就开口了："脑子让门挤了？"

"……"能不能好好说话?

黄毛怪和睡衣女的搭配太过吸引眼球，朱韵顶不住来往同学的目光，过去，小声对李峋说："走，到旁边去。"

李峋跟着她来到灌木丛旁。

这儿没灯光，只有月光。还有火光——李峋点了支烟，橘黄色的烟星亦明亦暗。

"你告诉我，你想什么呢？"他又问。

天上有轮月亮，银色的，很美，但不够光明。

"你还笑？"李峋瞪着眼睛看她。

朱韵赶紧摇头，严肃表情。

李峋骂够了，直奔主题："张晓蓓找你做东西？"

朱韵点头，还没开口就被李峋打断："推了。"

"……我已经答应了。"

"我让你推了！"

他不耐烦，朱韵也不服软："不行。"

"你敢不听我话？"

"……"朱韵顿了顿，说，"李峋。"

"嗯？"

"我觉得你是不是误会了什么……"

“我误会什么？”

她好心给他解释：“你和我……是同学，我们之间并没有上下级关系。”朱韵心平气和地跟他讲道理，“虽然我很尊重你在基地的领导地位，但我们一没有口头约定，二没有劳务合同。说实话，我真的觉得你没有充分理由——”她看着他，“让我听你的话。”

安静。

沉默。

接着安静。

接着沉默。

最后在一片死寂之中，李峋手掐着腰，淡淡地说：“所以我们是平等关系？”

朱韵点头。

是的没错，平等关系，男女平等，平等万岁！

……但你能不能不要再往前走了？

李峋穿着一身黑色的贴身运动服，还是立领的，刀片一样，整个人是赤条条的深沉可怕，朱韵软绵绵的浅黄睡衣在他面前毫无攻击力。

他看似随意地往前迈步，却把朱韵逼得退无可退，贴到路边的树丛上。一根根枝丫顶着她的背，好像士兵手持十八般兵器一起抵着她，问——

“我们是平等关系？”他低头，又说。

他近得把月亮都挡住了。

好吧……

好吧，好吧，好吧！

我承认，你可能比我……稍稍高那么……一点点……

朱韵认怂之后，再次腹诽，这种利用性别和身高优势的人，实在太可耻。

李峋还要说什么，可刹那间，朱韵看到小路对面过去一个人。她不给李峋开口的机会，以迅雷不及掩耳之势，冲着背影大喊道：“朱丽叶——”

众人：“……”

朱韵推推李峋：“快看，朱丽叶！你的朱丽叶下课了！”她使劲往后指，李峋面无表情地看着她。

朱韵都不知道李峋新女友叫什么，她给朱韵留下的最深刻的印象，就是那天的词本练习。

不过这姑娘也是绝，一听“朱丽叶”就知道是自己，欢快地小跑过来：“李峋！”

趁着李峋回头的工夫，朱韵嗖地一下溜了出去。

“你再陪我练台词好不好？”朱丽叶揽着李峋的胳膊抱怨，“老师给我分的罗密欧太矮了，我感情都释放不出去！”

朱韵在旁边说：“那个……你们去练吧，我也回去了。”

李峋皮笑肉不笑地看向她。

朱丽叶抱住李峋：“好不好呀？走吧！”

李峋：“嗯。”

朱丽叶跟朱韵打招呼：“那我们先走喽！”

朱韵躬身：“玩好。”

李峋携女友离去。

朱韵走到奶茶店，回头。

他们融入深夜的背影，那么温柔轻灵。

台词是怎么说的来着？

原谅我吧，是黑夜泄漏了我心底的秘密，不要把我的允诺看作无耻的轻狂。

Chapter 06

打火机与公主裙

朱韵第一次去张晓蓓的实验室，感觉像是劳动车间。

韩家康等人只要没有特殊事宜，譬如帮张晓蓓买东西、拿快递等，就会被硬性要求必须待在实验室里，朝八晚……不知道几点，固定模式，比上下班还稳定。

张晓蓓嘴里那个“有利未来发展的好项目”，是给市财政局开发一套填报固定资产报表的系统。

张晓蓓不在的时候，韩家康偷偷告诉朱韵，其实这项目水得很，目前系统已经开发了一半，之前那位宝科公司的程序员因为有事被临时调走，剩下的部分没人愿意接。

韩家康不齿地说：“这种政府项目，基本就是套公家钱，最后成不成功完全看验收的领导有没有被打点好。”

他对朱韵说：“而且，人家那边程序员也不是真有事，就是应付了第一轮检查，后面经费拿到手，宝科的人就没兴趣了。张晓蓓一直抱宝科的大腿，人家开口，她必须接烂摊子。”

朱韵研究了前面那位程序员写的代码，感觉还可以。虽然赶不上李峋的代码那么完美有力，但也算是通俗易懂，质量尚可。

等等……朱韵打断自己的思路，他的水准在她心里已经达到标尺的程度了？

用了两天时间，朱韵解读前人代码，并尝试着在他的基础上进行梳理。

张晓蓓百忙之中抽出空闲，来看她的进度：“运行给我看。”

现在？

朱韵还没回过神，张晓蓓雷厉风行，果断自己按了运行键，然后神情更为严肃，说：“这怎么十多个error，三十多个warning？”

朱韵刚想说什么，看到身后韩家康使劲给她使眼色，于是闭嘴了。

“进度不行，快一点，赶紧把错误和警报都修了，代码先跑起来再说。”张晓蓓说完，一阵风似的走了。

下午有英语课，上课前，朱韵正闲得在纸上涂鸦。

“真他妈难看。”

朱韵一抽，抬眼，李大爷不知什么时候坐到自己身边了。

往日他们只有在林老头的课上才会坐到一起，今天是什么情况？

朱韵合上涂鸦本，刚好老师进屋上课。

李峋完全没有要听课的意思。这朱韵可以理解，她第一天去基地的时候，就看到他书桌上堆满已经啃完的砖头般厚重的英文原版编程书。他的数学和英语，什么时候考，什么时候满分。

朱韵正在心里感慨老天不公，那边李峋发话：“怎么样？”

“什么怎么样？”

“你不装傻能死？”

“……”

朱韵抿抿嘴，李峋又低声问：“怎么样？”

“还行。”

他眉头皱着，朱韵总感觉他有点烦躁，如果这不是课堂，他应该早就拿烟出来了。

“有问题就说。”

“没有问题。”

“用不用帮忙？”

“不用。”

李峋看她一眼，朱韵冲他挑眉。他不知想到什么，哼了一声，笑骂道：“真他妈的……”

你的心理活动看起来也不比我少啊！朱韵暗道。

朱韵并没有逞强，事实上她确实不用帮忙，因为她压根就没打算好好弄那个什么鬼系统。尤其是在询问了张晓蓓几个问题，明确了她对项目根本一无所知之后，朱韵更是南山跑马，撒了欢似的写起来。

韩家康说，张晓蓓最讨厌偷懒，所以她检查程序的一个特点就是——行数越多，她越高兴。

喜闻乐见。

于是朱韵的速度像坐了火箭一样，一天提交N多文件，将原程序的系统稳定度使出吃奶的劲往下拉。

她用最烦琐的逻辑来编写，用最恶心的模板来套用，不出三天，整个系统已经变得像地雷阵一样，看似运行正常，其实全是陷阱，毫无可读性和拓展性可言。

朱韵自己看完都想吐。

但张晓蓓开心——进度够快，行数够多，且能够运行。简直完美啊！

然后，完美了几天，灾难来了。

某日，朱韵去实验室，发现气氛不对劲，所有人的腰弯得都比平日低，头埋得都比平日深，整间屋子静得像太平间一样。

韩家康路过朱韵身边，小声说："张晓蓓被宝科骂了，你……"

走廊传来铿锵有力的高跟鞋声，韩家康脸一白，话都没有说完就回去了。

张晓蓓推门而入，径直走到朱韵面前，把一叠不知道又是哪个项目的材料往桌子上狠狠一甩。

她指着朱韵的鼻子，当着全实验室人的面，尖声道："你告诉我，你写得那叫什么东西！"

没人敢说话，也没人敢抬头。

朱韵感慨，在这样的叫骂声中，几位研究生学长竟然还能如此专心致志地做事，甚至比往日更加认真投入。

张晓蓓指着朱韵，劈头盖脸地痛骂："你把人家好好的程序改成什么样子了？乱七八糟！我拿去人家看完，那个表情……哎哟，我真应该带你去看看！你低着头干什么，一句话都没有？你知不知道什么叫羞耻啊？还是个小姑娘呢！

"我一眼看不到，东西就被你做成那个样子！也怪我太相信你了，看你当初来的时候那么信心满满，结果呢？你告诉我，你怎么有脸皮进这个实验室的！

“来，你告诉我！别不说话啊，林老师就教出你这样的学生？！”

朱韵安静地垂着头，没有看张晓蓓。

张晓蓓骂了半天，见不到朱韵回应，更加咬牙切齿。

“一点反应没有！你们看见没，一点反应没有！”她冲着屋里的研究生说，“滚刀肉一样！”

她气头上，推了朱韵一把。

她的指头比声音更尖。

朱韵退后两步，低声说：“对不起……”

“对不起？！”张晓蓓一见她出声，马上用更大的声音嚷道，“你知道这是政府项目吗？出问题你以为一句对不起就行了？你丢学校的脸你知道吗？你担得了责任吗？”

朱韵以为自己很淡定，直到从实验室里出来，她才发现自己心脏跳得很快。

不论她心底怎样想，张晓蓓到底是老师，“师”与“生”的身份，自古以来就不平等，张晓蓓占有得天独厚的优势。

朱韵在楼道口，给自己扇风降温。经过这一轮折腾，她着实同情韩家康他们，也好奇他们在这样的导师手下工作几年，出来得变成什么样。

朱韵抱着电脑回宿舍，张晓蓓给了她两天时间修改程序，美其名曰再给她最后一次机会。

她说那话时一字一顿，试图让朱韵深刻理解“最后一次机会”的宝贵和重要。

朱韵回到宿舍，大忙人方舒苗难得在寝室。

天越来越冷，快要期末考试了。方舒苗也充分打好提前量，提前半个月着手这学期的校优秀学生干部评比。朱韵进屋后，方舒苗跟她打了招呼，然后又一次投入到相关材料的整理当中。

方舒苗已经不常去基地了。

朱韵脑中浮现出任迪曾经说过的那句话：“她坚持不了多久，李峋这人……一般的女人跟不住他。”

朱韵没有细想那话中的含义，她打开电脑，还得搞定张晓蓓好心赐予她的“最后一次机会”呢。

……好想抽烟！方舒苗不在寝室就好了。

虽说是给了两天时间，但第二天中午，朱韵就被张晓蓓叫去了。

这回她们谈话的地点不是实验室，而是张晓蓓的办公室。学校里有独立办公室的老师不多，张晓蓓恐怕是里面最年轻的一个。

不过张晓蓓业务繁忙，永远穿梭在实验室和各个公司之间，办公室很少使用。朱韵在路上一直思索，为什么张晓蓓要给她叫来这种隐蔽的地方训话？

良心发现，不想当众羞辱她的可能性有吗？好像没啊……

她一边展开复杂的心理活动，一边敲门。

张晓蓓平静地说："进来。"

朱韵进屋，办公室里冷飕飕的。张晓蓓站在办公桌旁，桌上是一杯泡好的茶。

"现在的学生了不得啊。"张晓蓓一改之前大吵大嚷的风格，温声细语起来。

朱韵听着这声调，宁可她吵了。

张晓蓓来到朱韵身前。她们身高相仿，张晓蓓胜在一双高跟鞋上。她俯视朱韵，轻声说："你是觉得自己挺厉害？"

没错，有些方面她确实很强。但朱韵还不清楚张晓蓓指的是什么，所以她沉默。

"我问你话呢。"

我怎么回答？

"不说话？"

朱韵是真的不知道要怎么回答。是？肯定不行；不是？好像也不行。

就在朱韵思前想后之际，张晓蓓忽然拾起桌上的茶水，反手泼了朱韵一脸。

"我教书这么多年！第一次碰到你这么贱的学生！"张晓蓓忍不住了，她恢复了之前在实验室的音量，有过之而无不及，"你觉得自己挺厉害吧？就你懂，把老师都当傻子？我还真不知道现在的学生心思这么恶毒！故意写差想让我出丑？你还有脸当学生！处心积虑羞辱老师，在学校就敢这样，走向社会还了得了？！"

朱韵终于明白为什么张晓蓓要叫她来办公室里训话了——当着手下学生的面，要她如何承认自己被一个小小的本科生耍了这种事？

张晓蓓指着她："你给我马上回去改。我告诉你朱韵，你这种行径太过恶劣，你回去好好想想。以后还出国吗？还保研吗？学校的推荐指标还想要吗？你自己考虑！这件事结束之后，你必须给我个交代！”

张晓蓓撒完气，风风火火离开了。

朱韵抹了抹脸上的茶水。

从办公楼出去，衣服还湿着，她觉得有些冷，想要快点回宿舍。

身后有人叫她：“你等等！”

朱韵回头，看到一个脸色严肃的男生跑过来，她记得他叫周金阳，也是张晓蓓的研究生，不过平日话不多，总是闷头在角落里干活，在实验室没什么存在感。

他把朱韵拉到一旁，马上说：“韩家康告诉她的。”

朱韵没反应过来。

“韩家康告诉她的。”周金阳又说了一遍。

朱韵静静地看着他。

“韩家康课题做得不好，被张晓蓓说了，他为了讨好她，把你故意写烂代码的事告诉了她。你懂吧？张晓蓓一急，就能把他的事忘了。”

周金阳应该是偷偷从实验室跑出来的，说话很紧张，声线不稳，眼神闪烁着泄密的快感。他说完，瞄瞄朱韵的眼睛，似是想看她的反应。

之前……朱韵心想，之前，她好奇的是什么来着？

“我得回去了。”周金阳看到朱韵没什么动静，往回走，走了几步又冲朱韵道，“你千万别跟韩家康说。”

她想起来了——那些研究生学长，在这样的导师手下工作几年，出来得变什么样？

看着周金阳有些佝偻的背影，她觉得自己似乎知道答案了。

朱韵回到宿舍，电脑里显示着张晓蓓给她的“最后一次机会”，朱韵看也不看，直接扣上。

她进屋洗澡，将一身的茶叶味冲得干干净净，换上睡衣，泡杯咖啡，再从书柜里抽了本编程书，悠闲地享受着午后时光。

没过多久，她接到李峋电话。

“来基地。”他低声说。

朱韵刚要问怎么了，李峋又改口了，说："算了，去操场吧，把你电脑带着。"

进入十二月，足球场上的草黄得理所应当。

操场上没有多少人，马上要进入考试周，所有人都在抱佛脚啃书本。

李峋还是坐在老地方——足球场破旧的门框旁。门框上有锈迹，他不在意，依旧靠着，垂眸敛目。

朱韵边走边想，他天天不离电脑，每天工作那么久，可怎么就不近视呢？真让人嫉妒。

李峋在抽烟，看她来了，抬头："我好像说让你把电脑带来。"

朱韵坐到他旁边："太沉了。"

李峋皱着眉，弹烟。

朱韵若有所思地瞟他。

李峋："干什么？"

朱韵说："你今天真奇怪，我没照你的要求做，你居然没骂人？"

李峋冷冷地看着她："还没被骂够？"

"……"

他怎么知道的？朱韵收回目光。

荒草地里大风滚滚，草肆意摆动。

她觉得冷，可他在这儿，她完全不想动。

"那天是你吧？"李峋抽着烟，淡淡地说，"我就站在教室门口，那人走的时候脚步声太大了。"

朱韵骤然紧张。

比起张晓蓓的质问和谩骂，李峋轻轻一句话，让她紧张到心脏都要跳出来了。

他靠在掉漆的球门框上，低声说："其实你接张晓蓓项目的时候，我就应该猜到了。"

朱韵手指攥紧，一语不发地等着他接下来的话。她完全不想让他知道有人听到了那天的谈话。那种让他难堪的场面，看过的人全死光才好。

静了许久，李峋轻笑道："我说公主……"

她如履薄冰。

李峋蜷起右腿，拿烟的胳膊搭在上面，在寒风中调笑："你拿我当豆腐做的呢？"

"……"

她转头，看见他的发被风吹乱，就像地里的杂草，放肆又无礼。

她觉得自己永远都不会忘记他此时的笑。

蓦然，李峋另一条腿蹬了她一脚："你个傻×！"

朱韵："……"

"你在她身上浪费什么时间，闲的？"

朱韵："……"

"以后我就得给你上把锁，拴柱子上，省得你瞎他妈搞心理活动。"

朱韵："……"

他把烟按灭在草地里："晚上带电脑来基地。"

朱韵终于找回语言能力："干吗？"

"你说干吗？"

朱韵不说话，李峋十分不环保地将烟头往远处一扔，又指向朱韵："你不拿电脑来基地，我就去你宿舍里写。"

"……"

"你不用这么看着我，到时候你就知道我能不能干出来，公主殿下！"

你能。

你有什么不能的？你上天都能。

李峋说完，起身，随手拍拍屁股，往外走。

"喂！"朱韵起身没那么快，又不能放走他，直接拉住他胳膊。

他回头。这个角度看他，朱韵脖子都要仰折了："你不用管这个，你专心弄我们的软件。"

李峋无奈道："我说……"

"你不用说。"朱韵也站起来，走到李峋身边，凝视着他的眼睛，"李峋，我不是公主。"

李峋从没被她这样看着，一时无言。

"但我也不是傻×，咱们等着瞧吧。"

夜半时分。

朱韵坐在椅子里，面前放着一部手机。她凝神看着它，已经半个小时了。

“干啥啊……”方舒苗在整理材料的间隙去厕所，出来时对朱韵说，“你能给它看出花来？”

朱韵回神，搓搓手，拿起手机往外走。

方舒苗：“干吗去？”

“打个电话，很快回来。”朱韵回答道。

她来到宿舍阳台，反手将门关好，然后拨通了母亲的电话。

响了几声，电话接通。

“喂？”

“妈。”

“朱韵啊，怎么打电话来？干吗呢？”

“你下班了吗？”

“下了。有什么事，说吧。”

朱韵趴在栏杆上，金属的栏杆在夜风中被冻得冰凉。

“也没什么事……就是想你了，给你打个电话。”朱韵小声说。

母亲听到女儿撒娇，笑呵呵道：“妈妈也想你。”

“嗯。”

“最近怎么样？快要考试了吧，什么时候放假？”

“下周是考试周，考完的话，应该很快就放假了。”

“要好好复习啊。”

“……”

朱韵沉默了几秒，母亲问：“怎么了？”

“没怎么……”

“那怎么支支吾吾的？”

“没……”

朱韵欲言又止，母亲说：“妈妈做老师做了半辈子了，还听不出来你有没有问题？跟妈妈说，到底怎么了？”

朱韵：“我们学校一个老师，对学生太严了。”她手指挠挠下颌，那里被张晓蓓的热茶泼过，还有些红。

母亲笑了：“严师才出高徒。你爸以前在校的时候，是有名的严格，不然能带出那么好的成绩吗？老师都松松垮垮的，学生怎么能上进？”

朱韵翻身，背靠在栏杆上。

今晚天上还是一颗星星都没有。

她静了几秒后，说："妈，我成绩下降得很快。"

母亲一顿："什么？"

"我期中的时候全班第四，上次测验掉到第九了。"

"什么原因？课程难了？"

"不是。"

"那怎么了？"

朱韵眯着眼睛看着楼上宿舍挂在外面的床单。那是什么图案，卡通还是花纹？

"到底怎么了？"母亲追问，"学业上遇到问题了？"

"不是。我们系研究生部的一个老师，拉我过去帮忙做项目。时间很赶，我没时间复习其他学科……"

"胡闹！"朱韵还没说完，被母亲厉声打断，"研究生是研究生，关你们什么事？拉你去做项目，亏你们这老师想得出来！"

朱韵小声说："她也是好意，说让我们锻炼一下实践能力。"

母亲道："朱韵，你还是太小，什么都不懂。这事你不用管了，我找你爸处理。你好好复习，到时我要看你期末成绩。"

"哦。"

"你告诉我那个研究生导师叫什么名字。"

朱韵犹豫着说："妈……她是我们校副教授呢。"

"是吗？那真是好大本事哦！"母亲冷笑两声，"一个小小的副教授也敢这么嚣张，现在的学校真是无法无天了。你告诉妈妈，这个研究生导师叫什么名字？"

朱韵努努嘴，终于看清楼上晾着的床单图案——是狗。

"张晓蓓。"

酒店门口，朱韵打电话确认好房间后，上楼。

这是位于市中心的一家高档酒店，主营中餐。三层楼全部中式装修，雕栏画栋，富丽堂皇。

服务员训练有素，在询问好朱韵的房间后，面带微笑地带她上楼。

楼梯两侧飞檐斗拱，布局精巧，一路上看得朱韵眼花缭乱。

包间在三楼，名为“百花”。

服务员为朱韵推开大门，道了句请进，便躬身离去。

见她进屋，一个人招呼她：“朱韵，来！”

这位坐在里面冲她招手的中年男子，是朱韵的父亲，省教育厅副厅长兼任总督学，朱光益。

朱韵闷头过去，坐到朱光益身边，小声叫了句：“爸。”

朱光益冲朱韵示意了一下坐在他另一侧的人，说：“不认识校长啊，这学生怎么当的？”

朱韵连忙冲校长钱文栋低头：“校长好。”

“你好你好！”

钱文栋摆摆手，又对朱光益说：“不怪孩子，我这天天忙得脚不沾地，全校学生认识我的也没几个。”

朱光益：“确实是忙啊。近期国家深化教育改革，重拳出击治假治乱，我这也都好久没有准点下班过了。”

钱校长又寒暄了几句，便叫服务员开始传菜。

父亲与校长是多年好友，见面有聊不完的教育大计，朱韵余光偷偷看向餐桌对面。

张晓蓓坐在离门口最近的地方。她今日素面朝天，脸色稍显苍白，穿着朴素的工装，脚下……想来也应该是双平底鞋。

算上她和父亲在内，餐桌上一共九人，除了校长和张晓蓓，其他人朱韵都不认识。

菜上齐，钱校长笑呵呵地致开场词：“我跟朱督学是老同学、老朋友，也挺长时间没有见面了。所谓‘老友相聚泪涟涟，回首往事话无边’，咱们不用搞得如此凄惨，咱们要聚得开心。趁着大家都有空，就一起沟通一下感情，也顺便处理一些误会。”

底下纷纷点头，钱校长又说：“大家也别光看着我，都没吃饭呢吧，先吃饭，边吃边说。”

大家刚拿筷子，对面的张晓蓓唰地一下就站起来了。她径直来到朱光益和钱文栋身边，埋着头说：“钱校长，朱督学，我有几句话要说。不说的话……这饭我吃不下去。”

她说到最后，手在眼睛上快速抹了一下。

哭了？朱韵这角度看不清楚。

朱光益一语不发，钱校长说："有什么话，你讲讲吧。"

"首先我得承认错误。"张晓蓓说，"我太年轻，太急躁，太想做出成绩，才犯了这样的错误。"

她今天的声音柔弱得像个病入膏肓的少女："但我真的不是出于坏心，请你们一定要相信我的初衷是好的！朱韵之前参加过蓝冠公司的项目，她的水平得到所有人的一致认可，我这才想让她参加其他的项目。可我太着急了，脾气也不好，跟她之间才出现了沟通上的问题……"

张晓蓓说着，转向朱韵："我真心诚意地跟你道歉，之前是我太过分了。"

整间屋子只有张晓蓓一个人站着，她深垂着头，微微战栗，透着茫然的无助感。

朱韵相信她的无助是真的，因为这"百花间"里，只有朱韵的地位比她低。

抑或……朱韵看到余光里端坐的父亲，她现在的地位似乎已经高于张晓蓓了。

她胡乱思考着。

张晓蓓说完，朱光益沉稳开口，说："现在教师和学生的压力都很大，都要相互体谅、相互理解。"

张晓蓓轻轻点了点头。

朱光益："老师的压力主要来源于校职评估，这也是目前诸多问题的最重要的症结。"

张晓蓓深有所感，她终于抬起头，想要说什么，朱光益却转头对钱校长说："不过正因如此，我们更要加深监督。坚决杜绝那些添腐、添怨、添乱的职称评定！"

他言辞忽然严厉，说得张晓蓓肩膀一颤。

朱光益沉声说："现在有不少教师，师德沦陷，为了利益，无所不用其极！假学历、假论文、假奖项！教学水平低洼，却靠一身淫巧攀权附势，泯灭道德良心，欺压学生、滋生腐败，这是'评职'的初衷吗？"

钱校长也一脸严肃，眉头紧蹙，赞同道："没错，虽然现在打击力度加大，但还是有人抱着侥幸心理钻空子，这样的事情一定要杜绝。"

张晓蓓脸色煞白，身子摇晃，勉强站住。

这顿饭，两个人吃得食不知味，一个是张晓蓓，一个是朱韵。

面前摆着单人份的菌菇汤，朱韵看着汤上漂着的油星，直犯恶心——她恶心汤，恶心张晓蓓，也恶心自己。

吃完饭，朱光益跟钱文栋另有事要谈，朱韵先一步打车回学校。

天已经很晚了，她来到实验楼，基地的窗散着微弱的亮光。

人只剩一个，灯只开一盏。

他还是那副姿势，窝在椅子里，长腿叠上桌，腿上摆着电脑，手边放着烟灰缸。

李峋正在敲代码，注意力格外集中，直到一颗头从自己脸边伸出来。

李峋一个激灵，烟灰落手，烫得他甩掉烟，直接站起来。

朱韵在一旁乐。

李峋瞪着她："你是人是鬼？"

"你猜。"

李峋睨她一眼，拍拍衣服，重新坐下。

朱韵飘到自己位置里，李峋道："来干什么？"

"看看。"

李峋斜视她。

朱韵："怎么了？"

李峋摇摇头，接着干活。

朱韵问他："进展到哪儿了？"

李峋勾勾手指，朱韵凑过去，他给她展示现在已经完成的功能。

屋里很静，李峋说话声也不大，朱韵凝神听着，渐渐地，又忘了内容。

果然。

果然如此。

就像她之前想的那样，来这里稍稍看一看、听一听，那种反胃的感觉就消失不见了。她开发了李峋除骂人和写代码以外的其他功能——健胃消食、疏肝解郁。

"喂。"

朱韵回神，发现李峋正静静地看着她。

他已经累了一天，没精力调侃了，直截了当地问："真不用帮忙？"

朱韵："已经没事了。"

"真的？"

"嗯。"

李峋点点头，看向屏幕，却没有做什么。

几秒后，他低声道："以后有事先跟我说。"

"嗯。"

他皱眉："别自己折腾。"

"……嗯。"

李峋又暗骂了几句，才重新工作起来。

第二天再去基地，浓重的氛围一扫而光，整间教室被一股扑朔迷离的气氛笼罩。

尤其是从某领导人身上散发出来的诡异气息，以及那醉人的目光……让朱韵浑身发麻。

"啧啧。"烟熏雾绕中，李峋轻声咂嘴。

朱韵："……"

他知道了张晓蓓的事？

看着表情……肯定是了。

朱韵淡定地坐到座位里，翻出电脑。她没工夫理会李峋，断了好多天，她得加快速度融入项目进度中。

李峋手撑着头，说："公主殿下。"

朱韵瞄他，李峋似笑非笑，若有所思地说："还真是公主殿下啊！"

朱韵一语不发，李峋感叹："真让我开眼。"

朱韵就当他不存在。

李峋转头对高见鸿道："所以说，我跟所有智商超过六十的女人都不对盘。"

高见鸿笑得乱颤。

如果只能在"智商低于六十"和"与你不对盘"之间挑，那我肯定选择跟你撕到天荒地老。

朱韵把书往桌上整整一放，镇定自若地看着他："还干活吗？"

李峋侧侧头，痞笑："干呗。"

重新投入工作，朱韵打开项目进度表看时间，问李峋："放假前好像来不及啊。”

李峋懒散道：“你把给你安排的活干完就行，其他的不用你操心。”

朱韵觉得，自己往后一星期要拼命了。

不只是基地的项目，还有她的期末考试。母亲的话还在耳边回响：“你好好复习，到时我要看你期末成绩。”

这种谜一样的压力啊……

朱韵在心里叹气，一不留神跟李峋的目光对视上。后者冲她玩味一笑，继续低头写代码。

朱韵忽然好气啊……

中午休息，朱韵赶时间没有去食堂吃饭，埋头复习，李峋在旁敲代码。

基地很静，只有噼里啪啦的键盘声。过一阵，声音告一段落，李峋合上电脑：“不吃饭？”

朱韵摇摇头：“你去吧。”

李峋伸了个懒腰，道：“这么卖力？”他往她那儿瞄了一眼，“‘马克思主义基本原理’……”顿两秒，嘲讽道，“公主的思想境界就是不一样。”

“……”

朱韵看他：“难道你不用复习？”

李峋：“不用。”

朱韵口蜜腹剑地笑：“没错，你的马克思和毛概每次考试都在及格线往上五分之内，稳定得很，确实不用复习。”

李峋挑挑眉。

怎么着?

李峋一副不跟她计较的样子，转身往外走。

基地就剩朱韵一个人，她抓紧一切时间苦背重点。

人一旦投入，时间就过得很快，当朱韵正在思考和分析我国当前社会基本矛盾的特点和解决这些矛盾的途径时，天外一记飞弹，砸在她头上，打断一切思路。

“哎！”她捂着脑袋叫出声。

飞弹在桌上滚了两圈，最终停下——一个奶油面包。

李峋在她身边坐下。酒足饭饱，他舒畅地打了个哈欠。

朱韵再次看书。当前社会基本矛盾的特点……首先是……是什么来着？

砸忘了？朱韵赶紧提起精神，重整旗鼓。

生产力和生产关系，经济基础和上层建筑，是社会发展的基本动力，根源于社会基本矛盾的阶级斗争、社会……

“给我接杯水去。”

……

社会革命以及……

“要凉的。”

再次被打断，思路串不起来了，这种知识点背到一半卡住的感觉跟撒尿撒一半硬要憋住一样，朱韵要爆炸了。

李峋催她：“快点啊。”

朱韵拿着李峋的杯子去接水，李峋正放松着，拿到杯子想也没想就喝了一大口，然后直接喷了出来。

看着李峋被热水烫得脸红到脖子根，朱韵由衷感叹——看他吃瘪真开心。

可惜她的喜悦没撑住十秒。李峋扔了杯子，脚用力一蹬桌子，滑开座椅。

朱韵扭头就跑，可是显然，她高估了自己的运动神经，并且低估了李峋的腿长。在脖子被掐住的一瞬间，朱韵紧闭双眼，壮士断腕般想着——死就死！值了！

人被拎到桌子边。

李峋手指常敲键盘，灵活修长又有力度，他把她按在桌子上，从上自下俯视她。

……

不管眼前的画面如何残暴，午间的色调都太美了。

他迎着阳光。肩膀、脖颈、锁骨、下颌的弧度……朱韵不得不承认，除了那一头爹了的黄毛以及那欠打的性格外，李峋身上的一切都很细腻。这种细腻让她想起小时第一次攒钱买的进口自动铅笔，装上内芯，饱含深情地在练习册上写下一笔。

那种即使写在最粗糙的纸上也依旧顺滑柔软又无比流畅的感觉，与他一模一样。

“选个死法吧。”

……他要是能一直闭嘴就好了。

朱韵挣扎："是你先砸我的。"

"嗯？"

李峋手一用力，朱韵两腿打战。他的用力并不是使劲掐，而是左右捏着揉，像是他平日的消遣绝招——两指搓烟卷的升级版。

她试图讲道理："我背东西……你总打断我。"

李峋哼了一声。

朱韵："我就中午这一点时间复习，后半学期我的政治课都没怎么听。下周考试，不背来不及了。"

你总得讲点道理吧，大哥！

李峋面无表情地看着她，似是品味什么。半晌，笑："脖子还挺细。"

心一颤，满屋阳光顷刻碎成了金粉。

就在这时，一道女人的声音从后面传来："朱韵，你们在干什么？"

冷水当头淋下，朱韵整张后背都麻了。

折寿啊！

李峋转头，看着门口站着的班主任张老师，还有他身边的一个中年女人。刚刚那话是这个女人问的，她脸带微笑，看着很和善。

朱韵直起身，忽视心跳的速度，镇定地走过来，先跟老师打招呼："张老师好。"又转头看向中年女人，小声说："妈，你怎么来了？"

母亲说："之前见到你爸了吧？"

"嗯。"

"他事情太多，也没时间陪你，正好我学校那边有几天假，就过来看看你情况。"

"我没什么事。"

母亲笑笑，张老师在旁边说："我就知道你在这儿，你妈妈好不容易来看你，就别忙活了，去陪妈妈吃顿饭吧。"

"好。"

她回去拿包，跟李峋说："我先走了。"

李峋挑挑眉。

朱韵回到母亲身边："走吧，正好我还没吃饭呢。"

朱韵跟着母亲离开，临走前偷偷瞥了一眼屋里——李峋重新窝回椅子里，打开电脑，将桌上那袋奶油面包撕开吃起来。

食堂里，朱韵打好饭菜，跟母亲面对面坐着。

“吃得太少了吧。”母亲说，“营养跟得上吗？”

“跟得上……”这都是强咽的。

“我跟你们老师谈了，他都不清楚你被那个研究生导师叫去做项目的事情。你有事怎么不跟班主任讲？要相信老师啊。”

关键是跟他讲没什么用啊。

“还是成绩下降跟这关系不大？”

朱韵被母亲淡淡的一句话问得险些噎死。她看向对面，母亲神色平常，不知是认真还是玩笑。

“那个实践基地，我听你们班主任说了，是拿第二课堂学分用的吧？”

“嗯。”朱韵点头。

“这才第一年，不用这么着急。”

朱韵再次点头。

“之后就别去了。”

除了点头，她什么都不能做。

母亲见她应允，拿起勺子舀汤。海带汤做得简陋，母亲喝了一口便皱眉道：“哎哟，怎么这么咸？”

朱韵：“食堂的汤一直都偏咸，要不我们去外面吃？”

“别别别，麻烦，就在这儿吃吧。”母亲环顾一圈，感叹道，“大学真好啊，有朝气。”

朱韵：“你的高中不也挺好的。”

母亲连连摇头，道：“高中不行，现在升学压力太大了，根本朝气不起来。”

吃完饭，朱韵问母亲：“你住在哪儿？学校里的宾馆吗？”

“不，我不住，就是来看看你，这就回去了。”

“这么急啊？”

母亲摸摸她的头，说：“我还得给你爸送点东西去，晚上就回去了，你乖乖的。”

“嗯。”

朱韵给母亲送到校门口，又拦了一辆车租车。准备分别时，母亲说：“刚刚教室里的那个人是你同学？”

朱韵点头。

“离他远点，不像正经孩子。”

没回应。

车门已经拉开，母亲还是没听见朱韵应声。

她转头，看着朱韵：“你看他那身打扮，头发染成什么样，像话吗？”母亲心平气和地跟朱韵讲：“虽然年轻人追求个性，但凡事都有个度。我整个学校都走过了，没见一个人是他这个样子。妈妈从小告诉你什么？”

你从小告诉我好多话……哪句啊……

“要跟大家和平相处，不要搞特殊化，那些跳脱集体的人，永远步履维艰。”

原来是这句。朱韵点头：“我知道了。”

母亲欣慰地笑笑，抚摸朱韵的头发：“好好复习，不过别有太大的压力。妈妈是希望你成绩好，但更希望你健康快乐，你一直是妈妈的骄傲。回宿舍吧，要注意午间休息。”

朱韵：“好。”

基地安安静静。

接近期末，大家都去复习了，来的人越来越少，加之又是冬日，气温寒凉，教室显得格外冷清。

李峋飞快地编写着程序，不多时，停下。他侧头，脸上还带着面对电脑时的冷峻，一语不发。

朱韵坐下，戳了戳他肩膀：“你把我的面包吃了，记得明天再买啊。”

完蛋了……

进入考场前，朱韵的脑海中不停地出现这三个字。

完蛋了！完蛋了！完蛋了！

人到底不是机器，精力到底还是有限，马克思的吸引力到底没有动捕系统大。

可怜朱韵对这门学科的最后印象就停留在那天下午的“我国社会基本矛盾的特点”，往后几天没有丝毫进展。就这样，她要上考场了。

是考场还是刑场？

朱韵坐在教室中，心理活动近乎爆炸。以前母亲总对她说，对待学业一定要专注，临时抱佛脚是不可能有好下场的。她觉得自己对这句话的认识还是不够深刻。她一直以为所谓的“没有好下场”最多就是分数低，从没考虑过进考场时这种煎熬般的心理压力。

明知考出来的是屎，为什么还要下笔？

人生就是有这么多的无奈。

期待马克思忽然附体不太现实，朱韵劝自己要看开。事到如今，也只能风轻云淡地面对了。

一晃，身边坐下个人，朱韵扭过头。

李峋是真正的轻装上阵，空手而来。坐下后，他从兜里掏出一支黑色水笔，放到桌面上。

按照学科的重要程度，大学考试被学生戏称分为“封装”和“散装”两种形式。所谓“封装”，就指重要的课程，大多都是专业课老师亲自监考，他们在脑中思考出一套复杂的学号排列方式，分座考试；而“散装”则是一些不太重要的课程，不分座位，在阶梯教室里随便坐，只要两人之间空出一个位置就行。

很明显，“马克思主义基本原理”就是“散装”考试。

朱韵脸色僵硬地看着李峋。

什么意思？我们两个马列“LOW货”要在这儿抱团取暖了吗？

一想到自己前两天还在嘲笑李峋的政治课成绩，如今则要跟他“并驾齐驱”了，朱韵感慨现世报真是快，连跟他打招呼的心情都没有。

监考老师带着试卷进屋：“大家都坐好了，学生证放到左侧，书包都放到后面窗台上，书桌里不允许有任何东西。”

学生稀稀拉拉地起身。

朱韵拎包从李峋身边通过，李少爷长腿伸直，正抱着胳膊闭目养神。

他昨晚又在基地干到几点？眼圈黑得像上妆了一样。朱韵决定不吵醒他，小心地跨过他的长腿。

老师开始发试卷，李峋才醒过来。

朱韵会的写，不会的一顿乱蒙，这种破罐子破摔的心态让她慢慢放松起来。反正都是死，还不如潇洒一点。

朱韵写写停停，偶尔还会用余光看看身旁的李老板。

李峋拿笔的形象很陌生，在朱韵的印象里，他的手永远在敲电脑。

朱韵一边答题，一边腹诽——可能因为她对李峋多少有些了解了，那傲视群雄的性格让朱韵觉得他无时无刻不在凹造型。

就说现在，大家考试都老老实实趴在桌上闷头答卷，只有他靠在椅背上，像嫌弃空间太狭小一样，微侧着身，眉头轻蹙，睥睨而嫌弃地看着试卷上的题，一副指点江山的模样。

他那双腿太过引人注目，尤其是穿黑裤子的时候，那流畅的线条真是让人不得不感慨大自然的鬼斧神工。

朱韵在心里默默叹了口气，在下一口气还没吸进来的时候，李峋已经答完了第一张试卷。然后——他将试卷对折好，食指按住，在桌上轻轻一拨——试卷嗖地一下划到朱韵这边。

朱韵倒吸一口凉气。

What are you doing（你干吗）？

头皮炸裂！

李峋的动作太快了，太自然了，太淡定了，以至于时间都为他静止了，谁也没看到这恐怖的一幕。只有朱韵心跳如鼓，口干舌燥，浑身冒汗，整个人都不好了！

这是什么？

……作弊？

——作弊！

我的天！

朱韵一辈子也没干过几次这种事，就算儿时有过几次小打小闹，也都登不上台面，更不用说这么“直接而血腥”的方式，她见都没见过！

成绩差最多回家痛苦两周，如果作弊被抓，让她母亲知道了，她这层白皙细腻的皮就保不住了。

李峋我×你大爷啊……

煎熬……考试成了彻底的煎熬。

两个监考老师成了无常鬼。她低着头，胳膊死死压在试卷上，心里胡乱地向各路神明祈祷。

足足十分钟过去，朱韵才慢慢镇定下来。“散装”考试的好处就是监考并不是那么严格，两个老师在前面讲台坐着，一个正在看书，另外一个看似在监考，实则很有可能在发呆。

朱韵偷偷瞄了李峋一眼，他跟刚才一样，同姿态、同表情，正飞速地答第二张试卷。

许是有所察觉，他眼神微斜，跟朱韵对上。

朱韵刚要瞪他以表达情绪，李峋眼神向下，示意被朱韵压着的试卷，神色之中有淡淡的催促之意，之后又回去接着答题。

朱韵简直要被他的淡定感动了。

朱韵坐的位置很好，在阶梯教室的右侧偏后的位置，老师犯懒，不愿意侧头，给了她良好的生存空间。

她垂眸。

试卷质量堪忧，使劲一压就能透到下面，隐隐看到黑色的字迹。

在朱韵的脑海中，李峋的字永远是宋体五号……想不到他手写体这么帅？

虽然不规整，甚至有些潦草，但一点也不妨碍其美感。他的字果断而有力，思路清晰，一笔到底，跟他的程序很像。

“还有半个小时，大家抓紧时间。”监考老师报时了。

朱韵赶紧把那些乱七八糟的想法暂停，开始对双方的答案。

选择判断填空……都有不一样的。

朱韵很是纠结。在学习的问题上，虽然她平日表现得十分谦虚，但说实话，她内心是对自己还是有那么一些自信的，改别人的答案这种事……

清脆的两声——朱韵侧头，李峋已经答完题了，跷着二郎腿，一手撑着下巴，一手在桌面上，指头轻轻地敲。

他万般嫌弃地冲她皱眉，朱韵觉得她在某一刻听到了他内心的声音：“你他妈能不能快点？”

朱韵深吸一口气，划掉了自己的答案。

“那个女生！干什么呢？！”

一声厉喝，整个考场都为之一颤。监考老师终于从发呆中回神，看向这边，远远地指着朱韵，道：“那个戴眼镜的女生！干什么呢？把东西拿出来！”

神明无用，我命休矣！

朱韵脸色苍白，万念俱灰。她不知道老师究竟是怎么看出来的，也不想知道。结果就是一切。

老师大踏步迈近，如同恶鬼，索命而来。朱韵这辈子都没有这么害怕过，她都不知道这世上竟然还有如此恐怖的时刻。

眼圈红了。

老师走到朱韵面前，手伸过来，一把从她……身后的桌子上抽出一张纸来。

“怎么回事？”监考老师厉声问。

咦?

老师快速浏览了一遍纸上的内容，又把那名女生放在桌角的学生证拿起来看。

“跟我来一趟。”

身后的女生是二班的同学，朱韵觉得脸熟，但不记得她的名字了。她头发披着，尽可能地挡住脸，跟随老师去了外面。

“看见没有？都不要抱有侥幸心理啊，自己答自己的。”前面看书的监考老师说。

朱韵手指颤抖，冷汗淋淋，仿佛跟那女生一起死了一遍。

忽闻身边有轻轻的声音，朱韵侧头。

李峋趴在桌子上，他跟她一样，也在颤抖。但他不是害怕得颤，他是笑得浑身发颤。

他从胳膊间透出目光，看到朱韵惨白的脸，又忍不住，埋头接着笑，一头黄毛随之轻轻抖动。

挺好。

朱韵温柔地想着。

挺好。如果我能活着走出这间教室，今晚一定将你撒盐清蒸了。

收卷的时候，由最后一排的同学往前传。朱韵还是紧张，不敢随便动作，李峋眼疾手快，胳膊一伸，准确地抽回了自己的试卷。

这场考试简直就是生死劫。朱韵走出考场，腿有些软。

肩膀被拍了一下，朱韵回头，看见罪魁祸首。她恨不得将他挫骨扬灰，正准备骂，李峋捏住她的脖子：“这边走。”

他领她从另外一条路出教学楼。人刚少一点，朱韵就忍不了了，张口道：“你是不是想害死我！”

李峋脸带笑意，掏出烟，斜眼俯视她：“什么胆儿啊？”

“还怪我了？！”

从教学楼出来，寒风一吹，心率稍稍降下一些，朱韵愤愤道：“你至少提前告诉我一声！”

“我都坐你身边了。”

“你——”朱韵头壳生疼。

希望你下回的表达方式能跟你的作弊方式一样直接。

朱韵额头的冷汗还没散尽。

李峋不急不缓地吐了口烟，又说：“我从来没失手过。”

朱韵：“你还干过很多次？”

李峋平视前方，淡淡地说：“我的代考经历说出来吓死你。”

……你还是闭嘴吧。

来到基地，李峋掏钥匙开门。进入考试周，基地活动就停止了，但项目还没完成。朱韵放不下，竟然产生了希望学校晚放几天假的想法。

李峋去接水，朱韵一直看着他，忽然问：“你为什么……”

他喉结动了几下，半瓶水下肚：“嗯？”

为什么坐我旁边，给我看你的试卷？

朱韵看到李峋清亮的眼睛，又不想问了。

李峋挑挑眉：“怎么了？”

朱韵努嘴，不紧不慢地说：“没什么，就是刚刚想起来，你历来政治课成绩都低空飘过，自己泥菩萨过江，还给我抄，不会出事吗？”

李峋瞥她：“担心？”

“当然啊。”

李峋往椅背上一靠，露出标志性的笑。

刚喝完水，他嘴唇湿润，这么一笑，让人心惊胆战。

“公主殿下，咱们还是坦率一点好吧？”

……朱韵心里喊了一声，转头不看他。

考试到了收尾阶段，最后一科是C语言。

林老头做监考老师，监得那叫一个松散——眼镜一戴，坐在讲台上喝茶看报纸，巡查领导来了两趟，让他好好监考，可巡查一走，他报纸又拿了起来。

朱韵很快答完题，这次谁也没有看谁，直接出了考场。

正是中午，整栋楼都静悄悄的，她来到窗边，阳光刺眼。

学校这个安排太棒了。最后考C语言，让她莫名心安，总觉得整个学期都圆满了。

回到宿舍，方舒苗正在收拾东西，朱韵问她："你要回家了？哪天的车票？"

方舒苗："我还得再等几天，学生会还有点事情。"

朱韵若有所思地点点头。

下午她给母亲打电话，汇报考试进度。

"已经考完了？"母亲问。

"嗯，今天中午最后一科。"

"明天回来吗？想吃什么，妈妈提前给你买好。"

"……我再等几天，学校还有点事。"

"什么事？"

朱韵眼珠子转来转去："你知道方舒苗吧，我们班长。她学生会事情太多，想让我给她帮忙。她是外省的，着急回家。"

"这样啊。"母亲沉吟片刻，"也行，那你留两天吧。不过要抓紧啊，今年过年早，回家妈妈还得给你买点新衣服呢。"

胜利……

朱韵放下电话，前往基地。

软件也进入收尾阶段，朱韵一见李峋那样子，就知道他又熬了一宿。

满屋烟味，他回头："你来干什么？"

朱韵放下包："干活啊。"

李峋："都放假了，干什么活？"

朱韵打开电脑，李峋还在旁边骂骂咧咧："赶紧回家去，走走走！"

你狂躁症啊你？

朱韵不理会他。好不容易考试结束，闲杂事情告一段落，她能够全身心地投入到……等等，什么时候考试成了闲杂事了？

朱韵无语地从共享文件里提取李峋的最近进度。

"你弄完了？"她惊讶地看到软件已经整合得差不多了，点击进去，使用也很顺畅。

"还得再优化一遍。"

还优化……

“不过很快就完了。”

朱韵听着他那沙哑的声音，道：“你能不能别抽了？”

李峋一顿，随即撇嘴，不满道：“你管我？”

抽死你得了。

“我帮你测试一遍。”朱韵用鼠标在人体图的肩膀上涂了涂，动画即时产生，人体模型捂住肩膀，做出一个疼痛的姿势，然后跳出界面，上面列举了几项肩膀不适的病症，引导着朱韵一路往下点。

“哎？还有食谱？”之前没有这个功能啊。

“上周加的。”李峋按着太阳穴，低声说，“强行推荐产品，有时候会产生反效果，加一个介绍食疗的功能，会让软件看起来更亲切一点。平时就算不买，也可以上来看看，也算是个留住客户的方法。”

朱韵看向李峋，她总感觉他视线游离，神志已经有些模糊了。

他会不会忽然死在这儿啊？

朱韵搔搔头，退出软件。

“咦？”退到桌面，朱韵一诧。

李峋打了个哈欠，问：“怎么了？哪里用得不流畅？”

朱韵指着屏幕：“首页的Logo（商标）没有做哦，空白的。”她点开美术资源包：“切好的图片在哪儿？你歇着吧，我来导就行了。”

静了几秒，李峋僵尸一样看着她。

“图片呢？”朱韵在李峋脸前晃了晃，“你先告诉我图片放在哪儿了再睡，你睁眼睛睡觉的？”

李峋眼珠转动，阴森森地看向她。

原来没睡着啊。

“妈的……”他冷冷地骂了一声，眼睛眯起，“动画学院那两个傻×！”

“……”

朱韵已然了解：“忘做了？”

李峋刚要再骂，被烟呛到，狠狠咳嗽两声，又按住脑袋，可能觉得有些不舒服。

朱韵说：“没事，现做一个也来得及。你要什么风格的，我来做。”

她打开作图软件，一回头——你能不能别用这种这么嫌弃的眼光看着我？

“算了吧。”李峋咳完，眉头紧皱，“你做，呵……”

一个呵字，足以表达他的所有鄙夷。

“那你做。”

又是一声呵。

“要不给动画学院的学长打电话？”

“来不及了。”

“你着急弄完？想快点回家过年啊？”

李峋将烟熄灭，低声道：“蓝冠的人我已经联系上了，这个周末见面。”

……还有三天。

朱韵看着疲惫不堪的李峋，一伸手，将两人的电脑都关了。

李老板登时咆哮起来：“谁让你关的？”

“走。”朱韵拿包起身。

“干什么？！”

“出去走走。”

“走个屁！”

“出去走走找灵感！”

她来到窗边，把一排窗户都打开了，这屋里的烟味太重，要散很久。

李峋烦得要死：“你少管我，赶紧回家去！”

朱韵坚持道：“真的！去美术馆什么的转一转，没准会有灵感呢！”

“呸！”

“你别不信，那个人体图的主意就是我去中医馆散心的时候想出来的。”

“赶紧离开我的视线。”

“你这人怎么油盐不进啊！”

李峋猛地一拍桌子，人噌地一下站起来。

妈的，他站起来气势完全不一样了……

朱韵汗毛直立。

李峋俯视着她，面目狰狞道：“朱小姐，你往常不都是习惯把话憋心里吗？今天怎么了，漏气了？”

朱韵声音渐小：“你不是不让我憋着吗？”

“我现在让了。”

晚了。

她偷偷看他一眼，真心地劝道："说真的，走吧，出去逛一逛，万一有灵感了呢！就算没有，也比一直在这儿窝着强。你闻闻这屋里的烟味，我眼睛都快睁不开了。"

半晌，他低声说："不去。"

她轻轻一叹，觉得说不出的乏力。

"这都几点了，美术馆马上关门了，明天再说。"

咦?

他转身，又把电脑按开。

……那她这算是达成目的了，还是没达成?

第二天一早，李峋电话叫醒她："走了。"

他们俩不喜欢睡懒觉，尤其是李峋，睡得比狗晚，起得比鸡早。朱韵收拾好东西赶到校门口时，李峋已经等在那儿了。

距离校门的一定距离，朱韵慢慢放缓步伐。

晨曦中，李峋孑然一身。

走近了，朱韵发现他刚洗过澡，头发也处理过，像第一天开学那样，喷了定型，然后抓得满头凌乱。

真骚包。

真好看。像漫画里的反派男一。

"这几步路你打算走多长时间？"李峋手插在外衣兜里，看朱韵，道，"我是不是应该给公主殿下备辆马车？"

……

李峋在路口拦出租车，朱韵制止道："有公交直达的。"

制止无效，李峋皱着眉开车门："这么冷，坐什么公交。"

原来你也知道冷啊……

车直接开到美术馆门口，李峋付完钱先下车，道："我去买票，你去那边等着。"

跟领导出来就是好，什么钱都不用掏。

售票处正有几个女生在排队，打扮得颇有艺术气息，像是美院的学生。买好票后她们一起往馆里走，路上不住地回头，还凑到一起窃窃私语，捂嘴笑。

朱韵一瞪——敢嘲笑李状元，你们几个丫头片子找死是吧?

几秒后她回过神，意识到那并不是嘲笑……

她看向李峋。

某人不管天气，衬衫外面只套了件中长款的深蓝色外套，还敞开怀，腰上系着皮带，整身衣服有硬度，没厚度，完完全全是修身款——也不怪他觉得冷。

朱韵是上帝视角，看到来往的女生都在瞄他。

难道这就是传说中的“牺牲你一个，幸福千万家”？

“走了。”李峋买完票，招呼朱韵一起进入美术馆。

美术馆的温度也不高，但好歹有墙挡风，没有外面那么寒冷。

刚进去就是一号馆，是一位日本现代艺术家的画展，风格非常离奇。朱韵在一幅画前看了半天，总觉得工作人员把画挂反了。不得不说，隔行如隔山，朱韵看了几幅，完全体会不到里面的美感。

美术馆很大，又静谧非常，朱韵很快开始神游。她在脑中构思如果给美术馆安装一套查询系统，方便快速寻找画作和感兴趣的题材位置，开发和后续维护的难度有多大……

思考总是被李峋的脚步声打断。她本以为就李峋那暴脾气，用不了多久就会叫嚣离开，没承想现实完全出乎她的意料，当她百般无聊的时候，李峋表现出了充分的耐心。

从他的神情很容易判断他的喜恶，有的画他不屑一顾，有的画他则驻足良久。

走到三号馆，朱韵忽然眼前一亮：“那个！”

李峋侧头：“嗯？”

朱韵直奔着最里面就过去了。进来美术馆这么久，她终于找到唯一感兴趣的画了。

李峋也过来：“喜欢这种？”

朱韵指着那幅木炭画，有点兴奋地说：“你看名字！”

画左下角的小标签上，写着画作信息——炭画《嶙峋》，作者田修竹。

“嶙峋……”李峋嘴角一扯，似笑非笑地看着朱韵。

“这个画家我见过！”

“哦？”

“很有缘的。”

是真的太有缘了，朱韵把之前给柳思思翻译文章和在中医馆的经历都告诉了他。说完了，她感叹道："想不到又遇到了。照这样下去，以后没准能跟咱们合作呢。"

李峋不做表态。朱韵又说："他也很年轻，看着跟我们差不多大，长得是特别乖巧的类型。"跟你完全不一样。

李峋白她一眼。

朱韵："他的画也很厉害。"

他嗤笑："你看得懂吗就厉害？"

"所有人都这么说。"朱韵记忆力惊人，当初为柳思思翻译的文章全部收录在大脑皮层里，"你知道吗？他十四岁的时候就……"

李峋掏掏耳朵，转身走了。

朱韵："……"

她紧跟几步上去，说："媒体都说他是天才画家呢。"

李峋懒洋洋道："天才怎么了，天才多个屁啊！"

本来朱韵想把柳思思那篇作业整篇复述给他听，可听他这么一说，兴奋劲忽然淡了。

没错，天才多个屁，不照样要吃饭睡觉，穿少了不照样被冻成狗。

她这么想着，在那修长慵懒的背影后面，悄悄做了个鬼脸。

灵感没找到，玩得倒是很开心。

逛完美术馆出来，李老板又请朱韵吃饭，大方地提供全套service（服务）。

朱韵在李峋鄙夷的眼光中挑了家韩国料理，又在他更加鄙夷的目光中点了盆韩国拌饭。

"胃口真不错。"李峋坐在对面看着她。

朱韵抬眼："你不吃？"

李峋摇头。

"你动脑那么多，怎么都不饿？"

他不说话。

她噎着满嘴的拌饭，啧啧感慨："效率又高，消耗又低，你这系统简直要逆天了！"

"讲究点行不行？咽下去再说话。"他瞥她一眼，看向窗外。

暴躁症患者跟我装什么文明人！

他们坐在靠窗的位置，李峋看着外面，不一会儿，说："抽根烟行吗？"

"抽呗。"她转头看周围，学校放假，整个大学城都空了，小餐馆里只有他们两人。

李峋点了支烟，沉沉地吐出一口气。

朱韵听着那声沉气，忽然想起自己之前做过的短暂的中医研究，其中有一段话——"精神压力伤脾胃、影响睡眠，食欲不振。"

李峋望着外面，像面对屏幕时一样，脸色冷峻，似是陷入思考。

窗外一座空城，有什么可看的？

所有人都走了。朱韵回忆着，高见鸿离开前捶了李峋的肩膀，李峋一如既往笑得风轻云淡。项目的参与者都身心放松地回家过年，她也是这么计划的。

没人考虑失败，仿佛他们根本没有理由失败。

有他在，他们仿佛没有理由失败。

那他呢？她第一次想到这个问题。

他会考虑失败吗？他会紧张吗？他会有压力吗？

她很快得出结论——为什么不会，天才多个屁！

"那个，"朱韵将嘴里的拌饭咽下，开口，"李峋，你……"

她刚开口，看到对面人脸色一松，竟然笑了，她的话被他的笑打断。

李峋冲窗外抬下巴，轻声说："你看。"

朱韵转头。

下雪了。

今年的初雪来得晚，没人了，它才缓缓而至，吸引剩下的为数不多的目光。

雪花很小，弱不禁风，在空中盘旋来去，不肯落地。

天幕萧瑟低沉，细小的雪花漫天飞舞，透着一股缓慢沉静的温柔。

"你刚要说什么？"

"哦，我跟你一起去。"

"去哪儿？"

"蓝冠公司。"

李峋顿了顿，低声说："去什么，赶紧回家过年。"

"我家离得近。"朱韵说，"火车客车都是几个小时就到，不用这么急。再说了，多一个人多一份力量嘛。"

李峋嗤笑："什么力量，拎包的力量？"

“拎包也行。”

李峋看她一眼。

“就这么定了啊！”朱韵重新埋头吃起来。

李峋在安静了一会儿后，将烟按灭：“真服了你！”

离开餐馆时已经下午了，推门，李峋瞬间一抖。

“怎么他妈越来越冷了！”他大步往路口走，顺便将朱韵一把推回去，“你回去等着，我叫来车再出来。”

我穿得比你厚多了好不好！

下雪天不好打车，朱韵在餐馆里看着李峋高高的背影缩起肩膀。五分钟之后，她出去换岗，李峋嘴唇都冻紫了。

终于顺利打到车，等到学校时，雪下得更大、风刮得更猛了。李峋终于不装了，下了车，一溜烟往基地跑，朱韵在后面哈哈大笑。

笑完，她深吸一口气，抬头望着青灰色的天。

泡菜味的初雪，真完美。

Chapter 07

打火机与公主裙

第二天，李峋感冒了。

“你就活该……”朱韵的冷漠脸看着李峋。

他病起来脾气更加暴躁，眼带血丝，像要生吃了她。

朱韵将买来的药递给他：“吃三粒。”

李峋一把拿过药，将整排五粒药一股脑放嘴里吞了。

朱韵震惊：“你干什么？！”

“吃不死！”他不耐地说，“第一次用药要吃多点，这点常识都没有？”

这是哪个星球的常识？

精力实在不允许，首页Logo的事只能落在朱韵头上。李老板在基地用四个椅子临时搭了张床，躺着养神。

基地很安静，只有鼠标键盘声和李峋均匀的呼吸。

“随便弄一张吧，反正跟系统关系不大，到时候我再叫人改。”他闭着眼睛说。朱韵还以为他睡着了，原来他只是休息。

画图软件开着，朱韵手托下巴，思索着。没一会儿，她又进入神游状态。

李峋一个喷嚏将她唤醒。

反正都是要改，暂时先放一个上去吧。视线范围里，是窗外的那片竹林，朱韵就根据这幅画面寻找素材。

她实在不擅长这个，一幅图弄了四个多小时才完成。

这比代码难一万倍。

“真他妈难看……”不知什么时候，李峋已经起来了，抱着手臂站在她后面点评，“颜色生硬，构图又丑。”

朱韵咬牙。

李峋：“你还是女人吗？”

她鼠标一推，回头：“你不满意自己来！”

李峋垂眸看她几秒，轻描淡写地道：“放上去吧。”

就会说大话……

她将图片往程序里导，身后李峋咳嗽几声。

他越咳越凶，似乎是想将不适感强行压下去。

作图四个小时，导入只用了四分钟。朱韵动作迅速，弄好之后测试一遍，然后起身：“我出去一下，你等我。”

“干吗？”

“我给你买点止咳药，你这么咳嗽，嗓子受不了。”

“用不着。”

朱韵听都没听，拿起外套：“你等我一会儿，马上回来。”

“哎！”朱韵跑出去，还听见李峋在楼道里的吼声，“回来！给你拿钱！”

我止咳药都买不起？你也太小瞧我了！

朱韵跑到药房，在护士的介绍下买了瓶止咳糖浆。

她真心祈祷李峋能快点好起来——明天就要去蓝冠公司了，万一他张不开嘴，难道让她来跟负责人说吗？

不行。她不是他，她顶不住那么大的压力。

朱韵一边希望他快点好，一边又觉得他真是活该。

“耍帅招雷劈……”朱韵咬牙切齿道。

忽然，手机震起来，掏出一看，是母亲的电话。她的脚步霎时停下：“喂？”

母亲关心地询问：“朱韵，班长那边怎么样了？”

“再有一两天就结束了。”

“别忙了，赶快回家吧。适当帮帮忙就行了，这么上心，年还过不过了？”

“我……”

“你江阿姨来了，晚上一起吃饭。”

“晚上？”她以为自己听错了，“今天晚上？”

“对啊。”母亲笑着说，“江阿姨的儿子也回国了，你还记得他吗？那可真是名校学子啊，跟国内的就是不一样。你回来好好跟他聊聊，吸取点经验，为以后做准备。”

“明天吧，今天再怎样也赶不上了，我连车票都没买呢。”朱韵在脑子里飞速计算时间，“我明晚之前肯定到家。”

“放心啦。”母亲气定神闲，“你爸刚好就在你那里，他今天开会，开完也放假了，我让他直接去接你，你们一起回来。你跟你班长好好解释一下，这也是突发事件。江阿姨可是我费好大力气请来的，你小哥哥学业忙得要死，百忙之中抽空出来见你，你说你面子大不大？快收拾东西，你爸很快就到了，别让他等。”

母亲利落地说完，挂断电话。

朱韵狠狠一跺脚。

一天！

就差一天！

王宇轩你飞机怎么他妈不坠机呢？

半个多小时后，朱韵又接到电话，李峋不满地说：“你上哪儿去了，买药买这么长时间。”

她把第三支抽完的烟扔到地上，一脚踩灭：“马上回去了。”

刚放下李峋电话，父亲朱光益的电话就打了进来。

朱韵好想把手机砸了。

她没有接听，一路跑回基地。

至少得把止咳糖浆给他。

李峋正在她的座位上测试程序，她上气不接下气地跑过去，将止咳糖浆放到他面前。

李峋专注地看着电脑，大爷似的命令她：“去给我接杯水。”

朱韵没动。

李峋斜眼：“你让我干喝？”

他声音沙哑。平时嗓音那么好听，现在哑成这样。

朱韵心里烦躁，三根烟根本就不够。

“怎么了？”他很快看出她不对劲。

“李峋，我家里……”朱韵低声说。

李峋挑眉。

“我家里……”

“有点急事……”

“我可能得先回去了。”

窗外的竹林安安静静。

李峋顿了一瞬后，说：“没出大事吧？”

别这么关切地问，我只是回去陪一个留学生吃饭。

她摇头。

李峋松下来：“行，反正也没什么要做的了，回家过年去吧。”他从桌子上拿烟，低声说。

她想劝他别抽了，可又说不出口。

手机又响了，李峋示意她：“电话！发什么呆？”

朱韵接通，是她父亲：“朱韵啊，刚刚怎么没接电话？”

“静音了。”

李峋伸手拿外套。

“你妈已经告诉你了吧，我马上就到了，你半小时之后来校门口吧。”

“嗯。”

挂断电话，李峋已经穿完衣服：“走吧，我送你去车站。”

“不用了。”朱韵说。

他在看她，她没有回视。

半晌，李峋又将外套脱下。

“一路小心。”他转身坐回座位，又开始永无止境地敲击键盘。

晚上七点，朱韵跟父亲到家。赶巧刚下车就碰见江琳母子，江琳与朱光益一路寒暄着进屋，朱韵跟王宇轩跟在后面。

“学校刚放假？”他问她。

“嗯。”

门一开，热气和饭菜的香气溢出，朱韵母亲热情地迎接他们。

“真巧了呀。”母亲惊讶地说，“竟然碰上了！”

“就是。”江琳也说，“真是巧了。”

江琳与母亲是好友，两人见面有说不完的话。朱韵在门口换鞋，听见母亲说：“怎么感觉你越来越年轻了！”

江琳客气说：“年轻什么，五十好几，老太太了都！”

“说你五十谁信啊？”母亲一拍江琳肩膀，笑着说，“还是孩子争气吧，一点不用家里操心，越活越年轻。”

江琳也笑，回头冲王宇轩说：“跟你刘姨打招呼啊，干站着干吗？”

王宇轩苦笑：“不站着怎么办，你堵在这儿，我们也进不去啊。”

江琳捶他一下：“熊孩子，刚回国就呛我。”

王宇轩转头向朱韵母亲打招呼：“刘姨好。”

“你好你好，快进来。”

饭菜已经准备完，直接用餐。

朱韵先回房间换了衣服，然后去洗手间，门口碰见王宇轩，两人脚步都是一顿。

王宇轩侧开身：“Lady first（女士优先）。”

“谢谢。”

朱韵洗了手，来到餐厅，母亲正跟江琳讨论得热火朝天，见到朱韵，招手：“快过来，跟你江阿姨好好聊聊。”

江琳摆手：“跟我聊没用，跟小宇聊吧。你们得多长时间没见面了，我算算……”

母亲搭腔：“快六年了呗，小宇出国后就没见了。”

“哎哟，可不是！时间过得多快啊，朱韵都成大姑娘了，真乖！”

“乖什么？”母亲笑着看了朱韵一眼，“主意多着呢。”

朱韵：“……”

王宇轩来了，被母亲安排在朱韵身边。

朱韵有事分神，端着饭碗半天没咽下去几口。

“不饿？还是减肥？怎么吃得这么少。”王宇轩小声问。

“没，你吃你的。”

“我可饿坏了。”王宇轩吃得快，眨眼间一碗饭就吃完了，说：“刘姨做饭还是那么好吃。”

桌对面的母亲听到这话，抿嘴笑：“还是小宇乖！多吃，阿姨做了好多。”她又对朱韵说：“等会儿你跟小宇哥哥多聊聊，这可是真正的高才生，拿了全额奖学金。小宇，我听你妈妈说，你毕业后能留校？”

王宇轩无力道：“我妈说的话还能信？”

江琳指着他，对朱韵母亲说：“你看这孩子，什么都憋着，就是不说。”她冲自己儿子道：“你怕什么啊，这里又没有外人。”

“就是自己人才得说实话，要是外人我早就吹起来了。”

朱韵母亲被王宇轩逗得哈哈大笑。

朱韵默不作声地看着他们你一句、我一句地相互抛皮球。

好想下桌啊……朱韵瞥了王宇轩一眼，心里发问——你什么时候能吃完？

王宇轩似乎感受到了朱韵内心的呼唤，第二碗饭下肚后，将餐具放好，揉揉肚子，说：“好撑！刘姨我们吃好了，先下去了，你们慢慢聊。”

母亲招呼朱韵，说：“你带小宇哥哥转一转，多交流。”

朱韵起身，领着王宇轩往楼上走，背后母亲还在跟江琳聊天：“我也有想法送她去国外念书，见见世面。实话实说，现在这国内院校是真的……”

上了二楼，声音渐消。

朱韵推开房门，王宇轩在身后说：“这是你房间？”

“嗯。”

“好整齐啊。”

“没人住，肯定整齐。”

王宇轩说：“那不一样。宾馆也整齐，但冷冷清清，这里一看就是主人生活习惯好。”

朱韵呵呵两声，转头道：“你别说得好像第一次来一样。”

王宇轩也笑了：“这不是故地重游，找点新鲜感嘛。”

王宇轩比朱韵大五岁，因为两位母亲是熟识，他们从小就认识。王宇轩经常跟朱韵吹牛，说他小时候抱过还是婴儿的朱韵，朱韵打死都不信。只可惜自从上学后，大家都专注学业，没有过多的来往了。

朱韵给王宇轩接了杯水，两人坐在小沙发里聊天。

“不问我点什么？”王宇轩说，“刚刚阿姨是怎么叮嘱你的？”

朱韵从包里翻出电脑，说：“国外的月亮圆吗？”

王宇轩喊了一声：“真敷衍。”

朱韵开机，王宇轩努努嘴：“跟我聊天这么无聊，还得上网找乐？”

“……没，我就检查下邮件。”

其实朱韵也不是要检查邮件，只是好像养成习惯了一样，一闲下来就要打开电脑。

王宇轩在一旁看着，朱韵不得不象征性地登录邮箱，没想到还真有邮件，教务处发来的，通知期末成绩已经出来了。

“哟哟哟哟哟！”王宇轩激动地说，“成绩出来了，快去看看！”

“……”朱韵无语地看向王宇轩。

王宇轩催促她：“快看看啊！”

朱韵登上教务网，将期末成绩单调出来。

王宇轩比她更上心，整个人凑过来，快速扫了一眼，赞叹道：“可以啊朱妹，真不是盖的，科科都这么高！快点开综合排名，我看看国内院校现在是什么水平。”

他说完，半天页面也没跳转。

“朱妹？”王宇轩转头，刚好看到朱韵的笑。

当然，她不是对他笑，她是冲着成绩单上某一栏分数笑的——“马克思主义基本原理”期末卷面，九十七分。

少三分，无所谓，毕竟世界不完美。

她脑海中浮现出某状元冷光下牛×闪闪的脸，于是笑意更浓了。

等她回过神，发现王宇轩有些怔然地看着她。

她问：“怎么？”

王宇轩摇摇头：“没什么。”他移开视线，看向旁边的书柜，但很快又转回头：“朱妹。”

“嗯？”

“我夸你一句行吗？”

“夸吧。”

“我怕你骄傲。”

“那别说了。”

“可我忍不住啊！”

“……”朱韵扣上电脑。

王宇轩忽然道：“你变漂亮了。”

朱韵一顿，随即挑眉：“是吗？”

王宇轩："你看，我就说怕你骄傲。"

朱韵耸耸肩，王宇轩不再开玩笑，问道："刘姨有让你出国的意思，你自己觉得呢？"

"还没想过。"

"到时现想就来不及了，如果有打算一定得尽早准备。不要偏科，但专业课得突出，最好能在一些有分量的刊物上发表文章。这个我有些渠道，如果你需要，我可以帮你。"

朱韵挠挠脸："我不是理论派，不喜欢搞文章。"

"实践派也行，多参加大型比赛，越多活动越好。"王宇轩说，"我是搞金融的，对你们计算机不了解，不过想来也差不多，等我回去帮你……"

"停！"朱韵提醒他，"我大一还没念完呢……"

王宇轩看看她，笑了："也对，还是个小孩呢。不过还是要尽早打算，机会都是留给有准备的人。"

你可以留校当政教老师了。

"国外生活辛苦吗？"朱韵试图转移话题。

王宇轩摇头，若有所思地说："认清自己就不苦。"

"什么意思？"

王宇轩说："外面花花天地，很容易迷了眼。很多人放弃自我，耗费时间追求那些不属于他们的生活。我出去快六年了，见过太多这样的人。"

"不过也没办法。"他又说，"国外同胞少，为了融入新社会、得到认同，肯定要放弃点什么。小到一些习惯，大到价值观。跟你说实话，我现在都忍着呢。"

朱韵："忍什么？"

王宇轩半开玩笑地说："忍着不往话里加英文呗！"

朱韵笑了笑。

九点半，江琳来叫王宇轩："准备走了！"

母亲与江琳约定了下次聚会的时间——大年初七。

"好不容易回家一趟，给小宇多补补，看着都瘦了。"母亲给人送到院门口，又说，"小宇，跟朱韵留联系方式了吗？"

王宇轩："必须留了。"

"以后她要有什么不懂的，就麻烦你帮忙了啊，你可别觉得烦。"

王宇轩咧嘴看向朱韵："我就喜欢烦，你记得使劲烦我啊，朱妹！"

朱韵："……"

将人送走，母亲拉着朱韵的手："哎哟，可给妈妈想坏了，快进屋。"

在母亲跟她谈心之前，朱韵先去楼上搬来电脑："妈，你看。"

期末成绩单，朱韵四科满分，总成绩全班第二。

母亲万分欣喜，叫她父亲也来："看孩子期末成绩。"

朱光益看了一眼，气定神闲地说："不错，还有上升空间。"

朱韵嗯了一声。

母亲推了推父亲："你别给孩子太大压力！"

成绩单简直就是神符，有它压阵，谈话进行得无比顺利。

"你早点休息，明早妈妈带你去商场买衣服，马上就过年了，你回来得太晚了。"

朱韵回到自己房间洗了个澡。

她在床上翻来覆去睡不着，最后掏出手机，给李峋发了一条短信。

内容很简洁，一句话——"我马克思九十七。"

几秒钟后，李峋回复——"为什么比我还高？"

朱韵笑。

她不回复，把脸埋在软软的枕头里，怕笑得声太大。

月上梢头，观人似水的柔情。

人山人海，年前的商场像不要钱一样，挤满了男女老少。母亲一边走，一边抱怨："跟你说早点回来，你就不听，你看商场都要被买光了。"

"怎么可能买光？"朱韵拎着大包小包，从电梯间出来，到达三层，这里有淑女服饰，"这不还有好多呢吗？"

"有也是被人挑剩下的。"母亲手里也拎了一堆，"你在学校的衣服也不往回拿几件，现在什么都得重新买。"

朱韵悄悄做了个鬼脸。

那天好赶，她回宿舍只来得及打包电脑和书籍，哪有精力管衣服?

进到一家精品服饰屋，母亲挑选衣服，朱韵跟在后面，慢慢走神。

今天……

她低头看表，中午了。

他都准备好了吗？去公司了吗？

朱韵早上就给李峋发过一条短信，可没有回复。她不敢贸然打电话，怕打扰他。

好烦躁啊！

“这件怎么样？”

“丑。”

“……”

朱韵咳嗽两声，对目瞪口呆的售货员解释说：“不是，我是说……挺好看的。”

母亲说：“昨晚没休息好？怎么感觉你不在状态啊。”

朱韵摸摸鼻子：“可能是赶路有点累。”

母亲深表理解，对一旁的售货员说：“就知道学习，眼看过年了，我要不说还赖在学校。小姑娘家对打扮一点都不上心。”

售货员察言观色，赞叹道：“那多好啊，一看这位顾客就是好学生，气质特别突出。”

母亲将手里的裙子递给朱韵：“去试一下，这条很漂亮。”

朱韵拎着裙子去试衣间。冬日换衣服很麻烦，朱韵摘了眼镜，准备脱套头毛衣。刚脱一半，手机震了一下。

朱韵过了电一般，也顾不上脱衣服，毛衣卡在脖子处，腾出一只手去拿手机。

果然是李峋的回复：“在路上，晚点说。”

晚点是几点？朱韵有一大堆想要问他的话，可总觉得现在时机不对，最后只发了两个字——“加油。”

李峋没有回复她。

朱韵换好衣服，垂着头推开试衣间的门。

售货员笑着看向她，正准备赞美一番，但发现了致命的问题：“顾客，您衣服穿反了。”

朱韵一低头：“……”

母亲正在挑选别的服饰，看见这一幕：“我就说你，一天天都想什么呢？”

朱韵无言地回去重新穿，再出来时，售货员终于赞道：“好看！顾客，白色真的很衬你，你皮肤好好哦！”

朱韵低头准备戴眼镜，售货员又说："顾客您不戴眼镜更好看。"

不戴眼镜我鬼都看不见。

朱韵穿戴完整，看向镜子。

不得不说母亲的眼光真的很好，白色的硬质地连衣裙，下摆是星星点点的碎花，腰上搭配一指宽的鹿皮腰带，因为是冬款，连衣裙外还搭了件淡色系短皮草。朱韵的脸藏在毛茸茸的皮草中，显得格外小巧。

"真好看！这件真好看！跟您太配了！"售货员强烈推荐。

母亲在售货员的称赞声中笑意连连，对朱韵说："我挑得不错吧？"

朱韵点头。

母亲对售货员说："要这件。"

又连续买了几套衣服，朱韵拎包的胳膊都要断了的时候，母亲终于满意了。

"这些差不多了。"母亲说，"等过几天去给你的叔叔阿姨拜年，穿得破破烂烂，成何体统！"

回家路上，母亲细数过年行程，朱韵心不在焉地听着。到家后，母亲开始准备饭，朱韵也吃不下，说了句预习功课，便上楼了。

"预习什么功课呀？刚放假呢，你连下学期的书本都没有！"

朱韵："是复习！说错了！"

母亲系着围裙，冲楼上喊道："不差过年这两天！"

"哎哟，她要看书你就让她看嘛。"客厅里，朱光益喝着茶，看报纸，"她不看书你比谁都气，看书你又着急，你到底要她怎么样？"

母亲反手将围裙系好，看着楼上，一语不发。

朱韵一头倒在床上，又是一轮新的辗转反侧。

她不停地看表、看手机、看视线里能看到的一切。

时间怎么过得这么慢？

她尝试去翻书、写代码，但什么都干不下去，胸口好像总有东西压着一样，上不去下不来，焦躁不堪。

晚上母亲叫她下楼吃饭，朱韵根本没有胃口，有一句没一句地应付着父母关于国外留学话题的讨论。

"你觉得小宇哥哥怎么样？"

"挺好的。"

“现在能出国留学的机会很难得，人少，资源自然就好。不过听你江阿姨说，你小宇哥哥早年出去的时候，也吃了很多苦，那边对咱们还是有偏见。”

朱韵耸耸肩。

母亲：“不过真有本事的话，也能叫人刮目相看的。不能禁锢在自己的小圈子里，得融入他们的大社会。”

朱韵的心完全不在话题上，她瞥向窗外。

“又下雪了。”她说。

“又？”母亲笑着说，“这是今年初雪啊。”

朱韵一愣。

原来那天这座城市没有下雪。

那场雪，只有他们两个看到了。朱韵在片刻间，感受到了安慰。

那天半夜两点，朱韵收到了李峋的回复——“OK了。”

朱韵长出一口气。她下地，将门锁好，然后回到床上，将被子蒙到头顶，给李峋打了电话。

“喂？”

“李峋……”

“嗯，你还没睡呢？”李峋貌似在外面，手机里有风声。

朱韵：“刚在陪家人看电视。”

他嗤笑一声，明显不信。

朱韵抿抿嘴：“那个……”

“哪个？”

她听到打火机的声音。朱韵也不拐弯抹角了，直接问他：“你见到蓝冠的人了？他们怎么说？怎么到这么晚？”

“一群傻×，演示软件演示了半天。”

“那他们满意吗？”

“除了首页图太丑以外，很满意。”

“……”

“明天再细谈一下合同，年前应该能搞定。”

“噢。”

李峋在风雪交加的路口抽烟。这场雪比之前的大，夜晚温度又低，地上存了薄薄的一层。

他笑着说："行了，安心了吧？睡觉吧。"

朱韵："等等，感冒好了吗？"

李峋："好了。"

"那你也早点休息，快点回家过年。"

李峋气息微顿，然后低低地嗯了一声。

挂断电话，心里的一块大石也落下了。朱韵伸了个懒腰，然后将脸蒙在枕头中，死死压住，而后深吸一口气，收紧浑身肌肉，大吼了一声："啊啊啊——"

她怕父母会听到声音，所以枕头埋得很深很深，深到抬起头时，因一时缺氧，眼前全是星星。

朱韵晕晕乎乎地躺倒在床上。

好爽啊！

她确实安心了，但这并不意味着她就能睡着觉了。朱韵亢奋了一宿，第二天还是生龙活虎。

往后几天，她开始帮母亲准备过年的东西。因为朱光益的身份，他们家每年过年期间都要招待很多人，而且大多是学者或者教育人士，说道非常多。

好在，这些活动都是在除夕夜之后展开，年夜饭还是自家人一起。

酒店是提前两个多月定的，爆满。朱韵爷爷已经过世，还剩个八十多岁的奶奶，腿脚不便，脑子也稍稍有点迷糊。因为朱韵父母工作繁忙，没人照顾奶奶，父亲便将她送到一家高级疗养中心，每周去探望一次。

他们的桌开得早，七点吃饭，八点多就结束了。奶奶精力有限，晚辈拜完年后，她已经昏昏欲睡，一家人开车将她送回疗养中心。

满城皆是鞭炮声，震耳欲聋。

送完奶奶去疗养中心，朱光益开车往家走。吃得太饱，朱韵懒得说话，头贴在车窗上，抬眼看向天上。

今日上面比下面热闹，烟火漫天。

车开进小区，楼遮挡住视线，朱韵解开安全带准备下车。就在这时，她忽然瞥到窗外的小区喷泉旁，站着一个人。

车很快转了个弯，拐进小道。朱韵只来得及看到那人大概的身形，连基本的辨认点——发色都没有看清，心就狂跳起来。

先别激动！她告诉自己，高个儿男生哪儿都有。

没用，还是激动。

回到家，母亲去开电视，朱韵直接冲向洗手间，反手将门关紧。

她拿出手机，给李峋打电话。

响了两声，接通。

“喂？”

“……”该说点啥？

朱韵：“……新年快乐。”

“你也是。”

“那个……软件怎么样了？”

“早就结束了，合同也弄完了。”

朱韵哦了一声，李峋那边问她：“干什么呢？”

朱韵坐在马桶盖上，说：“没干吗，刚吃完饭。你呢？”

“收到预付款了，正准备去给员工发红包呢。”

“啊？”朱韵云里雾里。

“啊什么？”他好像在笑。

“李峋……”

“我在你家门口。”

朱韵狠狠一捏手机！

果然！刚刚那个就是你！就是你！就是你！我他妈就说自己没有认错！

她站起身，原地走了两圈，压低声音，迅速地问：“你怎么知道我住这儿？”

李大爷慵懒地说：“我想登你的教务后台很难吗？”

“……”电脑技术不是这样用的。

有人敲洗手间的门，朱韵心里又一跳，随后想起刚刚自己已经锁上门了。

“朱韵，等下来吃水果哦！芒果和柚子想吃哪个？”是母亲。

朱韵冲外面说：“都行，柚子吧！”

母亲离开，她没有听到，要感谢今晚的鞭炮。

朱韵重新将手机放到耳边：“那个，李峋，我等会儿可能……”

“我知道。”李峋声音平静，“你知道立花宾馆在哪儿吧？”

“嗯。”离她家不远，隔两条街，一家不大的旅社。

“我住那儿，有空来。”

“嗯。”

她刚要再说什么，母亲又来敲门：“怎么这么慢呀？苹果都要皱了。”

“来了，马上！”

朱韵再次拿起手机时，李峋已经挂断了。

去客厅跟父母聊天看电视，朱韵嘴里塞着水果，电视节目入了眼，却没有入心。

她看着欢欢乐乐的小品，忽然想起，自己刚刚好像忘了问他一句——今天除夕，你怎么没回家？

朱韵看了一会儿电视，觉得无聊，要上楼时，母亲提醒她今晚得守岁。

“还得守岁？”朱韵哪里有心思守什么岁，找借口，“我有点困了。”

“胡扯。”母亲瞥她，“才几点就困，平时随便看本书都能通宵。”

朱韵在沙发上如坐针毡。

十一点半时，母亲已经昏昏欲睡。父亲推了推母亲，让她早点休息。母亲打着哈欠往楼上走，还不忘叮嘱朱韵：“一定要守岁啊，十二点的时候要去佛堂许愿。”

朱韵真的在沙发上坐到十二点。电视里的主持人站成一排倒数最后几秒，朱韵起身。

家里的佛堂是三楼北面的储物间改的，外婆信佛，母亲……偶尔会信。

一进屋，幽暗的房间内，全是檀香的味道。

朱韵坐在铺垫上，看看时间，刚好十二点。朱韵按照以往母亲的要求，冲佛像磕了三个头，准备许愿。

磕头时，领口的十字架项链落了下来。

朱韵微微一愣。

她都快忘了——事实上她确实经常会忘记，自己还戴着这条项链。

项链很旧，毕竟已经很多年了，样式也不新颖，用最便宜的金属制成的，现在表面已经掉漆了。

朱韵已经记不太清项链主人的模样，每当她回忆时，脑海中只有一个模糊的身影——那女孩高傲得像只孔雀。

她将项链收回领口，然后发现，自己好像忘许愿了。

算了。

十二点是鞭炮高峰期，朱韵从佛堂出来，冲楼下喊了两嗓子，父亲的声音从卧室传来：“我们先睡了，你也早点休息！”

朱韵大声回答：“好！”

夜终于开始了。

朱韵回到房间，反锁好门，窗外鞭炮阵阵，烟花满天。

她在床上发呆片刻，然后去浴室洗澡。等她洗完澡，吹完头发，一切收拾妥当出来时，已经一点了。

浴巾被随手扔到地上，朱韵赤着双足来到衣柜前，她在里面翻了翻，最后将那套新买的白色裙装取出。

换好衣服，朱韵探身镜前，在脸上轻轻打了一层粉底，涂了淡淡的唇彩。她冲镜子里的自己眨眨眼，然后便坐回床上，静静等。

等待之时，最是难耐。

明明窗外声音震天，她却依稀能够听闻自己的心跳。手指绞在一起，很紧，出了汗。

刺激啊……她抿唇，真他妈刺激。

时间一分一秒过去，外面的声音慢慢平息，只有偶尔一声来自远方的脆响，提醒人们，这不寻常的夜，还没有结束。

两点。

朱韵站起，拎着自己的包，小心离开房间。

脚落在地上，轻得像精灵。

屋里静悄悄，父母的睡眠质量都很好，丝毫没有被鞭炮声影响。她下到一层，从鞋柜里取出一双高跟靴，但没有马上穿上。

她踮着脚打开房门，溜边出去。

脚踩在冰冷的石阶上，凉得每个毛孔都收紧了，她大气都不敢出。在门口干站了两分钟，确定父母都没有醒之后，朱韵才将鞋穿上。

转头。

对面雪月风花。

朱韵深呼吸，跳下台阶，往外走去。

街上已经没有人了，但留下了许多放完的烟火，走在上面，软绵绵的好似雪地。

朱韵这身裙装穿在深冬季节，着实有些冷，她的背包里装了备用的外套，可她完全不想换上。某一刻，她体会到了李峋去美术馆那天的心情。

一想到那天，朱韵脚下的步伐变快了。

越来越快，直至奔跑。

发丝与裙摆被心里涌出的冲动鼓吹得肆意飘扬。

午夜的钟声已经敲过，她是汪洋之中唯一一艘夜航之船。

立花街与朱韵的住宅只隔了两条街，这里聚集了许多小型旅店和餐馆，有很多店铺全天候营业。

朱韵知道立花宾馆的位置，一口气跑过去，大厅里有伙人正聚在一起打牌。

她一眼就看到了那个闪闪发光的金脑壳。

项目暂时告一段落，他终于不是那么苦大仇深了，也会笑了。

某金闪闪正撸着袖子准备甩手里的王牌，行云流水的动作被一嗓子喊断——

“李峋！”

他顿住两秒，然后回头，脸上的神情从胜券在握变成呆若木鸡。

他怔然地看着她，从头到脚，最后低低地感慨两个字——“我×……”

李峋这样扭着头，叼着烟，手上还维持着抽牌的姿势，模样着实有些滑稽。

朱韵被他逗笑了，他自己也笑了。

“到底出啥，还打不打了？”下家在催他。

李峋将手里的牌一丢：“不好意思，打不了了。”

“怎么回事？”

李峋耸肩，无奈道：“来人管了。”他把牌池里赢来的钱都放到中间：“不多，大伙买盒烟。”

全桌他赢得最多，现在散了财，众人纷纷祝他新年快乐。

重新洗牌，大家趁着闲余往后瞄，个个神色流里流气。有人冲李峋挤眼睛：“磨蹭什么，快回屋啊！”

李峋在各种嘿嘿声中起身，得意扬扬地来到朱韵面前。

朱韵起了坏心眼，上前半步，小声说：“如果我现在扭头走了，你会不会很没面子啊？”

“会。”他低头，眉目带笑，“公主殿下要走吗？”

朱韵抿嘴：“看你表现咯！”

“包你满意。”

朱韵挑眉。

李峋：“还走吗？”

“……”

她小声说：“那就先不走了。”

李峋弯腰，在她耳边用极其不敬的语气说：“皇恩浩荡。”

朱韵忍着笑，跟李峋上了楼。刚走过半层楼梯，就听见下面人的起哄声。

她脸上有些热。

过年真好。

立花宾馆规模很小，楼道窄，房间基本都是单间。李峋掏钥匙开门，朱韵就在后面安静等着。

她偷偷看他，在狭小的走廊里，灯泡昏暗，他个子高，像是要顶到门框一样。

门开了，李峋侧过身，转头对朱韵说：“公主请进。”

朱韵踏进，扫视一圈：“好乱。”

他笑笑，钥匙扔到桌子上：“我去洗把脸。”

今天的李峋好像格外大度。

朱韵试图在屋里给自己找个能坐的地方。

这屋子实在太乱了，他不是今天刚到吗？很难想象有人能用一天时间就把房间折腾成这样。他没有行李箱，墙角堆着一个黑色的运动款行李袋，拉开一半，里面的衣服都团成一团。

李峋从洗手间出来：“站着干什么？坐啊！”

“你让我坐哪儿？”

李峋一边擦手，一边环顾，最后冲着一个方向抬抬下巴：“那儿。”

床。

单人床。

靠墙。

还是算了吧。朱韵过去把被衣服掩埋的椅子解救出来，床换李峋坐了。

椅子高，朱韵很满意自己占优的视角。

“你这儿太乱了。”她又说。

“嗯。”

“猪窝一样。”

“嗯。”

她毫不留情地抨击，换来他懒洋洋的声声同意。

不太对劲啊，他今天老实得不像话啊！

不管是不是真心认同朱韵的评价，总之李峋完全没有要回嘴的意思，她说什么他都听。

也许是根本没往心里去？

他打了个哈欠，伸手拿烟。

在朱韵各种胡思乱想之际，李峋用烟在手背上敲击两下，抬眼：“站起来。”

“嗯？”

“站起来，让我看看。”

朱韵大概知道他想做什么，她慢慢起身。

这好像是她第一次这么彻底地俯视他。

他将烟点着，借由暗沉的光线审视她。

朱韵没敢直视他，她看向窗外，那是她来时的街道。她看着街上落光叶子的树，胡思乱想。

他喜欢这条裙子吗？

肯定是喜欢的，不然为什么特地让她站起来？

感谢母亲的高雅审美。哈利路亚！

“不用那么使劲收腹，你肚子上肉不多。”

“……”能不能再煞风景一点？

就说他不可能这么老实，一直让她占上风。

朱韵泄气，忍不住翻了个白眼，结果刚好在那个瞬间，看到李峋低下头。

他低头藏笑，可没有藏尽，剩下嘴角那一抹温柔，在狡黠的烟雾中，让人心神俱荡。

朱韵心里怦怦直跳，左右摆头，希望可以转移话题。蓦然间，她看到桌上的电脑旁有个塑料碗，愣了愣，说：“你晚上吃的这个？”

“嗯。”

“你大过年的就吃麻辣烫？”

“不行？”

“你……”

话没说完，手机震了一下，给朱韵吓个半死。她拿出一看，是出门前设的报时。她怕时间晚了，特地将手机设置成每半小时报时一次，现在已经响了两次了。

“几点回去？”李峋淡淡地问。

朱韵抬头：“……四点半之前就行。”

已经三点多了，没剩多少时间了。

今晚过得真快。

朱韵还在思索的时候，一张纸片状的东西飞过来，她下意识地揽到怀里：“什么呀？”

李峋脱了鞋，上床，背靠墙壁，打了个哈欠：“贡品。”

红包啊？

“好薄哦！”朱韵捻了捻，毫不吝惜自己的鄙夷，“你不是说包我满意吗？”

李峋挑眉，不做声。

朱韵翘起挑剔的小指，将红包拆开，往外一倒。

一张卡。

嗯。

“以后这个就是工资卡了。”李峋伸胳膊，朱韵将桌上的烟灰缸推过去，他弹完烟，又说，“蓝冠项目的钱我已经打进去了。”

朱韵：“密码是多少啊？”

“六个八。”

真他妈俗……

朱韵把卡收好，凳子拉近，对李峋说：“给我讲讲你去蓝冠的事——你怎么跟他们谈的，他们喜欢我们的东西吗？”

李峋一副嫌弃脸：“多大了还听睡前故事。”

她踢了床沿一脚，李峋一脸无奈：“这种时候讲这些事，真不是我的风格。”

朱韵无言地看着他。

对视了三秒，李峋短叹一声："好吧……"

他开始讲这几天的经历。朱韵发现自己很喜欢听李峋说话，除了他本身声音好听以外，还因为他话语之中不经意间流露出的，那种淡淡的，又坚不可摧的方向感。

朱韵问："你去公司的时候害怕吗？"

李峋："为什么要害怕？"

"你一个人……"

李峋手撑着脸颊："我算算啊……"

嗯？

"从我第一次在别人家看到编程书，到现在已经快十年了。"李峋懒洋洋道，"我埋头苦读十年书，怎么也没道理被一家食品厂的小软件吓到。"说着，他调侃地看向朱韵，"一般被吓到的都是心虚气短的，譬如马原考场上的某公主。"

朱韵："……"

咱能不能不提这事了？

朱韵又问李峋各种各样的细节。李峋将蓝冠的高层从头到尾换着花样地贬损，听得她忍俊不禁。

他停顿几秒，朱韵笑着看他："怎么了？"

"没什么。"李峋吊着眼梢往枕头上侧身一靠，不经意地说，"我跟崔香君分手了。"

"谁？"

"崔香君。"

朱韵还是没反应过来："谁啊？"

李峋脸一黑，没好气地说："朱丽叶！"

"……"原来她叫崔香君。

你女朋友的名字怎么都是这种秦淮窑姐的风格？

朱韵点点头。

李峋："有什么要说的？"

朱韵："看你也不是很伤心，我就不安慰你了。"

李峋哼笑一声，舔舔嘴唇，困倦让他的眼神更加意味深长，朱韵被他撩得撇开眼。

撇开也没用，脸还有发烫的架势。朱韵低声说：“我去趟洗手间。”

她在洗手间里与镜子中的自己对视。

她仔细捡掉垂在眼前的几根碎发，然后用凉水将手冰了冰，再擦干，敷在脸上，给自己降温。

夜色醉人啊！

朱韵不知道自己在洗手间磨蹭了多久，等她出去的时候，发现李峋已经睡着了。

朱韵蹑手蹑脚走过去，想看他是不是在装睡，然后发现不是。

他也努力过了，洗脸、抽烟，但还是没扛住疲惫。

朱韵蹲在他面前，肆无忌惮地观赏。

他脸瘦，加上内双的眼皮，清醒的时候整个脸部线条流畅犀利，睡着了才显得乖了点。

李峋的手搭在床边，修长好看。朱韵伸出一根手指，想顺着他的虎口穿进去，试了几次都没找好角度。李峋动了动，朱韵赶忙收回手。

手机又震起来……

朱韵冲睡梦中的李峋笑了笑。

算了，反正来日方长。

咚咚咚。

敲门声响了半天，没人应。

母亲在外面叫：“朱韵呀，快起床了。”

“……”

“朱韵？”连叫了几声，屋里还是没声音，母亲推开门，来到床边，拉被子，“快起床！都十一点了，马上要吃午饭了。”

终于，被子里慢腾腾地钻出来一颗脑袋。

朱韵困得眼睛睁不开，母亲掐着腰：“你怎么会这么困？昨晚睡得也不晚啊。”

朱韵脑袋像锈了一样，一拱一拱从被子里出来：“啊……”嗓子好干。

母亲：“快点起来了，等下还要去拜年。”

朱韵四肢无力，磨磨蹭蹭地去洗漱。

繁忙的新年终于开始了。

全家人的日程从初一到十五，安排得满满当当。朱韵换好衣服，拎着大包小包，跟着父母出门。

初一到初五主要是家里人的聚会。母亲这边的亲戚少，主要是父亲。朱韵有四个叔叔，其中一个在国外，父亲排行老三。

每年的聚会内容都差不多，今年好不容易有了点新话题——二叔家的孩子小峰比朱韵小一岁，今年要参加高考，成绩一直处在不上不下的尴尬境地，让二叔二婶非常发愁。

朱韵一进门就被二婶拉着做高考咨询，小峰则在一旁的沙发里玩掌机游戏。

二婶推推他："你姐姐学习好，有什么不懂的赶快问。"

朱韵客气地说："没有，我也一般。"

二婶笑着道："考了那么高分还叫一般，那他这样的可怎么办？我记得你高中的时候就经常全校第一，现在在大学也肯定是优等生吧？"

朱韵这回真不好意思了："一般，真的一般……"

二婶道："你就是谦虚。"

全校第一算什么，我们那儿搞不好有全国第一呢……

二婶把小峰拉过来："你快跟姐姐聊聊。"她又哭求朱韵："我的好侄女，你好好劝劝他吧！就是不学习，眼看就高考了，愁死我了！"

小峰被拉过来，直接换了个地方接着玩游戏。二婶气得直瞪眼："你看看他！"

"姜丽！"厨房传来母亲的声音，二婶过去聊天，剩下朱韵跟小峰。

朱韵看着他。

虽是堂姐弟，但朱韵跟小峰的关系并不熟络。小峰儿时得过一场大病，高烧了半个月，给二叔二婶吓得半死，后来痊愈后他们也不忍心打骂，一切由着他性子来。

小峰好玩，不爱学习，有几次二婶想要朱韵来帮他补习，都被母亲以各种理由婉拒了。母亲不止一次对朱韵说，离他远点。

"天天叨咕这些，烦死了！"小峰低声骂了一句。

朱韵逗他："你不烦什么啊？"

小峰从游戏机里抬头，看她一眼："玩。"

"高考完再玩。"

“不想考，我又不是你，学习那么好。”

“学习好又不是我的错。”

“……”小峰从游戏机里抬头，朱韵笑着拍拍他：“就剩半年了，再忍忍吧。”

“切！”

朱韵顺利完成“聊天”任务，刚拿出手机，就听见小峰低声问：“上了大学是不是就自由了？”

朱韵想了想：“你指哪种‘自由’？”

“我们老师说考上大学就解放了。”

“不是，没准更累。”

小峰晃晃脖子：“我没什么人生追求，找个破大学混一混就得了。”

朱韵低头看手机，一条未读短信。她心一动，点开。

李峋：“我回学校了，开学见。”

朱韵回复：“了解。”

小峰还在说：“我以前就对学习没兴趣，学校无聊死了，大学肯定也是这样。”

“这可说不定。”

短信传完，朱韵将信息删除：“你不去怎么知道有没有兴趣？而且……”她顿了顿，淡淡道：“就是因为初高中遇到的人和事不怎么像样，不是更应该期待大学吗？”

小峰没说话。

“还是努力一下吧。”朱韵低声说，“不然很容易就错过了。”

“什么呀……”小峰根本听不懂她在说什么，嘀咕了一句，又低头玩起游戏来。

家庭聚会还算省心，初五之后是父母朋友的聚会，更是累人。朱韵每天维持着笑脸，苹果肌有僵直的危险。

朱韵再次碰到王宇轩。

“脚不沾地啊，朱妹。”

“……”朱韵忙得满头大汗，遵照母亲吩咐，给王宇轩倒了杯水。

王宇轩拿着杯子左右看：“好多人啊。”

确实很多人，饶是朱韵家面积再大，同时来几十人也稍显拥堵。

朱韵打量王宇轩，他今天穿了一身西装，还打了领结。

“你搞这么正式干什么，吓死人啊！”

“这不是体现重视嘛，怎么就吓人了？西装可是我从国外带回来的。”王宇轩离远两步，给朱韵展示，“帅吗？”

吐了。

可能是她表情太过直白，王宇轩脸一拉，不满道：“这点面子都不给，我要跟阿姨告状了。”

朱韵耸耸肩，不接茬儿。手里是母亲为聚会准备的雪莲水，甜香可口，她喝了一口，靠在墙壁上偷闲。

王宇轩在她身边聊天，朱韵心不在焉地应付着。

好想回学校啊……有什么理由能早点回去呢……

“说起来，我真的太久没有回国了，国内变化真大，都有点不适应了。”王宇轩感慨。

“……”

朱韵听着，忽然灵光一现。

她转头，问王宇轩：“你这次回来待多久？”

“怎么了，这次假期挺长的，还有一个多月呢。”

“你对国内院校很好奇吧，要不要我带你去我们学校看看？”

王宇轩不言。

朱韵紧追：“我们学校很有地区代表性的，是数一数二的理工类院校。怎么样，有兴趣吗，想不想去？”她一边问，一边搓手，诱惑道：“来吧来吧，逛一逛吧！”

王宇轩眯眼：“……我怎么嗅出了一股阴谋的味道？”

“怎么会，想太多了。”

王宇轩盯着朱韵，半晌了然：“我懂了。”

你懂啥？

王宇轩凑过来一点，弓着腰小声说：“你不想在家待着吧？我能理解，说真的，你妈确实有点吓人。”

“……”

“我从小就怕她，她总给我一种成绩差了就不配进你家门的感觉。”说着，王宇轩挺直腰板，晃晃手里的水杯，“还好你轩哥哥争气啊，一路拼杀，才有了今天的地位。”

朱韵干笑。

王宇轩拍拍朱韵肩膀：“交给我了，你想哪天走？”

沟通得很顺利，如王宇轩所说，他够争气，才有了今天的地位。

朱韵反面救国，在母亲面前摆出一副不想带王宇轩去的样子，受到了母亲的责难：“你小哥哥好不容易回国一趟，陪他逛逛学校怎么了？”母亲担心地说：“就是现在是假期，还没有开学，好多地方都参观不了，要不我叫你叔叔帮你联系一下学校吧？”

“别别！”王宇轩连忙摆手，“别这么兴师动众，我就逛一逛。过完十五我们再走，那时候事情也少了，该忙的都忙完了。”

朱韵算了算，她能提前将近半个月回去，真不错。

事情定下来之后，王宇轩开始跟朱韵邀功，还没启程，朱韵不敢得罪他，事事顺着。

“你每天都抱着电脑，干什么呢？”

“练习。”

“这么喜欢这个专业？”

“还行。”

“以前都不见你对什么事这么上心。想喝点什么？”

“随便。”

“随便最难伺候了，快点选一样。”

“……”

朱韵深吸一口气，将电脑扣上，抬头，发自内心地对对面人说：“王宇轩，你好烦啊。”

好不容易出家门，找了个咖啡馆，朱韵本来想着有一下午的时间可以写程序，想不到王宇轩跟麻雀一样叽叽喳喳，没完没了。

“你就不能自己找本书看？”

“劳逸结合，回国就是度假，看什么书！”

“……”

“你不要这么看着我，端正态度。你要时刻记住你能从家里出来，是打着‘跟小哥哥讨论留学事宜’的旗号。”

“……”

“算了，你轩哥也不是这么惦念小恩小惠的人，不要在意。”

朱韵吸气：“王宇轩，你前几天还没这么多话呢……”

“那是刚回国，没找到语感，现在好了。”

朱韵掐了掐鼻梁，王宇轩笑着说：“不开玩笑了，我一个人坐着不是无聊嘛，要不你给我看看你在弄什么。”

朱韵没招儿，只能把电脑给他看。

王宇轩好奇地问：“这是什么？”

“我们做的一个软件。”

“好像是医疗类啊，我们大学也有不少开发医疗网站的。”

“不算网站，一个功能而已。”

“嗯，网站对你们新生来说还是太难了啊。”

“切！”她不可闻地笑了笑，端起咖啡杯。

“哎……”王宇轩拿着鼠标，在人体模型上点来点去，“有点意思啊，多给我介绍点。”

“不用。”朱韵说，“我们老大说过，好的服务类软件应该老少皆宜，人人会用，用不明白就是软件自身有问题。”

王宇轩抬头看她，朱韵又说：“你先试，如果有用不惯的地方就记下来，就当给我们测试了。不过估计测试不出什么，你要是连这个都用不会，我得怀疑你的文凭是买来的了。”

王宇轩还是没有动，朱韵疑惑：“怎么了？”

王宇轩笑了：“朱妹，你真的跟以前不一样了。”

朱韵一顿：“我以前什么样？”

王宇轩回忆：“像只喜欢偷懒的兔子，等着刘姨下命令。她每下一项，你就执行一项，多一点都不肯做。”

朱韵不置可否：“你继续试啊！金融高才生，给我们提点具有国际视野的高端意见。”

“你瞅瞅，这小脾气！”王宇轩指着她，啧啧道，“我不就是随便说两句嘛！”

朱韵撇嘴看向一旁，咖啡馆的玻璃擦得不够干净，角落有灰尘，被阳光一照，异常清晰。

王宇轩伸了个懒腰，往背后沙发椅里一靠："朱妹，我现在是真的有点想去你的学校看看了。"

清晨，朱韵打包好行李，装车。

"真的不需要我们送？"母亲再次提议，"还是叫司机送你们去吧？"

"不用。"王宇轩拍拍胸脯，"刘姨放心，我是驾龄多年的老司机了，保证把朱妹安全送到。"

王宇轩整理后备箱，母亲拉着朱韵到后面，小声说："路上别睡觉，多看着点，国外跟国内路况还是不一样。"

"嗯。"

"过去之后酒店宾馆你去订，车就留给他开，你们出去玩别让他花钱。"

"好的。"

"还有……"

"知道知道，都知道，放心，一定伺候妥当。我们走了啊。"朱韵从母亲手里逃脱，一头钻进车里。

Chapter 08

打火机与公主裙

车开出院，朱韵长出一口气。

王宇轩咧着嘴，一踩油门，朗声道："各位观众朋友大家好，现在上演的是梦工厂经典影片《逃出克隆岛》。"

朱韵斜眼。

王宇轩嘿嘿两声："来，给我指路。"

"顺着这条道一直走，上高速。"

王宇轩是彻头彻尾的话痨，一路上叽叽喳喳没完没了，说得朱韵哈欠连连。

她头靠在车窗边，拿出手机。没有未接电话，没有未读短信。

朱韵早在几天前通知了李峋自己今天要回去，他们除夕那几天一直保持联系，不久后李峋接下另外的项目，最近的消息就少了。

下午，他们顺利到达学校，假期还没有结束，校园里一个人都没有，冷冷清清。

朱韵提着行李箱下车："我回去了，你自己能找到酒店吗？"

"不是吧？"王宇轩无语地看着她，"这就要过河拆桥了？"

好像是不太厚道……

"这样吧，"朱韵说，"明天我抽时间带你去景区转一转，今天太晚了，你开车也累，先休息吧！"

王宇轩晃晃车钥匙，刚要说什么，眼神瞄到朱韵身后，一顿。

他小声示意朱韵看后面："哎，认识吗？"

朱韵回头，汗毛直立。

某金毛一身便衣，双手插兜，似是刚闲逛回来，手腕上挂着附近便利店的塑料袋，懒洋洋地打量着朱韵与王宇轩两人。

朱韵极速思考要不要给双方引见一下，最后放弃。冲李状元目前的样子来看，他应该对认识王宇轩没什么兴趣。

"回来了？"李峋问。

"嗯。"

李峋淡淡地说："走吧。"转身便往校园里去。

朱韵连忙对王宇轩说："我先回去了，明天联系你。"

王宇轩耸耸肩："好吧，你好好休息。"

王宇轩回到车里，发动汽车，一抬头，看见朱韵三步并作两步追赶上前面的男人。

朱韵拖着行李箱跟在李峋身边。

她瞄了李峋一眼，后者跟以往一样，闲庭信步，泰然自若。

朱韵清清嗓子："那个……"

李峋懒洋洋："哪个？"

"你新接的项目是做什么的？"

"一家汽车零部件公司的出入货单整合系统。"

"难吗？"

李峋掏了支烟，点着，不语。

好吧，就当我没问。

"刚刚那谁啊？"李峋叼着烟，声音有些含糊。

朱韵不假思索道："我家司机。"

李峋一脸坏笑："哦？"

来到宿舍楼楼下，李峋敷衍地对朱韵说："公主殿下，需要人扛包吗？"

不敢劳驾。

"我自己可以的，没多少东西，不沉。"

李峋点点头，留了一句"收拾完来基地"便离开了。

假期过去一半，宿舍楼已经开放，朱韵拎着箱子，走到一半就气喘吁吁，开始后悔刚刚为什么要打肿脸充胖子。

不过你说那人也真是的，人家客套一下，他还真不帮忙。

任迪和方舒苗都没回来，临走前门窗关得不够紧，宿舍落了一层灰。朱韵整理完行李又擦了一遍地，然后连跑带颠地赶去实验楼。

一栋实验楼恐怕只开了基地这一间教室，朱韵赶到的时候，李峋正搭着一双大长腿干活。

“过来，把文档和代码复制过去。”

朱韵累得要死，喉咙冒烟。她没回话，先去角落的箱子里抽了瓶矿泉水，咕嘟咕嘟喝了大半瓶。

李峋从电脑里抬头看她，嘲讽道：“扛个行李箱累成这样，娇贵啊！”

朱韵懒得理他。

李峋放开电脑，一手往后搭到椅背上，舒展身体看着朱韵，笑着说：“怎么不说话，真这么累？”

“没您累。”

“心口不一。”

朱韵暗地里翻白眼。

“快点过来干活，总算来个人打下手了。”

“……”

虽然她一直以来的工作以及她提前回学校的目的，都是为了给他帮忙，但这种事自己知道就行了，从他的嘴里说出来还真是让人不爽。

朱韵把水瓶一放，心平气和地说：“还没开学，你没理由这么要求我，这是恶意加班。”

“哦？”李峋歪着头看她，“那怎么样公主殿下才会干活呢？”

“你态度好点。”

他眉一挑。朱韵跟他无声对峙。

半晌，李峋将电脑放到桌上，站起来往后走。他在金属柜前弯下腰，拿出一个袋子。朱韵好奇地探头，李峋将袋子拿过来，往朱韵面前一放。

纸壳袋，还挺大，好像还蛮有分量的。

“这是什么？”

“加班费。”

"……"

他淡淡地说："看看。"

朱韵把袋子拆开，里面是个精致的长盒。

她在看到盒子上面的牌子时，已经有所预感，等打开盒子见到里面的东西，预感成真。

朱韵脸上淡定，心里已经爆炸了——一条裙子！

他怎么会送她裙子？他什么时候买的？买了多长时间了——不，这些问题先放放，这是今年新款吧？这牌子好像价值不菲啊……

朱韵抬头，看见李峋靠在金属柜上，风轻云淡："够吗？"

这要她如何回答……

"够就过来干活。"

李老板给了台阶，朱韵恭恭敬敬地下来。

她收好裙子，老老实实地回到座位上。李峋也过来，与她并排坐着传送资料。

"为什么送我这个？"朱韵小声问。

李峋手里不停，轻声笑道："公主就是要穿裙子才行啊。"

朱韵一颤，感觉心里有个小人控制不住地扭动起来。

高手。

真的是高手。

"已经拷给你了，你先把程序读一遍，有不懂的问我。"

"……嗯。"

朱韵集中注意力，一直到晚上，她将整个程序梳理了一遍，问李峋："看完了，需要我做什么？"

"先不用。"

啊？刚才还说让我给你打下手。

李峋不咸不淡道："明天不是要陪司机吗？"

他听到她跟王宇轩的谈话了？

朱韵脱口而出："没事，我让他走。"

李峋不言，朱韵又说："明天就可以干活，我马上就让他走。"

静了几秒，李峋笑了，轻飘飘道："那就让他走吧。"

晚上八点多，朱韵给王宇轩打电话，后者在酒店里正百无聊赖地看电视节目。

“朱妹！你终于想起我了！”

“轩哥。”

“……”

“轩哥我有事跟你说。”

“停！等等。”王宇轩卡住，“你要干什么？”

朱韵：“出来吃饭吧，我请你。”

王宇轩谨慎地说：“不对劲！你有什么企图？你要对我做什么？”

朱韵着急，懒得跟他开玩笑：“我在学校门口等你，快点来。”

二十分钟后，两人在校门口碰头。朱韵指挥王宇轩驱车前往市中心，最后拐来拐去，停在一家高档商场前。

“这里有家西餐厅不错，在顶层。”

王宇轩努努嘴。

朱韵：“走吧。”

王宇轩往楼上望了望，啧啧道：“你倒是早说来这种地方啊，我就换身衣服了。”

朱韵：“国内没那么多讲究，下车。”

从正门进去，大堂灯火辉煌，此商场规格较高，前两层一水的外国货。

“哎哟，关税上得好多啊！”一边走，王宇轩一边指着某店铺道，“这个牌子在我们那儿就一半的价钱。”

朱韵看了一眼，说：“质量好吗？”

王宇轩笑道：“我不知道，我又不抽烟。”

上到顶层，电梯间一出来就是西餐厅，此时已经过了吃饭时间，人并不多。服务员带着他们入座，朱韵把菜单递给王宇轩：“你点吧。”

王宇轩：“那我可不客气了啊。”

“请便。”

点完餐，服务员刚走，朱韵就说：“那个，明天我就不陪你出去了啊。”

王宇轩一顿：“啊？”

“你吃完饭回去好好休息，我给你找了攻略，明天你自己去玩吧。”

“原来在这儿等着我呢！”王宇轩抱着手臂往椅子里一靠，“我就说你不能这么好心，还主动请我吃饭。”

朱韵解释：“学校里有急事，不然我也不会这么早回来。”

王宇轩打开餐布，垫在衣服上，哼哼两声，嘀咕道：“我看是醉翁之意不在酒吧。”

朱韵选择性耳聋。

服务员端来前菜，王宇轩又道：“那个金头发的是谁啊？”

“畜生。”

“……这天还能不能好好聊了？”

朱韵清清嗓子：“吃饭吧。”

王宇轩不动，一直盯着朱韵。

朱韵：“你看我干什么？”

王宇轩缓缓摇头：“我觉得我得重新认识你了。”

朱韵起身，王宇轩连忙做个防御的手势。朱韵莫名其妙地看着他：“我出去一下，你先吃。”

“干吗去？”

朱韵没回答。十分钟后，朱韵回来，王宇轩上下看她，颇为感慨地说：“真是平时越老实，叛逆起来就越吓人。”

朱韵低头喝汤，王宇轩真诚地劝解说：“朱妹，现在的年轻女生都喜欢看脸挑人，你可不能落了俗套啊。”

“……”

他拿起叉子有意无意地对着自己，又说：“阿姨喜欢的是那种根正苗红、毫无污点、清清白白的男生。”

朱韵忍不住抬眼看他：“你神经病吧？”

“前面两句你就当我神经病吧，但下面这句是认真的……”王宇轩靠近一些，凝视着朱韵道，“那个金毛，我觉得他不稳妥。”

朱韵汤勺一顿：“什么意思？”

“第一印象，这人很有性格，但自我意识太过盛，缺乏约束。他不适合你，你改变不了他，到时候自己也受伤害。”

静了一会儿，朱韵小声说：“你往哪儿想了……”

王宇轩：“朱妹，我太了解你了。”

朱韵听了这话，蓦然笑了。

她抬头，那瞬间神色里透出一股让王宇轩愣怔的狡黠。朱韵皮肤软嫩，有奶豆腐般的质感，眼珠深黑，嘴唇因为刚刚喝过热汤，泛着鲜红，在高级西餐厅的灯光映衬下，竟是说不出的美艳。

她不知不觉用了李峋那松散的语调："很明显，还不够了解。"

"朱妹……"

朱韵将王宇轩的汤勺放到汤碗里："吃你的饭，都凉了。"

话题终了，餐桌一时陷入沉默。

桌下，朱韵手里是一个小盒子，那是刚刚买回来的，关税价格高昂的打火机。

这不代表什么，就是还个礼而已。毕竟裙子那么贵，母亲从小教导，不能白花别人钱。

朱韵脑中自动形成一个橡皮擦，一点点抹掉刚才王宇轩的发言。一顿饭吃完，她的脑海中只剩下接下来要用什么办法把打火机送出去。

当晚分别的时候，朱韵留给王宇轩一个小本子："上面是游玩路线，还有我推荐的店铺。明天如果碰到什么问题，就给我打电话。"

王宇轩哼哼两声，明显一脸不爽。

朱韵："那个……"

"嗯？"

"我是真的有事，你别生气。"

王宇轩看她，朱韵心虚，没敢对视。王宇轩笑了，说："朱妹一顿饭请了将近四位数，我还敢生气？"

"……"

"唉！"王宇轩佯装悲痛，"俗话说，吃人的嘴短，我认了。"

朱韵马上抬头："那如果我妈打电话问情况，你可别说漏了啊！"

"不要得寸进尺！"

朱韵一拍王宇轩肩膀，笑着说："配合一下，下次再请你。"转身往校园走。

王宇轩摸了摸被她拍打的地方，嘀咕了一声："真敷衍。"打开小本子，上面记录得倒是完整详细，足见认真，王宇轩这才稍稍顺了点气。

朱韵回到宿舍，洗澡换衣服，一切收拾妥当后，在椅子上转了好几圈，最后消停下来，看着桌上放着的盒子。

跟衣服盒比起来，打火机的盒要小很多。

气势上会不会输了啊？

寂静的夜，朱韵思绪翻飞。

要怎么给他呢？

她不想太过随便，显得不够尊重；又不想太过重视，好像落了下风。如何才能表现出高超技巧，营造出跟"公主就是要穿裙子"一样的格调和氛围呢……

也不知道是在暗地里较什么劲，为了这么点小事，朱韵想得脑袋都快出血了。

第二天，她顶着浓浓的黑眼圈去基地。

李峋提前将项目要求拆分，将朱韵的任务归在一个文档里，发给她。

几个小时后，李峋来检查进度："页面尺寸有问题，想什么呢？"

朱韵道："我还没切完呢。"

"过个年手生成这样？"

"……"只是有点分心而已。

打火机就揣在衣兜里。朱韵往李峋手边看，他电脑边已经放着一只打火机。

没有机会啊……

李峋："算了，心不在焉还不如不做。先去吃饭，你挑地方。"李老板今天也格外大方，他起身去后面拿外套，朱韵也跟着站起来。

就在起身的电光石火间，朱韵灵光一现，她飞速地瞄了李峋一眼，然后以迅雷不及掩耳之势将桌面上的打火机藏到机箱后面。

整套动作一气呵成，李峋穿完衣服回来，完全没有注意到："走吧。"

"嗯。"朱韵一脸平静地点点头，"走。"

他们去了离学校较近的广场，现在还没有正式开学，很多店铺都没有开张。

路过一家化妆品店，门口是镜面墙，李峋停住脚步。朱韵看着他在那儿照镜子、撸头发，心里那叫一个醉。

你是自恋到什么程度了……

"过来。"李老板吩咐。

朱韵闷头过去。

李峋："看看。"

看什么……

这面镜子不是服装店的瘦身镜，又没有幽暗的灯光打底，非常挑人。商场里的灯亮得晃眼，地面又是瓷砖，各种反射光照得人原形毕露。

他这外形，真是经得起考验啊……

那自己呢，今天看起来怎么样？朱韵不动声色地凝视自身。

好憔悴……

都怪那只打火机。

朱韵胡思乱想着，她不敢跟李峋对视，怕被一眼看出毛病，一直有意无意地动来动去，争取不让他看到静态图像。

"是不是有点长了？"李峋开口道。

"什么？"

李峋皱着眉，抓了抓自己的头发："能看到黑的了吧？"

朱韵这才注意到，李峋头发稍稍长了一点。他手指一拨，露出发根的黑色："真他妈麻烦。"

所以你到底为什么一定要坚持染金毛？

李峋低声抱怨了一句，推开化妆品店的门。

朱韵跟过去，看见李峋轻车熟路地来到一排货架前，拿了盒染发膏。是进口货，盒子上贴着中文翻译，朱韵只看到最后一排硕大的印刷字——

"自然定型不僵硬！帝王铂金色！"

无话可说。

买完染发膏，两人接着找餐馆。

"你怎么不去店里染啊？"朱韵问。

"都没开业，往市区走太远了，犯不上。"

朱韵点点头，一回神，看见李峋正看着她："饭店你挑，我请客。"

你已经说过了。

"然后回去给我染头发。"

"……"刚才好像没有这个先决条件啊！"我不会。"

"没事。"

"真不会。"

“看看说明就知道了。”

“我从来没染过头发……”她身边根本没有染发的人，他是第一个。

李峋终于不耐烦了：“这点事都干不好，你还是不是女人？”

“……”女人就得会染头发吗？

朱韵很想顶嘴，但看李老板的表情，还是算了。

为了表述心中愤慨，朱韵故意找了家不便宜的日料店。李峋二话没说，打着哈欠就进去了。

吃饭的过程中，朱韵总是不由自主地往李峋头发上瞄。

“看什么，吃你的饭。”对面的男人一口将寿司卷咬了大半。

顶着莫名的压力，朱韵食不知味，白白浪费了精致的食物。

出了饭店，朱韵看着李峋走的方向，说：“去任迪的工作室吗？”

“嗯。”

“任迪也回来了？”

“还没，他们开学回。”

“哦。”

朱韵往周围看。还在假期，大学附近难免有几分冷清。她想起昨晚在宿舍里的感受，校园那么静、那么大，那么空旷。

只有他们两个人，两点连一线。

工作室里的东西少了很多，大概是成员将乐器都带走了。

南面有块全身镜，李峋进屋后直接将凳子拎过来往镜子前一放，然后将买来的染发膏扔到朱韵怀里：“你研究一下吧。”

朱韵拆开盒子，拿出说明书。

过程很简单，朱韵读完之后信心倍增：“那我染了啊……”

染瞎了你可别怪我，朱韵戴上塑料手套。

今天有些阴天，刚刚下午，屋里就已经暗下来，可又没有到需要开灯的地步。

朱韵将两管染发膏挤在一起，调匀。旁边没有放东西的地方，朱韵把调好的染发膏递给李峋，说：“你帮我拿着吧。”

李峋懒洋洋地接过。

事情往往看起来容易，做起来难。朱韵第一次染发，业务熟练度实在是说不过去。她怕染发膏碰到其他地方，一直小心翼翼地往里面涂，但小心过了头，半天都没进展。

“没吃饱啊你？”

朱韵抬眼，刚好跟镜子里的李峋看个正着。他头发湿了，衬得脸型更加分明。

朱韵回答：“吃饱了。”

“吃饱了就这点力气？”

朱韵咳嗽一声，又稍稍加了点力道。隔着一层薄薄的手套，李峋头顶的温度、触感，清晰地透过指尖传达到中枢神经。

静。

旷荡的空间、清冷的水泥墙面，让感受更加直白。

“给我拿支烟。”他静静地说。

朱韵摘了手套，从他外套里拿出烟盒，取出一支。李峋低头，轻轻张嘴。

她看到后面，他的脖颈、肩，延伸至漆黑的衣领里。

谜一样的黑暗。

将烟放到他嘴里的一刻，她忽然意识到什么——火……

有烟，就要有火。

火……我的妈，机会啊！

老天开眼！

那个困扰她整整一晚的问题——如何才能表现出高超技巧，营造出跟“公主就是要穿裙子”一样的格调和氛围，如今已经有答案了。

“点火啊，想什么呢？”他咬着烟，低声说。

朱韵强压住内心已经喷射的火山，淡淡地嗯了一声，从自己的衣袋里取出打火机。

他的目光在一瞬间就凝住了。

那确实是只很吸引人的打火机，周身经典包金雪花纹，通体灿烂，漂亮极了。

她手指轻轻一拨，火苗流畅地跃起。

幸好昨晚提前做了准备，这个打火机与寻常的不同，打火需要技巧。

他静静地看了片刻，然后头微歪，敛眉、眯眼，对着火苗轻轻一吸。

发丝湿润，脖颈修长，像电影的慢镜头，火光将他的面庞映照出一种难以言喻的性感。

吐出一口烟，他看着那只打火机："不错啊。"

朱韵手有点哆嗦了，脑中翻云覆雨地滚过无数条台词。最后实在来不及，只能随意筛选一条："不错就留着吧。"

咦？好像还可以啊！

李峋低下头，肩膀轻颤。

他在笑……

有那么可笑吗……

李峋先是轻声笑，后来声音变得大了，好像忍不住一样，仰起头来哈哈大笑起来。清朗的声音在空旷的房间里回荡，四面八方，钻入人心。

朱韵鸡皮疙瘩都起来了，她觉得自己要绷不住了，好想找个地缝钻进去。

就在朱韵马上要破功的时候，李峋终于停了。连番的笑意让他的脸微微涨红，眼睛弯着："行啊，留着吧！给我装起来。"

成功！

不管怎么说，计划成功了。

朱韵转身，要把打火机装到他的外套里。

"干什么去？"

嗯？

朱韵回头，看见李峋靠在椅背里，脸上还是那样的笑，牙齿轻咬着烟卷，眯着眼向下："我说装到这里。"

朱韵低头，看见他伸出的右腿。那黑色的长裤，大腿根处有一个口袋。

……我还是小瞧了你啊，李状元！

朱韵看着他那气定神闲的表情，怎么都不想认输，走过去，将打火机往他裤袋里塞。

他坐着，裤子绷得紧，尤其是大腿部分。裤袋里好像有什么东西，是钱夹，还是钥匙？

他的腿很结实，虽然不是强壮的体形，但他的肌肉流畅修长，很有弹性。

这是李峋的身体……只要一想到这点，朱韵就开始腿软。

她低着头，看似在装东西，其实是在藏脸——肯定红透了，肯定。

李峋靠得很近，周围烟味弥漫。

好不容易将打火机装进去，朱韵起身。瞬间，有意无意地，他们的脸颊一擦而过。

跟燥热的她比起来，李峋的脸丝丝凉凉，好像细腻的绸布。

朱韵胆都破了。

李峋还在笑。

“……我去趟洗手间。”朱韵不敢看镜子，闷声说完，转身就走。

她径直进到洗手间里，反手上锁，背靠门上。双手捏拳，用力用力再用力，心里的小人仰天咆哮！

你争点气行不行啊！

好在朱韵心理调节能力够强，不一会儿，洗了个手，便又神色如常地出去了。

打火机的插曲过去，头发也顺利染完，回到基地，朱韵终于能全身心地投入项目当中。

在那之后，一切照旧，两人都像是什么事都没发生过一样。

又过了几天，高见鸿回来了，他无意间看见李峋的新打火机，好奇心顿起：“哎哟，这么讲究！哪儿弄来的？给我玩玩。”

“一边待着去。”李状元将打火机收起，“抓紧时间，去跟公主对接项目，开学前弄完，还有别的事呢。”

开学了。

提前半个月回校、每天工作到月色朦胧的朱韵对开学没什么切实的感受，或许上课了能轻松一点？

汽车公司的项目已经做完，目前基地正处在休假状态。

上着课，手机振了一下，是银行的短信，通知卡内钱数发生变化。

李老板真是不错，从不拖欠工资。

朱韵抬头。她坐在后方，可以纵观整间教室。这节课李峋没有来，课前老师点名了，算他倒霉。

没人敢帮李峋应到，他的个人特征太明显了，全班都能戳穿。

下课，有人来班里找朱韵，是二班的C语言课代表：“林老师叫你去趟办公室。”

“……啊。”

去干吗？开学刚三天，还没开始上他的课。

“应该是有什么好消息吧。”二班课代表回忆说，“林老师的表情看起来很开心。”

朱韵不明所以，拎着包去办公室，远远地就听见林老头气急败坏的声音；“你到底让我说什么好，你怎么这么不懂事呢！”

朱韵脚下一顿——这叫很开心？

她慢慢走过去，门没有关严，她顺着缝隙往里看。

哟，那不是他们的状元大人吗？

屋里只有林老头和李峋。李峋明显已经不耐烦到一定程度了，但碍着林老头的面子走不开，靠在桌子上，盯着旁边桌子上的花盆看。

朱韵轻轻敲门。

屋里两人一起回头，李峋瞬间活过来，伸出长手，将朱韵一把捞来：“她！”李峋将朱韵推到林老头面前。

朱韵想要夺回身体自主权，李峋的爪子就捏在她脖子上，她一动不能动。

“让她去！”

去什么？你先放开我。

林老头也出面营救：“你手松开，动手动脚的。”

李峋松开手，也不打算再留了，起身往外走，林老头一把将门关上：“你给我待着！”

经过一番折腾，朱韵终于明白了事情经过。

二班课代表说得没错，确实是好消息，他们之前给蓝冠公司做的软件，拿了全国大学生技术创新一等奖。

“我真是服了……”李峋满脸无奈，手往兜里插。朱韵看他那动作就知道他要拿烟，她踢他一脚，李峋瞪她。

好歹是老师办公室，你别太嚣张了！

“……”李峋似是接收到了朱韵无声的发言，将手又拿出来了。

“去参加个活动而已，能耽误你多少时间？”林老头还在劝李峋。

李峋冲朱韵仰下巴：“让她去。”

“你们都得去！还有高见鸿，到时你们三个组队！”

朱韵一愣，组队干啥？

李峋又要转身，被林老头扳回来：“参加活动，你们能见到全国很多优秀学子。跟他们交流百利无一害，还能为年中的计算机安全竞赛做准备——多好的机会，你怎么就不珍惜？”

竞赛？什么竞赛？谁来给她解释一下。

“没兴趣。”李大爷丝毫不给面子。

林老头目瞪口呆，转头冲朱韵怒道：“什么话！你听听他说的这叫什么话？！你以为你们去了就肯定能赢了？”

朱韵：“不……”

李峋：“是啊。”

林老头脸憋得通红，仰天咆哮：“李峋！你小子不要太狂了！”

朱韵赶紧将茶杯递过去打圆场：“老师您别生气，慢慢说。”

林老头端起茶杯，呼哧呼哧地喝水。

李峋趁着林老头仰脖的工夫，长腿一迈溜出了办公室，临走前给朱韵留了个眼神……你处理吧。

林老头放下茶杯，惊察李峋人不见了，顿时血压又上来了。

“气死我了！”他瞪着朱韵，“厉害的学生我也见多了，他这种还真是开天辟地头一次！”

朱韵干站在一边，连连应和：“我也是第一次见到这种人，太可恨了！”

林老头叹了口气，坐下。

“这么好的机会……”

朱韵没有接话。

林老头冷静了一下，又说：“竞赛可以先放放，但活动必须得出面。你们那个软件做得好，已经有好几家医疗机构来学校咨询了。你们跟食品公司的合同具体是怎么签的，对于软件核心内容的改良有没有提到，晚一点你把合同发给我，我找人帮你们看看。”

朱韵听得一愣，不过是个小软件而已，这么受欢迎？

“不要得意！”林老头马上泼凉水，“朱韵，你千万不要学那个臭小子，狂妄任性、目中无人！”

“……是。”

林老头皱眉，愤愤地叨咕着：“……他这样的脾气，早晚要吃个大亏。”

朱韵回到基地，径直走到李峋身边，将一张便笺贴到他的电脑上，上面写着活动日程安排。

便笺刚好挡住了编译器，可李峋丝毫没受影响，面无表情地开始盲打。

盲打完了还能盲测。

盲测完了还能盲断点。

你是神啊？

朱韵认输，将便笺摘下来，坐到一旁。

“就是一个小活动，去颁个奖，这是林老师特地争取来的。”她在李峋反驳之前，又特地强调，“为你争取的。”

李峋揉了揉眼睛，明显不想再多说。

朱韵试图找寻其他的切入点：“有奖金的。”

李峋打了个哈欠：“不够塞牙缝的。”

“蚊子再小也是肉。”朱韵给高见鸿使眼色，高见鸿搭腔道：“对啊，正好我们手里的项目完成了，还没有接其他的，就当公费旅游了。”

朱韵这辈子都没这么苦口婆心过：“去吧，林老师已经生气了。”

李峋懒散地瞟了朱韵一眼，朱韵无言地看着他。

你可省点心吧，好吗？林老师帮过你多少忙了？

对视半晌，李大爷终于冲朱韵勾勾手，朱韵将便笺放到他手里。

李峋眯着眼睛看，朱韵和高见鸿谨慎地等他决定。

过了一会儿，李状元抬眼，有气无力地问：“首都现在什么天气啊？”

尽管百般不乐意，李峋最终还是答应了去参加活动。虽是答应，但他整个人都处在放空状态，对行程全不在意。

于是安排工作就落到了朱韵头上，她先跟其他人取得联系——本校参加活动的一共八个学生，除了他们三个，还有五个学长，三年级的一位班主任挂名指导教师随行带队。

为了尽可能少耽误课程，他们定了活动当天的早班飞机。

朱韵跟高见鸿坐在一起，李老板靠后。高见鸿的座位临窗，看见朱韵也过来了，问她：“想靠窗户吗，跟你换？”

“不用，我坐这儿就行。”

因为时间早，所以飞机起飞没多久，乘客纷纷进入睡眠模式。

朱韵没有睡，高见鸿也没有，他一直看向窗外。朱韵小声问：“你想什么呢？”

高见鸿回神："没什么……你不睡觉？"

"我白天睡不着。"

高见鸿点点头。静了一阵，高见鸿忽然说："朱韵，你对那个竞赛怎么看？"

"什么？"

"年中的大学生信息安全竞赛。林老师跟你说了吧，他想让我们三个组队参加。"

呃……

朱韵犹豫着说："李峋……他能来参加活动已经很不容易了，我觉得他对那个比赛没什么兴趣。"

高见鸿笑笑："也对。"

朱韵看他的神色，说："你想参加？"

"有想法。你呢？"

说实话，朱韵并没有打算。她算是比较被动的性格，如果没有强烈的意愿和理由，她不会主动去参加这些竞赛。

"对我们有好处吧？"高见鸿说，"如果竞赛拿奖，到时不管是出国还是保研，都很有利的。"

出国……

保研……

朱韵玩着手里的座椅安全扣，有些出神。

飞机降落在首都机场，还不到八点。

活动是下午一点开始，在市区的一所高校内，宾馆是组织方安排的，就在学校里面。

来到宾馆，随行老师帮大家分完房间，说道："大家先上楼休息，十二点半去会场门口集合。"

朱韵跟一名学姐分到一间房间。进屋后，学姐打开空调，开始研究自己的项目。

"你们组好像拿了一等奖吧？"学姐说。

朱韵："嗯。"

学姐又说："才大一啊，真厉害！"

朱韵："是组长厉害。"

学姐看她一眼，没有再说什么。

朱韵从窗口往外看，校园里的学生来来往往。

她思绪乱飞，李峋现在在干吗？应该是睡午觉吧……

十二点多，朱韵和学姐一起出门往会场走，活动规模不小，一路上都有人指引。

主会场是行政楼的大讲堂，门口挂满了标语，欢迎各位领导莅临。时间还没到，会场处在最后的准备阶段，门口站满了人，大多是本地大学生。

"朱韵！"高见鸿在人群中喊她。

朱韵过去，没看到那标志性的金脑袋："人呢？"

"我走的时候他刚醒，说一会儿就来。"

随行老师过来对朱韵说："你们是最早一批颁奖项目，等会儿进去靠前坐，快点准备。"说了半天，终于发现，"哎？李峋呢？"

"马上就到了。"朱韵没敢说刚刚打了五六个电话都没人接。

随行老师一皱眉："让他快点！你们先过去一个人！"

会场外的一片小树林前，一位老师正站在凳子上喊人。朱韵对高见鸿说："你在这儿等着，我先过去报到。"

"行。"

小树林前黑压压一片，像极了运动会的检录场所。朱韵过去，听着老师念学校和小组名字。

她耐心地等。

过了一会儿，终于到他们，老师扯脖——"引导性药理康健功能开发项目组！"

……

朱韵脑子一抽——谁改的名字？这还是他们做的那个保健品推销软件吗？

"负责人李峋！"老师接着喊，"在不在，李峋？"

朱韵终于回过神，试图往前去。

"李峋！有没有这个人？！"

她在人群中艰难地举手，想要引起老师的注意："我……"

"在。"又是一道走马灯似的回答。

朱韵顿住，这场景，似曾相识。她回头，然后不由自主地捂住嘴——李少爷午睡过后还洗了个澡，金发抓得乱七八糟，他换了身休闲西服，敞开怀，里面是干净的衬衫。

往上看——正午阳光足，他还戴了副墨镜。

这个×装得真是一脉清爽。

他是真的把这趟出行当成公费旅游了。

朱韵看着他，一时之间心绪复杂，又想挺直腰板炫耀，又想低头捂脸怕丢人。

就在所有人都被这个闪瞎眼的人设吸引注意的时候，有人拍了拍朱韵的肩膀。

她回头，看到身后的男生，笑意顿住。

“真的是你啊？我还以为我看错了。好久不见啊，朱韵。”

确实很久了。

“你过得怎么样啊？”

我不错，你怎么还没死呢！

“刘老师现在怎么样了？毕业之后就没见过她，还想着有机会去看望她呢——你怎么这么看着我，不认识我了？”

认识，怎么可能不认识？你化成灰我都认识！

项链好像烫了——那条经常被她遗忘的、领口里的十字架项链，此刻重若千钧。

“朱韵？”

她终于又笑了，伸出手，同面前的男生握了握：“好久不见，方志靖。”

Chapter 09

打火机与公主裙

秋天的风很劲。

年幼的朱韵跟随母亲来到学校。

这天是报到日，但是朱韵不需要走那么复杂的程序，她对这儿很熟悉。母亲是学校高中部的主任，她之前就读的小学也不远，放学后经常来这儿等母亲下班一起回家。

母亲领她来到教学楼门口，说："你在这儿等我，我先去跟你们班主任打声招呼。"

朱韵乖乖点头。

母亲去了一段时间，朱韵无聊地四处打量，忽然，一个人影进入视线。

人影站在教学楼前的花坛边，是个女孩，低着头。几秒后，那女孩好像有所察觉一样，转过脸来。

朱韵连忙撇开头。

静了一会儿，朱韵再次偷偷抬眼，发现女孩又重新低下了头。

然后朱韵又开始看她。

朱韵被秋风吹得大脑一片空白。

在其他学生在身边走来走去的时候，只有她们两人在教学楼门口安静地站着。像是消磨时间一样，朱韵反复打量着她，对视了几次后，朱韵的目光被抓个正着。她心一颤，刚想再次转头时，看见女孩冲她招手。

嗯？

朱韵左右看看，用手指着自己："……我？"

女孩又招了招手，看来就是她了。

女孩比朱韵高一些，体形消瘦，留着中长发，肤色白皙，五官精细……

朱韵再走近一些，震惊地发现她竟然化了妆——脸是苍白的，眼线浓黑，嘴里轻轻咬着一支串红的花蕊，细长鲜艳，那是她脸上唯一的色彩。

朱韵脚步停住。

她第一次见到化妆的初中生，这跟她以往受到的教育背道而驰。

女孩从花坛里随手又摘了支串红花蕊，递给朱韵。

朱韵接过，小心地拿在手里，女孩扬了扬下巴，低声说："甜的。"

那是朱韵与刘晓妍的初遇。

她们只来得及交换名字，朱韵便被母亲叫走了。

母亲从教学楼出来时的脸色不太好，路上一直嘀咕着："怎么分了这个老师，有机会得转班……"

朱韵不明所以。等开了学，她见到了班主任王老师——是个教语文的女教师，三十几岁，体形稍胖，性格非常温柔。不管学生做错什么事她都轻声细语，从不厉声批评。

朱韵很喜欢她。

朱韵在班里再次见到刘晓妍。在自我介绍的时候，刘晓妍的话最为简短，说完之后也不等大家鼓掌就回到后排座位里。在经过朱韵座位的时候，刘晓妍低头看了她一眼。

"这女生也太冷了吧？"后座一个男生说。

朱韵侧目，他叫什么来着……方志靖？

"想不到入学成绩还挺高呢！"方志靖接着跟同桌说。

没错……朱韵也有点意外。

这是全市最好的初中，朱韵的班级本就是实验班，刘晓妍的入学测验还能排到全班第三，是非常了不得的成绩。

但往后的日子里，刘晓妍完全没有体现出一个"好学生"通常具备的特质。她上课不发言，课后也从不向老师提问，大家都买练习册做，而她每天只完成作业，就不再学习了。

她好像只对一门功课比较上心，那就是英语。

刘晓妍上英语课时格外认真，每次朱韵值日，打扫到刘晓妍的位置，都能看到她书桌里堆满的英文书籍。

也许她想出国？

刘晓妍还有个笔记本，一有空就在上面写来写去，放在书桌的最深处。

除了开学第一天，朱韵没有再与刘晓妍说上话，事实上全班都没几个人跟她说上话。刘晓妍太过我行我素，就冲化妆这一点，就让她在群体里显得格格不入。

对于这个特立独行的学生，朱韵的母亲也有所耳闻。她对刘晓妍化妆上学的行径非常不满，几次要求班主任出面干涉，可一直到最后，王老师都没有过多管束刘晓妍。

朱韵再次与刘晓妍搭上话，还是在那个花坛边。那是一节自由活动课，刘晓妍坐在台阶上，闷头写着什么。

周围没有其他人，朱韵悄悄来到刘晓妍身后，看见笔记本上写的都是英文。刘晓妍的英文写得非常好看，是熟练的花体字。朱韵自己的英文也不差，但跟她还是有一定的距离。

就在朱韵艰难地辨认上面的内容时，刘晓妍回过头。

朱韵条件反射一样，从花坛里抽了枝串红，含到嘴里，眼睛望向远处的操场，佯装路过看热闹。

这回的花蕊怎么有点麻麻的……朱韵心里奇怪，不过没敢表现出来，生怕神态不自然了。

刘晓妍还在看她。

别怕，镇定！朱韵自我洗脑，我是来吃串红的。

“亏你吃得下去。”刘晓妍说。

咦？

朱韵好像刚刚注意到旁边有人一样，脸带疑惑地转头看向刘晓妍，疑惑道：“怎么了？”

刘晓妍一贯冷淡的脸上难得地露出了为难的神色：“快点拿出来吧。”

朱韵这才把含在嘴里的串红拿出来。不看还好，一看汗毛直立——串红花蕊上爬满了细小的蚂蚁，此刻蚂蚁受到惊吓，正在四处逃窜。

怪不得舌头上一直麻麻的啊！

朱韵扔了花，浑身哆嗦着往地上呸呸呸。

刘晓妍没忍住，在一边笑出声。朱韵顿住，她第一次见到刘晓妍这样笑。呆愣之际，她连嘴里的蚂蚁都忘记了。

算了，吃了就吃了吧，原生态食品。

那天以后，她们成了朋友。朱韵也第一次知道了，刘晓妍的笔记本上抄写的是《圣经》。《圣经》原文对于刚上初中的朱韵来说难度太大，她翻来覆去没有看懂。

“你信这个啊？”朱韵问刘晓妍。

“不算信。”

“不信为什么写啊？”

“也不是不信，我跟他不是那种关系。”

朱韵没懂，不过至少她搞清楚一点——那就是刘晓妍这么努力学英文，不是为了出国，也不是为了成绩，而是为了那个说不出到底信不信的上帝。

朱韵对刘晓妍抱有一百二十分的好奇，她吸引着她——强烈地吸引着她。朱韵每天都找刘晓妍玩，她们一起吃饭、一起自习、一起坐在台阶上吃花。

全班同学都对刘晓妍都有一种误解，觉得她傲慢无礼，朱韵觉得不对。刘晓妍的确高傲，但她并不无礼，而且，她的心很软。

某个下大雪的冬日，学校提前放学。大家都走了，只剩下朱韵在教室里等着母亲下班。在她看着外窗外雪花发呆的时候，刘晓妍回到教室。

她给朱韵买了一串糖葫芦。

她们一起坐在教室里发呆。寒冷的天气里，天地间色调惨淡，还好有这串糖葫芦，红得惊人。

在鹅毛大雪中，刘晓妍给朱韵讲了自己的事。

刘晓妍父母离异，一直跟外婆生活。就在她入学前夕，外婆得了一场大病。当时病来得急，犹如山倒，医生很委婉地表述，这场病怕是凶多吉少了。后来医院不再收她的外婆住院，刘晓妍把外婆接回家疗养。外婆每晚都被病痛折磨，刘晓妍无计可施。

偶然间，她向上帝祷告。

“其实我谁都求了。”刘晓妍说，“能做的我都做了，他给我的印象最深。

可能是因为那天晚上刚求完他，第二天外婆的病就好转了。”

“所以你开始信他？”

“不是信。”刘晓妍再次强调，“我在求他的时候说了，如果他能帮助外婆，我就永远陪伴他。他做到了，所以我也得履行约定。”

“我懂了。”朱韵了悟，“不是信，是还愿，对吧？我外婆信佛，也经常烧香还愿。”

刘晓妍想了想，然后点头：“大概就是这样了。”

傍晚，母亲来班里接她，回去的路上，母亲第二百次叮嘱朱韵离刘晓妍远一点。朱韵还在回味口中冰糖葫芦的甜味，有一句没一句地答应着。

“小小年纪搞得这么不合群，信一些杂乱的东西……”母亲一路上抱怨，“还有你们那个老师——朱韵你记着，平日除了上课以外，她讲的那些乱七八糟的都不要听。”

朱韵一顿。王老师确实在闲暇时间给他们讲过一些温馨而有寓意的故事，但也只是一讲一过，闲聊罢了，朱韵不知道为什么母亲会特地提出来。

后来，随着课业难度渐渐加深，同学们的英文水平也提高了不少，加上刘晓妍并没有刻意隐瞒，渐渐地大家几乎都知道了刘晓妍的事情。

她离集体更远了。

她只有朱韵这一个朋友。

不过好在班主任王老师非常宽和，朱韵知道王老师一直在教务处为刘晓妍说话。虽然仍有老师和家长不满，但刘晓妍的成绩并没有下降，反而名列前茅，校领导也就睁一眼闭一只眼了。

圣诞节，朱韵第一次逃课，这对她来说意义非凡，毕竟是此生头一次。

刘晓妍带着朱韵去逛街，朱韵一路上心惊胆战，又觉得格外刺激。她们坐在广场中央吃烤地瓜，朱韵紧张地将自己准备的礼物送给刘晓妍。

“今天很重要吧？”朱韵低声说，“我查了点资料。”

刘晓妍没说话，把礼物盒拆开。

朱韵又紧张起来：“……我不知道你喜不喜欢，很便宜的。”她没有充足理由跟父母要钱，自己攒了一星期的零食钱，买了这件礼物。

刘晓妍转过身去，掀起头发，说：“帮我戴上。”

朱韵给她系项链，手指颤抖，明明天气没有那么冷。

刘晓妍的脖子很白、很美。

“戴好了……”朱韵小声说。

刘晓妍转过头，在她脸蛋上亲了一下。

朱韵一动不敢动，刘晓妍笑了笑，说：“我很喜欢，谢谢你。”

朱韵高兴起来。她们闲聊，朱韵说：“马上要期末了。”

“嗯。”刘晓妍看起来不太在意。

“咱们加油吧，争取让他们闭嘴。”

刘晓妍转头看她：“让谁闭嘴？”

“我后座那几个。”

以方志靖为首的几个男生，总是在学校里说刘晓妍的闲话。

“他们总乱说，你不生气吗？”

“气什么？他说过，人是有原罪的。”刘晓妍纤细的手指捏着朱韵刚刚送给她的十字架项链，无所谓地道，“想让我生气，他们也得有那个本事。你信不信期末考试我让方志靖一篇作文也赢不了我？”

朱韵笑着看她。

刘晓妍瞥过来：“干吗，不信啊？”

朱韵摇头：“信。”

她喜欢看这样的刘晓妍，漂亮又骄傲，就像只孔雀。

你一定要赢啊……

朱韵在心里，这样对她说。

然后，那一学期的期末考试，她们确实赢了。接下来的第二个学期，她们依旧赢了——如果没有发生那件事的话，也许剩下的那些期末考试，她们也会一路赢到底。

初二那年秋天，大洋彼岸发生了一起骇人听闻的恐怖袭击，震惊全球。一时间，所有的媒体都日夜不停地争相报道，整个世界笼罩在一片不祥的阴云下。

还是初中生的朱韵对这件事情并没有太多的关注，毕竟离她太过遥远。比起她，刘晓妍对这件事的关注度明显更高一些。朱韵通过报道已经知道，这起恐怖袭击有宗教因素在里面。在那几天，刘晓妍的话变少了。

而朱韵没有注意到的是，除了刘晓妍，班里还有另外一个人，也比以往沉默。

朱韵清晰地记得，那是星期四。下午的体育课刘晓妍没有参加，方志靖是体育课代表，回班来叫她，刘晓妍没有理会，方志靖与她发生了口角。晚上的时候，刘晓妍吃完晚饭回来，看见书桌里的东西被人翻过，里面放着一堆黑乎乎的东西。

刘晓妍把那东西拿出来，抖开，是一件黑袍。从黑袍里还掉出了被撕烂的她的笔记本。

她看向方志靖，后者也看着她："反正你这么喜欢上帝，就跟他们一起死吧，死了就见到了。"

当时朱韵被母亲叫去办公室改题，等她回去的时候，刘晓妍已经动手了。

同学们主动让开一片空场看热闹，没人想要多管闲事，也没人想上去帮忙。刘晓妍一向冷漠高傲，班里看不惯她的人非常多。

她第一次动怒到这种程度，拾起桌子上的英文字典，朝方志靖的脑门狠狠砸过去。可刘晓妍毕竟是个女生，力气远没有方志靖大。他把她按在桌子上，拿那黑袍使劲往她身上套。

这时，朱韵跟在王老师后面回教室，王老师满脸疲惫，一进屋就看见混乱的场面。朱韵想要上前制止，待她拨开人群，看到方志靖踩着刘晓妍，用袍子将她整张脸都缠上的时候，那个一直温柔平和的王老师忽然崩溃了，她冲上去给了方志靖一巴掌，拼命地大叫："疯了是不是！是不是全都疯了！"

班里接下来的课停了，当事人都被叫到校长办公室，其他人留在教室兴奋地议论。

"你们都不知道吗？王老师也信那个哦！"

"她信的是劫机那伙儿吧？"

"对啊！她们俩从教派来讲，现在是死对头了呢。"

"太刺激了！"

"你从哪儿知道的？"

"你都不看电视的？"

"……"

朱韵一语不发，看着空着的刘晓妍的座位，地上掉落了什么东西，朱韵走过去，发现是自己送她的项链。

或许是刚刚撕扯的过程中掉落了。朱韵把项链收好，想着等刘晓妍回来，再给她戴上。

可刘晓妍再没有回来。

她也没有再上学，朱韵从母亲那里得到消息，说她转学了。同样，王老师也不再带朱韵的班级，换了一名教学很严格的男教师。

朱韵没有再找过刘晓妍，因为事发当晚，她在放学回家的路上，看到方志靖把一个黑色的塑料袋还给她的母亲。

那时的朱韵尚且懵懂，对许多事情都还一知半解，她只是隐隐约约有个感觉——她这一生，都不能再见到那个跟她一起吃串红的女孩了。

“喂……”

“喂。”

“喂！”

朱韵被一嗓子吼醒。

她转头，看见李状元那一张不耐烦的脸，他手里拿着刚刚领回来的证书。

“想什么呢？跟你说话都听不见。”

朱韵看向前方，方志靖也领完奖了，但没回来，正在跟组委会的负责人热烈地聊着。

李峋靠在椅背里轻松道：“终于完事了，等会儿回去收拾一下，晚上带你出去玩。”

朱韵闻若未闻，李峋话音刚落，就被她拨开。

朱韵跃过李峋，拉住另一边的高见鸿：“你还参加吗？”

高见鸿没有反应过来：“什么？”

“比赛。”朱韵凝视着他，“你之前不是说想参加比赛，现在还想吗？”

高见鸿总算是明白了：“想啊，但你不是说……”

“我改主意了。”朱韵紧紧握住他的胳膊，“咱俩搭伙吧！下半年就弄这个了，好不好？”

高见鸿的眼睛慢慢变亮：“好啊！”

一旁靠在椅子里百无聊赖的李状元，此时终于有所反应。他面无表情地看着半个身子横在自己大腿上的朱韵，语气不祥地发问：“你说什么？”

对于朱韵和高见鸿要去参加比赛的消息，李峋表现出强烈的不屑一顾。

听高见鸿说，李峋原计划是趁着这次出门的机会，想要带他和朱韵去周边好好转一圈。本来他对活动就没兴趣，此行全当旅游，顺便犒劳职工，但现在……

食堂。

朱韵：“他人呢？”

高见鸿：“出去了。”

朱韵：“上哪儿了？”

高见鸿：“活动结束后就走了，应该是玩去了吧？”

朱韵撇撇嘴，端着餐盘坐到高见鸿身边。

“你怎么忽然改主意了？”高见鸿问。

朱韵说：“没什么，就是想参加了。”

高见鸿说：“既然参加了，就争取拿好成绩。回去后我们找林老师讨论一下具体内容，而且我们还得再组一个人。”

“再找一个啊……”朱韵有些心不在焉。无意间抬眼，与高见鸿看个正着，两人都看出对方脑子里想的事——

找谁？找谁都不如找状元，真正弹无虚发、万无一失。

“太难了！”高见鸿首先发言，“刚才回屋的时候我问过他，一点希望都没有。我觉得他是跟这件事杠上了，毕竟我俩突然决定要参加比赛，把基地的计划也打乱了。”

朱韵鼓鼓嘴，表示赞同。相处这么久，好像没见有什么人能说服李峋，相反李峋说服别人的功力倒是很强。

“你去吧……”

“啊？”朱韵抬头，高见鸿又说，“你去找他谈谈看，我觉得或许还有那么一丝希望。”

朱韵呵呵两声：“你太看得起我了。”

高见鸿：“试试看啊，不然你有更好人选？”

吃完饭回到宾馆，李峋还没回来。外面天色已晚，朱韵躺床上思索了一会儿，给李峋发了条短信：“你在哪儿呢？”

等了半天，没人回。

朱韵拨打电话，响了几声，一个女人接听。电话那边震耳欲聋，一听就是娱乐场所。朱韵喊了几嗓子，也不知道对方听没听清，最后她深吸一口气，大吼道："喂？能不能听见？李峋在不在？一个金毛大高个儿！"

旁边的学姐吓了一跳，朱韵连忙低头道歉。

手机里窸窸窣窣，好像是关门的声音，然后忽然一静："找我干什么？"

朱韵被这清晰的声音堵得一顿，她还以为他已经喝得烂醉了。

"说话。"

"……"女人的直觉告诉她，现在说出打电话的真正理由绝对会被无情地拒绝，"……那个，老师让我通知你，早点回来，明天还有事呢。"

"知道了。"

电话挂断，朱韵眯起眼睛，飞速思考着……到底怎么样才能哄李状元开心，将他拉下水呢？

半夜，手机震动，是高见鸿发来的短信，通知她李峋回来了："我到学长屋里待一会儿，你去劝他吧。"

朱韵放下手机，先去厕所里弯腰踢腿，做了五分钟热身运动，带着事先准备好的装备出发。

李峋住在她楼上，这栋楼今天全是全国各地来参加活动的学生，夜深了，可走廊里还有隐隐的说话声。

计算机系，一个活生生的夜猫子产出营。

朱韵来到李峋房门口，深吸一口气，敲门。

"谁？"

"李峋，是我。"

几秒钟后，李峋开门："干什么？"

朱韵把手里的东西举起来："你喝多了没？这是我刚买的酸奶。"

"我没喝酒。"

不要紧。

朱韵换了一样拿出来："夜宵吃吗？这里的食堂夜宵很好吃的。"

"吃完了。"

没关系。

朱韵又从包里掏出一个袋子："你换洗衣服带得够吗？"

李峋："……"

沉默了几秒，李峋勾勾手指："把那包给我。"

朱韵乖乖卸甲，将包递给他，刚要开口说什么，李峋道：“行了，你可以回去睡觉了。”

砰！门关上。

朱韵欲哭无泪，那包还是新买的。古人言，赔了夫人又折兵，说的就是这种情况吧。

第二天，老师被组织到一起开会，主办学校的同学也举办了一个主要面向学生的交流会，在下午举行。

不出意外，李峋没有参加。

交流会的主持人是个大三的学长，他们准备得非常充分，提前在多媒体教学实验室里将所有获奖作品导入电脑，还特地设计了查看目录，供来参加交流会的同学体验。

朱韵谁的都没看，单把方志靖的程序拎出来。他做的是一个基于屏幕变化捕捉与回放的软件。电脑上看不到源代码，朱韵只能凭借操作的成熟度和流畅度简单判断代码质量。

不得不说，一等奖和二等奖还是有点差距的……朱韵心里一片祥和。

好想在正式比赛里把这差距再拉大一点。

李峋啊，李峋……

朱韵又开始动歪脑筋。

还没思索多会儿，有人从后面拍了拍朱韵。她回头，看到一个漂亮的女生。

女生笑容甜美，跟朱韵打招呼：“你好啊！”

你谁啊?

朱韵礼貌地点点头：“你好。”

“我叫徐黎娜，是本校的学生。”女生非常开朗，“我看你们的项目，好棒啊，不愧是一等奖，完成度真高。”

朱韵：“……谢谢。”

徐黎娜凑过来，朱韵闻到了清淡的水果香。

“我跟你们一样，也是大一的。”她小声说，“大一的好少啊，就我们几个，稀有动物一样。”

“确实很少。”

交流会进行了很久，结束的时候，徐黎娜向朱韵和高见鸿发出邀请：“一起去玩一玩吧，你们明天就走了吧？”

朱韵和高见鸿相互对视一眼，刚刚那个主持人关荣也来了：“来吧，我们做东。”

朱韵本以为这是东道主学校遍邀所有同学去食堂搓一顿，没想到只是请了十几个人，都是这次比赛成绩不错的。他们简单吃了口饭，然后一起去了KTV。

关荣包了一个超大包房，徐黎娜告诉朱韵，这是他们导师出的钱，给爱徒结交优秀人才创造机会。

“真大方啊！”高见鸿在后面笑着对朱韵说。

朱韵也笑：“我们那位也很大方啊。”就是脾气烂点。

高见鸿拿了两瓶啤酒，周围坐满了人，男生居多，大家都比较放得开，几口酒下肚，越聊越活跃，气氛十分轻松。

朱韵酒量差，徐黎娜特地叫了两杯鸡尾酒，颜色淡淡的，喝着味道也不冲。结果朱韵就大意了，她正好口渴，连着喝了两杯，然后开始头晕目眩。

身旁有人好像正在吹嘘方志靖，朱韵嘴角能耷拉到下巴去。

徐黎娜贴在朱韵身边小声说：“方志靖也是大一的，他们作品不错，但我觉得还是你们的好。”

算你有眼光！

徐黎娜：“关荣他们拆过你们的程序，你们代码写得真干净，逻辑清晰，主程的能力太强了。”

朱韵很想笑，但又觉得现在笑会显得太不谦虚，她不能跟李峋学。

怎么应答才能显得谦虚又不做作呢……朱韵神志不清，想来想去，最后蹦出两个字——“没错！”

高见鸿大笑。

徐黎娜又说：“就是他脾气好像不太好，颁奖那天我跟他打招呼，感觉他都不拿正眼瞧人。”

嘁！你这才哪儿到哪儿？

朱韵指了指自己，又指了指身旁的高见鸿，一副过来人的表情：“要说被他鄙视，我俩才叫经验丰富，是这圈子里的老前辈。”

高见鸿笑着喝酒，朱韵道：“不过这么一想，我们也挺厉害的。”

徐黎娜：“是吗？”

朱韵：“因为我们不仅能编程，还能配合他的节奏。”

徐黎娜兴致勃勃地问：“他是什么节奏呀？”

朱韵伸出一根手指——“唯我独尊。”

高见鸿笑到乱颤，而后忽然一顿，咳嗽两声，重新坐稳当。徐黎娜也把笑憋回去，抿唇看着朱韵。

只剩朱韵一个口若悬河，旁若无人：“你要是适应不了，他能给你气死；但一旦你能适应他的性格，那他就无敌。”朱韵喝完酒，目光像擦过的皮鞋，锃亮锃亮的。

“知道吗？他在我们那儿扬名已久，江湖人称‘飞天码皇’，就是他了。”

高见鸿到底没忍住，一口酒喷了出来。

朱韵还要继续说，后脖领子忽然一紧，被整个拎了起来。

高见鸿说：“喂，轻点！”

徐黎娜看着后面的人：“你怎么才来啊？通知你好一会儿了。快坐吧，想吃点什么吗？”

李峋谁也没理，二话不说就将朱韵扯出了包房。

“哎——”徐黎娜起身想跟出去，被高见鸿拉住：“我们老板训话呢，你等会儿吧！”

走廊。

朱韵被推到墙上，后背贴着凉凉的砖面。她透过五彩的廊灯，看到李峋面色不善的脸。

“你还真是一喝酒就发疯啊……”李峋嘴里嚼着口香糖，声音低沉。

朱韵直直地看着他：“李峋。”

李峋眉头微蹙。

朱韵小声说：“来跟我们参加比赛吧。”

李峋默不作声。

“对你来说肯定小菜一碟的。”朱韵两根手指搓了搓，“你稍稍当回事那么一点点，赢比赛就是探囊取物。”

李峋：“我为什么要浪费时间做小菜一碟的事？”

朱韵想不到理由，转换战术：“你知道吗？刚刚屋里有人看不起你，还……”

“朱韵，”李峋打断她，“我傻吗？”

“哪方面？”

李峋脸一沉，朱韵连忙说：“不傻。”

或许是觉得跟醉酒的人谈话实在没有意义，李峋想离开，朱韵条件反射地伸出手：“别走——”

李峋外套敞开穿，里面是一件棉麻T恤，他没来得及转过身，T恤领子已经被朱韵扯住。

朱韵喝多了，手下没谱，一扯下去，领口被拉得老长，时尚款瞬间变成老头衫。

李峋大怒：“你给我松手！”

朱韵也顾不上别的，大叫道：“跟我们一起参加比赛吧！”

走廊来往客人的目光都聚在这儿，李峋低骂一句想要甩开她，结果朱韵醉酒之中重心不稳，脚下打滑，直接扑了个狗啃泥。

饶是这样，她都没松手，所以，大家毫不意外地听见刺啦一声。

这回不只是老头衫了，李峋半边胸都露了出来。

朱韵：“……”

李峋：“……”

路人：“……”

朱韵这次真的是被摔到墙上的。

虽然李峋皮肤本来也不算白，但也从来没有黑到这个程度过。

“朱韵，”李峋跟她的距离很近很近，近到朱韵几乎能听到他磨牙吮血的声音，“你要是个男的，我现在就动手了。”

朱韵可能也知道自己做错事了，没敢再顶嘴。

李峋看着她垂头沉默的样子，静了三秒，低声道：“你为什么这么想赢比赛？你不像是对这个感兴趣的人。”

朱韵还是沉默。

李峋等了一会儿还没有答案，转身离开。

“哎！”刚好高见鸿从包房出来，对着李峋的背影说：“一起来嘛！”

李峋没回头，给了他最简单明了的答复：“不！”

拉李峋入伙的事以失败告终。

没太出乎朱韵的意料，她早就说过，没见有谁能说服李峋，反倒是李峋说服别人的能力很强。

不过……真是好不爽啊！

朱韵心里憋了一股火，虽然她知道这件事不能怪李峋。他从不藏着掖着，他是什么样的人，早在开学第一天自我介绍的时候大家已经很清楚了。

可是……

朱韵也不知自己钻什么牛角尖，就是一口恶气出不来。她把头埋在枕头里，哐哐哐地磕了好几下。

“没事吧，你？”方舒苗回过头，担心地看着她，“从首都回来你就跟中邪了一样，怎么了？”

“没什么。”朱韵爬下床，换了身衣服准备往外走。

“干吗去啊？”

朱韵有气无力：“不知道……”

“今天周六啊，你不去基地吗？真稀奇。”

“……”

去基地也是干待着。高见鸿去找林老头了，李峋也不会给她分配工作。

人生忽然变得好空虚。

朱韵生无可恋地往外走，刚出门，跟人撞个正着，定睛一看，任迪。

天气一天比一天热了，任迪率先换上了短袖，朱韵往她手臂上一看：“文身了啊？”

“嗯。”任迪特地给她展示了一下，“好看吗？”

一只马蜂。

朱韵点点头：“好看。”

任迪背着吉他，应该是刚从工作室回来。她看出朱韵有点不对劲：“魂不守舍的呢！”

“没啊。你怎么回来了？”

“我来拿几件衣服。”

朱韵点点头，刚要走，任迪叫住她：“哎，等我，一起去喝一杯吧？”

图书馆天台风景优美。

“你说的喝一杯是喝奶茶啊？”朱韵无语道。

“是啊。”任迪捅开一杯，递给朱韵，“我不敢让你喝酒。”

“嗯？”

任迪打趣地说：“听李峋说，你耍酒疯是一绝啊！”

一听李峋的名字，朱韵肚子里那股火又冒出来了。她呼哧呼哧地喘气，奶茶里全是泡泡。

任迪嘿嘿两声：“怎么，你终于也忍不了他了？”

朱韵眯眼：“我怎么感觉你幸灾乐祸的？”

任迪大笑，使劲一拍朱韵的肩膀，朱韵呛了口奶茶，上气不接下气地咳嗽起来。

“你看着点啊！”朱韵脸涨得通红。

任迪搂着她的肩膀晃了晃，以示歉意：“来，说说，怎么了？”

朱韵也不忸怩，将比赛的事情告诉任迪。任迪听完，点点头：“正常。”

“哪儿正常？”

“他要赚钱。”

“参加个比赛也耽误不了多久。”

“他做事都有计划的啦。”任迪安慰她，“跟你说，之前有一次我想让他帮我们搞一下音乐合成软件，他拖了一个月都没空，后来还是付他钱，让他当生意做的。”

朱韵咬着吸管，嘀咕道：“就没见过他这么喜欢钱的人！”

任迪顿了顿，说：“他好像是在攒钱。”

“还是学生，这么急着攒钱干吗？”

“他肯定是要自己开公司的。他这人不容易相信人，不会轻易接受投资，肯定要自己攒钱。而且……”说到这儿，任迪静了一会儿，才说，“之前有次他来看乐队演出，那天他心情不好，喝得有点多了，无意间说他还欠一笔债。”

朱韵牙一打滑，差点没咬到舌头：“什么？”

开公司可以理解，欠债这个是什么玩意儿？

“你小点声行不行！”任迪瞪她一眼，“我也没听清，反正就是那么随口一说。”

朱韵真心是被惊到了——欠债。欠谁？

想想李峋那一身浑然天成的街头范儿，朱韵有点头大。

“你也别乱猜了，应该不是什么大事，他自己有谱。”任迪提醒她，“你可千万别说出去啊，李峋会宰了我。”

朱韵举起手，对天发誓：“死也不说！”

下午，朱韵乖乖去基地，没活就干坐着看书。

屋里很安静，窗外竹林被风吹得沙沙作响。

高见鸿跟林老头讨论问题还没回来，朱韵坐到座位里，余光偷偷瞄向旁边窝在椅子里写代码的金毛怪。

这男人不老实啊！朱韵心理活动复杂。李峋此人胆大包天，主意又正，没准真的干过什么出格的事也说不定。

但是……朱韵转念又想，她在李峋手下做了这么久，这人虽然看着飞扬跋扈，可做起事来一向稳妥，处理问题冷静得让她都甘拜下风。

“哎。”

朱韵一个激灵，瞬间回神。

李峋不耐烦地用手点桌子：“又想什么呢，你？”

朱韵摇头，李峋指着杯子：“水。”

朱韵将杯子递给他。

没一会儿，高见鸿也回来了，他跟朱韵说了一下讨论结果：“林老师给了几个方向：可疑程序威胁分析，恶意操作行为识别，还有校园网的个人防火墙设计……”

朱韵碰碰高见鸿胳膊，打断他，小声问李峋：“我们在这儿讨论，影响你吗？”

毕竟都在一张桌子上，别再打扰到您老人家的创作了。

李少爷眼都没抬，大度道：“随意。”

朱韵又问高见鸿：“剩下一个人找好了吗？”

高见鸿：“还没。你有人选？”

朱韵：“我确实想到一个人。”

“谁？”

朱韵眼珠往后甩了甩，高见鸿回头：“吴孟兴？”

身边的金毛少爷一声嗤笑。

朱韵："……"

她尽量忽略李峋的存在，对高见鸿说："对。他基础能力很扎实啊，而且能在这儿留下来，抗压能力也是一流。"

朱韵话中有话，李峋懒洋洋地瞟了她一眼。

高见鸿："行，我去问问他。"

朱韵拉住他："不用急，我们把大方向确定好再找他。"

高见鸿："好。"

朱韵与高见鸿的讨论过程还算顺利，他们计划先准备一个方案，试一试效果。林老头告诉他们，反正时间很充裕，可以慢慢来，不用太过急躁。

往后的日子格外繁忙，虽然之前基地的项目也很忙，但两者是不能比较的。

那句著名的台词是怎么说的来着？

——直到失去的时候，才懂得珍惜。

——直到没了李状元，才知道他是多他妈的好用。

"唉……"朱韵长叹一声，趴在寝室楼的小阳台上，抽烟看风景。

母亲来电："朱韵，最近怎么样了？"

"挺好的啊！"

"你猜今天谁联系我了。"

"谁？"

"方志靖呀，你还记不记得他？他说他不久前见到你了，还说之后你们要一起参加什么计算机安全竞赛。哎哟，他毕业了就很少联系了，还很有礼貌呢！"

"……"他倒是能抓住一切机会跟你套近乎。

"我问过你小哥哥了，他说大学期间参加这些竞赛对于出国非常有帮助，你要多上心，方志靖还跟我夸口说要赢你呢！"

朱韵手掌撑着下巴，懒洋洋地说："他也得有这个本事。"

"哎哟，你看你学这么一点点东西就开始炫耀了。"母亲心情不错的样子，又聊了几句，嘱咐她注意身体，然后便挂断电话。

朱韵收起手机，转过身，看着楼下星火点点。

"他也得有这个本事才行……"

一口烟吐出来，消散在空中，朱韵伸了个懒腰，对着夜空说："对吧，晓妍？”

烟掐灭，朱韵刚要离开，余光被某物吸引住。她回到栏杆边，探身，望向楼下通往校外的某条小路。

那金晃晃的脑壳，不是李峋又是何人？

真难得啊，他没有在基地窝到门禁，竟然半路出来了。

李峋跟一个女人在小路外的林子口，不知在干什么。

又有新女人了？

“嘁……”朱韵在夜色里翻了个华丽的白眼，转身，淡定地往屋里走。

从小阳台到朱韵的宿舍，大概有十五米的距离。朱韵只走了前五米，后面十米是用跑的。

推开寝室门，她直接抓住方舒苗的肩膀：“有望远镜吗？”

方舒苗蒙了：“啥，望远镜？你要干吗啊？”

“……看星星。”

“你神经病吧？”方舒苗拍拍朱韵，“赶紧去洗个澡冷静一下。”

朱韵叹了口气，就知道这种装备一般人没有。

她回到座位坐下，屁股还没贴到板凳上，忽然想起什么，又冲了出去。

方舒苗在后面喊：“朱韵你最近到底怎么了啊？”

她也不知道是怎么了。回到小阳台，李峋还在原位没动，朱韵翻出手机，打开相机功能，将倍数放到最大。

虽然还是有些模糊，但总比肉眼看强很多。

真的是个女人。

但是，这个是不是有点太……

李峋的历代女友朱韵也接触了不少，以柳思思、朱丽叶为例，无一不是光亮闪耀的大美女，而手机里看到的这个……虽然看不清楚五官，但衣着还能看个大概。这女人的穿着打扮，就一个字：土——宇宙超级无敌霹雳的土，而且站姿松松垮垮，弯腰驼背，毫无气质可言。

他口味是不是换得太快了？

屏幕中，李峋双手掐着腰，脸瞥向一旁。

这姿势朱韵很熟悉，代表着他已经很不耐烦。当他摆出这副姿态的时候，基本上就是逐客的意思了。

不过，就算已经这么不耐烦了，他也没有扭头就走。

那女人一直在说着什么，而李峋则全无回应。就在朱韵觉得奇怪的时候，李峋终于转身离开，那女人伸手来拉他，被他拨开。

他的动作算不上温柔，那女人没有再敢追他。

朱韵一直在小阳台上站到手机没电，也没分析出来什么。

女人也离开了。

朱韵抿了抿嘴唇。

这是什么跟什么啊？

第二天照常在基地开会。

高见鸿讲了一会儿，觉得朱韵有些心不在焉：“怎么了，有问题？”

“啊？”朱韵回神，摇头，“没有。”她看向身旁，“李峋今天去哪儿了？”

高见鸿：“不知道，他早上给我打电话说今天有事，今天基地让我负责。”

有事？跟昨天那个女人有关吗？

朱韵不想分心，但又忍不住去想。

“来，继续啦！”高见鸿伸出手指，在朱韵面前勾了勾。

今天的课李峋全都逃了，下午课程结束后，朱韵来到基地，发现李峋已经回来了。他照旧窝在凳子里写程序，一切如常。

朱韵坐下，不经意地问：“你今天去哪儿了？”

李峋：“去市中心溜达一圈。”

朱韵：“市中心？去那儿干什么？”

李峋瞥向朱韵，讥讽道：“怎么，公主大人的竞赛项目已经万无一失了，开始有精力研究闲事了？”

“……”

谁稀罕研究你，欠债状元。

朱韵在心里哼了一声，转头做自己的事。她无意中看到李峋脚边放着一个袋子，好像是中心体育场的……

傍晚，高见鸿叫朱韵一起去吃饭，路上还在想竞赛项目的细节：“好像对恶意程序的分析前几届已经有很多人做过了，我们要不要弄点新的？”

朱韵说：“行啊，但安全竞赛一共也就是那么几个大方向，要不从硬件……”她话音一顿，高见鸿问：“怎么了？”

朱韵望向校园门口，马路对面似乎站着一个人。

“朱韵？”

“呃……”朱韵张了张嘴。

高见鸿说：“走啊！想吃点什么？去外面吃？”

朱韵：“不用了，就在学校吃吧，然后回去干活。”

高见鸿笑了：“不用这么急。轻松点，我又不是李峋。”

他们往食堂走，朱韵一路低着头，数着地上的青石块，高见鸿的话一句也没听进去。终于，在踏上台阶的一刻，朱韵停下脚步。

“那个……”朱韵叫住高见鸿，“我想起来有点事情，我得回宿舍一趟。”

“什么事啊？”

朱韵信口胡诌：“我妈让我给她寄东西，我不小心忘了。你不用等我，先吃吧，晚上基地见。”

“那好吧。”

高见鸿自己进了食堂，朱韵三步并作两步来到校门口。

在不在？

在不在？

在不在？

朱韵四处搜寻，终于在对面马路的一家甜品铺子门口发现了那抹身影。

其实这个距离，要看清一个人真的很难，朱韵主要是靠她那身土得不能再土的衣服认出的。

她佯装路过，从那女人身边走过去，擦肩而过之际，便用余光唰唰唰地扫视。女人脸色蜡黄，皮肤很差。她拎着一个很大的口袋，肩膀耷下，看起来十分疲惫。

朱韵走过去之后，又掉转船头，再次走了一遍。

就这样连续走了三四遍，朱韵停住，最后往校园方向看了看，确定没有李峋的影子，便迎头上了。

“哎哟！”

朱韵从后面撞了女人一下，连连道歉：“对不起，对不起！”

女人好像也吓了一跳，但马上就反应过来：“没、没事。”

朱韵：“真抱歉，我脑子想事情，不小心就……”

女人摇头：“没事的。”

她有很重的乡音，但说话气力不足，体形消瘦，忧心忡忡。

朱韵唠家常一样，试探着问道：“你自己一个人提着这么多行李，是从外地来的吗？”

“什么？哦……对，对的，外地来的。”

“来这儿旅游吗？”

“不是……”

“那来干什么？”

女人反应很迟钝，朱韵每问完一句，都要过好几秒才能听到答复：“……我来找我弟弟。”

朱韵用一秒钟分析了一下这句话，然后心里瞬间炸锅——弟弟，竟然是弟弟！

朱韵再次看向女人的脸。

经她这么一说，朱韵才发现这女人其实个子很高。朱韵自己是标准身高，一米六八，在这女人面前还是矮了半截。如果再仔细看的话，这女人的脸其实也是可以的，虽然气质很土，皮肤保养得很差，但底子还是OK的……

而且，那双内双的凤眼……

朱韵有点打怵了。

不知道为什么，以前面对李峋各种各样的时髦女友、波霸前任，她都没有这种感觉。

可面前这个，是李峋的姐姐。

她是他的亲人。

朱韵记忆力还不错，她还清晰地记得当初张晓蓓是怎么威胁李峋的——他的户口是农村的，但学校无法联系到他的家属……

他过年都不回家。

看昨晚李峋对待这女人的态度，肯定跟家里的关系很差。自己如果乱来的话，被李峋知道，感觉不是开玩笑的事情。

朱韵思考着要不要就此撤退，当作从来没见过她。

女人还是低着头，她身边堆着老式的破旧布包，沾满灰尘，手里还拎着大袋子。她虽身材高挑，但真的很瘦，独自一人站在路边，精疲力竭。

朱韵有点不忍心，这好歹是他姐姐。她指着一旁的咖啡厅，问：“去坐一会儿怎么样？”

女人连忙摆手：“不用了。”

朱韵：“正好我也在等人，一起去里面等吧。”

“真的不用了。”

朱韵使出浑身解数，摆出此生最善良、最赤诚的笑容，最后脸都要僵了，终于将女人劝到了咖啡厅里。

这家咖啡厅在学院街上档次不低，服务员是兼职的学生，眼光势利，看到女人的打扮和一堆行李，脸色不好：“我们这里有最低消费的。”

朱韵这辈子也没听过别人用这种语气跟她说话，惊讶之下，险些把邻桌的咖啡泼她脸上。

女人低头：“还是算了吧……我去外面等吧。”

“别别别！来，你先坐着。”朱韵给女人按到座位里，叫了两杯咖啡。

咖啡端上来，女人也不喝，她一直低着头，什么都不敢碰。

朱韵试图找点什么话题：“那个……你叫什么名字啊？”

“李蓝。”

也姓李。

“你和你弟弟，是亲生的？”

李蓝摇头。

“堂姐弟？”

还是摇头。

……

朱韵换了个思路：“你跟他多久不见了？”

李蓝的声音非常小：“很久很久了。”

朱韵又问了几句，发现李蓝的动静越来越小，到最后简直是悄无声息。她仔细观察，发现李蓝肩膀轻抖，似乎是哭了。

“你没事吧。”

李蓝：“没事。”

她看起来太难过了。

朱韵犹豫着掏出手机："你弟弟是我们学校的吗？他叫什么？没准我认识，我帮你找他来。"

"不！"李蓝马上拒绝，她抬起头，果然眼圈泛红，"别找他，他不想见我……"

他不想的事多了，哪能事事顺他？"没事吧，见一面而已。"

"不要，真的不要，他会生气的！"

朱韵看着李蓝唯唯诺诺的样子，心里甚烦。她皱眉，也不打算再做任何铺垫了，单刀直入地发问："你们不是姐弟吗？到底有什么仇，为什么不能见面？他这么恨你？"

李蓝脸色瞬间一白。

坏了！朱韵这才反应过来，补救道："我不是那个意思。就是说，我觉得……"

"他是应该恨我们。"李蓝喃喃道，她手捂住脸，"他不想见我们是对的……"

什么情况？

朱韵慢慢挑动她的情绪，引导着让她放下戒心。

看起来，李蓝平日也没有几个可以聊这些话题的人，面对着朱韵这个和善的陌生人，她一点点放松下来。

朱韵听着李蓝说从前的故事，心惊肉跳。倒不是说故事的内容多么波澜壮阔，只是因为里面的主人公是李峋。

李蓝和李峋的老家在一个鱼米之乡，朱韵听过那里。那里有片很著名的湖，遥望山水之色，虽是农村，却很美。

朱韵心想，水土养人，也怪不得他的皮肤那么细腻。

李蓝受教育程度低，很多话，反反复复、怎么说都表述不清。

但讲故事最重要的是情。朱韵从李蓝磕磕绊绊的讲述中，听出掩埋在那段朴实岁月里的，太多的感情。

这对姐弟同父异母，李峋六岁的时候才来到李蓝家，在此之前，谁都不知道他的存在。

李蓝的父亲李成波本是农民，后来赶上时代浪潮，做外贸生意，风光一时，还开了工厂。当时工厂规模不小，有很多员工，李峋的母亲就是其中之一。

据李蓝说，李峋的母亲非常漂亮，那是一种区别于周围厂工的极其张扬的美。虽然她也很穷，但生活得非常时髦，自己做最漂亮的衣服，听最火爆的乐队磁带。

她在厂子里饱受非议，大家背后说闲话，她丝毫不在乎。

李成波很快就注意到这个特别的女人。他隐瞒了自己已有家室的事实，开始向李峋的母亲抛玫瑰枝。

从李峋的容貌多少也能够判断出，李成波非常英俊、身材高大，又年轻气盛、意气风发。

她轻易就爱上了他，并怀上了李峋。

李成波有着农村老一辈的很普遍的心态，重男轻女。当时李峋的母亲被小诊所的医生判断出是女孩，李成波让她做掉，李峋母亲说什么都不肯，怀胎八月，离开了工厂。

后来李成波经营失败，血本无归，回到老家，脾气也变得喜怒无常。

当时李蓝才五岁，是家里的老幺，上面有三个哥哥。李成波不喜欢她，经常打骂。母亲由于惧怕父亲，也不敢对她太过亲昵。李蓝从小就干最重的活，所有的东西都用哥哥们剩下的。

后来李成波染上了打牌酗酒的毛病，家里每天都乌烟瘴气，所有人的脾气都很大，除了李蓝。因为这个家里，没有她可以发脾气的人。

在她十岁那年，李峋的母亲带着李峋来到了家里。

李蓝那时还小，不清楚他们母子的到来到底意味着什么。她只是很开心，因为家里她不是最小的了，或许以后她可以冲李峋发火。

但现实是残酷的，李蓝很快就意识到，新来的这个弟弟，比三个哥哥加在一起还要厉害。别说欺负，只是走到他附近，都会被他凶回来。

但李峋的到来对李蓝来说也有个好处，就是她不再是哥哥们和妈妈的出气筒了。他们有了新的目标，他们甚至破天荒地将李蓝拉到一个阵营里，一致对外。

以前全家都在被酗酒的李成波折磨，忽然食物链又往下延伸了一节，李峋母子的生活可见一斑。李蓝妈妈拿出这辈子都没有过的硬气对待这对不速之客。李峋母亲倒还好，李峋回馈他们的态度，则是有过之而无不及。李蓝妈妈气不打一处来，越发过分。

即便过着这样的日子，李峋母亲还是坚持要留下。那时她已得了重病，她没娘家人可以依靠，不来这儿，六岁的李峋未来绝无活路。

好在李成波对新来的儿子还算满意，有他发话，李蓝母亲也不敢太过放肆。

李峋的母亲极力地想让儿子融入这个家庭，可事与愿违，李峋从没拿正眼看过他们。为此他受尽了三个哥哥的欺负，他们完全不拿他那股子傲劲儿当回事。

李蓝每天要洗衣打扫要到很晚，往往其他人都睡下了她的活还没干完。她看到过好几次，李峋母亲在月色下规劝自己的孩子，让他改一改自己的脾气。说现在已经不是他们两个在外面生活的时候了，他必须跟哥哥们好好相处。李峋从不应声，母亲说急了就动手打他。他委屈得大哭，却还是不肯答应。

李蓝心软了，她总觉得他们并不像家人说得那样可恶，她很同情他们。

李蓝开始悄悄帮他们的忙。那时李峋母亲已经病重，夜里疼得难以成眠。李蓝趁着家人睡着，偷偷给她熬粥、照料她。

她渐渐喜欢上了李峋的母亲。李峋母亲用最简朴的布料给她做了裙子，那是她人生中第一条裙子。李峋母亲还给她听乐队的磁带，李蓝毫不意外地迷恋上了这新潮的东西，几乎一有空就去找他们。

李峋不太会照顾人，对母亲的病束手无策。李蓝拿出姐姐的架势批评他："你要听你妈妈的话。"她最了解那三个哥哥了，他们就喜欢欺负倔的，只要顺着他们来，他们很快就会腻。

她好心规劝，可惜李峋理都不理她。李蓝生气地说："这是你妈妈的心愿！"

李峋瞪她一眼："才不是！"

无法沟通，李蓝也不理他了。

后来，李峋母亲去世了。她离开的时候非常惨，病得整个没有了人形，缩成一团，模样恐怖得让李蓝妈妈那几天都没有去找他们麻烦。

她离去时是深夜，李蓝也在场，李峋或许知道母亲快要不行了，哭得痛不欲生。弥留之际，母亲拉着他的手，机械性地嘱咐他要融入新家庭，将来好好生活。看着这样的母亲，李峋终于点头，答应了她最后的要求。

这本该是她的夙愿，可不知为何，等她的儿子真正说出"好"的那一瞬间，她却像受了什么巨大刺激一样，高抬起干枯的手，抓住他的背，她说："不行！李峋，你千万不能跟他们一样！"

李峋将脸深深地埋在母亲的掌心中，承诺她："我知道了。"

母亲安然离去。

李蓝开始想尽一切办法帮助这个从不叫自己姐姐的弟弟。

后来李峋开始上学了，他们老家学校很少，小学初中都在一起。李蓝的大哥已经毕业了，二哥三哥都在念初中，而李蓝只读了三年小学就回家帮忙干活。

从李峋开始上学起，李蓝发现哥哥们欺负李峋欺负得更加狠了。她不知道他们哪里来的气，好像李峋是他们不共戴天的仇人一样。

李峋从不抱怨，但他毕竟只是个孩子，打不过就干忍着，没过多久，遍体鳞伤。

哥哥们偷偷撕他的书本、扔他的书包、制造一切机会不让他上学。可不管李峋受多重的伤、不管书本烂成什么样，李峋从来都没有耽误过一天的课程。而且他也学会了不在哥哥们在的时候看书。

所以，当夜幕降临时，小院的瓦灯下，除了洗衣服的李蓝，又多了一个温书的李峋。

有一次，李蓝问他："你为什么这么喜欢看书啊？"

李峋没好气地回答："好像我说了你能懂一样。"

他对她的态度，还是一如既往的差，或者说他对整个家都抱有着浓烈的敌意。但李蓝不在意了，反正对她差的人有很多，而且她觉得李峋的凶并不是真正的凶。

她默不作声地照料着他，给他洗衣做饭，帮他分散哥哥们的注意。

日子一天天过去，某个夜晚，李蓝惊讶地发现李峋并没有出来看书。她在后院的杂物堆里找到李峋，他一直捂着肋骨的地方，李蓝问他怎么了，他也不回答。

后来李蓝才知道，李峋考上了那所破学校里唯一还算不错的"重点班级"，这个班在北楼，离李蓝哥哥们上学的地方有一定距离。

可重点班要交额外一部分学费，李蓝妈妈不可能给李峋出钱，所以那个班李峋没有上成，他又回到了之前的地方。

哥哥们很高兴。李峋又跟他们起了冲突，他们开开心心地把他打了一顿，他肋骨骨裂。

李峋没有去医院，李蓝给他做了简单处理，偷偷攒钱买排骨炖汤给他喝。

等李峋能站起来的时候，他第一次主动跟李蓝说话——他向她借钱。

李蓝自己也没有钱，但李峋不管，冲她大喊大叫。李蓝急得哭出来，最后撒谎跟妈妈求了点钱来。

李峋拿到钱，独自去了县城。等他回来的时候，包括李蓝在内，所有人都吓了一跳——他将自己的头发染成了纯金的颜色。

那个年代染发还不普及，尤其是这种夸张的颜色，更是少之又少。

因为这样特立独行的发色，李峋遭受的欺负更多了，甚至连李成波都大发雷霆。李成波发火时全家都缩在角落，谁也不敢上前。

好几次，李蓝都觉得爸爸好像快要把李峋打死了……

可一直到最后，李峋还是不肯认错，也不肯将头发染回来。

久而久之，大家打累了、骂累了，也习惯了。

于是，当年那个小小的男孩，就用这种简单而幼稚的方式，证明了自己与他人的不同，他的发色也就这样一直保持了下来。

面对这充满冲击力的颜色，李蓝内心却有股强烈的柔和感。不管怎么说，他的头发是跟她借钱染的。虽然关联并不算特别大，而且李峋自始至终也没有对她说一句谢谢，但是……这个没有其他人知道的“秘密”，让李蓝体会到一种久违的感动。

李峋慢慢长大，坎坷的身世让他早早成熟，且戒心非常强。

但不论多么早熟，他毕竟还是个孩子，需要关心，后来他逐渐接受了李蓝的照顾，虽然嘴上从不服软。

日子一天天过去，李蓝发现，随着李峋长大，以往平淡的生活变得越来越乱。

李峋开始频繁地离开家，虽然时间都不长。家里当时在忙着帮李蓝大哥讨媳妇，根本没空管他。妈妈甚至觉得他走得好，毕竟少一个人少一张嘴吃饭。

后来，李峋不仅自己走，还带着李蓝一起。李蓝胆子小，怎么都不敢往外跑，每次都是李峋生拉硬拽才跟他出去。

城市的吸引力确实很大，李蓝在战战兢兢之中，也被外面的花花世界引诱。

有一次，李峋又带她出去玩。他事先准备了很久，李蓝问他什么，他都不说，等到了之后，李蓝才知道他是带她去看一场演唱会。

李蓝惊呆了，那是李峋妈妈经常给她听的磁带里的乐队。李蓝不敢相信自己的眼睛，怎么都不敢进去，李峋连拉带拽，硬给她塞了进去。

一整场演唱会，她都像在梦境里一样，激昂的音乐敲击耳膜，似幻似真。她追问李峋哪来的钱，李峋说不用她管。

演唱会结束，李蓝在表演场地门口看到李峋在跟一个男孩说话。男孩比李峋稍大，从衣着举止来看，跟他们完全不是一路人。

说了几句话，男孩就坐着一辆小轿车离开了，走前还不忘回头喊了一句："考试时间你可别忘了啊！"

之后，李峋带她去会场旁边的小餐馆吃饭。当李蓝还在回顾乐队在演唱会上的精彩表现时，李峋对她说："再过不久我要走了。"

李蓝以为他说的"走"，就是像以前这样，偶尔从那个家里跑出来，玩够了再偷偷回去，所以她点头同意。

后来李蓝才明白，他说的"走"到底是指的是什么。李蓝想都没想就拒绝了，而且她拼死拉着李峋，不让他干这种找死的事情。在她看来，家里虽然有不好的地方，但好歹能够遮风挡雨，能够稳妥地生活。

李峋跟她聊了一次。他告诉她，他之前无意中在城里认识了几个人，在他们家里看到了很多新奇的东西。

"你知道电脑吗？"李峋说，"他们家有那种很薄很薄的电脑。"

李峋说起新东西，眼睛直发光。李蓝本来就不熟悉这些，加上李峋因为兴奋，语速很快，李蓝更是什么都听不懂了。

但她至少听懂了最后一句——"我也想要那个。但如果我留在这儿，我永远不可能有。"

那是李峋第一次跟她讲他在想什么，还有他想要什么。

李蓝完全不能接受。她不知道他说的那些东西是什么，她只知道她弟弟只是个十几岁的孩子，离开家根本活不下去。

李峋试图跟她讲道理，李蓝统统不接受。她没有李峋的口才好，叙述能力很差，不管李峋说什么，她只能反复地说："不行，反正不行。"

最后李峋勃然大怒，他跟李蓝大吵了一架。他的话很伤人，让她觉得很难受又气愤。

李蓝生了一场病。出乎她的意料，病中李峋一直陪在她身边。

病中的李蓝梦到了李峋母亲离世时的场景，梦到了她最后的遗言。

李蓝舍不得李峋，她有时甚至觉得，就算以后她有小孩了，也不可能比爱她弟弟更多。她脑子不好，但不知为何，她跟李峋相处的点点滴滴、他对她说的所有话，她都记得一清二楚。可她也知道，她也是“他们”中的一个。

李蓝病好之后，偷了父亲买酒赌博的钱，让李峋连夜走掉，别再回来。

李峋离开前，留给李蓝一句话：“钱我将来会还给你的。”

Chapter 10

打火机与公主裙

咖啡早就凉了，甚至服务员都已经轮过一次岗。

朱韵在思考。她先想到任迪的话——他要攒钱还债。

什么债?

李蓝在他身上花的那点钱对现在的李峋来说根本不值一提。他说的债，恐怕是人情债。

朱韵看着坐在对面战战兢兢的李蓝，这是个典型的被生活磋磨得毫无锐气的人。

“其实一开始我就知道他肯定要走的。”李蓝呢喃着，“他恨我们家，恨得要死。”

朱韵不语，李蓝低声说：“我从来没想过让他还我什么钱。可现在爸爸没了，妈妈也爬不起来床，大哥得了病，医院说需要花很多钱，我家根本拿不出来。我妈逼着我跟他要钱……我真的没办法了。”李蓝怔怔地低着头，“我家现在变成这样，一定都是报应。”

朱韵凝视着这个消瘦的女人，她饱受岁月摧残，处处透着被生活压得喘不过气的疲惫感，甚至连痛苦都是迟钝且单调的。

李蓝擦了擦脸：“对不起，我乱七八糟讲这么多……”

朱韵摇头。

李蓝小声说：“家那边没人愿意听这些。”

“也许他没有那么恨你。”朱韵忽然说。

李蓝：“你不认识他，不了解他。”

朱韵心说，我觉得我还是了解那么一点点的……

李峋很傲，有时几乎达到了偏执的程度，很多时候他都不会说出自己真实的想法。他不会被任何人威胁，没人能强迫他做事。如果他真的恨，那无论李蓝使出什么样的招数，也不可能从他这儿拿到钱。

更何况他每月开销还那么大，养着一个注定赔钱的乐队……

故事一讲完，好多事也都能解释通了。

人心都需要慰藉。

“谢谢你听我说这些。”李蓝看起来也拿不出什么谢礼，左思右想，轻轻啊了一声，“我给你、我给你看看我弟吧！”

朱韵本来还在进行伦理道德方面的深沉思考，一听李蓝的话，差点蹦起来。

李蓝从布包里掏出一张塑封好的照片，看起来已经有些年头了，照片已经微微褪色：“这是家里唯一一张全家福，是有一年过年的时候照的。你看这个……”

李蓝想要指给朱韵看，可朱韵哪用她指，在李蓝把照片拿出来的一瞬间，她的目光就自然而然地有了落点：“这是你弟弟多大的时候？”

“九岁。”

朱韵深吸一口气，好可爱啊……

儿时的李峋很瘦，但骨架好看，他小脸紧绷，对着镜头隐隐透着冷笑，那种桀骜不驯、目中无人的性格，在那么小的时候就可见端倪了。

朱韵眼睛都忘了眨，一直看着，一直看着，好像这样就能把他们认识的时间推前十年一样。

照片里，李峋孤孤单单，他离其他人都有些距离，只有李蓝站在他身后。

“你弟弟很喜欢你吧？”朱韵说。

李蓝摇摇头：“他喜欢的是像他妈妈那样的女人。”

朱韵看了李蓝一眼，默不作声。

又过了一会儿，快到门禁时间了，朱韵去前台结账，回来时，李蓝说：“我还能坐在这儿吗？”

朱韵一顿，然后说：“能啊。”

临走前，她又偷偷帮李蓝买了份牛排套餐，嘱咐服务生说：“她要是问，你就说是店庆赠送的。”

离开咖啡厅，一路上，朱韵都在回味着这段谈话，晃荡到基地，一推门，看见高见鸿。

朱韵这才惊醒，她好像给人家放鸽子了。

朱韵连忙过去道歉：“对不起，我那边……”

“没事。”高见鸿收起桌上的书本，“我刚才跟吴孟兴聊了一会儿，他好像对竞赛也挺有兴趣的，明天咱们再一起谈谈。”

朱韵点头称好。高见鸿起身：“那我先回去了。”

“李峋呢？”

“刚才出去了，应该很快就回来吧。”

高见鸿离开后，基地只剩下她一个。朱韵把门关上，来到李峋的座位。

她把桌角下那个中心体育场的袋子打开。不出所料，里面果然是演唱会的门票，时间刚好是这周末。

他要带她去？

就在这时，走廊传来走路的声音，朱韵将袋子放回原位。

李峋回屋，看见朱韵在，挑挑眉：“还在这儿干什么？”

朱韵摇摇头：“没什么，我收拾一下东西马上就走了。”

李峋坐到座位上，也不开机，冲着朱韵懒洋洋地发问：“晚上去哪儿了？”

朱韵心里一跳，告诉自己要冷静：“有点事情，出去了一下。”

“是吗？”

“嗯。”

朱韵脸色平静地从桌子上随便抽了两本书，装进包里，一抬头，看见李峋冲她勾手。

朱韵走近两步，李峋顺势向前探。

她站着，他坐着，这样侧脸探身，他的耳朵刚好贴到她的胸口。

……

天越来越热，衣服越来越薄，隔着一层棉麻，朱韵的肌肤能清晰地感觉到李峋脸颊的轮廓。

文胸被他压得有点紧。一股热气从后背开始，蔓延到四肢、耳后。

她无法退后，因为李峋的右手就在她的腰上。

她快不能呼吸了，一加一等于几来着……

就在朱韵觉得自己马上就要晕厥的时候，李峋仰头。他没有直起身，只是顺着她的胸口抬眼，自下而上地看着她，眉峰微挑，似笑非笑："心跳得这么快，看来是撒谎了啊！"

朱韵浑身发麻。

我心跳得快，真的不是因为这个。

她连滚带爬地回到宿舍。

开门、关门，靠在门上喘粗气。

方舒苗回过头，问："你脸怎么这么红？"

朱韵反应迟缓："爬楼爬的……"

朱韵没有再看书，她洗了个澡，早早地躺床上了。

其实李峋并没有做太多，他只是意味深长地讲了那句话，之后就像没事人一样，打开电脑该干什么干什么。

当然朱韵也不可能主动"坦白从宽"，万一是他画圈等她跳呢？毕竟李状元脑筋灵活，又不喜欢按常理出牌。

但今晚的刺激实在太大，夜里，朱韵做了一场梦。

梦里的他们还是之前那种姿势，只是这次从竖着变成了横着。朱韵躺在一张小床上，李峋则趴在她的身上。他侧过头，耳朵贴在她胸口的位置，听她的心跳。

梦里很安静，她低头，看不到他的脸，只能看到他金灿灿的头发。她环顾四周，认出这是李峋过年来找她时住过的立花宾馆那个小小的单人间。

她很快意识到这是个梦，强行睁开眼睛，果然看到漆黑的天花板。

深夜静悄悄，朱韵捂住通红的脸，难以再次入眠。

第二天，朱韵顶着重重的黑眼圈去跟高见鸿开会。

"我昨天又跟林老师讨论了一下，最后决定这个方向，"高见鸿把事先准备好的文档放到桌上，"'基于芯片虚拟化技术的主机防御系统'。你们先看看内容。"

朱韵和吴孟兴一人拿了一份，低头看。

"哎，李峋，你也帮我们看看。"高见鸿侧身叫李状元，"李峋！哎！"

朱韵悄悄侧脸看向斜后方，李峋面对着电脑，却没有敲键盘。他脸色淡淡，好像在思考什么。

高见鸿一连叫了好几声，他才回过神，瞥眼，朱韵连忙转头。

李峋没有说话，勾了勾手，高见鸿把文档扔过去。

今天已经是周五了，演唱会是后天的。那票肯定是给李蓝买的，然后呢，他要带她去吗？

他们度过了平静的一天。周六，朱韵和高见鸿带着吴孟兴一起去林老头那里研究比赛项目，一上午的时间都泡在办公室。

虽然吴孟兴对于能来参加比赛非常兴奋，也表现出了极大的热情，但跟高见鸿和朱韵比起来，他的实力还是差了很多。在尝试理解监控日志的时候，他花费了很长时间。

高见鸿和林老头给他讲解内容，朱韵就站在一旁，看似在听，实则心思已经飞出去好远。

好不容易等到吴孟兴理解了内容，朱韵他们回到基地，李峋正在座位里写代码。

朱韵看向他脚边，演唱会门票的袋子还在那里放着。

李蓝走了吗？还是还在这儿附近等他呢？

终于，周日到了。朱韵一早来到基地，发现李峋还在凳子里窝着敲代码。他眼中血丝密布，应该是在这儿熬了一夜，神色倒是挺轻松。

时间尚早，整间教室里只有他与朱韵两人。朱韵走过去，问他："你昨晚没回去？"

李峋没理她。

朱韵看着他："你是不是长在凳子上了？"

李峋还是像没有听见一样。

朱韵看向屏幕，一行一行的代码稳定而富有节奏地出现，没有修改，甚至没有思考的停顿，准确得好像是机器自动生成的一样。

他将全部的注意力集中在这里，这样就不用思考别的事情。

朱韵默默地回到座位上，等着高见鸿和吴孟兴的到来。

吴孟兴来时神色萎靡："对不起，我没弄完……"昨晚分开的时候，高见鸿给他分配了一些任务。

“没事。写了多少？我们帮你看看。”高见鸿说。

吴孟兴将自己的程序调出来，朱韵过去看了一眼，内容非常乱。能看出吴孟兴做了很多功课，可贪多嚼不烂，他有很多想要用的高级算法，可自己缺乏整合性，写到最后，整个程序零零散散，函数之间各成一派，破碎不堪。

高见鸿皱着眉头看，吴孟兴在一旁脸色通红：“我再……再改改吧？”

高见鸿说：“这个不太好改，重写吧。”

吴孟兴咬牙，低头不语。

高见鸿从电脑里抬眼，看到吴孟兴的样子，笑了：“别紧张，没关系。”

吴孟兴小声说：“我怕拖你们后腿……”

高见鸿语气轻松地说：“你这不是实力问题，就是太想弄那些花里胡哨的东西了。程序不一定要复杂，代码都是服务功能的，甚至很多时候越简单才越牢固，注意一点。你实力是有的，不要本末倒置就好了。”

朱韵看向高见鸿。跟李峋那种实力超群的天才型不同，高见鸿更为朴实，他不像李峋那样尖锐，也更愿意容人。事实上，她好像从没见过比李峋更执拗的人。

高见鸿注意到了朱韵的目光：“怎么了？”

朱韵摇摇头，“没什么。”

时间一分一秒过去，很快就到中午了。高见鸿叫朱韵和吴孟兴一起去吃饭，朱韵没有去：“我不饿，你们去吧。”

她留在了基地，跟李峋一起——虽然她自己也不知道这到底有什么意义。

李峋还是那个样子，沉默平静。

编程很费脑。

已经快要一天一夜了。

朱韵一语不发地坐在座位上整理上午的讨论结果，不到五百字的内容，看了六七遍也不知道在说什么。

终于，她放下文档，抬头问李峋：“你不去吃饭吗？”

没人回应。

她试着说：“要不要……一起去吃点东西？”

还是没人应，她就像对着空气说话一样。

过了一会儿，高见鸿和吴孟兴回来了，吴孟兴吃得肚皮都鼓出来了。也不知道高见鸿跟他聊了什么，他信心满满，浑身充满干劲。

“来！我们继续开会吧！”

朱韵转过身，不再看李峋。

时钟转得飞快。一点、两点、五点、六点……

演唱会晚八点开始，提前两个小时入场。

还不走？你这淡定毫无依据啊！

天渐渐暗下，太阳西落，高见鸿和吴孟兴的讨论声如同穿插在竹林间的余晖，摇摇欲坠。

终于，朱韵将东西收到包里，高见鸿看向她：“怎么了？”

朱韵低声说：“明天再继续吧。”

“累了？”

朱韵点点头，高见鸿收起纸笔，跟吴孟兴说：“那就先到这儿吧。”

吴孟兴连忙道：“我不累，我再继续一会儿。”

朱韵回身，径直来到李峋面前。她没有说话，也没有停留，弯腰，直接将中心体育场的袋子拿起，转身就走。

后面高见鸿看见，觉得奇怪，刚想问点什么，就被吴孟兴的各种问题打断了。

在朱韵离开教室的一刻，那双已经敲了几十个小时代码的手，终于缓缓停下，指尖挠了挠下巴。

朱韵一路飞奔来到生活区门口。

她顺着门口那条街道，从南跑到北，再从北跑到南，路边所有的奶茶店、咖啡店、甜品铺子……她统统找了一遍，可哪里都看不到那身土得要命的衣服。

半个小时后，朱韵泄气，一屁股坐在马路边，浑身是汗。

简直就是大海捞针，这上哪儿找去啊……

朱韵累得呼呼直喘，抬手看表，已经七点多了。

没戏了，赶不上了，白白浪费门票。

朱韵自暴自弃地拆开袋子，把票抖出来。

一共两张，一张1880元。

朱韵沉默两秒，然后赶快去翻袋子里有没有票务的联系方式——能不能退票啊……

这一翻之下，票务联系方式没有找到，她倒是翻到了另外一张纸条。朱韵将纸条取出，打开，上面的内容非常简单——

“泰府宾馆，408，车费回来找我报销。”

……

世界天旋地转，朱韵脑仁生疼，感觉似乎理解了当年孙猴子被如来佛祖死克的痛苦。

她站起身。

报销……

报你祖宗……

纸条上的字迹一笔一画，朱韵都能想象到李峋下笔时气定神闲的样子。

看得出他极力避免跟过去的家扯上关系，可又放不下唯一照顾过他的姐姐，朱韵出现，刚好可以帮他打杂。其实打杂也不是不行，但张嘴说句话能怎么样，非得这么……

朱韵忍不住跺了跺脚，路过一个带小孩的家长，瞥她一眼。

朱韵看表，还剩二十分钟了，准点肯定是赶不上了，但如果顺利的话，也不会迟到太久。

朱韵拦了一辆车：“泰府宾馆。”

司机一愣：“泰府？往前走五分钟就到了啊。”

“然后还去别的地方，您在楼下等我！”

司机一脚油门就到了地方，朱韵冲下车，还不忘回头嘱咐：“您一定要等我啊！”

电梯一直停在五楼，朱韵直接从楼梯上去，跑到408号的门口，哐哐砸门：“李蓝，李蓝，你还在不在？”

过了几秒，门缝开了一点，李蓝战战兢兢地从屋里往外看：“……不用打扫，我自己打扫。”

谁给你打扫？朱韵推开门，拉住她，单手指着自己：“我，是我！你还认不认识我？”

李蓝：“你是……”

朱韵已经见识过她磨磨蹭蹭的性格，也不等她回答，拉着她就往外走：“来，跟我走！”

李蓝使劲拖着：“干什么？你要我去哪儿？你要干什么？”

朱韵：“你跟我走就是了！”

“不行，不行，你别拽我……”

真不愧是天天干活的，李蓝身体消瘦，可力气倒是大得惊人。朱韵怎么拉都拉不动她，最后深吸一口气，回头，笑着说：“李蓝，前几天你说你喜欢乐队是吧？”

她不知道她现在的笑容有多狰狞，李蓝看着害怕，没有回应。

朱韵维持着笑脸：“我带你去看演唱会呀！”

李蓝一愣，然后马上摇头：“不用……看演出太贵了。”

“不，”朱韵摆手，“一点也不贵，白捡的票，不去浪费了。”

朱韵和李蓝最终在八点二十分的时候赶到中心体育场，朱韵第一时间带着她去检票，手腕被拉住。

她回头，看见李蓝眼睛通红，盯着体育场外挂着的巨型海报。

“就是他们……”李蓝开口，“小时候我弟弟带我看的，就是他们的演出。”

朱韵一愣，也瞄了那海报一眼。她听过这个组合，是个挺有名的乐团，但朱韵对音乐一向不太感兴趣，从不关注这方面。现在听了李蓝的话，她计算了一下时间，在心里由衷地感叹这乐队寿命还挺长的。

过了安检，朱韵一把将李蓝推进去：“快点快点，已经晚了！”

演唱会已经开始，整个会场像爆炸了一样，霓虹闪烁，乌烟瘴气。朱韵死死拉着李蓝的手，怕她走散。

李峋买的票是A区前排，她们溜边过去，蹭到自己的座位上。朱韵的位置上被旁边的人放了包，她冲那人喊：“喂！这是我的位置，麻烦你把包挪一下……”

那人转过头，笑着喊回来：“我知道是你们的啊！”

朱韵登时吓了一跳：“任迪？”

任迪今天也是一如既往的蛋糕妆，她侧身给朱韵展示旁边的几个人。朱韵定睛一看，那不正是任迪那个不靠谱的乐队吗？

乐队成员冲她打招呼：“YO——”

朱韵大声回复：“YO——”

她低头对任迪说：“好巧啊！”

“巧个屁！”任迪一脸看白痴的表情对朱韵道，“这是李——嗯！”

朱韵在说完好巧之后，马上就意识到了不对劲，这肯定是李峋包下的一排，在任迪说出他的名字前，朱韵堵住了她的嘴。

“嘘！”她皱巴着脸，往后使眼色。

朱韵没坐，李蓝也不敢坐，在后面小心翼翼地看着她们。任迪透过朱韵肩膀往后瞄，瞬间了然，对朱韵点点头。

朱韵回身，拉李蓝坐下：“没事，我熟人，刚巧碰上了！”

演唱会顺利进行，没用多久，李蓝已经沉浸在乐队的表演中。

说真的，不愧是火了超过十年的乐队，从曲子到表演方式再到对整个舞台的把控，都炉火纯青。很快演唱会就被推向高潮，所有人都站起来跟着疯狂的曲目蹦蹦跳跳，摇动着手里的彩棒和牌子。

舞台灯光绚烂非凡，乐队主唱忘情嘶吼，燃烧一切。

朱韵也被这氛围感染，跟着大家站起来蹦跶。无意间看到身边任迪含笑的目光，她问道：“怎么啦！”

任迪嘴角微弯，冲她大声道：“你小心着点！”

朱韵：“什么？”

任迪：“别被那畜生吃死了！”

他们位置靠前，朱韵被音响震得胸口战栗：“我也不想！怎么办啊？”

任迪看着朱韵认认真真询问的样子，一把揽过她，仰起头，哈哈大笑。

结果一直到演唱会结束，任迪也没有告诉她不被李峋吃死的方法。

朱韵第一次听演唱会，还是这么狂炫的摇滚乐，后劲实在太大，散场后往外走，浑身抖如筛糠。

任迪鄙视道：“你可真行！”

朱韵耳边还环绕着刚刚的歌曲，回敬的力气都没有。她头晕目眩地对李蓝说：“走，我给你送回去。”

回程的车上，李蓝第二百遍跟朱韵道谢，朱韵被演唱会震得有些犯恶心，很想让她闭嘴，可最后开口还是那句：“不用谢。”

李蓝：“我马上就要走了，能看到演出，想都没有想过……”

朱韵掐太阳穴的手停下：“走？什么时候？”

李蓝说：“今晚的火车票。”

“……”朱韵干瞪眼，“你怎么才说，来得及吗？”

李蓝低着头：“我来的第一天，我弟就给我订了回程的票。他给我拿了钱，他不想我留在这儿。”李蓝的声音很轻：“不过时间来得及，我东西都收拾好了，回去刚好能赶上。”

刚好，当然是刚好了……朱韵干笑两声，你弟搭起框架来，简直稳如泰山。

回到泰府宾馆，李蓝去楼上取行李，朱韵要送她去车站，她说什么都不肯。

“不用了，你已经帮我太多了。”李蓝把一个大袋子递给朱韵，“这本来是我带给我弟的，他不要，我也没钱给你，你留着吧。”她冲朱韵不好意思地笑笑，“你人真好，本来我还觉得，这边人都挺可怕的……”

其实我也挺可怕的。

朱韵没有拒绝，伸手，一接之下，手腕差点折了。

什么东西这么沉？

“真的不用我送你去车站？”

李蓝坚持：“不用了。”

朱韵自己也累得浑身发软，心里对李峋说，这可不是我不送，是人家不让。

朱韵将李蓝带到公交车上，挥手告别。

朱韵抬手看了眼时间，已经十一点了，寝室早就到了门禁时间，去任迪的工作室？太远，走不动了。

朱韵想了想，最后决定去基地窝一晚。

李蓝留给她的包裹实在太沉，她拎不动，索性扔到地上拖着走，没拖一会儿，胳膊酸疼，在花坛边坐下休息。她顺手将袋子打开，顿时闻到一股臭味。

一熏之下，朱韵的头更疼了。

她皱眉，憋着气往里看，里面包着一堆河蚌和鱼，还有水袋。水袋里原来应该是冰，现在天气热，没有及时处理，都化了，河鲜也坏了。

朱韵默默地看了一会儿，然后把布包扔在食堂门口的垃圾箱里。她走时又回头看了两眼，心里不太好受。

朱韵来到实验楼，远远就看见一楼基地的灯还亮着。这个时间，只可能是李峋了。

朱韵没有马上进去，她在门口站了一会儿，想要思考点什么，却大脑一片空白。

蓦然间，她听到身后轻微的打磨声。那是她熟悉的声音，她在买回它的第一个晚上，练习过无数次。

朱韵回头，看见火光一闪而灭。

李峋靠在走廊的墙壁上，将烟从嘴里拿下来："回来了？"

他嘴边挂着淡淡的笑。这或许是他的习惯，朱韵心想，除了认认真真对着电脑工作的时候，其余时间，他脸上总带着笑。虽然不一定所有的笑，都代表着欢心。

朱韵点点头。

李峋上下打量她："公主殿下搞得这么狼狈啊？"

朱韵："……"拜谁所赐？

朱韵刚要顶回去，忽然想到刚刚演唱会上任迪对她说的话——"你别被那个畜生吃死了。"

没错。跟他吵就是着了他的道。

朱韵决定不理他，转身往屋里走，心想着今晚不能洗澡了，真是要命。

"喂。"

朱韵脚下一顿，等着李峋发表什么高见。反正她已经决定，今晚不管李峋怎么调侃她，她绝不回嘴。

"陪我走走吧。"

"……"朱韵回头，李峋已经转过身往外走了。

她还没答应呢。

朱韵看着李峋的背影，踌躇不前。等他的身影快要消失的时候，她终还是长提一口气，跟了上去。

夏夜，燥热难耐。

朱韵跟在李峋身后。他还是老样子，孑然一身，松松垮垮，又干干净净。

相比之下，朱韵就有点不太好看了。她折腾了一天，疲惫不堪，加上来回奔波，衣服上灰尘满满，背上全都是汗渍。

朱韵趁着李峋不注意，偷偷顺了顺头发。

他们来到操场。荒芜的草地上，足球门框依旧锈迹斑斑，李峋靠在他的老位置上，说："这儿能凉快点。"

足球场地势开阔，远处不时吹来难得的清风，眼前的草地微微晃动。

朱韵去另外一根门柱上靠着。

夜深人静，沉默蔓延。

朱韵又开始胡思乱想：他们俩现在距离有多远呢……标准的足球门框，宽度是7.32米，可他们学校这破球门是标准的吗……

李峋淡淡地道："演唱会有意思吗？"

朱韵思路被打断，转头看他："说实话？"

李峋抬抬下巴，意指当然。

朱韵："……开始还行，后面有点闹耳朵。"

李峋呵呵笑，想起什么了一样，说："是啊，我那时候也这么觉得。不知道为什么她们都喜欢。"

是不是因为这夏夜，他的声音里有种松软的温柔？朱韵看着他的笑，在他回过头前垂下眼。

气氛不知不觉轻松了很多，朱韵一屁股坐到草坪上，抱怨说："累死我了。"

李峋："你该锻炼身体了。"

"……"朱韵白他一眼，"我身体好得很。"

"是吗？来掰腕子。"

朱韵简直匪夷所思："你好意思吗？我是女的。"

"让你两只手。"

"有病！"

"要不我用一根手指？"李峋露出标志性的笑，"哪根手指你来定。"

朱韵脑子炸裂——好好的周末，她忙得屁滚尿流，现在连个睡觉的地方都没有，都是因为谁？

他还笑，还一根手指跟她掰腕子？

朱韵起身，指着他，重复林老头的经典台词——"李峋，你小子不要太狂了！"

李峋靠在足球门框上，笑得从容不迫："来吗？"

"来呗！"朱韵告诉自己，这绝对不是一时头热。她太熟悉李峋的体型了，他不是那种健壮的筋肉男类型，一根手指，她不可能输。

明确了这一点后，朱韵热血沸腾，又动起歪脑筋来。

她在他面前，时时刻刻处在下风，这是很不好的。

首先，先把外形拉到一个水平线上。

“这样吧，”她对李峋说，“咱们打赌，你要是输了，马上围着操场跑十圈。”这样下来，他的流汗量应该可以跟她相媲美了。

“行啊。”李峋毫不犹豫就答应了，“那你输了呢？”

朱韵：“我不可能输。”

李峋笑：“好。”

他们来到看台边，借着一个高台阶掰腕子。

李峋问：“要我用哪根手指？”

这不是废话吗？朱韵：“当然是小拇指！”

李峋：“真不留情面。”

朱韵一摆手：“咱俩之间没情面。”

我今天就让你彻底理解什么叫“自作孽不可活”。

李峋伸出右手，手肘支撑，四指蜷起，单留一根小指。

朱韵心里一动，这样子，好像拉钩啊……

李峋永远是一副胜券在握的样子，朱韵不敢放松，没准这人真的天赋异禀，长了金手指什么的……

她右手握住他的小指，左手盖在右手上，身子微斜，时刻准备发力。

“好了吗？”李峋问。

朱韵有点紧张：“……好了。”

李峋：“你喊开始还是我喊开始。”

“我来，”朱韵尽可能地掌握主动权，深呼吸——“三、二、一，开始！”

话音一落，两人同时用力，朱韵明显能够感觉到李峋的手臂在一瞬间坚硬起来。虽然他不是那种健身房身材，但男人终究是男人，李峋的力量还是比朱韵预料的要大很多。

但是……

他只用了一根手指，还是小拇指，他的力气根本无法全部传达到前方，朱韵扯着那根指头，一点点往下。

胜利在望。

让你装！

朱韵刚刚高兴起来，就很快发现了不对劲。

在一开始的发力结束后，他们进入了一段时间的僵持期，这时朱韵发现自己已经将李峋的手指拉出一个很大的角度。她能清晰感受到手掌下的指头一直在往回用力，但收效甚微。

她可以瞬间再发力，直接将他扣倒，但这样，李峋的手指难免不被她扯伤；但如果这么一直僵持，肯定也会弄伤。

她瞄了李峋一眼，后者脸色如常，见她看自己，笑了笑，意味深长地说：“怎么不用力了？”

“……”

在这个紧要关头，朱韵忽然想起了一则古代小故事——两个妇人，都说自己是一个孩子的母亲。县太爷让她们一人拉孩子的一条胳膊，谁拉到自己那边，孩子就归谁。结果一个妇人拉到一半先放手了，县太爷却将孩子判给她，理由是亲生母亲不会忍心让孩子那么疼。

朱韵紧紧握着那根小指，心想这根手指到底是咱们俩谁的，怎么你都不知道疼？

又过了几秒，朱韵忽然感觉到手心里的指头一颤。

伤了？她脑子一个激灵，想都没想，手一下子就松开了。

李峋默不作声将手收回，插在裤兜里，欠嗖嗖道：“不是说好了没情面吗？”

你就得了便宜再卖乖吧！

朱韵转身往回走，李峋又在后面说：“没彩头吗？我条件还没提呢。”

“……”

朱韵一方面浑身乏力，另一方面又怒发冲冠，两股劲在体内相互碰撞，烧得朱韵神志不清……她缓缓转头，一脸笑意道：“你说吧。”

他还靠在刚刚的位置，歪着头，夜色勾勒出修长流畅的轮廓。

他也笑着：“公主，把吴孟兴的位置让给我吧。”

朱韵反应了好一会儿，才明白他这句话到底是什么意思：“你是说你要参加比赛？”

“嗯。”

朱韵有点混乱：“可你之前不是……”

“我改主意了。”李峋舒展了一下肩膀，“没必要绷得这么紧，还是应该适当放松放松。”

“……”

朱韵看着他伸懒腰的样子，再次意识到一般人真心跟不上他的节奏。当初一句不参加，折腾他们半天；现在一句参加，又让人喜忧参半。

想起李蓝的话，朱韵多问了一句："真的可以？"

李峋点头。

朱韵皱眉："那你怎么不早说？吴孟兴都已经加入了。"

李峋："你不用管他怎么样，你只说你同不同意就可以了。"

这不太好吧？虽说吴孟兴跟李峋的实力是天壤之别，但人家好歹也是一心一意来帮忙的，难道这磨还没卸下去呢，就要把驴杀了？

可是……朱韵偷偷瞄向李峋下半身，她无论如何也不想放弃李峋这条大腿。

在朱韵天人交战之际，李峋来到她面前，他双手插兜，微微弯腰，刚好与她平视。

朱韵心想：他换沐浴液了？

这次是柚子味，清香之中稍带苦涩。

那瓶薄荷的用完了啊……不知道她自己现在闻起来怎么样……肯定不怎么样，没洗澡真是输在起跑线上……

不对！

啪！朱韵在心里扇了自己一个耳光，这种时候你都在想什么？

"我说了，"李峋淡淡开口，朱韵顿住，他接着道，"你不用管吴孟兴怎么想，你也不用管高见鸿怎么想，你只说你同不同意就行了。"

夜风拂面，阵阵撩人。

朱韵瞥向一边："我肯定同意啊。"

李峋直起腰，轻松道："那就行了，吴孟兴我来处理。"

朱韵："……"

处理，这个词从李峋的嘴里说出来，总有种让人毛骨悚然的感觉。

她看向李峋："你别太过了。"

李峋转身往外走，朱韵跟上去："吴孟兴人挺好的，做事也很努力。"

李峋笑了笑，掏出打火机点烟，边走边说："公主殿下，高考是一道分水岭。"

朱韵紧着几步追上他："什么分水岭？"

李峋咬着烟，淡淡道："从它结束的那一刻起，人光凭努力就能做好的事情，就越来越少了。"

回到基地已经后半夜，朱韵累得不行，准备趴桌子上睡会儿，结果屁股还没坐热就被李峋拎起来。

他从教室里搜刮了十几个凳子，拼成两排，对在一起，又从柜子里翻出两条备用窗帘，铺在上面。

“上去。”李老板命令道。

朱韵躺上去，后背顿时轻松了不少。但这临时小床很窄，她不能翻身，只能仰壳躺着，一动不动。

两边的椅背高度适中，朱韵想象着，上面如果扣上个盖，就是彻底的棺材了。

李峋手拄着椅背，俯视着她。

遗体告别……

李峋：“你瞪俩眼睛干什么，还不睡觉？”

这架势你让我怎么睡？

李峋转身，关灯。

屋里暗下来，气氛也没有刚刚那么诡异了。

李峋坐回自己的座位，打开电脑，朱韵离他很近，从椅背的间隙中能看到他被冷光照射的脸。

“你不睡吗？”朱韵轻声问。

李峋：“我把你们的参赛文档看一下，你不用管我。”

朱韵本来很累，可是现在突然又睡不着了。她望着天棚，心想这几天真的是漫长。

屋里静悄悄的，只有偶尔几下点击鼠标的声音。

他为什么改主意了……

朱韵觉得自己隐隐约约知道理由，可她不想深究，更不想求得李峋的旁证。

结果就是一切。

朱韵微微侧头，李峋的文档看得差不多了，倒了两块口香糖放嘴里咀嚼，一边在纸上写写画画。

他从不气馁。

朱韵心想，他不挂怀过去，不悲春伤秋，也从不回头。他走着一条不是很轻松的路，步子却迈得比所有人都更干脆。

所以，他比所有人都走得更远。

看着李峋的身影，朱韵总觉得心底某些已经熄灭的火苗好像重新燃烧起来，她忍不住说："李峋，你一定要赢啊……"

李峋写东西的手一停："还没睡？"

朱韵躺在"棺材"里看着他，又重复一遍："你一定得赢！"

李峋懒散地笑："是嘛，既然公主殿下都这么发话了，那这比赛是非赢不可了，是吧？"

其实她指的并不是这个比赛，可她也没有过多解释。

李峋在纸上写得差不多了，换成电脑。

朱韵就在这极富节奏的敲击声中安心地睡着了。

第二天，朱韵起得很早，腰酸背痛，她醒时李峋已经不在基地了。她回宿舍洗了个澡，拿书去上课。

C语言课上，李峋没有坐在老位置。

朱韵往后方瞄，看见李峋在教室角落里，正跟吴孟兴聊着什么。他一手搭在吴孟兴的肩膀上，把本来个头儿就不高的吴孟兴压得看都看不见了。

下课后，李峋过来，跟朱韵一起往基地去："走吧。"

"吴孟兴那边……"

"已经说完了。"

"你怎么跟他说的？"

"给他安排点别的事情。"

朱韵还是满腹怀疑："什么事情？"

李峋看了眼朱韵，停住脚步，皱眉："你这什么表情？"

朱韵心说，我这不是稍稍有点担心你做得太过分了吗？

"我把手里的项目给他了。"李峋不耐烦地解释，"A类公司，程序写得已经差不多了。他去接手，结束后公司会给一个实习名额。"

"哦哦！"这还蛮不错的。朱韵放下心来，冷不防看到李峋漠然的眼神。

"你是生怕我给他活剐了是吧？"

朱韵："……"

也没那么夸张。

当天下午，李峋找到高见鸿沟，通目前的项目进展，并且要求将之前吴孟兴负责的部分整块删除。

高见鸿不同意："这是已经改好的，林老师也检查过了，没有问题。你要觉得哪里不顺的话，可以重构一下。"

李峋："重构不如重写。"

高见鸿："我们时间要来不及了啊。"

"来得及。"李峋靠在凳子里，"你很早之前就给我看过这个文档，该怎么弄我心里有数，把他的代码都删了。"

高见鸿还有些犹豫："这样的话，我们的进度要退后太多了。"

李峋道："你现在不删，我们就等于穿着棉衣下水游泳，开始感觉不出什么，拖得越久越要命，那时才是真来不及了。"

朱韵一语不发地坐在旁边吃面包，她早知道结局会是什么。

果然，一个多小时后，李峋成功说服了高见鸿。

高见鸿离开后，朱韵来到李峋身边："你跟他还挺讲事理的。"

李峋不置可否，他喝了口水润嗓子，道："我需要他全力以赴，话还是说明白点好。"

朱韵："那你跟我怎么一句都不解释，你不需要我全力以赴吗？"

李峋："不需要。"

"……"

朱韵一口面包噎在嗓子眼，她要打人了。

李峋看见朱韵的神情，笑着靠过来。

朱韵没有躲，李峋手肘搭在桌子上，优哉游哉地教育她："坐在宝座上发号施令，等着士兵将战利品呈上——做公主，就要有这种不劳而获的气魄才行。"

简直神经病！

朱韵在心里翻了个白眼。刚巧李峋起身，大手在她头上按了一下，懒懒道："再骂，小心我收拾你啊！"

朱韵脖子缩了缩，觉得被他按过的地方隐隐酥麻。

第二天开始，一切步入正轨。

有了李峋的加入，参赛内容很顺利地进行，林老师来了两次，做了简单的指导，就撒手不管了。

就算李峋说了让朱韵培养"公主"气魄，她还是一门心思扎到了竞赛项目里，每天带着书和电脑疯狂干活。

李峋见了熬夜熬得蓬头垢面的朱韵，啧啧评价："就这命了，没救！"

"……"

但其实，熬夜的又何止朱韵一个？

有一次他们讨论得太晚，去任迪的工作室住，朱韵半夜醒来，看见李峋正靠着承重墙写代码。

她走过去，李峋注意力太过集中，并没有发现她。

他写的是另外一个项目，朱韵也知道这个项目，如果他们不参加比赛的话，从首都回来后应该就是做这个。

如今比赛占用了朱韵和高见鸿所有的课余时间，唯一还能分出精力来的就是李峋。他必须要做，因为不管如何，基地和乐队，还有那个他从不回去的家，需要的开销依旧。

朱韵背靠着墙，坐在他身边。

深夜中，他敲击键盘的声音，比任迪的吉他更让她心安。

"干什么？"李峋终于注意到，他面对着屏幕，淡笑着说，"鬼鬼祟祟的。"

朱韵没吭声，李峋也不多说，继续做自己的事。

朱韵看了一会儿屏幕，将视线转向他的脸。微弱的光芒包裹着李峋的皮肤，清清白白。

朱韵抱着膝盖，忽然开口："李峋。"

"嗯？"

"等比赛结束，你要我做什么都行。"

李峋手停下了，侧过头。屏幕的光线被他调暗了，让他的五官看起来格外细腻。

他扯着嘴角，意味深长地说："你这话可有歧义啊。"

朱韵没有在意他的调笑："我说真的——你未来想做什么事、有什么目标，都可以把我算在里面。"

李峋轻笑："你可是公主，说话要注意身份。"

朱韵拉住他的手腕，敲击键盘的声音停下了。

她直直看着他的眼睛，第一次觉得有些乖戾的目光，在看久了之后，竟有股说不出的温柔。

朱韵深吸一口气，镇定地说：“我没有开玩笑，我说话算话。”

无边的寂静里，李峋轻轻抬手掐了掐她的脖子，像是在哄一个不肯睡觉的孩子一样，低声道：“嗯，我知道。”

“最后确定一遍。”朱韵拿着报名表往李峋面前放。

李峋一万个不耐烦：“你都确定多少遍了。”

朱韵心平气和地说：“你有哪遍看仔细了？表格全是我填的。”

她坐在李峋身边，一项一项跟他核对：“还有，这报名表交上去就不能改了，后面一系列的事情，包括初赛通过后要去首都参加决赛，还有跟评委专家组的沟通，你都必须出席，另外……”

李峋一把抢过报名表。

“哎！”朱韵伸手想夺回来，可惜李峋个儿高，胳膊一举，朱韵也无可奈何。

李峋把手里的报名表折在一起，扔给高见鸿：“赶紧收起来。”

高见鸿笑着接过。

四月中旬，报名确认；四月底，参赛作品基本完成。

距初赛时间还早了将近半个月。

朱韵找到李峋，管他要基地的项目。

“干什么？”李峋哼笑，“已经有余力一心二用了是吧？”

朱韵：“……”

想帮忙还要被嘲讽，世上找不到第二处了。

最终李峋也没有给朱韵分任务：“不是说非赢不可吗？那就等到赢了之后再谈别的吧。”

于是剩下的十几天，朱韵还是扎在参赛内容里，反反复复地测试数据，最后还将软件升级了一次。

终于到了初赛日期。

初赛是以远程提交作品的形式展开。当天早上，朱韵起了大早，第一个到基地。

“哟，这是一宿没走啊？”李状元拎包进屋。

朱韵回头，李峋往电脑上看了一眼：“点发送啊，干什么呢？”

朱韵看着李峋，小声问："你说，要不要再测试一下？"

李峋把电脑开机，靠在桌子边喝水："都打包完了还测试什么？快点提交。"

朱韵食指在鼠标上反复上下几次，还是没有点击。

她忧虑地说："平台会不会有问题啊？"

"参赛平台一共就限制了三个——Windows、Linux、Unix，你想出问题都难。"

朱韵沉默几秒，又道："那会不会有……"她刚说一半，李峋已经不想听了，直接伸手帮她按了提交，只见嗖地一下，邮件发出去了。

啊！

朱韵看着桌面上发送成功的提示，惊诧半晌，瘫坐到椅子里。

昨晚她一夜没睡，满脑子都是比赛的事情。作品没发出去的时候紧张得要命，现在送出去了反倒松了一口气。

李峋将基地的事情简单处理了一下，拉着朱韵往教学楼走："走，上课了。"

朱韵晃晃悠悠来到教室，撑住第一节，熬过第二节，终于栽倒在林老头的课上。她迷迷糊糊地在林老头眼皮底下睡了一觉，醒来的时候已经下课了。

下午朱韵去给林老头送作业，高见鸿陪同。

高见鸿跟朱韵一样上心比赛的事，一直拉着林老头分析情况，林老头被他问得头晕眼花。

"哎哟，你看看你们，慌什么！"林老头端着茶杯，"这才是初赛，你觉得你们的作品有可能进不了决赛吗？"

高见鸿笑着说："这不是多问问更安心吗？"

"没有这么夸张啊，看你们一个个战战兢兢的。"林老头哼哼两声，又道，"……虽然我一直骂李峋那个臭小子狂妄自大，但有时候你们确实要多学他。年轻人，要对自己有信心。"

朱韵站在一边无语地看着，心说，您有哪次是真心骂他了……

"对了。"林老头忽然放下茶杯，翻起包来，"才想起来。"他从包里拿出一沓纸，"各校的参赛目录已经整理好了，我给打印出来了，你们拿去看看吧。"

朱韵心一颤，高见鸿那边已经将目录拿了过来，边看边问：“林老师您看过了吗？给我们分析一下竞争对手啊。”

林老头道：“分析什么，计算机系实力强劲的学校一共就那么几个，再加上几所国防类院校，没什么可分析的。实力见真章，你们自己看吧。”

高见鸿在那儿翻看，朱韵站得远，不好插手，只能等着。

林老头又说：“你们的作品我已经看过了，按照往年的水平看，绝对没问题。不过最终能拿第几还要看今年赛制大方向，每年的侧重点都有所不同。”

离开林老头办公室，朱韵把参赛目录抢过来，飞速翻页，看到某校名称，瞬间停手。

方志靖果然参加比赛了，并且挂名组长。

朱韵往后看他们的参赛项目——“USB智能加密转接口”。

来到基地，朱韵上网搜索一系列的U盘加密产品及论文，一语不发地看了好几个小时。

最后日落西山，朱韵拧着眉头问身边的人：“你能做USB设备的加密转接口吗？”

李峋从电脑中抬眼：“什么？”

朱韵重复一遍。李峋歪着脖子，懒洋洋道：“一眼没看到，你又瞎寻思起什么来了？”

朱韵：“我认真问你呢，能做吗？”

李峋看着她的神情，摸摸下巴，思索一番道：“加密接口……如果只是要实现功能的话，找个单片机做主处理器，再搞一搞接口芯片，硬件方面我不是很熟悉，大概要研究一阵；软件的话就很简单了，处理一下接口固件和密钥管理就行了。”

朱韵：“难度大吗？”

李峋斜眼：“怎么了，公主给基地接外包了？”

朱韵：“……”

李峋扯着嘴角表扬：“不错，知道找活干了。我先说好啊，端正身份，别把自己贱卖了，咱们可不便宜。”

朱韵看了一下午的论文，脑袋疼得要命，没精力跟李峋扯皮。她深吸气，一字一顿地说：“我就问你，如果你做要、几、天？”

她越是着急，李峋越是放松，最后干脆凳子一歪，胳膊垫在桌上，一脸笑意道：“天数决定于报价。”

朱韵：“如果报得你非常非常满意，你全力以赴地做，要多久？”

李峋看着目光炯炯的朱韵，道：“要看要求，这世上有那么多加密方法，程度各不相同，高级加密开发多久都有可能；如果只是单单实现加密转接口的功能，很快就可以完成。”他顿了顿，淡淡地道：“怎么回事？这些常识性的问题你都应该知道的，找我问什么？”

朱韵也不清楚，她就是想问一问李峋，好像问过了就能安心一样。

“我去吃饭了。”朱韵关了电脑。

李峋若有所思地看着朱韵离开的身影。

半晌，他起身，伸手取来那份朱韵看了一下午、最后夹在书本里的参赛目录。

夜晚，朱韵在阳台上抽烟。

她背靠栏杆，高高仰头，望着夜空。

还是没有星星。

朱韵纳闷，这座城市在全国已经算是环境不错的了，为什么就是看不到星星呢？

大概一周之后，初赛成绩下来，朱韵的小组毫不意外地进入了决赛。本校一共有三支队伍参赛，有两支进入了决赛。

朱韵在电脑前发呆。

高见鸿在另一边跟李峋探讨决赛流程：“报告过程只有十分钟，然后是作品演示，要求必须默契地在短时间内将作品的创新性、技术路线和应用前景向专家展示出来。”

高见鸿把要求字字句句地念给李峋听：“后面还有个答辩环节，这个需要注意一下。你看着上面写的：‘回答问题要自信，但切不可自大自夸，要时刻保持谦虚客观的态度’。李峋，你看到这几个字了吗——谦虚！客观！……李峋，你听没听啊？喂！”

高见鸿叫了好几声也没人应。

李峋靠在他旁边抽烟，眼神瞥向另一个方向——朱韵还在那发呆。

高见鸿皱了皱眉：“怎么回事，你们两个？”

朱韵回神，连忙带着纸笔过来。

高见鸿把决赛流程又说了一边，最后再次叮嘱道：“李峋，你答辩的时候态度一定要好一点。”

李峋淡淡道：“这么不放心，你去答好了。”

高见鸿：“惯例都是组长答辩。”

朱韵也对李峋说：“你实力最强，你答能稳妥点。”

李峋从烟雾之中看了她一眼，没有说什么。

“那就这么定好了啊！”高见鸿把笔记本推过来，“距离决赛还有挺长时间，我们可以再把程序润色一遍。”

Chapter 11

打火机与公主裙

时光不慌不忙地流逝着。

某日，朱韵在基地写代码。午间困顿，她趴在桌上睡了一会儿，醒来时，被眼角的汗迷了眼睛。

六月底，天已经很热了。

朱韵看向窗外。

阳光穿过竹林，照在石板路上，流离斑驳。

这学期的课基本已经上完，现在进入复习阶段，马上要到考试周。考完试，七月中旬就放假了。

时间过得太快。

朱韵歪过头，看见旁边敲击键盘的人。

夏日的午后让人提不起精神。还没有到要开空调的时候，屋里发闷，午餐期间买回的冰饮外壳上凝出浅浅的水珠，不时积少成多，无声滑下。

眨眼的工夫，大一就要结束了。

今年母亲没有特别要求朱韵的期末成绩，她知道朱韵一直在忙比赛的事情，几次打电话来询问情况，朱韵都让她放心。

应该可以安心吧？能做的全都做了，她全力以赴，不信赢不了方志靖。

因为决赛时间是七月下旬，放假之后仍有近半个月的时间需要在校。学校为了管理方便，将留校的学生都塞到了一栋楼里，李峋跟正常人时差不同，自己去住任迪的工作室。

他们的参赛作品被反反复复地测试升级，到最后林老头都不想看了。他留下一句“你们这组如果再出差错，我就直接退休”，之后就全身心地投入到另外一支队伍的作品中。

就这样，又过了两周，在某个风和日丽的清晨，林老头带着本校两支参赛队伍，飞往首都。

决赛承办学校跟之前颁奖的不是同一所，要更偏僻一点，学校照旧提供住宿，朱韵他们提前几天到达，宾馆里已经有很多参赛队伍入住了。

因为已经放假，整个校园就数这幢宾馆最热闹，汇聚了全国各地的学子，一起交流学习经验。

朱韵照旧跟一个学姐分到一间房，东西还没收拾完就有人来敲门。朱韵以为是高见鸿和李峋来商量比赛的事，结果一开门，见到一张说熟悉不熟悉、说陌生不陌生的脸。

“你们来啦！”来者热情洋溢，上来就直接给了朱韵一个熊抱。

我的天……

朱韵从一股浓郁的水果香中抬起头。

叫什么来着，徐什么玩意儿……

“你们来得好晚呀，我们本地大学到得都早，已经来了好几天了。”

想起来了，徐黎娜。

朱韵友好地笑：“我们老师订票晚。”

徐黎娜拉着朱韵：“来，去我屋坐会儿。”

朱韵东西还没放完就被徐黎娜带去她的房间，里面热闹非凡，挤了七八个人，床上桌上摆的都是电脑，三三两两地聚在一起。

“等你们好久啦，给你看我们组的。”徐黎娜来到一台电脑前，兴致勃勃地将自己组的作品调出来，“我们做的是‘软件盗版自发现系统’，这是特征提取器……”

朱韵专注地看徐黎娜演示自己小组的作品。实话实说还不错，但整个系统的成熟度跟他们的比起来，还有一定差距。

徐黎娜演示完，问朱韵：“怎么样？”

朱韵：“挺不错的，防盗版的方向很好，我们都没有考虑到。”

徐黎娜咧嘴笑："还是没你们的好啦。"她靠在一旁，不经意地问："李峋呢，他来了吗？"

"来了。"

"在哪儿呢？"

"屋里呢吧！"朱韵的注意力还放在电脑上，徐黎娜又说："叫他一起来呗！我看过你们的作品文档，让他来讲解一下嘛！"

朱韵有点为难："他可能在睡觉呢。"

徐黎娜推搡她，打趣道："这个时间睡什么觉啊，老爷爷吗？"

"……"

朱韵心道，你这话可不要让李状元听见，根据以往经验，任何嘲讽他的人，最后得到的都是血淋淋的下场。

徐黎娜还在争取："我们组的都给你看了呀！"

"……"早知道不看了。说实话，她的兴趣也不是很大。

徐黎娜："好不啦？叫他来嘛！"

好吧好吧……面子上确实应该礼尚往来。

朱韵掏出手机给李峋打电话，没人接。她又打给高见鸿，很快接通，他正在另一个房间里跟别人探讨问题。朱韵问他："李峋呢？"

"我走的时候还在屋里写东西呢。"

朱韵挂断手机，对徐黎娜说："我去他房间看看，你稍等一下。"

徐黎娜轻快道："好的。"

男生的宿舍要高一层，朱韵闷着头上楼，在楼梯口处碰见一个人。

"呀，朱韵！"

"……"

朱韵一听这声音，反射性地觉得烧胃，她稍稍酝酿了一下情绪，抬头微笑："方志靖。"

方志靖中等身材，体形偏瘦，额头宽大，戴着一副无边眼镜。朱韵记得他初中的时候就总爱跟同桌炫耀自己的额头，说那是聪明的象征——事实上，他脑子确实还挺够用的。

"本来还想提前联系你的，结果没有你电话。"

方志靖站在三阶台阶上，朱韵真不想费力抬头看他的脸。

“我跟刘老师联系过了，她跟你说了没有？”

朱韵：“嗯，说了。”

方志靖：“你也参加比赛了啊？做的什么啊？”

朱韵把自己的项目告诉他，方志靖连哦了两声：“好像有点印象。”他手里拿着一沓纸，给自己扇风：“这天太热了！等会儿赞助方那边还要找我谈话，大概七点结束，然后咱们一起吃个饭吧？”

朱韵摇头：“不用了。”

方志靖笑着说：“老同学这么长时间没见了，吃个饭，聊聊天呗。”

“真的不用了。”朱韵随便编了个理由，“我们组长晚上还要找我们开会。”

方志靖顿了顿：“组长，李峋？”

朱韵不自觉地挺直腰板：“你认识？”

方志靖嗯了一声，笑着说：“上次颁奖的时候我留意了，主要他那头发太扎眼了。这是全国性质的比赛啊，就这么出来了？”

你都能出来，我们状元差什么？

“行了，我要迟到了，先走了。”方志靖走了几步，停住，“你把你手机号给我吧。”

朱韵：“我手机没带身上，号码背不下来。”

方志靖无语地皱皱眉：“真服了你，那回头再说了。”

方志靖离开后，朱韵原地站了一会儿，然后接着上楼。刚迈出两步，就听见楼梯口侧面传来一道懒散的声音：“我什么时候说晚上要开会了？”

朱韵脚下一个踉跄，差点没摔倒。

下一秒，她听到熟悉的打火声，烟雾从转角处冒出来。李峋靠在墙上，手上拎着附近超市的袋子，脚上踩着人字拖，看样子是刚从外面回来。

朱韵走过去问道：“你买什么了？”

李峋没答，烟从嘴里拿出来，闲庭信步似的往前晃了两步，来到朱韵面前，高高在上地俯视她：“我说公主。”

朱韵后背一紧，觉得他这语气之中，于玩味里又隐隐透着一股凉意。

李峋抬手，捻了她耳边一缕发丝，从发根顺到发梢，再轻轻松开。他不咸不淡地接着说：“咱们是不是有些参赛动机还没交代清楚啊？”

这……她该怎么回答？

“啊……对了！”朱韵试图转移话题，“你还记得徐黎娜吗？”

李峋不语。

朱韵：“之前我们来的时候见过一次，她想找你去讨论参赛作品。”

还是沉默。

朱韵声音渐轻：“就在楼下……”

李峋嗤笑一声，转身往房间走。

他的背影渐行渐远，朱韵干站了几秒，终于下定决心：“那是我初中同学。”

李峋脚下不停，头也不回，夹烟的手在空中划了一道，懒懒地说：“来，进屋交代。”

朱韵：“……”

刷卡进屋，李峋首先打开空调，然后从塑料袋里拿出一个小包装袋，剩下的东西往床上一扔。

朱韵这边还在思考该如何把方志靖的事情简单扼要地说给李峋听，一抬眼，发现那边李峋已经把上衣脱了。

朱韵：？！她简直不敢相信自己的眼睛。

“你干什么呢？”

“换衣服。”

小包装袋被拆开，李峋把抽了一半的烟搭在窗台上，从包装袋里抖出一件普通的棉质半袖黑T恤。

朱韵目瞪口呆地看着眼前的一幕：精窄的腰、平整的腹、胸……胸，恕她真的不敢看。

再往上，斜方肌与锁骨之间的角度喜人，凹陷部分放一串硬币不成问题。李峋的肌肉很薄，又很规整，浅浅的一层铺在柔顺的皮肤上，看起来清爽又干净。

李峋两手一举，肩膀开阔，衬衫被流畅地脱下，扔到一边。

这是何其天然纯粹的一抹裸色啊！

一直到李峋把衣服换完，重新拿起烟放到嘴里的时候，朱韵还没缓过神来。

“真他妈热！”李峋皱着眉抱怨，又把空调调低了好几度。

朱韵赞同，确实好热。

好热好热啊……

她趁着李峋掐烟的工夫，捏着衣领给自己扇风降温，顺便环顾一圈。

标间里的两张床，整洁程度简直天壤之别——他们上午入住，中午李峋肯定是睡了午觉，被子拧得全是褶，枕头也微微塌陷。相比之下，高见鸿的床简直跟新的一样，感觉坐都没有坐过。

李峋行李很少，只背了个小款行李袋，衣服基本没有几件，都是到这儿了现买。

朱韵转头，他买的是随处可见的黑T恤，看起来是均码，对他这样的身高来说稍有些瘦，贴在身上，就像一支黑色水笔，勾画了整个身体的轮廓。

李峋不是强壮的类型，没有一身死板健壮的筋肉，他的体形更为灵动，肌理平滑，每一处弯折都像会呼吸。

李峋刚换好衣服，之前的话题还没来得及展开，房门被敲响。

高见鸿回来了？朱韵过去开门，顺着门缝嗅到水果香水味。

徐黎娜鬼头鬼脑地看过来："我来看看情况，怎么这么久呀？"

朱韵回头，李峋走过来，徐黎娜对他说："来跟我们一起交流一下吧，等会儿再出去吃饭。比赛还有好几天呢，不能一直窝在屋里。"

徐黎娜拉过朱韵："一起来吧。"

徐黎娜性格开朗，又是本地人，对市内各个游玩地区都了如指掌，晚上组织了十几个人去聚餐。湖边的露天餐厅，位置隐蔽环境又好，还不贵。

晚风阵阵，年轻的学生们开怀畅饮、嬉笑怒骂，路边垂柳轻摆，月色当空。

李峋坐在桌边，手里玩着喝光了的茶杯，朱韵就坐在他身边。

高见鸿正跟徐黎娜讨论比赛的事，徐黎娜对李峋组的作品赞不绝口："那几组不错的我都已经看过了，都等着最后的展示了。你们的肯定没问题，我们的指导老师都说好。"

高见鸿问："我还没都了解全，其他组的怎么样？今年会评多少个一等奖？"

徐黎娜："今年可能要多一点。今年队伍多，厉害的也不少。不过安心啦，你们肯定一等奖。"

高见鸿笑笑，徐黎娜想起什么，撇撇嘴说："你们是实至名归，大家都认可，不像有些队伍……"

好像有八卦可以听，朱韵竖起耳朵。

高见鸿好像也有所耳闻，道："我下午的时候听人提了，"高见鸿报出一个学校的名字，“是他们吧？”

朱韵听到这个学校，微微一愣，李峋玩茶杯的手也顿住了。

“没错，你也听说了？”徐黎娜一脸鄙夷，低声道，“真没见过这么不要脸的。”

朱韵稍有些急，直接问道：“是方志靖的小组？”

李峋瞥她一眼，那边徐黎娜道：“你也知道他啊？方志靖是他们组长。”

朱韵：“他们怎么了？”

徐黎娜哼哼两声，道：“为了个比赛挖门盗洞，也真是让人长见识！”

挖门盗洞？

高见鸿对朱韵说：“听说他们跟赛事赞助方提前有交流。”

“何止是有交流！”徐黎娜插嘴道，“他们带队老师根本就是直接去人家门口要题目。”

朱韵：“哪来的题目？比赛不都是自主命题吗？”

“话是这么说……”徐黎娜把叉子扎在没有吃完的水果沙拉里，“哎哟，算了，不提这些糟心的！反正他对你们没影响，他们不会参加接下来的比赛了。”

朱韵越听越迷糊：“什么意思？不参加了？”

高见鸿对朱韵说：“参赛细则里有一项——‘与企业合作即将发布的产品不能参赛’，他们的加密转接口好像是要卖出专利了。”

朱韵蒙在当场，李峋又一次玩起杯子。

徐黎娜：“他们导师跟赞助方公司有过合作，知道他们最近新成立了工作室，有这方面的研究方向，提早几个月就把命题拿到手了。自己做得差不多了，分出一部分给学生来参赛，真是不佩服都不行！”

旁边一个同学接着道：“本来他们是可以继续比赛的，东西比完再卖，但他们着急，怕错失机会。”

又一个同学道：“也不知道有多少Bug（漏洞），心这么虚。”

朱韵静了静，低声道：“那他们就不参加比赛了？”

“这还参加什么？”徐黎娜冷笑两声，“真卖了专利，人家会给颁发特别奖的。人家名利兼收，还管别人说什么。”

“用不着这么酸吧？”

一道尖锐的女声传来，大家转头，看到不远处另一桌旁坐着一男一女。

朱韵隐隐有印象，他们跟方志靖同校，女的叫梁雨欣，是方志靖的女朋友，陪同而来，并没有参加比赛，男的则是方志靖的组员。

没想到他们也来这儿吃饭了。

梁雨欣讽刺道："能卖出去就是本事。有些人与其在这儿搬弄是非，还不如回去提升一下自身水平。"

徐黎娜不甘示弱："提升什么水平，走后门的水平？"

背后说坏话被抓现行，徐黎娜一点没觉得尴尬，看起来是打从心眼里看不上方志靖的做法。

梁雨欣瞪了一眼："什么叫走后门，有本事你也……"

"算了雨欣。"另外一个男生打断她，耻笑道，"说这些有什么用？这年头就这样，有人卖专利，有人卖口舌，各人追求不同，别对他人要求太高了。"

"哦，你这么说也对。"梁雨欣淡淡翻了一下白眼，不再看徐黎娜。

徐黎娜气得火冒三丈，牙都要咬碎了。

朱韵不想再听，起身离开。

湖边很凉爽，不远处的岸边停着几艘小船，船不能游湖，只是装饰精美的咖啡厅。

湖边柳枝摇曳，环境优美，是一条酒吧街。夏夜赋闲，周围来往行人众多，红男绿女穿梭在七彩霓虹的街道间，笑声、哭声、聊天声，全被夜风吞噬。

天边月亮倒映在湖里，破碎不堪。

朱韵望着这样的湖水，忽然觉得自己干的这些事好没意义。

她天真地以为可以靠努力赢过方志靖，可现实给了她上了精彩的一课，教会她这世上有无数通往胜利的道路，你堵住了一条，人家还可以钻另一条。

你怪天不开眼，让小人得志，可事实是，天何曾看过你一眼？

再退一步，就算方志靖接着参加比赛，他们的成绩碾压了他，又能怎么样？

这么多年过去，他还记得刘晓妍吗？刘晓妍之于他，也许只是一个巴结校领导的台阶，踩过之后就再也不会看了。

只有她自己，总是在回顾过去，总是在记忆的边缘寻找那些若有若无的遗憾，再想方设法、拐弯抹角地去弥补。

有什么意义……

如果你真的讨厌方志靖，在很多年前的那天你就该站出来，现在再去赢他，还有什么意义？何况你还赢不了。

朱韵忽然心生强烈的自厌情绪，头抵在雕了莲花的石桥柱上，慢慢蹲下，胃里翻江倒海。

不多时，腹部忽然多了一只手。手掌很大、很轻柔，慢慢托着她起来，就像在打捞一艘沉船。

“干什么，没喝酒就醉了？”他的声音一如既往地平缓清澈，带着几许调侃，因为夜色，又稍显低沉。

朱韵低着头，轻轻摇了摇。

“怎么了？”

“没什么……”

李峋靠在她身边：“不开心？”

“没……”

白天流了太多汗，黏住耳边的发丝，风都吹不起来。

李峋敛目，淡淡道：“我分这么多时间出来，可不是为了看你现在这个表情。”

朱韵心里一酸：“对不起。”

她确实不该在李峋面前摆出这样的姿态，方志靖的事与他无关。他尽心尽力帮她的忙，不该得到这样的对待。她试图换个轻松的话题跟他沟通，可脑子像锈了的轴承一样，怎么都转不起来。

李峋点了一支烟：“你很烦那个方志靖？”

“嗯。”反射性地应完声，她顿觉不好，刚要解释，那边李峋会心一笑：“知道了。”

静了静，朱韵道：“你不问我原因？”

“不问。”

“没准理由不能让人信服呢？”

“就是没理由也无所谓。”李峋直起身，“谁都有凭情绪做决定的时候。”

李峋的声线永远不慌不忙，朱韵被他感染，觉得自己似乎也没有那么难受了。她对他说：“我先回去休息了，你们慢慢吃吧。”

“嗯。”

目送朱韵离开，李峋回到餐桌旁。高见鸿问他：“人呢？”

“公主已经摆驾回朝了。”

高见鸿笑了笑，旁边的徐黎娜凑过来，问李峋：“什么？什么公主？”

李峋没有坐下，他懒懒地掏出烟，徐黎娜催他：“到底什么啊？”

“就是公主喽！”

“现在还有公主呀，什么样的女生算公主啊？”

李峋靠在桌边。

“公主啊……”他在朦胧的夜色中，望向回程的长街，半开玩笑道，“首先你得有双清高的眼睛，再就是有一颗天真又脆弱的心。”

徐黎娜一脸懵懂，李峋挑挑眉，补充道：“当然了，要是再加一点孤注一掷的冒险精神就更好了。”

徐黎娜听得云里雾里，推了推他：“什么啊？神神秘秘。”

李峋一支烟抽完，起身，徐黎娜拉着他：“去哪儿？等会儿我们再逛逛吧。”

“不了，我还有事。”

“什么事？比赛作品不都弄完了嘛，回去练答辩啊？”

李峋笑笑：“我得想想办法，看看能不能再补救一下。”

“补救？”

李峋将烟捻灭，凉凉地道：“不然照这样下去，我这趟生意就要赔得底朝天了。”

徐黎娜失望地说：“那你现在就要回去了啊？”

李峋刚要点头，又想起什么，目光瞥向徐黎娜。

被那双清澈的眼睛看着，徐黎娜脸上微热，声音也不由得变轻了：“怎么了？”

李峋道：“你跟这些参赛队员和导师好像都很熟啊？”

徐黎娜嗯了一声：“……好多都是我认识的人。”

李峋若有所思地看着她，缓步而来。

他个子高，挡住月光，徐黎娜心里怦怦跳，忽然察觉肩膀一重，然后便嗅到一股干净的味道。

耳边响起诱惑的声线：“那……你能帮我搞来方志靖的设备样品和源代码吗？”

风吹起，路边杂草丛生。

朱韵回到宾馆，在门口碰到了最不想碰到的人。

方志靖跟赞助方开完会，红光满面地回来，看得出讨论结果非常理想，人走路都发飘。

朱韵想到花盆后面躲一躲，没成功，方志靖一眼就看到了她。

“嘿！朱韵！”他几大步过来，“我去谈完了——哎哟，这些人做事效率真低，企业就是这样，得耐着性子谈。”

“……”

“对了，我们组可能不参加正式比赛了。”方志靖半开玩笑地说，“一等奖就留给你们吧，这样刘老师也高兴了，哈哈！”

好想有个隐身的技能啊……

“我听说了。”朱韵活到现在，口是心非无数次，这次最让自己难受，“恭喜你们。”

方志靖：“听说了？听谁说了？”

朱韵没回答，方志靖哼笑一声：“是不是又是那几个？就会在人背后嘀嘀咕咕。”

朱韵还是没说话，方志靖摊开手，道：“我不在乎！人就是这样，成功就会遭人忌妒。他们说我耍阴招，什么叫阴招？有资源不利用，放着长毛吗？这社会哪有什么真正的公平？天天闷在实验室里学习花时间，难道我联系人就不需要花时间？反正我要的结果已经达到了，我不在乎别人说什么。”

朱韵依旧沉默，方志靖问：“动点脑子好吧，人要把时间用在能拿到最高反馈值的事情上。而且，朱韵，你知道我跟他们本质上的区别在哪儿吗？”

朱韵摇头，方志靖定定地看着她：“他们可以选择废话还是不废话，我也可以选择听还是不听。但不管他们废不废话，我的成果都不会改变。我如果选择听，最多闹心一会儿；而我一旦选择不听，就是完胜！”

他目光闪烁，有着成功者特有的强硬感，逼迫着朱韵认同：“你肯定不会像他们那样吧？你这么聪明，谁上谁下，道理该懂吧？”

朱韵胸口冰凉，手指在身侧止不住地颤抖。她极力维持自己脸色和声音的平静——“嗯，我懂。”

朱韵回到房间，一头栽在床上。学姐询问她的情况，朱韵一句话都说不出来。

从腹部开始，一直到肩膀，体内的器官像是全部被盗走了，朱韵连喘气都觉得累。

睡一觉吧！

她脸埋在枕头里，强迫自己说，睡一觉就好了。

当晚朱韵做了梦，梦里天地初开，混沌不堪，她被压在各种巨石之下，分毫不能动弹。

醒来的时候也是胸闷气短，恶心得不行。

第二天学校有其他活动，高见鸿来找朱韵一起去，朱韵推辞说自己身体不舒服，还是算了。

“怎么连你也不出门了啊？”高见鸿无语地说，“这都怎么了，水土不服？不应该啊！”

朱韵一夜没有睡好，眼里血丝密布，她看着高见鸿：“李峋……”

高见鸿：“他昨晚也没睡，一直在搞什么东西。今早那个徐黎娜来找他一次，两人聊了半个多小时。”

朱韵脑子发钝，什么都不想思考：“我回去再睡一会儿，你自己去吧。”

高见鸿有些担忧地看着她：“没事吧？”

朱韵摇头。高见鸿道：“要不要我去帮你买点吃的？”

“不用了。”毫无胃口。

就算朱韵婉拒了高见鸿的好意，他还是帮她买了早饭，都是些清淡开胃的小菜。

高见鸿将碗碗碟碟摆好，满头大汗地拎起另外一份：“还得给李峋送。我真是你们俩保姆！”

虽然高见鸿嘟嘟囔囔，不停抱怨，但朱韵很熟悉他，她能看出他现在心情不错，大概是因为他们组的成绩基本已经确定能拿一等奖。

“吃点吧。”高见鸿说。

朱韵不好拂高见鸿好意，拿起筷子吃东西。

她边吃边问：“李峋干吗呢？基地又接项目了？”

“不知道。”高见鸿耸耸肩，“跟他说话也不理人，阴阴沉沉，怪吓人的。”

朱韵咬了咬塑料勺子。

剩下的几天时间里，李峋像彻底蒸发了一样，打电话不接、发短信不回，一大早出门，深更半夜才回来，有时甚至都不回来。

朱韵和高见鸿根本见不到他人，一直到比赛前一晚，林老头叫所有学生去最后过一遍作品内容，并且提醒注意事项，李峋还是不见踪影。

林老头吹胡子瞪眼："这注意事项就是说给他听的，他还不来！"

大家默默低头。

"怎么回事，去哪儿了？"林老头问高见鸿和朱韵。

朱韵装傻充愣，高见鸿低声回答："我们也不知道……"

"明天就比赛了！人还不知道去哪儿？"

眼见林老头血压又有升高的架势，朱韵赶紧将茶杯递给他："老师您喝口水。"

林老头灌了几大口茶水，对高见鸿说："你准备一下，明天人还不来，就换你答辩。"

高见鸿点头："可以。"准备了这么久，不管是高见鸿还是朱韵，对作品都已经了如指掌。

林老头坐下，还忍不住低声骂："这臭小子，没一天让人省心……"

朱韵在心里点头赞同。

到底上哪儿去了？一不留神就失联了。

决赛当天。

比赛在行政楼的会展中心举行，学校为了应景，拉了许多标语条幅，门口摆满鲜花和大幅海报。赞助方不放过任何打广告宣传的机会，随行数位摄影，机位架得毫无死角。

门口的志愿者引领参赛学生来到指定座位。

赛场氛围浓厚，朱韵深吸一口气，环顾四周。工作人员穿梭在过道里，学生们三五成群，都在为等会儿的答辩做准备。

李峋果然还是没来，一定是遇到什么事了。

虽然李状元行事一向我行我素，但他答应过的事情，绝对不会半路退出。朱韵知道他肯定是碰到什么事了。

"等今天结束，咱们一起去找李峋吧。"朱韵对高见鸿说，"他可能是有什么急事。"

“嗯。”高见鸿的注意力全都放在接下来的比赛里，神情专注，朱韵不知他有没有听进去。

朱韵往前面看去，不远处，方志靖跟梁雨欣坐在一起。梁雨欣化了淡妆，穿着浅蓝色的裙子，陪在方志靖身边。因为不用参加比赛，他们的神色很轻松。

后面有人戳了戳她，朱韵回头，徐黎娜趴在前排椅背上，左右晃头：“哎？李峋呢？”

朱韵：“我们也不知道。”

“奇了怪了。”

朱韵忽然想起之前高见鸿说过，徐黎娜找过李峋。她问道：“你之前见过他？”

“几天前见过，他跟我要方志靖的作品。”

朱韵微诧：“方志靖？”

徐黎娜嘟嘟嘴，道：“可能是想看一下吧。虽然他们组做事是真的恶心人，但能卖专利，肯定也有过人的地方，不承认不行。”

啊啊，是啊……朱韵低下头。

……

“怎么又跟要死了似的？”清朗的声音，夹杂了些许鄙夷与疲惫。

坐这儿附近的几个人刹那间都蒙了，朱韵扭头，看见过道里站着的人。

李峋身着白衬衫、黑裤子，看得出是刚刚换的。他匆匆赶来，嘴唇抿着，压制胸口轻微的起伏。

他很疲惫，可这种疲惫感又让他看起来无比扎实，双脚踩在地面上，像有千钧之重。

“看什么？”他目光落在朱韵因惊讶睁得圆溜溜的眼睛上，抬脚，磕了磕朱韵的鞋，“往里去。”

朱韵挪了一个空位出来，李峋坐下。高见鸿道：“你可算回来了！”

比赛很快正式开始，朱韵一边看着李峋，一边听着台上领导冗长的发言。

“……我们的竞赛，是一项公益性的大学生科技活动，目的在于宣传信息安全知识，培养大学生的创新实践能力、团队合作精神，以及扩大大学生的科学视野……”

徐黎娜扒着椅背，她的答辩内容已经准备得很充分了，现在一门心思扑在李峋身上，询问李峋的去向："你玩失踪啊？这么长时间都不见人，去哪儿了？"李峋气还没喘匀，没回答她，徐黎娜又转向朱韵："他在学校也这样？"

朱韵也没回答。

"水。"

朱韵从包里抽出一瓶水递过去，李峋拧开，一口气喝了一半。

领导的发言总算结束，很快进入展示和答辩环节，高见鸿转头对李峋道："准备吧，我们排得靠前，我先过去了。"

高见鸿先去后台，朱韵抻脖往前看。

最前面一排坐着专家组，年纪有大有小，每人面前都摆着麦克风。学生上台展示，结束后便要接受专家组的提问。刚上去的几个人稍显紧张，但还是顺利完成了。

台下纷纷鼓掌。

身旁人动了动，朱韵转头。

可能是觉得热，李峋单手解开衬衫的袖扣，解完之后又将领口的两颗也弄开。

朱韵小声问："你这些天到底去干什么了？"

掌声渐消，专家进行短暂的讨论，马上是接下来一组。

李峋起身，面对着她，腰弯着，朱韵的角度刚好能看到领口内露出的锁骨。

他在她面前，脸带笑意，压低声音在她耳边说："……去干坏事了。"

说完，站直身体，嘴角犹弯，径直走向台前。

朱韵看着他的背、他金色的发，她的心又剧烈跳动起来，好像冥冥之中有什么预感一样。

每个人的目光都落在他身上、脸上、头发上，目光里有震惊，有好奇，更多的是看热闹。

李峋什么都没带，只有手里捏着一支小小的U盘，上台，插入，调出一个没有题目的PPT出来。

他双手按在演讲台上，眼神环视台下一圈，直接开口道："很荣幸能来参加这次比赛！"

李峋眉峰微挑，嘴唇轻抿，字字清晰。

在李峋开口说出第一个字的时候，朱韵已经察觉不对。

她不敢说对李峋了如指掌，但他的性格她多少有些熟悉了——李峋对比赛的事情并不上心，虽然答应参赛，但最多也只会做好分内事，可现在……台上的那个人，根本不是敷衍了事的态度，但同样也不是准备心平气和答辩的态度。

那种表情，那种直白的眼神，那种自疲惫的重压下破土而出的兴奋感与力量感，无一不向在场观众传达一个信息——他要挑事。

“这场比赛让我见到很多优秀的人，也见到了他们的优秀作品！”

声带气韵，破空而来，穿透耳膜，直传中枢神经。

李峋身高腿长，又搭配着那种气质和发色，本来就已经很引人注目，现在再加上台上的灯光效果，整个人的存在感像要炸开了一样。

“秉着友谊第一、比赛第二的赛事精神，在我们组的作品展示之前，我想先跟大家探讨一点别的。”

他话音一落，台下微微骚动。专家组的专家相互之间茫然互视，似乎没有料到会出现这样的插曲。

“那个，这位同学，你——”主持人从旁上台，想要跟李峋讲明细则。

李峋没有给她说完话的机会：“很快就结束。”那一瞬间，李峋眼神微妙转动，朝向暗处方志靖的位置，嘴角噙着冷笑：“毕竟是很简单的东西。”

手指在鼠标上轻轻一敲，PPT翻页。

这是一份非常朴实的PPT，没有模板，也没有什么进入淡出的效果，白底黑字几句话，简单到可怕。

“让我们先交流一下——”李峋从兜里拿出一小块银色物体，两根修长的手指夹着，“破解某型号U盘加密转接口的方法，以及低成本复制该设备的三套方案。”

……

整个会场的人齐傻五秒，然后一片哗然！

台上的人则完全没有理会下面的讨论，开始有条不紊地展开思路分析。

朱韵在嘈杂的议论声中缓缓抬手，捂住嘴。

以前她总是觉得，李峋那狂妄的脾性，仅仅是能开些让周围的人抓狂跳脚的玩笑。她从没想过，当有一天，那嚣张的气焰真正烧向对手的时候，会唤醒人心中何等的惊涛骇浪。

其实根本没有人在听李峋具体说什么，好像他没日没夜研究出来的破解方法和细节根本不重要。对大家而言，精彩的只是事件本身。

这里的参赛队伍多多少少都对方志靖小组的事情有所了解，有人鄙视，有人羡慕，有人忌妒，有人不服。而此时此刻，看到此等场面，大多数人的心理状态只有三个字——看热闹。

俗话说得好，有热闹不看王八蛋。

台下窃窃私语，知道内情的跟不知道的解释，开始时声音很小，后来随着李峋一页一页PPT翻过去，下面的声音也越来越大。

虽然大伙的注意力都没有放在这儿上，但大家怎么说也都是本专业的优等生，他们都能看出，台上的人是真的将软件破解思路和硬件复制流程详细地记录了下来，有理有据、条条清晰。

安全产品还没深度开发就已经被人破解盗版并大肆宣扬，这在行业里意味着什么，所有人都清楚。

李峋讲到破解精彩之处，下面竟然还有人鼓掌。

在场的学生大多性格温和，被教育得内敛谦虚、温文尔雅。可人不轻狂枉少年，年轻的心永远深藏张扬与反叛。

李峋对下面越来越热烈的反应视若无睹，他只是照常将自己的思路讲出来，一秒停顿都没有。

他不说大话，既然已经对主持人承诺很快结束，他就会做到。

李峋的声线太过自然，以至于十几页PPT翻过去了，下面的专家和导师还没反应过来这是什么情况。

一直到台下渐有喧嚣之势，工作人员才匆匆赶来。之前从未发生过类似事件，他们也不清楚内因，几个人干站在那儿，不知是该直接打断李峋，还是先维持现场秩序。

朱韵老老实实地坐着，在起初的心惊紧张过去后，她开始浑身发烫，肾上腺素激增，激动得浑身发颤。

天！

天啊……

朱韵眼珠偏移，偷偷看向方志靖。

事实上现在看他的不止朱韵一个，在场很多人的目光都落在了他的身上，他甚至比李峋更受关注。

方志靖极力压制自己的情绪，但还是控制不住地脸色涨红。他的女友梁雨欣则像是受到极大的侮辱一样，摊开双手，瞪着台上的人，一脸不敢相信的表情。

会场因为突如其来的事件乱成一片，但前面评委团的几位专家倒是显现出足够的宽容，甚至有两位稍上了点年纪的教授一直脸带微笑地看着屏幕相互讨论着什么。

朱韵看着台上的人，嘴角不由自主地上扬。就在这时，在周围的议论声里，她听到一道长长的清脆爽朗的口哨声。

朱韵回头，吹完口哨的徐黎娜从后座上站了起来。她看起来比朱韵还激动，高举双手，像是见到偶像的粉丝一样，目光热切，带着满满的爱意。

……

……

等会儿……

爱意？

朱韵蒙了大概十秒。

拜金毛峋所赐，此刻朱韵大脑供血充足，脑筋转得非常快。

之前一直有比赛的事情压着，朱韵从踏上首都土地的一刻起，全部注意力都投放在方志靖的身上，从来没有考虑到别的。此刻云开月明，她飞速回忆这几天发生过的事情，将所有线索穿成一串，最后生出一个念头——她是不是大意了啊？

朱韵刚刚还热血沸腾，现在又因为忽然冒出的诡异想法浑身发凉。她连台上的金毛都不看了，一门心思盯着徐黎娜。

你这么开心干什么？跟你有半毛钱关系？

朱韵在心里皱眉，不过很快又觉得不对。

好像也不是完全没有关系——李峋的设备样本很可能就是从徐黎娜那儿得到的，前几天她作为“最后一个见到李峋的人”，还跟他进行了半个多小时的长谈。

之前聚餐的时候也是，徐黎娜跟梁雨欣起冲突的时候，李峋也在。

……她该不会认为李峋是在帮她出气报仇吧？

朱韵为自己分析出来的这个结果惊出了一身冷汗。

她一双射线眼再次扫描徐黎娜。

很漂亮的女生，长着小脸、大眼睛，性格开朗、精力充沛，总是喜欢用水果味的香水，属于那种广结天下群豪的类型。

朱韵转回头，偷偷拿出手机，用屏幕当镜子照了照自己。

因为被方志靖刺激，朱韵这几天一直维持着生无可恋的状态，完全没有心思注意自己的外在形象。

头发两天没洗了，衣服也一直穿着旧的……

越照越伤悲，朱韵默默把手机收起来了。

前面李峋也讲完了："那么，接下来我来展示一下我们组的参赛作品。"说完，他冲台下扬扬下巴，示意旁边已经傻了的高见鸿上来配合演示。

瞧瞧，多自然啊！

没人询问，没人打扰，就好像前面那段也是真正的参赛环节一样。

等他们的演示结束，终于来到答辩环节。

会场安静下来，所有人都聚精会神地听着专家组接下来的发言。

之前那位在李峋播放PPT时一直面带微笑与人讨论的老教授第一个拿起麦克风。他脸上还是那副轻松的表情，像是开玩笑地问李峋："这位同学，你是想让我们就哪个作品进行提问啊？"

李峋看着他，也笑了，无所谓地道："哪个都可以。"

比赛结束，朱韵在会场门口等着。

他们的作品没有在当场给出评分，李峋也在答辩结束后被校领导直接叫走了。朱韵发短信询问情况，李峋没有回。

"我真是服了……"

朱韵转头，看向一旁抱手而立的高见鸿。

"我真的是服死他了！"他一字一顿，又强调了一遍。

朱韵递给他一瓶水，高见鸿接过，还没忘说谢谢。

"我都要给他吓死了，你知道吗？"高见鸿气息不匀，胸口起伏强烈，好像还没从紧张中回过神，"哪有他这么搞的，好歹事先告诉我们一声吧！"

朱韵说："可能时间来不及吧，他今天也是刚刚赶到的。"

高见鸿拧开水瓶喝水，靠在路边的树上。

"现在好了，别说比赛了，咱们几个能不能活着回去都是回事了。"

徐黎娜走过来："怎么不能活着回去，怕什么啊？"她仰头，目光坚定："你放心，真有事不让你们一个组担着，我们都说好了，一起！"

高见鸿皱眉看着她，徐黎娜说："本来大家就对这件事有不满，现在有人有本事把这口恶气出出来，我们自然也不能怂，一定跟歪风邪气抗争到底！方志靖的设备和源代码都是我拿给李峋的，到时候学校真问起来，我第一个站出去！”

朱韵：“……”

还第一个站出去，你是英雄啊你！

行政楼的会议室里，几方人马正争论不休。

“我请学校一定要严肃处理！”方志靖情绪激动，站起身，大声道，“这种行为太可耻了！按照竞赛规定，应该取消他们的资格！”

几位专家坐在座位里，老教授看向方志靖对面椅子里窝着的人。

李峋的状态与方志靖的状态形成了鲜明对比。他要做的事都做完了，几天几夜的疲倦全部压了下来。本身李峋的气质就偏孤傲，现在疲惫加身，他手撑着额，连眼皮都懒得抬。

这姿态落到方志靖的眼睛里，更是加倍的羞辱。

方志靖怒火中烧：“比赛有严格规定，大赛只接受防御性题目，不接受任何具有攻击性质、甚至违背法律的题目！他的行为必须受到惩罚！”

眼见方志靖越来越激动，专家组的那位老教授抬手，示意他先坐下。

老教授问李峋：“这位同学，你是叫李峋吧？你来说说你为什么要这么做？”

李峋低声道：“因为爱。”

“……”大家全愣住了。

静了几秒，李峋扯着嘴角，目光从眼皮下抬起。

“因为热爱……”他瞄着对面的方志靖，皮笑肉不笑，“热爱行业，热爱交流，一碰到好东西，就手痒忍不住想研究。”

“胡扯！”方志靖气得鼻孔都放大了，恶狠狠咬牙道，“你们就是忌妒！真是一群小人！”

李峋脸色不变，起身，对那位老教授道：“抱歉给比赛带来麻烦，不管什么结果我都接受。”

说完，他头也不回地往外走。

“你站住！”方志靖追上他，扯住他的胳膊。

旁边的老师见状赶忙道：“你们两个都冷静点，不要动手！”

李峋并没有动手。他回过头，因为个子高，这么近距离，他完完全全俯视方志靖。

“其实，你有些做法还挺聪明的。”李峋用只有两个人才能听到的声音说，“有些想法，也很正确。”

方志靖紧紧看着他，李峋道：“这个世界确实以成果论成败，但可惜的是，你把结束的时间搞错了。”他轻声哼笑，懒散道：“输赢的路长着呢。”

李峋往外走，与刚刚在外面打电话的赞助方代表擦肩而过。

方志靖看到代表的脸色，意识到了什么，也顾不上李峋了。

走廊里，方志靖镇定地对代表说：“我们的作品现在刚刚研发出来，Bug肯定比较容易被攻破，但只要给我们足够的时间，我们肯定能把它完善好。”

代表摇头，方志靖还要开口，代表拍拍他的肩膀，以示安慰。

方志靖咬紧牙关，努力补救：“我说真的，请你们相信我们的实力，我……”

“我知道你们很优秀，但公司也有公司的决定。”代表是个三十多岁的技术人员，体形微胖，戴着眼镜，看起来很严肃。

代表道：“说实话，之前决定购买专利是为了跟学校能有个好的合作开端，也是给企业做正面宣传。现在搞成这个样子，我们也很无奈。”

“可我们之前说好……”

“你们的东西确实还可以，”代表不慌不忙地打断他，“但是，我们这是安全公司，你懂我的意思吗？”

方志靖不语。代表语重心长地说：“刚刚那个人，不管他的破解以及盗版复制设备的方法正不正确、能不能执行，现在都不重要了。安全公司最重要的是让人感觉到‘安全’，一旦产品让人产生‘怀疑’，那不管它本身质量如何，都已经没有任何意义和价值了。”

李峋被专家组的人教育完，又被林老头拉去劈头盖脸地痛骂几个小时。一切安定的时候，已经是深夜了。

行政楼门口人都走光了，只剩一个小小的人影，坐在路边的台阶上。

夜里的校园很安静，虽然是假期，但因为有比赛，学校将楼门口的灯和喷泉都打开了，让这夜看起来并不那么寂寞。

夜风，水波，虫鸣。

朱韵低着头，下巴垫在膝盖上。手机已经没电了，她就着微弱的路灯，辨认地上的小蚂蚁。

想一想，她曾经还吃过它们呢，一吃就吃一串……

在朱韵胡思乱想之际，身后传来沙哑低沉的声音："在这儿喂蚊子呢？"

朱韵回过头。

李峋站在电线杆旁，头顶的路灯周围有小小的飞虫盘旋。

朱韵起身，拍拍衣服上的灰。

她想问他是不是被骂得很惨，可看他那么累，又不太想让他说话。

李峋脸上带着浓浓的倦意，低头点了支烟，问："开心了吗？"

朱韵点头。

李峋满意地弹了弹烟，扬头，淡淡道："那笑一个给我看看。"

虽说朱韵心情不错，但她还是觉得大晚上在路边傻笑有点缺心眼。

"走吧，回去了。"朱韵轻轻地拉了拉李峋的衣角，两人一起往宾馆走。

陌生的校园，陌生的黑夜。

路上已经没有人了，只剩他们俩，一路上都默不作声。这一天的剧情太过跌宕起伏，此时帷幕落下，余韵还在。

朱韵有无数的话想要问李峋，脑子里杂七杂八，最后也不知从哪儿问起。

要不先问问学校的处理结果吧……

就在朱韵刚要开口的时候，李峋的手机响了。

他磨磨蹭蹭地掏出手机："喂？哦，刚出来。没什么事。不用了，很快回去了。"

……

朱韵竖起耳朵，仔细分辨。

夜里安静，她听到电话里有女孩说话的声音，但具体说什么听不清楚。

脑子里一个声音问——

谁？

另一个声音回答——

还能谁？徐英雄呗！

一想到她，朱韵脑子里那些正经的话题瞬间全飞没影了，只剩下今天比赛会场上徐黎娜那兴奋的表情，还有那清脆的口哨。

李峋很快挂断了电话，朱韵不经意地问："谁啊？"

"徐黎娜。"

果然！

"有什么事吗？"

"没有，问问情况。"

朱韵哦了一声，李峋又说："让我晚上去找她，说有事跟我讲。"

嗯？！

这么微妙的时机，简直用屁股都能想出她要干什么。

朱韵脑中警铃大作："你要去吗？"

刚巧李峋打了个哈欠，朱韵马上顺水推舟："都这么累了，赶紧回屋睡觉吧！"

"嗯。"李峋没有拒绝，他已经到极限了，眼皮都在强撑。

朱韵心里双手合十，谢天谢地。

朱韵给李峋送到房门口，高见鸿早就在里面等着了，一开门就想询问李峋情况，可李峋见床就倒，两分钟没到就睡着了。

高见鸿转向朱韵："他跟你说处理结果了吗？"

"没，明天再问吧。"朱韵道。

朱韵回到自己房间，学姐已经睡下，她蹑手蹑脚去洗手间，凉水淋浴。

随着丝丝凉凉的水珠流过身体，朱韵觉得这些日子里积压的所有负面情绪全都消失不见了。

洗完澡，她披着浴巾，躺倒在床。

她并没有像李峋一样马上睡着，相反，她翻来覆去，难以成眠。

比赛的负面情绪消失了，另一方面的情绪开始在暗夜滋生。

朱韵满脑子都是那个徐英雄。

就这么在床上烙饼，一直烙到后半夜三点多，朱韵终于顶着血丝眼爬起来，拿着手机去了走廊。

走廊里静悄悄，所有人都在熟睡，她来到楼梯口坐下，拨通了一个人的电话。

电话响了十几声，自然断掉。

朱韵不甘心，又打了一遍，这回有人接了。

那边的人被硬生生从睡梦中叫醒，痛不欲生，沙哑道："我说朱大小姐，现在几点知不知道？要死人了啊……"

朱韵的脸紧紧贴着手机："任迪，救命！"

任迪："救个屁，你被打劫了？"

"不是，任迪……"

她语气难得这样哼哼唧唧，任迪那边终于长叹一口气，下床，随手捡起乐队成员的一件衬衫披在身上，推开阳台的门。

吹着夜风，总算精神了点。

任迪点了根烟："说吧，李峋又怎么了？"

朱韵无言三秒，道："你怎么知道是他？"

任迪嗤笑："你还能有什么事。"

我看起来就这么浅薄吗？

"怎么，不是他的事？"

"……是。"

"说吧。"

一要说，朱韵自己反倒矫情起来。她从小到大最擅长的就是搞心理活动、精神分裂自我分析，她从没跟人谈过这类话题，毫无经验。

没等朱韵支支吾吾出什么结果，任迪道："他在那边又泡人了？"

好直白的开场！朱韵道："……不是。"

"被人泡了？"

"……"

没听到朱韵的回答，任迪了然："看来是这个了。什么样的啊？"

一个有着深厚革命情怀的人。

朱韵低头，实话实说："一个挺好看的女生。"

"本地的？"

"应该是吧。"

"没戏。"任迪淡然道，"李峋要能搞异地恋，地球就他妈要毁灭了。"

"是吗……"

任迪哼笑一声，又道："不过你到底怎么想的啊？"

朱韵手指头戳在地上，一下一下地戳："任迪，我问你一个问题。"

"说。"

朱韵抿了抿嘴，小声说："女生要是先表白，会不会让人看扁啊？"

"如果是李峋，表不表白都会被看扁。"

"……"朱韵又沉默起来。

任迪道："也是难为你了。"

嗯？

任迪冲着夜色弹了弹烟，解释道："李峋这人看着就不像善茬儿，一般人都敬而远之，能对他主动下手的女生大多都是经验比较丰富的了，像你这种……我不好形容的类型，被他吃得太死了。"

你不好形容的类型……朱韵觉得无名的刀子一下一下地朝着自己捅过来。

任迪八卦地问："这女的好看到什么程度，跟那个'塑胶芭比'柳思思比呢？"

朱韵回忆了一下，说："不是一个类型，但我觉得没有柳思思好看。"

"这样啊，你有什么想法？"

朱韵心说，我要是知道就不打电话了。

她天马行空地想起什么，说："对了，我看到不久前的报纸报道，现在国家男女比例失衡，女生要比男生少很多，将来……"

"扯淡！"任迪毫不留情地打断她。

朱韵说："这是国家人口普查给出的数据。"

"谁查都不好使。"任迪冷冷地说，"都是假象。朱韵，我告诉你一句箴言，你听好了。"

朱韵不自觉地坐直了身体。

任迪道："不管男女比例如何，这世上，好男人永远比好女人稀少。"

此话一出，朱韵瞬间觉得身体好像被一道闪电劈中，竟有种顿悟的快感。

"所以碰到不错的就快点下手吧！吞吞吐吐、犹犹豫豫，最后剩下的都是你这种。"任迪将抽完的烟熄灭，又道，"还有，别把男生想得太理想化了。我不是吓唬你，男人的意志力有时候薄弱得超乎你的想象——尤其是在有选择的时候。"

那句话怎么说的来着？

九言劝醒迷途士，一语道破梦中人。

朱韵深呼吸："任迪……"

"啊？"

“我去了。”

任迪哑然失笑：“都这个点儿了，你要去哪儿啊？”

朱韵回神，才想起现在是深更半夜。

任迪笑呵呵道：“等天亮吧，有好消息告诉我。”

“嗯。”

任迪最后安慰她道：“坏消息也没事，冲你们俩这装傻的能力，绝对可以当作什么都没发生过，完全不用担心会尴尬。”

“……”

“别有压力，李峋这混账也该有人治一治他了。”

你这样一个巴掌一个甜枣，我压力更大了啊！

朱韵思绪纷纷，脑中闪过什么念头就直接出口：“他以前说过，喜欢‘笨女人’……”

“他说的话多了！除了你们基地的正事，其他的十句里你听个一两句就行了。而且……”任迪哼笑着说，“你觉得后半夜一个人偷摸出来打情感咨询热线，是聪明人的做法吗？少往自己脸上贴金了！”

好吧。

又聊了几句，朱韵终于放任迪去睡觉了。

“那个，”挂断电话之前，她轻声说，“任迪，谢谢你。”

“没事。”

朱韵最后问：“你觉得我们俩——”

“绝配！”

朱韵在寂静的楼道里傻笑。

挂断电话，朱韵轻松了不少，但没轻松多一会儿，肩上的重担又压了下来。

她摸回房间，还是睡不着，把行李袋拖到洗手间翻看。

之前一门心思扑在比赛上，她什么都没注意，现在才发现此次出行她一件像样的衣服都没有带。为了方便，都是普普通通的衬衫裤子，也只穿了运动鞋。

衣到用时方恨少。朱韵回想了一下这几天的打扮，像个活生生的超市推销员。

她坐在马桶上，内心有几分焦虑，但更多的是激动，好像接手一个新项目一样。她给自己打气，就当是个难度较大的挑战，像往常那样全力以赴去做，最后是死是活，端看老天安排。

这样下定决心后，待天色蒙蒙亮，朱韵没有跟任何人打招呼，只揣了张银行卡就出门了。

她打了辆车，来到附近最大的商场。商场还没有开门，朱韵就在外面等，一边等一边思考。

等到商场开门，她第一拨进去，满楼寻找当初李峋送她的那条裙子的牌子。那是个著名品牌，朱韵轻而易举找到，只是店铺里的服饰早就换过，当初李峋送她的裙子还是偏厚的冬装，而此时已经全是薄薄的夏装了。

朱韵只试过一次李峋送的裙子，然后就好好收起来了，不过她已经牢牢记住了那种款式和感觉。她在店里挑来挑去。这家店价格不菲，朱韵一副学生打扮，衣着又朴实，店员没有太拿她当回事。开始的时候还在她身边跟着，后来就干脆靠在一边聊起天来。

朱韵毫不在意，自己一条一条看。

李峋这人风格实在骚得很，朴实素雅应该不是他的口味。

冲当初母亲给她买的裙子和李峋送自己的那套来看，朱韵觉得他应该比较偏好那种做工华丽考究的公主裙。

最后朱韵挑中一条无袖连衣裙，里面是黑色修身款，裙摆外是一层硬质的灰网纱，网纱连接腰身的地方掐成了花瓣口，精致漂亮，下方蓬起，里面的短款黑裙和一双长腿若隐若现。

朱韵并不是骨干消瘦的类型，自小良好的营养供应让她的皮肤滑如凝脂，体态娉婷袅娜，她一直觉得这是自己的强项。

买完裙子，朱韵去一层挑了双黑色细跟的高跟鞋。试鞋的时候她无意中看到镜中自己熬夜导致的干枯皮肤，想了想，又找了家美容店，来了一整套的面部护理，化妆，外加盘发。

朱韵一夜没睡，在商场连续血拼了大半天的时间，又在美容院折腾几个小时，到最后脑子钝得一点判断能力都没有了。

她坐在椅子里，喃喃地问给她化妆盘发的那名美容师：“……你觉得好看吗？”

美容师是个年轻的女人，听了朱韵的问话，停下手，冲镜子里有些木愣的客人温柔道：“您要是换身婚纱，现在就可以直接去礼堂了。”

下午朱韵回到学校，刚下出租车的时候她还有点不太好意思，毕竟这一身打扮在夏日的校园中显得太不休闲了。

好在是假期，校园里没什么人。朱韵偷偷摸摸、做贼一样往宾馆走。她久不穿高跟鞋，尤其还是新鞋，脚很不适应，短短的路程走下来，脚跟已经磨掉半层皮。

她在内心吐槽自己：你到底图啥啊……

楼里安静得不太对劲，朱韵回到自己房间，路上半个人影都没看到。

房间里也没人，学姐不知上哪儿去了。朱韵正觉得奇怪，结果坐在床上，脱鞋脱一半，忽然想起今天好像是比赛颁奖的日子。

“……”

她又在心里训斥自己，脑子里没装一点正事。

时间已经将近两点，颁奖应该很快结束了，也不知道他们组最后的处理结果怎么样。

朱韵发现自己一点都不紧张，她甚至都不关心比赛的结果，也不在乎最后得的是奖还是处分，她现在满脑子都是那些不着边际的桃色计划。

人就是这么活生生堕落的啊！

手机没电自动关机，她拿到一旁充电，然后把空调调到最低，心想自己这副样子就不要去会场了，反正他们一会儿也就回来了。

这么一决定，她回到床上休息。

屋里静悄悄，窗外阳光明媚。

真是一个温柔的好天气。

朱韵望着屋外的景色。她连续几晚没有好好休息，现在大脑一片空白，竟然看着看着就睡着了。

这一觉睡得昏天黑地，睁眼的时候天都暗了。

朱韵醒时，犹不知身在何处，等她清醒之时顿觉大事不妙。

几点了？

朱韵连滚带爬地去看表，已经六点半了。她慌忙去床头柜上取手机，已经充满电，一开机，先蹦出一条短信，学姐留的——“比赛结束啦，我们直接去聚餐了，没联系到你，我们自己走了。恭喜你们一等奖！”

什么？什么？发生了什么……

这张纸条包含太多信息，朱韵看得眼睛都直了。

结束了，聚餐了，他们拿了一等奖了。

自己怎么会睡成死猪一样啊！

朱韵抓狂地搔头，后意识到自己的发型是花大价钱做的，猛然住手。

她紧接着注意到还有十几个未接电话，战战兢兢点进去，除了两个高见鸿的和一个学姐、一个林老头的，剩下全是李峋。

离死只差一口气。

朱韵手压住胸口，平稳心跳，回拨。

不接。

咽气了。

某餐厅里，刚刚点完菜的学生围着桌子坐了一圈，一边等着上菜，一边聊天。

林老头面前摆着茶杯，顾不得喝，一门心思训斥身旁的人："这次是你们运气好，碰到王教授了！他是学校请来的老教授，面子大，是他力保你们，你们才免受处罚！"

旁边的李峋靠在椅背里，面无表情地盯着赠送的咸萝卜菜碟，一脸阴沉。

他很不爽，谁都能看出来，大家都以为是因为林老头的批评。

李峋旁边的高见鸿探身，问林老头："林老师，那位老教授为什么愿意帮我们啊？"

"还能为什么？人家王教授是什么资历，稀奇古怪的学生见得多了！你们知不知道，因为你们这件事，昨晚专家组和赞助方差点吵起来！"

高见鸿缩缩肩膀，又退回去了。

林老头看向旁边一直盯着咸萝卜菜碟、对他的话始终没有反应的当事人。

他作为带队老师，也被拉去参加了处理该事件的会议。会上全靠王教授，李峋的小组才能免去处罚并且可以继续参赛。会后林老头去找王教授表达谢意，王教授对他说了这样一番话——

"能做成这事，说明这个学生很聪明。他肯定也知道做这些吃力不讨好，会得罪人，赞助商没准还会对他进行处罚。但他还是做了，为什么？"

王教授笑着说："因为他是年轻人，对抗不公是年轻人与生俱来的能力。而且，他身上有股魄力在。我放大一点说，每个新兴行业都需要能抛开既定框架的人，他们不但要挑战已知，更要挑战未知。我们现在很多孩子，缺的并不是脑力，而是能为自己的目标和信念勇敢面对未知的魄力。”

“我记得当时我问他为什么要这么做，他回答是因为爱，我觉得他不是在开玩笑。”王教授脸上的笑意更浓了，“我既身为人师，又怎么可以破坏学生的爱呢！”

但最后王教授还是提醒了林老师一句：“不过这个学生有点太尖锐了，一直这样将来很容易吃亏，还是要磨一磨。”

林老头陷入沉思。

而这当口，在老教授口中极具“魄力”的某学生正在座位上持续散发着低气压。

高见鸿胳膊肘碰了碰他：“哎，手机一直在震啊！”

李峋一声不吭。

“接电话啊，可能是朱韵睡醒了。”

李峋冷笑一声，依旧稳如泰山。高见鸿熟悉他的脾气，劝了两句就不说话了。

电话响了十几次，李峋终于慢悠悠地起身往外走，高见鸿看着他背影，了然一笑。

李峋拿着手机到包间外的过道里，中间来往有传菜的服务员。他停顿片刻，脚步再起，走到尽头，推开安全通道门。

楼梯转角处有个厨师正蹲着抽烟，看见李峋过来，打量他一番。李峋没理他，自己也掏出烟。

门一关，楼道一片黑暗。

他终于接通电话，低声：“喂？”

那边没反应。

李峋哼笑道：“怎么着，还得我找话讲？”

电话里嗞嗞拉拉几声，终于传来一道惊疑的声音——“接通了？！”

李峋：“……”

他无言，朱韵那边已经完全回过神了：“李峋，我下午的时候睡着了！”

“嗯。”

“我手机没电了，自动关机了。”

“嗯。”

“我不是故意不接你电话的。”

“嗯。”

“……”

朱韵那边抓心挠肝，这人明显是闹情绪了啊！

“你们……你们在哪儿吃饭呢？”

李峋给了个酒店地址：“要来吗？”

“行啊。”不过她还有更重要的事情，“那个，吃完饭，你有事吗？”

李峋靠在墙壁上，一手拿着手机，一手拿着烟，一双长腿前后叠着。听了朱韵的问话，他在黑暗里扯了扯嘴角，随口道：“有。”

朱韵马上问：“什么事啊？”

李峋：“徐黎娜找我。”

“……”

千里之堤，毁于一觉。

朱韵紧紧抓着手机：“她找你去哪儿？”

李峋头枕在墙壁上，望了望头顶，说出一个地名。

朱韵：“那不就是之前她拉我们聚餐的湖边？”

“是吧。”

朱韵语气明显有些焦急：“你要去吗？”

“去啊，人家说有话对我讲。”他懒洋洋地看了眼时间，“我们约的时间早，这边饭来不及吃，我这就过去了。”

朱韵惊道：“啊？！”

“先挂了啊。”

“别！李峋！李峋我也有话跟你……”

朱韵话没说完，李峋已经挂断了。他拿着手机，像是做了件极好玩的事一样，靠在墙上止不住地笑。

“不厚道。”对面蹲在墙角抽烟的厨子操着浓厚的乡音，指着他说，“这么跟女朋友说话。”

李峋瞥他一眼：“还不是。”他将手机揣回兜，又说：“得刺激她一下了。”

他转身往回走，揉了揉自己的脖子，不知是对厨子说还是自言自语：“拖太久了，有点受不了了……”

朱韵再给李峋打电话，他已经不接了。

出师未捷身先死。朱韵放下手机，欲哭无泪。

但她也只消沉了大概三分钟的时间，就马上收拾东西准备出屋。

先不说她自己的心情如何，就冲着今天花的这些钱，这件事也不能就这么不了了之了。

为了赶路方便，朱韵换上了运动鞋，高跟鞋装在包里背着。她出了门，就提着裙子一路狂奔，到校门口拦车，去往那天聚会的地方。

天色已晚，朱韵看向车窗外。

花花世界，灯影斑斓。

在某个瞬间，朱韵忽然觉得自己正在做一件很了不起的事情，似乎比从前那些年里做过的所有决定都更加了不起。

这样一想，她心火烧得更旺了。

很快来到目的地。朱韵下了车，环顾四周。她还清晰地记得，就在不久前的那晚，她是抱着怎样的心情站在这座湖边的。而此时，湖还是那座湖，夜却不再是那个夜了。

朱韵顺着石板路找李峋，某个回头的瞬间，看到月悬当空，柳枝摇荡，忽然想起柳永"杨柳岸，晓风残月"的诗景。不过她很快又意识到《雨霖铃》的寓意不太好，晃晃脑袋不再去想。

再转过头，她就看到了不远处的李峋。

他夏天穿半袖，总喜欢把袖子撸到肩膀上，露出肩膀干净的线条。

朱韵来不及欣赏，连忙警觉地看向他身旁。

没人。

徐英雄还没到?

太好了！朱韵抓紧时间，深吸了一口气，朝着目标人物就冲过去了。

李峋正跟柳树一起在石栏边吹风。他到得早，已经等了一阵，无聊地看远处的风景。蓦然间，他察觉到了什么，侧过头，冷不防被吓了一跳。

不远处一道人影正急速地向他奔来，风风火火，如同沙场上冲锋的战士。

李峋先是一愣，后又发现这战士还挺有看点的。

身着一条很精致的裙子，细细的腰下是篷起的网纱，里面的裙子包裹着年轻女孩少有的婀娜身姿；妆容典雅，长发盘起，由于冲刺太猛，有几丝碎发垂下，更添得几分妩媚；那双眼睛里，有着女人特有的动情后的美艳，又有着对接下来要发生的事最矜持的渴盼。

生机勃勃。

李峋神色玩味，好整以暇地靠在石柱上等着。

朱韵觉得她高估了自己。在看见李峋身影的那一刻，她的眼圈就有点难以控制地泛红了。不是激动，是比激动更复杂的感情。

她忽然觉得，自己为他做出这样的事，简直是受了天大的委屈。

她因为徐英雄一个电话整夜失眠，为了买条破裙子试到手抖得拉链都拉不上，为了减淡黑眼圈坐在美容院的椅子里差点睡着。

这，他都知道吗?

他穿得像是要去菜市场买菜的老大爷一样。

朱韵满心愤恨。

但随着她一点点靠近，慢慢看清那双清澈又沉默的眼睛时，她又想……

天大的委屈，也都算了吧!

柳枝轻摆，湖面轻波澜。

李峋静静地看着她。

朱韵在出租车上打了不少腹稿，从各方面入手，想分析出一套成功率最高的方案。可此时此刻，她发现那些都没什么用。

啥也不用说了，她认栽。

那就什么也别保留了，她告诉自己，现在不是装模作样的时候。既然已经到了这一步，就把真正想对他说的讲出来。

终于站在他面前："李峋……"

他目色渐深，淡淡地嗯了一声。

朱韵声音有点抖："你选我吧。"

她目不转睛地看着他的眼，看着他"一意孤行"的金色的发，还有因总窝在电脑前而有些自然弯曲的背，最后深吸一口气，挺直腰杆，霍然道："我绝不背叛你！"

……

路过的大婶斜眼看她。

旁边的柳枝也被这"大义凛然"的发言震得不敢摇了。

安静了十秒后，李峋扑哧一声笑了出来。

李峋这一笑，朱韵底气全没了。

本来就是一鼓作气来的，时间拖得越久，越容易萎。

李峋开始只是轻笑，后来实在是忍不住，直接笑弯了腰。

朱韵恨不得找个地缝钻进去——不对，地上没有这么大的缝，能装下她的那是地沟。

朱韵在这边忙着自我诽谤，另一头，李峋总算笑够了。他直起身，面容因为掺和了刚刚的笑意，温柔得不像话。

当然了，一般的“温柔”是不足以形容李状元的表情的。朱韵在那柔情的丝丝缝缝里，还看到了胜券在握的调侃。

“再说一遍。”他忍着笑，“你要怎么着我？”

朱韵：“……”

“来，再让我听一遍。”

刚才发言时还慷慨激昂，现在稍微冷静了点，朱韵顿时感觉到一股谜一样的尴尬。

她深深埋头，垂下的发丝形成一道天然屏障，只顾盯着地上的石板砖看。

很快，视线前暗了暗，某人弯下腰，自下往上窥视：“怎么不说话了？”

他伸出修长的手指，拨开一半发丝，像掀起门帘一样，感叹道：“我还从来没有听过这么新颖的表白呢。”

朱韵：“……”

脚下的泥潭越来越深，朱韵觉得不能再这样任由他下去了，而且最要紧的事她还没问……

朱韵终于抬起头：“徐黎娜呢？”

李峋：“没来。”

朱韵：“没来？你们约的几点，堵车了？”

李峋无所谓地笑：“谁知道呢。”

这样看来，是她先说的了……虽然不知道个中缘由，朱韵心里那块大石还是放下了。她看向李峋，故作轻松地说：“晚上很容易堵车的，她没提前点出来啊？”

李峋耸耸肩。

朱韵添油加醋道：“她好像没太拿你当回事啊。”

李峋无不遗憾：“是啊。”

目前为止，一切顺利。

忽然，朱韵感到手上一轻，李峋拉着她，另一只手掏烟点着。

他拉得好自然，朱韵心想，就像接幼儿园小孩放学的家长一样。

可她不是幼儿园小孩，幼儿园哪有她这种巨婴？

……这种紧要关头，她脑子里都在想什么？

李峋在路口拦了辆出租车，两人一起坐到后座。司机问去哪儿，李峋说你顺着这条路往下开吧。

朱韵懒得思考，她感觉整个人都轻飘飘的。

手还被他握着，不松不紧，他掌心很干爽。

窗外景色转瞬即逝，明明视线范围里全是街道上的灯红酒绿，可她分明觉得眼前是他修长的手。指头的形状、关节的弧度，还有肌肤的颜色，全都一清二楚。

她不知道他要去哪儿，或者说她觉得去哪儿都行，就算这辆车永远开下去也无所谓。

——这样的想法一直持续到李峋让司机停车为止。

事实上车并没有开多久，李峋自己也没有明确的目的地。他一直看着外面，似乎在寻找着什么，现在终于让他找到了。

朱韵抬头，是一家宾馆。

……

什么套路？

剧情极速推进。没等纯情的清风刮过心田，污浊的狂风暴雨已经席卷而来。

朱韵站在马路边，一动不动。李峋去旁边的便利店，半分钟的工夫就回来了，朱韵打量他，没发现异常。

买啥了？

李峋回来，又自然而然拉住朱韵的手，往宾馆里走。朱韵想都没想，一把扯住他的胳膊。

李峋看她："怎么了？"

"我……"朱韵想来想去，憋了一句，"我没带证件。"

"哦。"李峋松开她，"那你在这儿等我。"

他自己进了宾馆，在前台开了间房，给朱韵发短信："301。"

朱韵不知道该回些什么，干脆把手机收起，抛开一切闷头进去。

宾馆规模并不大，前台只有一个服务员，此时正忙着看黄金档电视剧，没空理人。

朱韵顺利拐进过道，一抬眼，李峋正在电梯门口等她。

电梯门关起，朱韵还处在蒙的状态。她隐约觉得情节好像不应该这样发展……可具体该怎样发展她又说不出，毕竟她毫无经验。

来到301号房，李峋开门，朱韵震惊地发现，这是个单人间，只有一张床。

背后被轻轻推了一下，朱韵一脚迈入未知的深渊。她忽然感觉到手腕被握住，李峋反手将门一关，转身给她扣在门上。

灯也没开，周围黑黢黢。

朱韵一颗心扑通扑通跳着，浑身僵直。她似乎完全走进了他的领域。

“我今天很不爽。”他的唇贴在她耳边。黑暗之中，他的嗓音宛如立体声音响一样，全方位环绕。

朱韵像是被拧紧的发条，肚子直抽筋。

“我昨晚太累，顾不了别的，本打算今早醒来等你伺候。”

“……”

“结果连人影都看不着。”

他说着，在她脸颊、颈边摩挲，朱韵浑身发烫，不知是不是没有开空调的原因。

“我当时就在想，真不愧是公主，用完就踹，够气魄！”

朱韵总算找回自己的声音：“不是，我那个时候……”话说一半，忽然感觉颈窝被轻轻啄了一下，那瞬间朱韵浑身酥麻，像是被电到一样，肩膀瑟缩，话也止住了。

李峋抬眼，看着她，轻笑道：“你本事不小。”

这个时候夸她，肯定不是什么正经事。

果然，下一秒朱韵身体一紧，臀部被捏住。他的手盖在网纱之上，低声说：“我的喜好真是被你摸得一清二楚。”

朱韵被他碰得身体内仿佛烧了一团火，眼看就要爆炸。她试图找回一点主动权，艰难道：“一点都不难，怎么俗怎么来就是了。”

李峋挑眉，手再一用力，朱韵跟他贴到一起。他空出的一只手捏着她的下巴，让她仰头看自己：“再说一遍。”

朱韵：“……”

“脱俗的朱小姐，把话再说一遍。”

又是似曾相识的画面。

朱韵不可避免地想起从前。此时与过往相互纠缠，混着浓黑的夜，交迭出梦境般的无穷无尽。

李峋与她脸对着脸，两人都能清晰地感受到彼此的呼吸，他的胸腔因为发声震动，鲜活得让人想流眼泪。

朱韵脸如火烧，目光游离片刻后，今晚第一次正视他的眼睛。

四目相对，很多东西都不一样了。

李峋微微低头，与她额头相抵。他轻笑着说：“按我以往的经验来看，这个距离不是打架就是接吻，公主殿下，选一个吧。”

……说实话，有点想打架。

朱韵往前半步，虽然穿着高跟鞋，但还是要踮一下脚。

她扶着他的双肩，闭眼迎上去。

在嘴唇真正相贴的那一刻，她有种别无他求的感觉——这是她的初吻，给了决不会后悔的一个人。

她不太懂这些，在主动了那一下后，马上变得笨拙起来。

吻到后面，李峋哑然失笑：“公主，喘气啊！”

朱韵脸上通红。

李峋并没有因为这一点嘲笑她，他将她打了个横抱，放到床上，自己欺身上去。

李峋身高体长，给朱韵逼至床头，一手按在她脸侧，看着她问：“我帅吗？”

“……”

朱韵小声说：“你问这句话之前还挺帅的。”

李峋笑了，把她下巴勾回来，硬是让她看着自己：“还嘴硬是不是？”

朱韵缩脖，李峋贴得更近，近到朱韵能用鼻尖感受到他身上的薄汗。

他在她耳边轻声说：“咱们就承认了吧——你早就迷我迷得无法自拔了吧？”

朱韵觉得自己要被烧成灰了。

李峋身上也很热，他不再说话，手放到她裙下的大腿上。

这时朱韵却蓦然清醒，握住了他的手腕。

李峋低声："不行？"

朱韵无言地看着他。

从昨天起，她就一直像没头苍蝇一样，战战兢兢、四处乱撞。今天见他的经过也是如此，自始至终都是他在引导。

只有此刻，朱韵神情方才不同，好像换了个人一样，竟有些居高临下的意味："李峋。"

他应了一声。

朱韵道："我不是柳思思，我也不是朱丽叶。"

"嗯。"

"你懂我的意思吗？"

他点点头："大概懂。"

她也觉得他懂。这么精的一个人，什么不懂?

她等他的答案，在他沉默的数秒钟之内，她的心一点点揪起。

什么结果来个痛快，这种感觉太要命了!

李峋看着这样的朱韵，身子一侧，胳膊肘支着头。他看起来比她轻松多了，懒散地压在她身上，神色玩味。

朱韵忍不住问："你在想什么？"

李峋一本正经地回答："我在想，像我这样的男人，这么早就定下来，简直是种犯罪。"

好想把鞋捡起来抽他一嘴巴啊……

"虽然这种情况发生的概率极小，我还是问一句吧！"他捏着朱韵的裙角玩，不紧不慢道，"万一将来我不小心走岔路了，公主殿下打算怎么处理我啊？"

朱韵二话不说："下地狱吧。"

"……"

李峋抬眼，认认真真看着她，她也认认真真回视。

片刻后，他从她身上爬起来："还是算了吧。"

一盆冷水当头浇下，朱韵难以置信，几乎咆哮出来："李峋！"

他肩膀轻颤，起身到一半就装不下去了，哈哈大笑。

他跪在她身上，两手交叉拉住衬衫衣角，举臂脱下。

眼前是干干净净的身体。

李峋将衬衫扔到一边，垂眸，淡淡道："就这么说定了，背叛的人下地狱。"

夜幕之下，心钟长鸣。

……是了。在他的手顺着她腿部线条滑上去的时候，朱韵盯着天花板，默默地想着。就是这样，他总是喜欢这样，不管什么事，永远摆出一副无所谓的态度，惹得你抓狂到死，恨不得放弃的时候，他再风轻云淡地将所有事都解决。

明明一句话就可以搞定的事，他非要让你像坐过山车一样，百转千回，好像不这样就不足以让人记住他的特别。

他在她脖颈处狠狠亲了一下，泄愤一样道："我他妈总算等到你服软了！"

朱韵也颇为感叹，一切终于尘埃落定，好在都是她想要的结局。

就在朱韵忙着内心感天动地的时候，忽然察觉身子一轻，左肩被抬起，李峋给她翻了个个儿，又从后面提起她的屁股，让她跪趴在床上。

嗯?

咦?

咦咦咦咦咦?

朱韵眼睛不由自主地瞪大，这好像不是新手姿势啊?

李峋将她裙子撩起，托着她的腰给她提起，一切准备就绪。

朱韵猛然回神："李李李……李峋？"

"嗯？"

她试图翻回来，李峋按住她："别动。"

"等等……"

"不用等。"

"不是，等等！停——"

朱韵瞪着眼睛，手脚并用往外爬。李峋抓了几次没成功，被她折腾得分外不耐烦，直接趴在她身上："我说公主。"

好沉!

朱韵呼吸困难，费力回头，怒道："你这是跟公主说话的态度吗？"

背上的身躯在颤，李峋笑，完全没有要起身的意思，给她解释道："这种姿势最原始，从生理解剖学上讲是最完美的方式。公主殿下不是讲求科学吗？"

朱韵被他压得脸上通红：“你先起来！”

李峋：“你不熟悉这些，跟着我来就好。”

他再次想要托起她的臀部，朱韵紧张得都要吐出来了，想也没想，一掌拍飞他的手，大吼道：“不行！”

“……”

房间安静了。

在这诡异的静谧中，朱韵偷偷回头，不出意外，看见一张冷若冰霜的脸。

完蛋了！

男人理性思考，承诺如同签合同，如今白纸黑字刚敲定，抬笔就遭遇毁约，任谁都受不了。

何况李峋这人……这种场合拒绝他，朱韵想一想也知道自己会死得多惨。

朱韵手挠床单，解释道：“那个……误会！我不是说不行，我完全没问题！”她涨红着脸，支支吾吾：“就是……毕竟第一次。”

李峋不语。

朱韵提议：“我们要不先来个大众口味的缓冲一下？”

李峋挑起一边眉毛。

朱韵试图类比：“你看，连拳击比赛都有垫场的。”

他冷笑。

朱韵好声好气：“咱们先磨合一段时间好不好……未来日子那么久。”

李峋目光微动，似乎被这句话里的某些东西打动了。

过了一会儿，朱韵终于感觉身上的禁锢减轻，肩头多了一只手，给她翻身，让她脸朝上。

李峋：“现在算大众口味了吧？”

“……”

为了安抚他，朱韵主动伸出双臂。李峋的背很细腻，皮肤光滑有弹性，肌肉线条平顺流畅。她的脸贴着他，体会着她从不曾感受过的温度。

裙子被脱掉了，怎么脱的，她完全没注意。

他坐起身，解开皮带，整个过程中，就任由朱韵观赏。

窗外的月光落在他的肩头，营造出一种青瓷般的质感，冰冰凉凉。

李峋是个很自信的人，这不光体现在他的头脑上，他对自身的一切都有最高的接受度。他总是相信自己是最好的，相信选择他的人是最有眼光的。

朱韵觉得人的信念真的可以影响很多东西，不然，自小挑剔的她不会在此时此刻面对一个陌生的身体，竟觉得毫无瑕疵。

这样形容一个男人或许不太合适，可她真的觉得他很美。

李峋俯身，他身高体长，完全将她包裹起来，让她枕在他的手掌上。

“闹腾够了吧？”他低声，身体已经比刚刚热了许多，大手抓住她的胳膊，语气低沉不满，“半年了，你拖我太久了。”

好好好，都是我的错。

朱韵从他双臂下伸出手，抱住他的腰身，而后顺着他的背，慢慢摸到脖颈。

在她纤细的手指穿入他的发中时，李峋挺身而入。

他已经忍了很久了，再没耐心做过多的铺垫。饶是朱韵做了充足的准备，那一瞬还是咬牙一颤。

这人就像个牲口一样。

她强迫自己先分散注意力，目光落向他的发丝。

这是她第一次碰触李峋的头发。她总觉得这是他生命里的一块自留地，苍凉得好像学校那片操场，可在荒芜之下，却存放着他永远都不会向外人道出的决心与骄傲。

朱韵知道在这样的场合里，人的感想难免会有夸张的成分，可她真的有种感觉——她这一生的披肝沥胆和心无旁骛，都将奉献给这个人。

云雨夹杂惊雷，响彻心田。

身体很疼，但不管再怎么疼，她都一声没吭。

小时好奇心泛滥，朱韵曾通过各种渠道了解过这一夜，她也曾为各种身体力行的发言搞得战战兢兢。而当此刻真正来临，她觉得那些都是胡言乱语。

根本不会让人心生难过，怎么有资格被称为“疼”？

李峋动作算不上温柔，他眉头皱着，全身心投入……朱韵脑海中忽然浮现出他身着衬衫长裤，窝在基地的凳子里写代码的情景。那个她以前觉得坐在他身边都尴尬可怕的男人，如今正汗流浃背地压在她的身上，与她紧密相连。

一想到这儿，辛辣的疼痛中，顿时融入了苦茶一般的清润。

朱韵紧紧抱着他的身体，她自己也出了很多汗，宾馆的小床被他摇得一颤一颤，身下的床单也皱在一起。

她脑中闪现出许多不着边际的影像：桌上的空调遥控器、地上团成一团的衬衫、歪了的凳子，还有窗台上被月光照耀着的粒粒灰尘……

她闻到他身上的味道，体香混着汗液，从四面八方涌进，她觉得全世界再也找不出第二种能与她契合到如此程度的气味。她被他刮得很疼，疼中又透着一丝瘙痒，身体好像不是自己的。

有些可怕。

他的小腹与她相互摩擦，一个软，一个硬，这种对比让朱韵有种要被淹没的错觉。她汗流浃背，目光迷离，身下的床单皱在一起。恍惚间，她仿佛置身于那片操场上，透过他的肩膀，望向漆黑的、没有星星的天。

此时她终于可以确认，爱才是人最公平的信仰，她坚信人人都曾幻想为此殉道。

不知过了多久，他满头大汗地昂起头，长长地呼出一口气，最后筋疲力尽躺倒在她的身上。

月光挥洒，他不住地喘息。

过了一会儿，他抬起一条胳膊，手掌贴上她的脸颊。

“公主……”他寻欢后的嗓音沙哑低沉，朱韵从中听出一种让人背脊发麻的性感。

他躺在她胸口，朱韵只看得到他的头发。她应了一声，他才接着说：“你自己开出的条件，自己要记牢了。”

嗯。

李峋躺在她身上，饱食餍足，没过多会儿就睡着了。朱韵白天睡得多，现在还很精神，她觉得自己应该去洗个澡，可她又不想放开他。

在“松开”和“不松开”这种毫无营养的纠结中，朱韵慢慢熬至深夜，最后终于在腿发麻了的情况下，翻身下床。

她对自己说：别急，他已经是你的了。

朱韵以一种胜利者的姿态进到洗手间，半个小时后，洗漱完毕，回到床上。

以前朱韵很爱干净，尤其是刚刚洗过澡后，她往往除了手巾什么都不想碰。可现在，她刚躺到床上，就毫不犹豫地将浑身是汗的李峋重新抱在怀里。

他睡得很沉，缓慢呼吸。朱韵闭上眼，感受到他们身体之间黏合的轻微黏度，那让她无比沉迷。

入睡前思维混乱，朱韵最后想到，这世上第一个创造“肌肤相亲”这个词的人，该是领悟了多么完美的一生。

她后睡，她先醒。

睡时是她揽着他，醒时则变成他搂着她。

他贴着她的背，胳膊从身上绕过，盖在她身侧的手掌上。她动了动，发现头发被他压住了。

几点了？

窗外太阳升得不高，朱韵胡乱判断，现在应该在七点半到八点半之间。

她觉得有点热，伸手去够桌上的空调遥控器。李峋很敏感，翻了半个身，沉沉地出了口气，一只手盖在额头上。

"……几点了？"他沙哑地问道。

朱韵："不到九点。"

李峋皱着眉头，另一只手也捂在脸上，缓慢而用力地揉了几下，睁眼，全是血丝。

朱韵看着他："你每天早上起床都是这个状态？"

李峋往上挪了挪，头靠在床头的墙壁上，蜷起一条腿，连说话都很迟缓："不是。"

朱韵皱眉。

李峋看起来很不舒服，凝眉道："帮我拿支烟。"

朱韵下地，从地上捡起他的裤子，一摸兜，先掏出那只金色的打火机。

李峋就这么耗在床上抽烟。

朱韵："你要不先把衣服穿上再抽？"

李峋瞥她一眼，干脆把最后一点被子也蹬开，赤条条暴露在她视线范围里。

叛逆期没过吗？一大清早的这是要干什么？

李峋身材像是画出来的，但下面那团黑又给朱韵硬生生拉回现实——这不是画，这就是一坨鲜活的男人。

朱韵撇开眼，尝试转移话题："你想吃什么？我去买。"

李峋叼着烟，懒懒道："不用。"

"不饿吗？"都折腾一夜了。

李峋摇头，拍拍身边："过来。"

"干吗？"

"跟我撒会儿娇。"

朱韵脸上微热，慢慢蹭过去，李峋揽过她的肩膀。

她这时才意识到，她已经是他的女朋友了。

朱韵环顾四周："这屋真小。"

他嗯了一声："我习惯住小屋子，下次给你换大的。"

朱韵问："为什么习惯小的？"

李峋说："以前有很长一段时间，我就住在这么大——不对，要比这儿还要再小一圈的屋子里。"

他好像在回忆什么，朱韵没有打扰他。

李峋很快回神，打量她道："你精神不错啊！"

那当然。

"不难受？"

"昨晚特别难受，今早缓过来了。"

李峋笑了笑。

阳光在他脸上照出慵懒的色调，朱韵觉得他们关系应该已经亲密到可以分享些别的东西了。

"我身体很好的。"朱韵小声问，"知道为什么吗？"

"不知道。"

朱韵抿嘴："我说出来怕吓死你。"

他纵容地笑："那你就说出来吓死我吧。"

朱韵凑到他耳边说了点什么，李峋皱眉，狐疑道："真的假的？"

朱韵："当然是真的。我二婶之前在妇科医院工作，专门负责这一块。那年代管得松，很容易就弄到了，我和我几个弟弟小时候都常吃。"

"行了，停！"

朱韵咧嘴："你看，我就说会吓死你吧。我身体底子好，从小头疼脑热就少，外伤复原也比别人快。"

"嗯。"他懒洋洋地敷衍，"公主殿下万福金安、长命百岁。"说着，他想起什么般，扯着嘴角道，"不过你身体底子好是真的……"伴随着这句话，李峋的手从朱韵肩膀上拿下，往她大腿中间插。

朱韵反射性地夹住，咆哮："干什么？"

李峋烟刚好抽完，按灭在床头，顺势入侵至朱韵地盘，手掌从胸顺到腰，再滑向臀部。

"你以为我天天早上都能被榨成这样？"他捏着朱韵，"怎么长的，豆腐一样，一碰就稀软。”

什么烂比喻！朱韵脸上烧起来。

李峋得寸进尺道：“你名字起得好，朱韵朱韵，这辈子你就关注这些下流韵事就好了。”

朱韵被他摸得浑身难受，最后忍无可忍，一脚踹开：“那叫风流韵事！滚！”

李峋大笑着下床，去洗手间冲澡，出来后又是一副满血复活的架势。

他让朱韵先离开，自己随后去退房。

李峋从宾馆出来的时候，看见朱韵正仰头望天。

他走过去：“干什么，等着掉钱呢？”

朱韵冷眼：“真掉钱了，恐怕你接得比我快多了。”

两人互相白了一眼，瞥向两旁，各自笑。

绿树成荫，晴空万里。

他们都觉得自己更赚一些。

这世上最美好的默契，也不外如此。

比赛正式结束，收获颇丰。

有几个人着急回家直接先走了，大多数人的行李都还放在学校，组织统一回程。

机场换票是朱韵负责的，有同组的李峋做对比，林老头对她这个课代表办事百般放心。

朱韵在取登机牌的时候留了个心眼，将自己和李峋安排到了一起。结果天不从人愿，刚上飞机，朱韵的座位就被林老头给换走了。

朱韵心里一百八十个不乐意——你都这么大岁数了，还跟小姑娘抢什么啊……

好在林老头的位置就在前面，朱韵换了座位后，后背紧紧靠在椅背上，竖起耳朵偷听后面的谈话。

在一如既往的训斥批评开场后，林老头开始跟李峋谈正式话题：“你今后有什么打算啊？”

朱韵微顿。李峋这人看起来是能跟别人好好谈论未来规划的人吗？

果然，下一秒就听见李峋轻飘飘地回答：“可能会去卖土豆吧。”

林老头怒道：“你别跟我扯淡！”

朱韵在前面缩缩肩膀，又听见林老头说：“我现在在跟你谈正经事，你给我把态度端正了！听见没？把眼睛睁开！”

终于进入正题，林老头对李峋说：“是这样的，你知道彭国瑞吗？他是享受国家特殊津贴的计算机教授，也是我的老师。他现在在研发国家大型计算机的操作系统，你对这个有兴趣吗？”

静了一会儿，李峋缓缓道：“这种都是保密项目吧？”

林老头笑道：“当然了，没想到你还挺懂。”

李峋没说话，林老头有些感叹：“其实教书这么多年，厉害的学生我见过不少，可一上来就有这么丰富实践经验的，你还真是第一个。你家里应该跟这个相关吧，这样才能从小接触——你父母是搞什么的？”

李峋：“卖土豆的。”

林老头：“……”

“浑小子！”林老头笑骂一句，接着说正事，“你说对了，这是保密项目，想进是不可能的。但彭教授最近要开一个研讨班，主要针对自己的学生，进行深入的理论培训，时间大概是一个月，我向他推荐了你。”

李峋：“一个月……都开学了。”

“学校方面你不用担心，我会向主任说的，就看你自己的意愿。不过这是个好机会，对你整个知识系统的梳理会有很大帮助，这机会不是谁都能有的，我希望……”

“行。”在林老头还在想方设法劝说的时候，李峋已经点头同意了，同意后还不忘礼数，“谢谢你啊，老师！”

“……”他突然这么正常，唬得林老头一愣，“你怎么这次这么容易就答应了？”

李峋缓缓侧头，对林老头露出一个你知我知的笑：“那里跟这破比赛可不一样，是吧？”

林老头伸出一根手指，不住地点评：“你小子真够贼的！那行了，我会跟他打好招呼。不过他那儿不是随随便便就能去的，可能要通过一个小测验，但对你来说也没什么……”

话题还在继续，朱韵已经不想听了。要是此时面前有镜子，她会发现自己的嘴角已经耷拉到下巴处了。

他们是前天晚上才在一起吧？有过去四十八小时吗？有这样干事的吗？

当然了，关于林老头刚刚说的彭国瑞的课程，她是肯定举双手赞成李峋去参加，但这并不代表这事就没有跟她商量一下的价值啊！

朱韵没有谈恋爱的经验，她一直在回想电影和电视剧，感觉一般剧目中男女主角在历经千难万险之后确定了关系，都会有段轻松情节缓冲一下——怎么到他们这儿就给略过了？

下了飞机，大家去取行李，朱韵和李峋都没有托运行李，站在人群后面。

“等下我有点事，可能不会回学校。”李峋说。

朱韵转头：“是林老师说的那个？你现在就要去了？”

李峋侧眼，笑道：“你听到了啊？是答应去了，但不是这事。”

行李陆陆续续取完，林老头招呼大家去排机场巴士，李峋过去跟林老头打了个招呼，回来对朱韵道：“我先走了。”

朱韵：“……”

这就走了啊？是不是该有点表示啊？

看着李峋一副风轻云淡的样子，朱韵心里微微憋屈，可她又不想表露得太过明显，好像自己多没出息一样。

哼，走就走呗，有什么了不起！

自我心理建设完毕，朱韵一仰脖，恩准一般：“去吧！”

李峋垂眸看她，忽然笑了笑，趁着前面人都在等车，拉住她的手臂，给她扯到背人的角落里。

俯身。

嘴唇相贴，朱韵飘飘欲仙。

李峋亲完她，低声说：“我一去要一个月，基地那边还有不少事，我得跟人都交代好了，不然会很麻烦。”

朱韵小声道：“……有没做完的项目，我可以帮你接着做。”

李峋听后，不知想起什么，笑得一脸猥琐：“公主，你还真是百搭啊！”

嗯？

他贴着她的耳朵说：“穿上衣服脱了衣服都这么好使。”

“……”

她想抬脚踹他，被他一掌挡掉。

李峋直起身，道：“不用你做这些，给你留点别的活。”

朱韵抬眼，李峋接着说："你回去帮我把课选了吧，我怕我到时忘了。"

他这一说，朱韵才想起，马上就要进行下一学期的网上选课了。

就这点事啊？

"来，报酬。"李峋随手从兜里掏出什么，放到朱韵手里。

朱韵心里一动，正想着他什么时候准备的，往下一看——是飞机餐里赠送的润喉糖。

朱韵感觉一口气堵在嗓子眼里，上不去下不来，刚想去瞪他，抬头发现人已经走远了，修长的背影举起手，挥了挥。

朱韵感觉又想发火又想笑，撕开润喉糖塞到嘴里。

丝丝凉凉，透着清爽，就像这个夏天一样。

其实李峋这一走，也给朱韵省下不少事，至少这样她就不用再纠结到底要使什么样的招，才能瞒过母亲在假期留校不回家。

在确定了李峋的行程后，朱韵也觉得没有磨蹭的必要了，她回宿舍简单收拾了东西，当天便踏上了归家之路。

回到家中，奖状呈上，母亲一万个满意："你回来得太晚了，比赛怎么这么长时间？"

"人家赛程都是固定的啊……"

母亲想念她，拉着她问这问那，朱韵当然不能把比赛过程中那些"波澜壮阔"完全复述出来，只挑了些轻口味的讲给她听。

母亲道："方志靖呢？"

朱韵呃了一声："他们组……好像出了点状况。"

"什么状况，他们成绩怎么样？"

"他们没得奖。"

"我就说嘛！"母亲一拍手，目露精光地对朱韵道，"肯定是不行了，要不然就他那个性格，成绩好电话早就过来了。他小时候就是这样，只有点小聪明，心理素质极差，干不成大事的。"

朱韵作为让方志靖"不行了"的罪魁祸首之一，此刻只能默默无言地听着。

谈完话的朱韵回屋洗澡，出来之后躺在床上拿起手机。

她给任迪发了条短信——

"Done。"

过了几分钟，任迪回复——

"别他妈给我发英文，恭喜！"

朱韵笑了。

她的社交生活极其简单，没有什么特别要好的朋友，这件事大概只能对任迪说了。

第二天，朱韵去趟图书馆，买了一堆编程书籍。她给自己制定了详细的学习计划，整个假期都被安排得满满当当，只是偶尔朱韵会觉得自己可能是哪里出了问题，不然不会好好地看着书，就莫名其妙地笑出来。

她没主动联系过李峋。那个畜生在吃小灶，她知道他做事有多专注。

朱韵牢记李峋给她安排的"工作"，在回家的当晚就做了备忘。等到了那天，朱韵按照李峋留给她的密码登录教务网，帮他选课。

出于某种不可告人的目的，朱韵完全复制了自己的选课单——反正李峋在选修课上也从来不听。

只有体育一项，朱韵犹豫了。

李峋大一的体育课选了健身健美。当然了，他选这个不代表就对这方面感兴趣，而是因为健身健美是唯一可以名正言顺偷懒的体育课。

该课本应在学校的健身馆进行，但因为健身房的设施太过完善，已经对外商用，上课的时候很难有空位，所以课程慢慢变成理论为主，大概学期三分之一时内容就结束了，后面根本没人管。

朱韵大一的时候选的是瑜伽，图的是室内，不用风吹日晒。

而现在……

朱韵回想李峋，她不得不承认自己对他关注已久，他很多习惯和毛病她都在不知不觉中了解得一清二楚。譬如他三餐不固定、他喜欢早上洗澡，还有他的后背有很严重的问题……

没错，后背！

刚认识李峋那阵，朱韵一直觉得他窝在椅子里写代码是为了装×，后来她才慢慢发现，那是因为他后背疼得根本坐不直。她好几次注意到，他在完成某一阶段的任务后，直起后背的速度都异常缓慢，并伴随着阴沉可怕的脸色。

基地的其他人只是偶尔熬夜拼一下进度，而李峋则是把那种可怕的工作量当成日常生活。朱韵不知道他究竟写程序多久了，但那后背的毛病绝不是一两天形成的。

甚至包括那天清晨，他一早醒来，也是在床上缓了好一会儿才能下地。

他故意抽烟，拉她聊天抻时间，其实她都知道。

这人简直把自己当牲口用。

朱韵晃晃脑袋，重新看向屏幕。

她在网上搜索了一个下午，就为了查明哪项运动能够有效锻炼后背。

最后千挑万选，终于做下决定。

于是，一个月后的某一天。

头顶是晃得睁不开眼的大太阳，脚底是几乎要晒化了的土柏路，周围是比体温更高的空气……场地里连个方寸大的树荫都没有，十几个学生生无可恋地等着上课。

浑身都是汗，朱韵按了按胸口，感觉文胸里面可以养鱼了。

“我他妈要不是网卡了……”身边一个把湿毛巾围到脖子上的男生自言自语，“怎会落得如此境地……”

朱韵抹了一把额头上的汗，觉得意识都要被晒模糊了。

后悔了，悔死她了要！早知道就选羽毛球了。

阳光炙烤，虫子都叫不动。

恍惚之间，一个人影从远处走来。朱韵刚开始以为是老师，可很快意识到老师没有这么高。

李峋衣服湿透，满身是汗，一脚踏入被太阳直射、没遮没拦的排球场。

他来到朱韵面前。

朱韵从来不知自己竟然如此怀念这一头金毛。他明明还是那个样子，可她总觉得他又变帅了。

李峋看着她，阔别一个月，所有的思念都化为阴沉的一句话——

“你最好给我一个选这课的充足理由！”

朱韵被晒得醉生梦死，喃喃回答——

“我网卡了……”

没等李峋对她这个“网卡了”的回答做出什么回应，体育老师已经来了。

他拖着一个巨大的网袋，里面塞满排球。

“快点快点！集合了！”排球教练离得老远就开始吼起来。

教练姓唐，年纪不大，中等身材，体形精瘦，非常热血。在这样的教学环境下，唐教练皮肤晒得黝黑，他又喜欢穿暗色的运动服，冷不防看到他，还以为是根会移动的烧火棍。

“都站好排，江兴驰来点名！”

唐教练一嗓子嚷完，队伍里走出一个身材高大健硕的男生。朱韵认得他，他是二班的体育特长生，国家二级运动员，也是校排球队的主力选手。

被晒得晕晕乎乎的学生们慢悠悠地站成两排。

“那个谁，你快点站到队伍里！”江兴驰指着李峋说。

李峋回头看他一眼。

江兴驰：“快点！马上上课了！”

朱韵悄悄拉住李峋衣角往队伍里拽。

李峋瞥她一眼，神色稍松，那边江兴驰翻开点名册，记录完日期，再次抬头——

“哎，我说你怎么回事？看不出来那是女生队伍吗？快出来！”

太阳烧得大家都有些急躁，江兴驰连叫几声，语气不善。

李峋一语不发。

朱韵偷偷看他，从那眉峰轻微的角度变化来看，她知道他已经有点火了。

不过好在李峋没有过多表示，他只看了江兴驰几眼，便从队伍里出来，往前面那列走。

江兴驰开始点名，点完之后，唐教练那边也准备得差不多了，江兴驰把点名册送过去，自己回队列。然而，就在他想重新站到男生排头位置的时候，却发现某人并没有要给他让地方的意思。

江兴驰看向他，李峋双手插兜，下巴微抬，神色淡淡：“你怎么回事？看不出来队伍是按高矮排列的吗？”

朱韵：“……”

虽说江兴驰体格比李峋壮硕不少，但如果真按高矮来论的话，他确实没有李峋高。

一月不见，他鄙视人的功力又精进了不少。

江兴驰被他这明显带有挑衅风格的言论一激，脸色也不好看起来：“你什么意思？”

李峋面不改色：“快点站队啊，马上要上课了。”

朱韵有点小紧张。

江兴驰是体育特长生，除了必修的专业课外，其余时间都专注在体育训练上，而李峋一直耗在基地，从不参加任何跟体育搭边的活动。这两人在此之前可以说完全没有过交集。

朱韵已经上过几次课了，她对江兴驰有浅显的了解。他是唐教练的得意门生，听其他同学讲，以前学校排球队出去打比赛，能走到哪一步，完全取决于抽签；自从来了江兴驰，战绩一路飘红，去年的联赛竟然一举打进了前六。

作为校排球队的主力队员，江兴驰在球场上基本是横着走的人物。

朱韵看着魁梧的江兴驰，心肝乱颤。

“干什么呢？”唐教练好不容易拆开了网袋，回头看到这一幕，“江兴驰，都上课了，还不快点带队热身！”

旁边同学一听，险些晕厥过去——都这个天气了还热身？

两人的目光终于错开，江兴驰领着队伍开始顶着大太阳绕圈跑步。

苦不堪言。

两圈下来，所有人都跟从水里捞出来的一样。

朱韵偷偷看向李峋，他也很热，而且流的汗看起来比别的同学更多，气息不匀。

李峋眉头紧皱，对天气和课程都万分不耐，朱韵看出他很累，或许是因为赶路的原因。

“今天我们教发球！”唐教练拾起一个球，对学生们道，“排球的发球方式有好几种，你们只要掌握最基础最简单的侧面下手发球就可以。”

他一边说一边示范：两脚开立，侧身对着球网，左手持球于腹前，右臂自然下垂，而后左手将球平稳抛起，右臂伸直，以肩关节为轴向后摆动——只听清脆的一声响，球被平稳流畅地发到对面场地。

“都看清楚没？”

大家懵懵懂懂地点头。唐教练又演示了两遍，说：“好，现在开始练习，先试试手感，不懂的问我或者江兴驰。”

每人取来一个球练习，男生女生分开两个场地。

朱韵试了发了几次，非常失败，一次都没有过网。

“用点力。”

朱韵回头，看见江兴驰站在身后，纠正她的姿势：“你身体再侧过来一点，小臂现在太软了。”

朱韵点点头，又试发了一球，还是没过去。

江兴驰上来，帮她调整了一下姿势，拍拍她胳膊前端位置：“用这里。你现在太放松，再紧张点，用力！”

朱韵握了握拳，但她皮肤本来就偏松软，握起来也没什么变化，江兴驰还是不满意，一直让她用力用力再用力，最后朱韵都咬起牙来了。

“好！维持这样的肌肉紧张度，不要打弯，把球抛起来！”

朱韵按照他的要求抛球，江兴驰果断下令：“挥！”

朱韵使出吃奶的力气把手臂抡出去——

梆的一声脆响，伴随着一声短促有力的惨叫。

朱韵在公共场合一向矜持，在嚷出的那一刻马上捂住嘴蹲下，手臂夹在身体中间。

……这真他妈是如同崩炮仗一般的体验啊！

朱韵手臂火辣辣地疼，江兴驰连忙过来，“怎么了？受伤了？”

朱韵摇头，“没事。”

江兴驰：“你把手臂伸出来我看看。”

朱韵手臂发麻，一时伸不直：“不用了，等下就好了。”

“快给我看看！”江兴驰伸手想要拉她，被一只手掌挡掉了。

李峋拨开江兴驰，蹲在朱韵面前。

朱韵只察觉面前一暗，抬起眼，看到满头大汗的李峋。离得近，朱韵甚至看到了他眉毛上的小小汗珠。他的皮肤被太阳暴晒，微微发红，衣衫上汗迹明显，后背胸口腋下，全都湿透了。

李峋垂着眉，问朱韵：“疼得厉害吗？”

朱韵摇头：“没事，就是砸到寸劲上了。”

“能伸直吗？”

朱韵把胳膊抽出来，缓缓伸直。皮肤在这么短的时间内已经泛起紫红，血瘀密布。朱韵皮肤白嫩，显得颜色更加触目惊心。唐教练见这边出了状况，几步跑过来，检查了一下朱韵的胳膊，道：“不严重，但也别大意，江兴驰你带她去冰敷一下。”

江兴驰应了一声，扶着朱韵去体育馆。

唐教练：“其他人继续练习！都注意一下，不适应的，一开始别使太大力！”

朱韵被江兴驰往外带着，还回头看李峋，可惜李峋背对着她，看不到表情。

好不容易见面，天公不作美啊……

江兴驰给朱韵带到体育馆的医务室，让她现在凳子上坐着，自己去拆了一个冰袋出来：“按着吧。”

朱韵闷头冰敷。

闲暇时间，江兴驰跟她闲聊：“你是一班的吧？”

“嗯。”

他想到什么，有点鄙夷地笑了笑：“你班男生都纸糊的一样。”

“……”

朱韵抬头，江兴驰从小接受体育训练，体格十分健硕，容貌粗犷，大鼻子大眼，不似李峋那种精雕细琢。江兴驰今天穿着一身深色衣服，往朱韵面前一座，像座山一样，极具压迫力。

朱韵很想问问他刚才脑海里想的是谁，而江兴驰也很快给出答案：“就像刚才那个缺了好几节课的男生，你们班都是些花架子。”

朱韵不满——你这么说我可就有点不爱听了啊！

江兴驰的手一直压着她的胳膊，朱韵往后缩了缩：“不要紧，已经不疼了。”

“还得再敷一会儿。”江兴驰没松手，他手掌常年打球，粗粝得像砂纸一样，朱韵根本抽不回来。

江兴驰似乎想要让朱韵放松下来，找了个话题闲聊：“你很少进行体育锻炼吧？”

“……嗯。”

“怪不得。一点经验都没有，这样最容易出问题。”

朱韵给自己找点借口：“排球太硬了。”

江兴驰笑了，说：“这还硬？上课用的都是软排，我们平时训练还有出去比赛的都是硬排。你要是打那个，还不死在场上了。”

朱韵干笑两声：“不会吧？”

“你不信啊？那下次我训练你来，我给你扣一个球看看。”

朱韵心里一动，敏感地察觉话题方向有点不对劲。

江兴驰看着她的手臂，笑着说：“你们女生真娇弱。”

朱韵说：“也不是，就是没准备好。”

江兴驰终于松开手，接下来又从兜里掏出手机：“你把号码留给我一下吧，要是再疼就直接找我。”

果然啊！

朱韵感叹恋爱果然是女生最好的化妆品，算上江兴驰，这一个月朱韵已经陆陆续续接到三份这方面的暗示了。

某杀真是帮她推开了异世界的桃花大门。

不过她也只能自己在心里臭美一会儿：“不会再疼的。”她装傻充愣，忽略最后一句话，起身道：“谢谢你啊，我先回去了。”

朱韵直接往外走，江兴驰还要收拾东西，晚了一步。

刚出体育馆，朱韵就看见坐在路边树荫下的人。

他低着头，胳膊肘搭在膝盖上，好像在休息。

阳光透过树枝，斑斑驳驳地落在他软绵绵的白T恤上，枝叶翠绿，头发金黄，石路是浅灰色的，色彩清新得宛如一幅水彩画。

朱韵微醺——自己的东西真是怎么看怎么美。

江兴驰懂什么？女人的梦想就是能平稳安宁地沉醉在花架子的世界里。

朱韵走过去，坐到他身边。

李峋没反应，朱韵充分利用女朋友的身份特权，往他身上靠了靠。

他终于抬起头，面带倦色，低声问：“好点没有？”

“本来也没大事。”

“我看看。”

朱韵乖乖伸出胳膊，经过冰敷，已经消肿不少了。

朱韵问他：“你今天刚回来的？”

“嗯。”

“怎么不休息一下，来了就上体育课？”

“想见你。”

朱韵瞬间软成一摊泥，止不住地想往他身上塌。不过还没等她彻底心花怒放，就看见李峋淡漠无情的眼神：“结果你倒是给我献了一份大礼啊！”

“……”

“那猩猩跟你说什么啦？”

朱韵小心思又起了，她故意错开眼神，挠挠下颌：“没说什么啊，就是跟我要电话来着。”

没反应。

朱韵偷偷看他一眼，被他的冷笑刺激得脸上通红。

我他妈也没说谎，就是要电话啊，为什么要脸红……

李峋起身，拍拍衣服上的灰，冲朱韵勾勾手指。

朱韵下意识地跟着站起，还没站直就被他扣住。朱韵惊叫一声，等反应过来的时候发现自己已经被他按到背后的树上。

李峋也不多废话，伸手就往朱韵衣服里伸。

朱韵看向后面宽阔的校园和来往的学生，意识到这是教学区主干道……

几番刺激下，朱韵使劲挣扎，抽出一只手，在他身上啪啪啪地抽，压低声音使劲道：“李峋！你看看这是哪儿！”

李峋被她抽得不爽，瞥她一眼，朱韵无视警告继续抽。于是那只大手顺利伸到她的背部，咔嚓一下，文胸扣被解开了。

朱韵只觉胸口一松，差点没吼出来，瞬间收回手抱住自己。李峋手还没抽走，又有向前挪的态势，朱韵被他摸得又痒又烫，又没处可退，梗着脖子告饶：“哥，哥，我错了！”

李峋被这几声哥哄得眉峰微挑，往前半步给她顶到树干上，淡淡道：“服不服？”

“五体投地……”

“下回再敢逗我试试？”

只许州官放火，不许百姓点灯。天理何在……

朱韵满心悲怆地抬头，却在看到他淡笑面容的一瞬，一切心绪都化为虚无。

他离得很近，阳光从背后照入，让他的脸庞呈现出一种极端真实的感觉，帅得她两脚发软。

李峋笑了笑，起身：“我先走了。”

朱韵还没反应过来……

又走？！

“去哪儿呀？”她匆忙系上文胸，追他两步，刚好赶上他回身，她一头扎进他胸膛里。

带着薄汗的体香，让她想起那个小宾馆的夜晚，李峋修长干净而富有弹性的身体……

“公主殿下，大白天的，表情别这么露骨行不行？”

朱韵撇嘴，李峋抬手在她脖颈上揉了揉，凑到她耳边，轻声说：“等我一会儿，咱们今晚去外面住。”

李峋去找林老头，朱韵整个一下午都处在亢奋当中。她提前回到宿舍，洗了个澡，换了一身干干净净的衣服。

站在换衣镜前，朱韵看着自己。

任迪在搞她的乐队，方舒苗忙她的学生会，屋里只有朱韵一个，她有充足的时间发呆思考。

也许爱情真的有魔力，使人中毒，深陷于此。这学期开学的当天，朱韵瞒着所有人，去市中心一家美容店办了会员卡，每周抽空去两次，做皮肤护理。

从学校到美容院距离不近，来回光耗在路上就得一个半小时，可她完全不觉得有什么困难。

朱韵想起《圣经》的传说：亚当夏娃本是过着无忧无虑的生活，后被蛇诱惑吃下禁果，他们开始分辨善恶美丑，开始有自己的欲望。上帝震怒，将他们赶出伊甸园，并诅咒他们永世承受苦难。

自从认识李峋，朱韵开始觉得，吃这个苹果是值得的。

朱韵找了一家离学校很远的酒店，档次不低。李峋忙完学校的事，问朱韵要到地址，来的时候已经八点多了。

他进屋就抱怨：“你怎么找这么偏的地方？”

“这儿人少。”

“看你这点胆！”李峋进洗手间冲凉。

他T恤脱在外面，朱韵拾起，感觉上面有些潮，他这一天出的汗太多了。

衣服用洗吗？她拿起衣服闻了闻……

就在她鼻子贴在T恤上的那一刻，洗手间的门开了，李峋修长的身体只在腰上围了一条浴巾。

朱韵：？！

李峋面无表情地看着闻他衣服的朱韵，一边擦头发，一边有意无意地展示自己的身体，道："不用闻了，这儿有新鲜的。"

你洗得未免太快了！

李峋哼笑两声，坐到床边。朱韵也不解释，默默过去另一边，在他背后目不转睛地看着。

这家酒店跟他们之前住的不一样，房间宽敞，设施完善，李峋的皮肤在橘色的灯光照耀下，泛着流光一样，无比诱人。李峋擦着头发，后背的肌肉纹理随着他的动作上下起伏，搞得朱韵抓心挠肝。

最后她也不忍了，衣服都闻了，还矜持个屁？她手脚并用，爬过去从后面抱住他。李峋身上没有干透，水珠贴在手臂上，凉丝丝的。

李峋也不擦头发了，手巾扔到一边，反身压住朱韵。

不知道是不是因为酒店高级了，朱韵感觉连李峋的画质都变清晰了。她看到他下巴上有一颗小小的淡痣，就在男生最容易长胡子的地方，朱韵之前一直都没注意到。

李峋问："想我没？"

朱韵反问："你想我没？"

开篇对话并不是很有营养，朱韵知道李峋最讨厌浪费时间的话题，所以肯定是他先回答。

"想了。"他干干脆脆，撩起朱韵的睡衣，埋头在她肚子上，深吸气。

朱韵揉了揉他没干的头发，感觉到他的手掌摸着自己的后腰，无意识地掐。

朱韵觉得有些痒，扭动。

李峋一手撑起身体，一手直接给朱韵推倒。床很有弹性，朱韵在上面晃荡了两下，再抬眼时，李峋已经将腰上的浴袍扔了。

朱韵被诱惑了几秒，然后反应过来什么，连忙下床把窗帘拉上了。回头，李少爷侧躺在大床上摆造型，赤身裸体，毫无忸怩之处，像是美术书里的年轻模特一样。

李峋拍拍床，朱韵过去，他直接压住她，手又往腰腹上伸，又摸又掐。

朱韵实在难受："你干什么啊？"这到底是什么癖好？

李峋呼吸渐重，沙哑低吟："我他妈要想死这个手感了……"

她听着他这样的语气，感觉身上也不像刚刚那样痒了，而是换成另一种敏感。李峋身体渐热，看朱韵的眼神也起了变化。他在她脖颈处连咬带亲地搞了一通，最后有些过火，自己的呼吸都乱了。

朱韵也热得很，不过看到李峋眼中泛涩，问了句："今天赶路累吗？"

李峋抬眼看她："心疼我啊？"

朱韵说："你要累我们就休息。"

李峋身体向前探，一手垫在床单上，他小声在她耳边问："床单都这样了还这么体贴我。"

"……"这人怎么什么话都能说出口？

李峋抵着她："你不想就不做。"

朱韵心说，我也没说我不想，不是看你太累了吗……

李峋顺利抓取她无声的心理活动，捏了她一下："想的话，咱们就别误了好时辰了。"

朱韵感觉这造型跟之前那次又有所不同了，回过神看见李峋在上面浪笑："公主殿下，今天带你玩点新东西，把眼睛闭上。"

朱韵乖乖闭上眼，她完完全全交付于他。

他做的时候不喜欢说话，朱韵自己也矜持得叫不出声。宁静的黑暗下，他的力道和气味被无限放大，涌进四肢百脉，让她每个毛孔都能牢记。

——如果说，在这段放肆的青春里，有什么是朱韵绝对没有后悔过的，那就是当他们在一起时，没有浪费一分一秒。他们始终看着同一个方向，洒尽拼搏的汗水，做尽快乐的事情……

在漫长的人生路上，再找不到像这样纯粹而尽兴的时刻了。

时间不晚，李峋难得没有累得干完直接睡觉。朱韵躺在他怀里，看着天棚上的灯发呆。

她在心里把刚刚新解锁的姿势命名为"云霄飞车"。

李峋一支烟抽完，朱韵开口道："你是不是特别不喜欢排球课啊？"

李峋低声："凑合吧。"

朱韵："那个江兴驰……"

他嗤笑一声，就差把不屑一顾四个字写在脸上："这种头脑简单、四肢发达的蠢货，工地里一挑一个准。"

“……”

朱韵觉得这话有失公允，但她不敢发言。经过之前的比赛事件，朱韵深切感觉到李峋这人心里九曲十八弯，且战斗力惊人。她怕一句话说不好再把矛盾激化，引出不必要的麻烦。

李峋道：“你不用担心，我事情多了去了，没时间搭在他身上。”

他当时，确实是这样说的。

可从后面的情节来看，很明显，李峋沉稳的理性没有压过暴躁的感性。

从来不对体育课上心的他节节课不落，且学得异常认真。他跟江兴驰相看两相厌，谁也瞧不起谁，每每上课都杠着对方来，好几次看得朱韵手心出汗，要不是唐教练在场，她深切怀疑这两个人就要动手了。

她把他的顾虑说给李峋听，李峋赐她一个无比蔑视的表情：“跟他动手，你把我想得也太不值钱了。”

当时他们在基地，这一小段对话结束后，李峋重新开始写代码，直到一个功能完成，他才想起什么，转头问朱韵：“你担心这是什么意思？”

朱韵都忘了之前的内容了。

李峋脸色不善：“你是觉得我打不过他？”

“……”

“当然不是。”朱韵马上表忠心，“他绝对不是你对手，而且你们要是打起来，我肯定要助阵的。”

二打一，总不会输了。

李峋给了她一个看神经病的眼神。

好在李峋虽然看起来一直是备战状态，却也只是专注在课程上，偶尔言语刺激一下江兴驰，并没有其他过格的举动。

饶是这样，朱韵还是战战兢兢，因为通过越来越多的课程，她发现，这位狂拽的金毛状元，是真的，没有、运动、细胞。

只能说上帝是公平的，在给人开了一扇窗的同时，肯定要关闭一扇门。

谁能想象到，有这种几乎可以媲美平面模特身材的高智商学霸，体育方面的才能竟然如此匮乏。倒不是说他四肢不协调，一切看起来都很正常，可球就是不听话，发球不走直线，垫球也到处乱飞。

这或许是李峋第一次面临课业上的难题。朱韵悔不当初，他多骄傲的一个人，何必来受这种罪，还是在她的面前？

朱韵觉得以李峋的心性来说，肯定要呕死了。

最可怕的还不是这些，唐教练不知道哪根筋没搭好，还专门安排江兴驰跟李峋在一组练习。两人见面互相都没什么好脸，更有一次李峋发球失败后，江兴驰在对面故意显摆一样，抛球跳发，差点打在他身上。

江兴驰跳发威力惊人，这一球要是打中，绝对不是开玩笑的。

朱韵刚好看到那一幕，她勃然大怒，就要冲上去跟江兴驰理论，还是李峋看她一眼，安抚下来。

那堂课结束后，朱韵郁闷致死，觉得自己自作聪明，净干多余的事。

她开始用各种各样的理由想要诱惑李峋逃课，但完全没有成功。他还是坚持去上课，坚持练习，坚持被虐。

一直到半个多学期的课程都要上完了，李峋垫球还是只能勉强过十个。唐教练一早就说明了期末考试的内容就是垫球，只有三栏分数，十五个及格，二十五个良好，超过四十个优秀。

考试不强行要求组队，所以几乎全班都去抱江兴驰的大腿，只有朱韵坚决要跟李峋一组。

李峋跟她说没这个必要，让她去找江兴驰，朱韵说什么也不肯。

两人在一起，就得患难与共！

那晚他们吃完饭，在校园里散步，走到操场上。谈起体育课的事，李峋还是劝她去找江兴驰。

朱韵拒绝道："我都说了不用，我练得挺好的，我保证我俩及格。"

他们坐到操场看台上，晚风习习。

李峋："及格的成绩够用吗？"

朱韵看他一眼，李峋低头点了支烟："这学期不需要总成绩了？"

朱韵犹豫片刻，她确实需要总成绩，不只这学期，哪个学期都一样。

"去找那黑猩猩吧！"

"……"

李峋笑了笑，调侃道："这门课我可帮你作不了弊了。"

朱韵心里忽然就酸了那么一下。她乱选课，给他折磨成这样，一学期一次课都没落下，认认真真，结果落得个只能混及格的下场。

李峋这么讨厌失败的人……

“对不起。”朱韵主动承认错误。

夜风吹得人很舒服，操场上有零星锻炼身体的人。

安静之中，他轻声开口：“我不是因为想赢那个黑猩猩才去上课的。”

朱韵看向他，李峋却看向更远处的足球场：“你不是网卡了才选这课的吧？”

朱韵顿住，李峋道：“你是想让我多活动一下吧？”

朱韵一直觉得自己藏得挺好，冷不防被他揭穿，诧异道：“你怎么知道的？”

李峋侧过头，胳膊揽过朱韵，凑得很近很近，好笑地说：“你什么心思能瞒过我啊？”

夜色温柔，两人心里都有一种被爱护的感觉。

李峋揉了揉朱韵的脖子，道：“我是因为这个才去上课的，所以你不用管其他的，期末能拿多高分就拿多高分。”

朱韵轻轻嗯了一声。

气氛好了太多，朱韵开起李峋的玩笑：“你体育怎么这么差啊？”

这是事实，李峋也不掩饰：“一直这样。”

“可你身材看起来很好。”

“老天爷赏饭吃。”

又臭屁了。

朱韵好不容易碰到李峋肯认栽的项目，忍不住接着采访：“你什么时候发现自己不擅长体育的？我记得我念小学的时候男生都踢足球，后来初高中就开始打篮球。”

李峋懒洋洋道：“所有球类运动我都不感兴趣。”他说着，又好似想起什么来：“不过有一项运动，我水平还可以。”

朱韵怀疑地看过去：“……是正经运动吗？”

李峋知道她想到什么，坏笑：“算上这个，两项。”

朱韵问：“你擅长什么？”

李峋把烟掐灭，将最后一口烟雾吐到夜色当中：“拉丁舞。”

……

朱韵：“Excuse me（什么）？”

李峋又重复一遍："拉丁舞。"

朱韵觉得自己还应该再确认一遍："你说的是那种穿包臀裤的拉丁舞吗？"

"嗯。"

朱韵被吓得说不出话，李峋笑道："生活环境逼迫，耳濡目染。走吧，回去了。"

朱韵对这件事持着怀疑的态度。

Chapter 12

打火机与公主裙

在见到那个奇葩的付一卓之前，她一直觉得李峋是在开玩笑。

朱韵见到付一卓的时候，是在学期末尾的某一天。那日天朗气清，阳光明媚，为付一卓的出场奠定了良好基础。

朱韵第一眼看见他是在校门口。中午休息时李大爷想吃面包，朱韵负责跑腿，回来的时候一眼就看到了那抹高挑的背影。

虽然理工院校本来男生很多，也有不少高个儿的，可大多体形干瘪，像这样线条修长、凹凸有致的身材并不多见。

简直就像李峋一样。

朱韵忍不住多看了好几眼。那人正望着校园里面，手掐在腰上，背对着她，连站姿都跟李状元有异曲同工之妙。

朱韵一直盯着他看，可他始终没有转过头，朱韵没有看到他的正脸。

回到基地，李峋正在椅子里闭目养神，听见有人来，眼睛都不睁就把手抬起来。朱韵气不打一处来，把面包狠狠往他手里一压。李峋睁眼，看见变形的面包，扔到一边，趁着朱韵转身的工夫把她袋子里的新面包换走了。

等朱韵发现的时候他已经吃上了。

朱韵深深呼吸。

她现在深刻理解到，童话故事之所以是童话故事，就是因为它没有讲述公主和王子的婚后生活。更何况这压根还不算“婚后”，一个学期还没过完，他们的感情就已经走到了老夫老妻那种毫无激情的状态里。

作为一个正常女孩，朱韵当然自小就对初恋抱有各种各样美好的幻想。她思维偏保守，对感情的付出可以用“深思熟虑”“斤斤计较”来形容。在与李峋一起经历了这么多事，最终确认了关系后，她一度认为自己与他几乎已经达到了Soulmate（灵魂伴侣）的程度。

但现实是残酷的。随着时间慢慢推移，在最初的热情退却后，李峋重新一门心思扎在基地的事情里，且一天比一天忙，干起活来连说句话的工夫都没有。

可能他们唯一的进展是李峋在校外自己租了个房子，方便两人住，但也没有到同居的程度。朱韵还不敢这样明目张胆，她一个星期只抽空去两三天。

当然了，两人住在一起，肯定有激情来了做做活塞运动的时候，但大多数时间里，李峋只是沉着一张脸坐在书桌前看书。

他像所有年轻人一样喜爱情欲，但并不沉迷于此。

其实朱韵自己也不是那种会为了谈恋爱而放下学业的人，可毕竟是少女的初恋，保有一点期待也是可以理解的。

她再次意识到自己跟李峋在拿捏感情方面，简直是小鬼和大魔王的区别。

看着将自己面包抢走并啃得理所应当的李峋，朱韵不无悲哀地想着，她现在好像能体会到，当初柳思思和朱丽叶那种一边跟他谈恋爱一边想杀了他的心情了。

“你把这个给林老师送去。”李峋一边吃，一边再次指挥朱韵跑腿，“让他帮忙检查一下，我们下午要用。”

朱韵接过，也不说话。

李峋回看她一眼：“怎么了？”

她盯着他：“哼！”

李峋被她哼得笑了起来，趁着其他人都没注意，在她屁股上掐了一把。

朱韵脸红，觉得他们俩猥琐得像在搞办公室恋情。

李峋：“快点去，回来还有别的事呢。”

朱韵撇撇嘴，拿着东西出门。

从林老头那儿回来的路上，在操场的铁栏外，朱韵又看到了那抹高挑的身影。

她不禁想到，他是这个学校的吗？

朱韵正打算从他身边经过，那人忽然转过身，刚巧与朱韵目光对上。偷窥的尴尬让朱韵来不及分析他的长相，闷头往前走。

谁知那人竟然几步过来，拦在她面前："同学，有空吗？"

咦？

"跟你打听点事。"

朱韵抬眼，这男生长眉细眼、鼻梁高挺，嘴唇颜色偏淡，时刻带笑。

说实话，长得还算不错。

但朱韵真的很少见到修眉的男生，梳着背头，擦着发蜡，再加上穿着一身稍稍有点紧的衣服，大V领几乎开到胸口，让薄薄的胸沟若隐若现，整个人透着一股子说不出的骚气。

这肯定不是他们学校的。朱韵能够确认了，他们这儿要是有这么个人物，她不能到现在还不知道。

朱韵和善地问："有什么需要帮忙的吗？"

"我跟你打听一个人。"男生笑着说，"你们这儿有没有一个一头金发的男生？"

当然有啊，刚刚还偷吃了我的面包呢。

朱韵再次打量男生，从衣着打扮和举手投足来看，出身应该比较良好——但他身上缺乏一种属于"正常人"的气质。

朱韵稍稍保留了一下，扯谎道："具体哪个啊？我们学校金头发的不少呢。"

"哦？"

男生微笑："那就要最金的那个。"

你点菜呢你？

他又补充："最帅、最牛×的那个。"

"……"

听着自己男朋友这么被夸，朱韵身上好痒。

她瞬间破功："我知道你要找谁了，是不是叫李峋？"

男生一拍手："准！"

朱韵心情不错，道："跟我来吧。"

她带着男生往实验楼走，本想路上打听一下他跟李峋是什么关系，可这男生一路上嘴就没停下，看到什么都好奇地问来问去。

朱韵奇怪道："你不上学吗？这都不知道？"

“小瞧我？”男生在包里翻了翻，取出一个红本，手指灵活翻转，啪嚓一亮相——朱韵定睛看去，是海外某知名学府的学生证。

我的天！人不可貌相。

学生卡的照片里，他还是穿着深V黑衬衫，头发全部撸到脑后，发蜡打到反光，眼神微眯，表情似笑非笑。

这张骚包照片下，配着他的名字，朱韵拼了一下——“……付一卓。”

“在呢。”

朱韵抬眼，看见付一卓骄傲的笑容：“我厉不厉害？”

朱韵心里狂汗，脸上还报以微笑。

李峋都认识些什么玩意儿！

朱韵带着付一卓来到基地，李峋正窝在椅子里写代码。朱韵刚要叫他，身体被后面人拨开。

付一卓上前两步，打了个指响。

李峋手里工作停住，眼神往上飘了飘，缓缓转头。

付一卓看着他，温柔道：“峋，哥哥来看你了。”

基地群众：“……”

李峋不语，拿起桌上的不锈钢杯子喝了口水，扣盖，然后猛然转身朝着付一卓脑袋砸过去！

付一卓反应神速，腰扭甩头，自带配音：“躲！”

他成功躲避，杯子顺着路线径直砸往后方。朱韵正在思考“李峋到底是多少人的弟弟”这个深沉的问题，忽感额头剧痛，惨叫一声倒地。

“呀？”付一卓才想起后面还有个人，连忙过去看情况，他想扶朱韵，被一股大力扯到后面。

“滚！”李峋没好气地骂道。

他看都没看付一卓一眼，径直来到朱韵身旁，托着她的脖颈，低声问：“没事吧？”

朱韵冷不防被砸一下，头晕眼花，痛不可当，在阵阵眩晕中，她拉住李峋的胳膊，艰难地想要开口，李峋凑过去，听见她说：“你打排球时怎么没这么准呢……”

李峋直起身子。

朱韵痛苦地说：“咱俩是不是到倦怠期了？”

李峋无语道："你一天天都……"话还没说完，旁边忽然凑来一只耳朵。

付一卓："什么期？你刚刚说什么期？"

李峋无限厌烦，伸手想推他。

付一卓瞬间反应，右腿往后伸直，一个前弓步扎在当场，重心前移："顶！"

基地群众："……"

付一卓身材高大，锻炼得当，这样一个姿势摆起来，臀部弧度几乎要上天。

李峋看他这个样子，简直有劲都使不出来，他收回手，扶着朱韵起来："还疼不疼，需不需要去医院？"

刚被砸时的恶心劲过去，朱韵摇头："没事了。"她松开手，额头红了一块。

李峋皱眉："去休息一下吧。"停了停，补充道："我跟你一起。"他回去关电脑，带朱韵离开。付一卓跟在后面，一脸玩味地看着他们的背影。

李峋直接出了校园，来到马路对面的一家咖啡厅。现在人不多，他们找了个四人位，李峋让朱韵先坐着，自己去点餐。

付一卓坐在朱韵对面，抿着嘴看着她："弟妹。"

朱韵想起刚刚他在基地对李峋说的话，问道："你是他哥哥？"

"是啊。"

朱韵飞速回忆李蓝当初给她讲的故事——李峋老家那边有三个哥哥，但这人明显不是其中的任何一个。

她再次过滤信息的细枝末节，最后想起一个人来——他应该是那个李峋偷偷跑到城里认识的人吧？

朱韵一点点套话："你是他哥哥你怎么不姓李啊，是表兄弟吗？"

付一卓笑："兄弟岂是区区一个姓氏可以决定的？弟妹要是愿意，可以叫我李一卓。"

朱韵："……"

正巧李峋端着咖啡回来，淡淡道："少跟他说话，傻×是会传染的。"

付一卓看着咖啡，奇怪道："峋，怎么就两杯？"

李峋端起咖啡，停在泼与不泼的交界线上："你信不信你再废话就变成一杯？"

付一卓斟酌了一下，道："算了，反正我也不喜欢喝咖啡。"

朱韵试图调节一下现场气氛："那个，你饿不饿，想吃点什么吗？"

付一卓瞬间拒绝："不！我不能随便吃东西。"

朱韵疑惑："为什么？"

付一卓看着她，目光考究。朱韵正在奇怪，只见付一卓嘴角轻勾，人慢慢站起来了："看好了。"

咦?

他话音一落，忽然起势！两臂在身侧展开，速度极快，然后又像放慢动作一样，优雅而舒展。

而后又是一阵急速——

拧腰!

甩头!

顶胯，顶胯，顶胯!

路过的服务生目瞪口呆，都走不动道了。

付一卓保持着姿势，看向朱韵："弟妹，懂了吗？"

……朱韵活到现在，第一次感觉到自己的词汇量是如此匮乏，绞尽脑汁竟找不出一个能形容她此刻心情的词。

旁边李峋窝在沙发里，端着咖啡，嗤笑一声瞥向窗外："傻×。"

付一卓坐回沙发里，说："我是舞者，不能随便乱吃东西。"

朱韵点点头。

画面后劲太足了，朱韵如鲠在喉，根本说不出话来。

谁能想象到一个大男人，会突然这样毫无征兆地在咖啡厅里扭臀甩胯。而且更主要的一点是，付一卓此人的身高实在是太惊人。李峋的个子就很高，但付一卓目测比李峋还要高，加上他常年锻炼，身体比李峋健壮许多。就这样一个形象，当着所有人面做出如上动作，朱韵真不知道要摆出何种神态。

等朱韵回过神，发现付一卓正以一种期待的眼神看着自己。

还想要反馈吗……

朱韵抬手，鼓了鼓掌，说："真好！"

付一卓："哪儿好？"

"……"

朱韵看向李峋，后者懒洋洋靠在椅子里喝咖啡，一语不发地看热闹。

朱韵回头，沉吟几许，说："你身材真不错，你有多高啊？"

付一卓："一米八八。"

"别放屁。"李峋淡淡开口，"一米八八是我，你是一米九四。"

付一卓听完，神色骤冷，好像是被触了雷区一样，猛吸一口气，怒道：“我跟你说了几次了！我没有一米九四！”

李峋嗯了一声，冷笑道：“恐怕这两年又长了吧？”

付一卓气得脸通红。

朱韵在一旁云里雾里。看付一卓神态肯定是生气了，可为什么？她完全没有听出刚刚话题里有什么不妥的地方。

李峋优哉游哉地给她解释：“他跳拉丁舞，因为身高，舞伴都找不到，谁都不愿意跟他搭。”李峋说着，忍不住嘲讽：“拉丁巨人，现在还是一如既往跳独舞呢吧？”

付一卓表情那个恨啊！

朱韵看看这个，看看那个，思考要不要出来打圆场，没想到付一卓忽然脸色一变，又恢复了刚刚的神态：“峋，你还是这么幽默。”

……这位哥心理状态真乐观。

李峋不咸不淡道：“少说废话，来干什么？”

“找你。”

“什么事？”

付一卓说：“你猜。”

李峋起身，对朱韵说：“走了。”

“峋，别这么冲动。”付一卓叫住他，“就是之前电话里我说的那件事。”

李峋简明扼要地回答他：“不行。”

“你再考虑一下。”

“考虑几下也是不行。”

“峋，我也是为你着想，我跟我爸已经说好了，你只要……”

李峋看向他道：“付一卓，我跟你家的联系在送你进大学的那刻就已经没了，你爸怎么样，跟我没关系。”

付一卓顿了顿，没有说话。

“走。”李峋拍了朱韵一下，转身往外走。

“哎！你等我啊！”朱韵牛饮几口咖啡，放下杯子要去追李峋，不料手腕忽然被拉住，朱韵回头，付一卓又把手松开了。

“干什么？”

付一卓摇摇头，没有表示。

朱韵奇怪地离开咖啡厅，李峋正在门口等她。她走过去问他："怎么回事？"

李峋低头点了支烟："没什么。"

朱韵："他说要跟你谈的是什么事情，你为什么不答应？"

李峋吐了口烟："闲事。"

"你跟他们家是……"

"已经没关系了。"

"那他怎么……"

"走了！回去干活了。"

"……"

李峋活动了一下脖子，准备过马路，等他都走过马路对面了，才发现身旁少个人。回头，朱韵还在原地。

"过来啊！"他喊了一声。

朱韵一动不动。

李峋搔搔脖颈，没办法，又回去了。

等他站到朱韵面前，刚好一个红绿灯结束，背后车流缓慢启动。

"怎么不走啊？"李峋对朱韵说。

朱韵沉着一张脸，看着他的眼睛："李峋。"

"嗯？"

"你老实说，咱们俩是不是到倦怠期了？"

"……"一天被问两遍这个问题，李峋被逗笑，"你天天都在想些什么啊？"

可不管他怎么笑，朱韵还是冷若冰霜。

李峋看了一会儿，道："生气了？"

沉默。

十秒钟过去了，李峋终于叹口气，无奈地拉住她的手腕："好吧，跟我来。"

他换了个方向，拐向自己租房的小区。

李峋租的单间面积不大，里面很整洁——当然，是朱韵整理的。

进屋后，李峋烧了壶热水。看着他的背影，不知为何，朱韵心里涌出一种感觉来——他们离得这么近，可他看起来好像还是孤独一人。

她必须跟他好好谈一谈："李峋。"

他嗯了一声。

"你现在不是一个人了。"

他挑眉，笑着回过头，神色里颇为得意，也不管朱韵脸色严肃，过来搂住她："是啊。"

朱韵一被他抱住，声音立马变软了："就是说……"

"说什么？"

"你得跟我沟通。"朱韵看向他，重新让表情严肃，"李峋，我们之间得沟通，懂吗？"

他敛眉看着她。他打小一个人自然生长，这种生命里多了一个人的感觉对他来说也很陌生。凝神片刻，他点点头："好，你想知道什么？"

朱韵见他这么容易松口，稍稍安心，问道："那个付一卓是你什么人啊？"

李峋："合作伙伴。"

水壶里的水咕嘟咕嘟地响着，李峋也不在意，他靠到床头，说："我跟他很小的时候就认识了。不过当时我们的生活环境很不一样，本来没什么交集，后来算是阴错阳差吧。他们家经商的，他爸有个很大的公司，付一卓是独生子，他爸一心想让他继承家业。"

李峋边说边笑："但你也看到了，他根本没那个细胞。后来他爸可能也看出自己儿子是个傻×，就不强求他子承父业了。"

朱韵："……"

李峋又道："但他爸这人死要面子，绝对不允许他连大学都不去念。"他看了看朱韵："你能看出我们俩外形有点像吧？"

朱韵点头，李峋笑着说："我们小时候更像，我人生第一桶金就是在他手里赚的——那时我才十四岁，他有一场很重要的考试，我替他去了，全科满分，他给了我五百块钱。"

朱韵惊叹："哇！"

李峋接着说："不过经验不足，最后被抓包了。"

"……"

"那时付一卓跟他爸闹得很凶，他只想跳舞，但他爸觉得不靠谱。付一卓朋友很少，只跟我关系不错。有一次他跟他爸吵得太凶，拿钱给我，让我带他离家出走，结果被他爸抓回去了。他爸找人了解了我家的情况，跟我详谈了一次。我们的目的都很简单，约定完，他就给付一卓办了转学。”

朱韵问：“你们约定了什么？”

李峋：“他爸想让他念好的大学，我则想继续读书。他家里关系过硬，事情很简单就解决了，我替他上学考试。高考结束后，他爸将我转到别的地方，用自己的档案再读一年，参加高考。后面的你都知道了。”

李峋一口气说了这么多话，口有些渴，起身去桌边倒水。

朱韵对这人也有点好奇：“他就那么喜欢跳舞啊？”

“嗯。”李峋哼笑，“他爸一直觉得他三分钟热血，根本坚持不了多久，谁知道这么多年过去，他还是这样。”

朱韵又问：“那他现在来找你干什么？他刚刚要跟你谈什么？”

“还能谈什么？”李峋道，“离开课本就只剩钱了。他爸准备涉足科技产业领域，想投资我，让我开间工作室。”

“这是好事啊。”朱韵奇怪道，“你怎么不答应？”

李峋没有马上回应，不紧不慢地踱步到床边，弯腰，两手撑在朱韵两侧。

朱韵下意识地往后退了一点点，李峋也不进逼，维持着淡笑的神态，说：“公主，你知不知道我最喜欢你什么地方？”

朱韵摇头。

李峋大手按在朱韵的胸上：“这里。”

朱韵：“……”

还能不能好好聊天了？

李峋接着说：“我最喜欢的就是你这颗想事永远想不到点子上的心。”

朱韵：“……”

这朱韵就不服了：“什么叫我想事都想不到点子上？”

李峋在她面前邪笑，就是不回答。朱韵越看越来气，抬蹄子要踹，被李峋一掌按下，顺势将她压倒在床上。

他很沉，那是一种新鲜得让人沉迷的重量。朱韵试探性地用用力，果然马上被他禁锢得更紧。

呼吸有点困难。

“你想什么事情都直线考虑，一是一、二是二。”李峋下巴垫在她的锁骨处，赞叹道，“具有一种古典的契约之美。”

什么玩意儿……

“可惜现在很少有人按照契约做事，也很少有人敢拔剑正面决斗。”他一边摸着朱韵的胸，一边半开玩笑道，“具有骑士精神的人越来越少，现在是小人的天下。”

朱韵似乎明白了李峋说的是什么意思。

她想了想，问：“付一卓的爸爸是个什么样的人？”

“一个很不错的父亲，但只是针对他儿子而言。”李峋道，“对其他人来说，就是个精明的商人。他眼光很独到，不然也挑不中我。”

“嘁！”朱韵毫不掩饰地一撇嘴。

李峋一副大萝卜脸，不红不白地道：“他是做钢材起家的，生意做得很大。但他看出未来几年实体行业会越来越难，想早一步做好打算。他已经挖了不少IT行业的精英，但他自己对这个一窍不通。为防万一，他当然要塞个懂行又能控制的人进去帮他盯梢。”

朱韵谨慎地说：“那我们还是别去了。”

李峋哈哈大笑，他抱着朱韵，在她脖颈里亲了一口：“公主，你真他妈可爱！”

“谢谢。”

“不过他这人不会那么容易善罢甘休，等我们起步时难免会被他压一压。”

“起步什么？”朱韵想了想，“你要自己开公司吗？”

“不然你以为我这么累死累活做外包是为了什么？李峋捻起她的头发，在指尖把玩，“等钱攒得差不多，我们就自己玩去了。毕竟公主一条裙子那么贵，我要不使点劲，养不活你啊！”

朱韵被他哄得劲劲儿的，问：“我们需要多少钱啊？”

李峋给朱韵说了个数，朱韵震惊：“要这么多！你想做什么啊？”

李峋顿了顿，道：“现在只是个初步的想法，等过一阵我明确之后再跟你商量。”

朱韵：“你都明确了，还跟我商量个屁！”

李峋大笑，朱韵则是有点愁，他刚刚报的钱可不是小数。

愁虑之中，朱韵又难免生出几分感叹——当初她第一次知道基地项目挣的钱数时，曾惊讶得合不拢嘴。谁知还不到两年，他们要思考和过手的数字便十倍十倍地往上涨。

现在光靠基地项目挣钱肯定不够，要问家里要，还是拉投资……朱韵心里胡乱地思考着。

李峋倒是没太在意这方面，他搂着朱韵问："还生气吗？"

朱韵摇头。

李峋："说这么多话，白浪费时间。"

朱韵反驳："这才不是浪费时间好吧？"这叫沟通。

李峋拍拍她的脸颊，起身道："你先回学校吧，我今晚得出去一趟。"

"干吗去？"

"帮那傻×安排一下。他这人脑子不正常，没有什么生活自理能力。"李峋简单收拾了一下，回头看见床上的朱韵笑眯眯地看着自己。

"干什么？"

朱韵摇头。

李峋冷笑："让我跟你沟通，轮到自己就惜字如金了，是吧？"

朱韵说："我发现一个规律，你好像对所有叫你'弟弟'的人都不错。"

李峋嘴角扯出一个耐人寻味的弧度，慢慢晃到朱韵面前，在她耳边轻声说："你没发现我对叫我哥的人更好吗？"

朱韵一哆嗦，溜走："我先回学校！你结束了给我打电话。"

大成功！

朱韵在回程路上走路直蹦高。她深切发觉，李峋这人不能惯着，他就得治，不治不行。

朱韵回到宿舍，翻包拿书的时候意外发现一张纸条，上面写着一串电话号码。朱韵微顿，马上意识到这是她离开咖啡厅时，付一卓放到她包里的。

他偷偷留电话是什么意思？

朱韵试着发条短信打招呼："你好。"

过了一会儿，付一卓回复："弟妹。"

朱韵还没想好下一句要说什么，付一卓的信息再次传过来："明晚有空吗？别告诉峋，我们出来聊聊，我有事想拜托你。"

朱韵看着信息，沉默不语。

他是想背着李峋叫她出去？谈什么？

如果是刚离开咖啡厅的时候看到这张纸条，受到他的邀请，朱韵可能不会犹豫太多。但她刚刚听了李峋讲的那些事，而付一卓又是受了他爸爸的委托来找李峋，她难免要谨慎一些。

她很怕付一卓曲线救国，从她这儿入手。

就在她思索之际，手机再次震动，朱韵低头，看见屏幕上很简单的一句话——

“我永远不会害峋，我想帮你们。”

付一卓给朱韵一个地址，是一家高档酒店。朱韵上网搜索交通路线，却意外查到那里明晚有一台拉丁舞演出。

真是走哪儿都不忘老本行。

为了不给李峋掉分，朱韵提前四个小时就开始准备，洗澡、换衣、化妆，还配了一套首饰。一切准备妥当，朱韵出发，扔掉所有交通路线，直接打车过去。

酒店离学校很远，她到达的时候，付一卓已经等候多时。

酒店规格不低，付一卓一身正装站在门口，来往少妇都不由自主盯地着他紧翘的屁股看。

这里远离闹市区，地势开阔，远处有一座人造小湖，平静无波。此时夜色朦胧，华灯未上，天幕一片淡青，好像山水卷轴。

付一卓负手站在宽阔的台阶上。他跟李峋不同，永远挺胸抬头，下颌微扬，好像等着上台的演员一样。

说实话，如果普通男人这样故作姿态，很容易被当作酒店门童，可换成付一卓这等身材气质，还真是蛮有看点。

付一卓见到朱韵，弓腰颔首，主动伸出胳膊让她挽。

朱韵心里哟了一声，说：“你比他绅士多了。”

付一卓保持着往日微笑：“准。”

付一卓带她进入酒店礼堂，朱韵第一次看拉丁舞表演，并不是像一般演出那样搭台子，而是众多观众围成一圈，舞者在中心舞池里表演，更能让观众能全方位观看欣赏。

朱韵对舞蹈不熟，只能看个热闹。她留心了那些金发碧眼的老外，发觉即便是外国那些男舞者，也没有付一卓这个高度的。

他应该去当个模特才对……

比起演出，朱韵更多关注身旁的人。付一卓全身心投入，看得万分陶醉，身体常常伴随音乐展开轻微摆动。朱韵心惊胆战，生怕他情绪来了直接站起来跟演员斗舞。

好在一场演出下来，付一卓很好地控制住了自己。

“走吧弟妹，”付一卓笑着说，“咱们去喝一杯。”

他们来到一层酒吧，因为演出刚刚结束，不少人选择来这儿喝一杯放松片刻。酒吧装修典雅，放眼望去，一片安宁的香槟色。到处是身着晚礼服的女士和西装笔挺的男人，年轻人并不多。大家轻声私语，讨论着刚刚的舞会。

朱韵心里庆幸，好在自己没有穿着T恤衫和牛仔裤来。

付一卓坐在吧台边，问：“想喝点什么？”

朱韵知道自己酒品不好，只要了杯果汁。

就在榨汁这短短的几分钟时间里，付一卓旁边的空位就被两个女人占住，朱韵看过去，一双姐妹花眼波流转，眉目传情。

“……”

她再次打量付一卓，他面对她坐着，单脚收在吧台椅上，另一条腿长得直接踩到地上，胸口的两颗纽扣解开，一条胳膊放松地搭在台上，造型要多骚有多骚。

朱韵小声道：“你们俩这点倒是挺像的。”

付一卓没听清：“嗯？”

朱韵：“我说你们兄弟俩在凹造型方面还是挺像的。他是从你这儿学偏了吧？”

“反了。”

咦？

付一卓玩着手里的高脚酒杯，笑着说：“不是他学我，是我学他。”

朱韵不太信：“真的假的？”

付一卓泯然一笑：“弟妹，你要对峋有信心。”

我不想对他这方面有信心……

还有一点，朱韵也已经忍很久了，趁此机会开口问：“你为什么叫他‘峋’？这是你们俩之间特殊的称呼吗？”

付一卓：“你猜。”

朱韵：“……”

付一卓：“友情提示，我们上次见面的时候你已经提到答案了。”

那就是咖啡厅那次了。还没等朱韵展开回忆，付一卓道："峋跟你讲我们的事了吗？"

"你指哪方面？"

"弟妹，戒心不要这么重。"

朱韵低头喝果汁，付一卓说："昨晚他帮我安排住处，跟我聊了很多关于你的事。"

朱韵："他怎么说的？"

付一卓："他说是你追的他，追得万分辛苦。他本来一点那方面的意思都没有，奈何你投怀送抱，怎么赶都赶不走，他就勉为其难地答应了。"

朱韵瞪眼，一口西瓜汁卡在嗓子眼，咽血一样吞下："什么！"

隔壁姐妹花往这边瞄了一眼，付一卓笑呵呵，朱韵马上意识到不对。

骗人呢啊……

"虽然没我说得这么夸张，但是大体意思差不多。"付一卓摊开手，"所以我大概也能猜出来他是怎么跟你介绍我的。"

朱韵脸色不变，尽量装得高深莫测。

付一卓说："就像讲故事，他只向你介绍大纲，却不说细节，因为他从不示弱，尤其在他在意的人面前。"付一卓偷偷凑过来些，诱惑道："你想知道我们具体是怎么认识的吗？小时候的峋很可爱哦！"

朱韵抬抬下巴："说吧。"

"你得先答应我一个条件。"

啧啧啧！原来如此。

朱韵拨了拨吸管，淡淡道："那你别说了。"

付一卓："……"

朱韵："反正说出来也不知是真是假。"

付一卓："肯定是真的啊。"

朱韵："谁作证？"

付一卓拉起朱韵的手，按在自己的胸口，朱韵本以为他打算用他的良心起誓，没承想他一张嘴变成了——"弟妹，胸有多大，真诚就有多大。"

隔壁姐妹花默不作声地离开了。

李峋说得真没错，这真就是个傻×！

朱韵收回手："你先冷静一点。我相信你，不相信的话也不会来了。"

付一卓："那你答应我的条件。"

朱韵："咱们先讲别的，这个放最后说。"

事实证明，讨价还价还是女人更强。

付一卓卖胸无果，只能乖乖听话："峋是怎么跟你说我们的相识过程的？"

"他说是阴错阳差。"

"果然啊。"付一卓笑了笑，"阴错阳差——亏他说得出口，处心积虑还差不多。"

"什么意思？"

付一卓解释道："我当时念的是全市最好的初中，但我不喜欢上学，天天逃课，经常能在后门那儿看见他。因为他头发颜色太扎眼，我很快就眼熟他了。后来有一次我跟同学争作业谁负责写的时候，他从旁边过来，说他来写。"

付一卓在自己腰那儿比划了一下："那时候他也就这么高，很瘦，从来不笑。我那几个同学都没理他，只有我把作业给他了。后来熟了一点后我才知道，他念完小学之后，他家里就不打算让他再上学了，他病急乱投医，找到我们学校门口蹲点。"

"他跟我借书看，我说我干脆给你买一套吧，他还不要。"付一卓笑道，"他从小就傲，还是那种你根本找不到理由的傲。因为这个他吃过太多亏了，可就是不长记性。

"后来有一次很重要的考试，我出五百元让他帮我考，他去了，然后我俩就一起被抓了，因为我们都忘了他那头金毛。那次是他第一次当我面骂，说傻×是会传染的。"

被人骂傻×，付一卓看起来格外自豪。

"那时我跟我爸关系很僵，我妈死得早，我爸把所有感情都投在我身上，一心想让我出人头地，可他让我做的我一点兴趣都没有，我只想跳舞。峋在我家住了一小段时间，我让他睡客房，他不听，非跟我家打扫阿姨住在小储物房里。他跟我的关系一直说好不好、说差不差，总是像公事公办一样保有距离，只有那么一次……"

不知从什么时候起，付一卓的声音变得十分低沉舒缓，神色平淡。

朱韵心想，如果他一直是这个样子的话，别说那对姐妹花，可能整个酒吧的女人都会为他沉迷。

"我十七岁那年身高已经长到一米八九，一直跟我搭配的舞伴离开了，连教我的老师都劝我别跳了，或者只当成业余爱好就好。我爸当时就觉得自己已经胜券在握了。那段时间我真觉得我的世界已经完了，每天抽烟喝酒，怎么堕落怎么来。峋假期的时候回家，我正喝多了，在床上犯恶心，他对我说了一句话……”

朱韵不知不觉集中全部注意力……

付一卓幽幽道：“他对我说，傻×！”

朱韵险些没吼出来——这是需要铺垫这么长展开的话题吗？！

付一卓还没说完：“他说傻×，胜负的路很长，我们都只是刚刚起步而已。”

他冲她笑：“他骂过我太多次傻×，但只有那次我觉得他是真心的。我对那天的印象太深了，那是我第一次这样想——如果我们是真兄弟就好了。”

付一卓正经了这么一会儿，很快又恢复奇葩思路，指着自己脑袋说：“所以从那儿以后我就只叫他名，臆想我们是同姓的。怎么样？”

朱韵点头：“合理。”

付一卓笑着从怀里抽出一个信封放到吧台上：“帮个忙，把这个留下吧。”

朱韵伸手摸了摸，从信封厚度和手感判断，里面是张银行卡。

这两兄弟还真、挺、像、的!

“跟我爸无关，这是我自己的钱。”付一卓说，“我知道他本事大，有的是办法赚钱，但他花钱的地方也多。”

朱韵没说话。

“他是要做大事的人，不要让他在小钱上为难。我知道他肯定不会接受我爸的条件，但他真的缺启动资金，他那脾气又不会主动跟人开口……”

付一卓端着酒杯，想到什么，乐道:“反正将来我能靠跳舞养活自己的概率基本是零，你们就当是我提前投资入股吧！我不会干涉你们任何事，不放心的话，我们可以先过个合同。”

朱韵一口将西瓜汁喝光，收起信封。

付一卓看着她，说：“弟妹。”

“嗯。”

“你要稳一点。”

朱韵看他：“什么意思？”

付一卓说：“峋这人能力很强，但也有弱点。可能跟自身经历有关，他很多时候处事风格会比较极端，就像走钢丝一样。”

朱韵低头："我知道。"

"所以你要把他看牢了。他以前很不喜欢接受别人帮助，但他现在有你了。大学是他人生真正意义上的开始，他把这当成全新的起点。"

朱韵脑海中浮现出开学第一天，他上台自我介绍的样子。

那时他很困，笑得很欠打，对着全班人说："我叫李峋，是今年的高考状元。"

朱韵抿唇一笑。

余光察觉付一卓一直盯着自己，朱韵疑惑道："怎么了？"

付一卓："你知道他是怎么跟我形容你们第一次打交道的吗？"

朱韵摇头。

付一卓说："他说你们第一次正式交谈是在学校操场上，你去找他，想让他去上自习。按照峋的形容，你当时的眼神里有两分惧怕、两分犹豫，还有九十五分的鄙夷。"

朱韵觉得自己还是应该提醒他一下："这加起来才九十九分。"

付一卓笑着说："还有一分期待。"

朱韵莫名脸红，咬着吸管，嗫嚅道："黑灯瞎火，他倒是看见了一堆东西……"

付一卓："男人久不见面，总要吹牛×的。"

他们又聊了一会儿，时间差不多了。离开酒店，两人要走的方向不同，在门口分别。

付一卓对朱韵说："告诉他，密码是我们第一次见面那一天，要是忘了，钱就别用了。"

朱韵："……"

付一卓转身离开，朱韵看着他的背影道："谢谢你！"

他打了个清脆的指响，走进夜色。

回到学校，时间已经很晚，朱韵换了身衣服来到基地，李峋果不其然还在。

朱韵总觉得，她与李峋的相处，就像是在玩拼图游戏。她从各个角落找到碎片，一点点拼出他的完整形象。

她来到他身后，悄悄抱住他。李峋注意力还在电脑上，懒洋洋道："干什么？"

朱韵贴着他的脸颊，觉得味道大好，忍不住又闻了几下。

李峋："你是狗吗？"

朱韵小声说："明天我把宿舍里的东西都搬到你那儿去，行不行？"

李峋一顿，侧过头看她，嗤笑道："你怎么突然开窍了？"

她手臂用力，把他抱得更紧，在他耳边狠狠地说："……当然是为了把你看牢了。"

第二天，朱韵真的将所有的东西都搬到了李峋的住处。

她搬家的时候方舒苗一直站在旁边看。

事已至此，朱韵什么都不想瞒了，谁爱知道谁知道，反正她打死也不会回头了。

任迪和乐队鼓手小六子过来帮忙。朱韵目前正处于热恋状态，对某些事情敏感至极，趁乱拉着任迪问情况，任迪笑得似是而非。

朱韵从李峋那儿磨出答案，果然小六子在追求任迪。

小六子比任迪小四岁，高中没毕业就去酒吧打工，男生女相，脸长得格外清秀。但人如其名，小六子体形消瘦，还留一头长发，在任迪旁边一站，远远看去像姐姐领妹妹一样。

李峋没租房子前经常去任迪的工作室，跟乐队成员都很熟。他从不叫小六子的名字，每次见到都小妞儿、小妞儿地喊，带得整个乐队都喊小六子小妞儿，气得小六子见到李峋就没好脸。

朱韵自己被任迪促成了"人生大事"，现在说什么都想反帮任迪一把，结果被任迪鄙夷："就你这小雏样还想帮谁？我过的桥比你走的路都多！"

朱韵："话不能这么说，现在在桥上的人是我，而且我觉得这件事多少要看一下成功率，现在我的成功率可是百分之百。"

任迪毫不留情地鄙夷："你这话就跟自己人说说吧，别往外面丢人了。"

朱韵正式开始跟李峋同居，但生活其实也没有太大变化。

两人已经熟得不能再熟，越是进入李峋的生活，朱韵越发觉得李峋真的是个很缺乏趣味的人，除了工作，他几乎没有任何业余爱好。

同居的最大优点体现在基地的工作效率，李峋把基地的账目交给朱韵管，自己则全身心地投入项目。

直到拿到账本的那一刻，朱韵才意识到他这么长时间以来究竟做了多少工作。

朱韵尝试帮李峋调整生活习惯，比如吃完晚饭她总是拉着他去操场上走两圈。李峋开始时拒绝，觉得浪费时间，后来慢慢地也习惯了。

他们不可避免地聊到未来，但内容不是关于爱情与生活。

那是一个夜晚，他们已经洗漱完毕，躺在床上，但都没什么睡意。李峋不喜欢拉窗帘，租的房子又是高层，月光明亮，照在被子上。

朱韵躺在他怀里，问他："你具体想做什么，决定了吗？"

李峋思考了很久，久到朱韵都以为他睡着了，他才开口说："你还记得你来基地后第一个做的是什么吗？"

她当然记得："蓝冠公司那个——你想做食品方面，还是电子商务？"

李峋说："我说的不是这个，是你自己想出的那个主意。"

自己想出……朱韵回忆了一下，道："人体？病理引导那个？"

"嗯。"李峋淡淡道，"不知道为什么，那个项目做完，我脑子里一直忘不掉。"

朱韵思考道："拿这个做拓展吗？是开发产品还是在基础功能上完善？"

"我没有想得过于深入，只是有一个粗浅的想法，所以才跟你谈。"李峋转头看她，"你觉得做医疗怎么样？"

朱韵愣了愣："可我们不懂医，如果只是浅显的健康调理还可以查书，但再细致的话……"

李峋："我们是不懂医，但我们懂电脑，懂网络和数据。"

朱韵："你再细点说。"

李峋："我去彭国瑞那里上课的时候，也碰到有人对互联网医疗感兴趣。他们希望通过将网络和医疗联系在一起，实现未来足不出户在家看病。我觉得他们的方向错了。他们太想服务患者，但医疗是个典型的供方主导市场，这世上永远不缺病人，缺的是优质医疗资源。而且，医患之间沟通方式很重要，除非影像学方面有什么革命性的突破，否则只靠网络诊断是很不靠谱的。"

朱韵："你想怎么做？"

李峋停顿片刻，平静地道："我母亲死于癌症。当时她就诊的医院水平很差，不同医生竟能给出截然不同的诊断结果，最后拖了几个月才勉强确诊，她没撑多久就走了。"

朱韵躺在他怀里，轻轻拨弄他的手指。

李峋："其实医生也不是不想治，但我们那儿是乡村，医生能利用的资源非常少，他们大多只是凭借着直觉和经验来看病。现在看病难的根本原因不是医生少，而是好医生少。所以我觉得，比起怎样帮患者偷懒，如何让好医生的经验利用率最大化、让好医生复制出更多的好医生，才是我们应该优先考虑的。"

这个思路朱韵第一次听到，她坐直身体："你说详细一点。"

李峋思考片刻，没有直接回答朱韵，而是问道："公主，你当初为什么选这个专业？"

朱韵："我妈让的。"

"……"

李峋无语地看着她，朱韵说："当初她就给我两个选项，一个计算机，一个金融，我对金融半点兴趣也没有。你还记得之前寒假送我回学校的那个人吗？他就是学金融的，学之前还挺好，学完以后每天春光满面，看着就不太正常。"

李峋冷笑一声："真不愧是公主，家里司机都这么有学问。"

朱韵无奈："没办法，宫规森严。"

李峋看着她那嘚瑟的小样，心里直痒痒，一个翻身将她压住。

朱韵缩着脖子："正事正事……先说正事！"

李峋给她锢在怀里，在她耳边吹气："这样也能说。"

朱韵觉得自己跟李峋在一起之后，对他的一切都适应得很好，只有一项——就是他的声音，朱韵无论如何都没办法产生抗体。

早在开学第一天，还没见到李峋人的时候，她就已经听到了他的声音。朱韵曾对李峋说过这件事，还说她当时脑中想象的形象跟后面看到的真人相差太远。李峋坏笑着问："你想让我长成什么样？"朱韵刚要回答，李峋捏住她的下巴，说："不管你想得什么样，肯定没真实的强。"

那你还问什么？台词都给你念就好了。

但不可否认的一点是，在朱韵的脑海中，李峋声音的辨识度太高，她觉得就算一百年过去了，她还是会为他的声音面红耳赤。

此时此刻，李峋就用这样的嗓音，以极其不正经的态度讲着极其正经的话题："公主，计算机和网络的发展会给人的生活带来很多变化，你觉得这种变化的原因和本质是什么？"

朱韵耳朵发痒，使劲往他胸口缩："不知道……"

你这样讲话，我什么都不知道。

李峋说："是信息的整合与传播。"

对对对，你说什么都对！

李峋的手伸到朱韵两腿间，修长的手指轻轻游走。

"人体本身就是一个巨大的模型，体内各种信息相互作用，有一定的规范性。可我之前查过，现在医疗机构里九成以上的数据都堆在后台库里长毛。如果我们能科学整合这些被浪费的临床数据，再设计出一种方式反馈给那些经验不丰富的医生，帮助他们判断决策，这要比单纯做个医疗聊天软件有用得多。你觉得呢？"

他征询朱韵意见，朱韵艰难开口："……别的人体我不知道，我就觉得你的挺厉害的。"

"具体点。"

"你一个身体竟然能装两套系统。"

一套操作大脑，一套操作四肢；一套严谨，一套风流。各尽其事，互不干扰。

李峋无声地笑。

朱韵在这扑朔迷离的氛围里思考了几分钟，问道："这些数据……我们从哪儿弄？医院之间可以共享吗？他们的数据格式也不一样吧。我们整合方式用哪种，数字还是其他什么材质汇总，还有……"

"行行行，你先冷静点。"李峋打断她，"只是个思路，你想这么多，等会儿还睡不睡觉了？"

你把手抽走，我马上就能冷静下来。

朱韵困意全无，努力集中全部注意力到李峋刚刚的话上。

就像李峋自己说的，这还只是个思路，只要随便一提，就能提出好多问题。

从粗糙到精确、从宏观层层推到细节，这里面会涉及很多算法、很多数据关联架构、很多医学理念……

随便挑出来一样，都要经过无数试验，耗时又耗力。可……

朱韵觉得这是件值得的事情，这方向让人忍不住要往下走。她记得初中背的课文《桃花源记》里有这样一句话——"山有小口，仿佛若有光。"

他的话给她的就是这样的感觉。

虽然只是开了个头，但朱韵多少也算是个优等生，对专业内的事情很敏感。

她早就发现，李峋对于信息和数据的关注度非常高。

随着网络时代的发展，信息膨胀速度越来越夸张，这是所有人的体会。可是很少有人细想过，这些从前只是被零散地堆放在各个角落的数据到底有什么意义，它们究竟会给人的生活带来怎样的变化。

直到两年后的某天，大洋彼岸一家国际知名的管理咨询公司，在看到网络上海量信息的潜在价值后，投入大量人力物力进行调研，最后发布了互联网发展史上著名的“大数据报告”。

虽然大数据概念不是那时才提出的，却是在那时才正式引起了人们的注意。起初只是在金融界，后来则慢慢延伸至各行各业。

但此时此刻，这些都不重要。朱韵远没有想到那么多，在那个小小的房间里，在那张小小的床上，在那双不老实的手里，朱韵满脑子装的都是如何帮他迈出第一步。

就在朱韵深思熟虑之际，李峋那边竟然慢慢趴在她身上睡着了。

于是朱韵也停止思考，注意力被转移。

她最喜欢李峋睡着的样子，她把这过程比喻成“温水煮虾”——他总是睡着睡着身体就慢慢蜷缩，用不了多久，脸就会从枕头上滑下来，修长的身体如新月般弯着，乖得不像话。

有了方向，生活忙上加忙。

朱韵跟高见鸿长谈了一次，问他今后的打算，高见鸿说他还在考虑。

同学两年，朱韵多少也了解了一点高见鸿家里的情况，他父母都是一般工薪阶层，条件不好不坏。

高见鸿说他很犹豫，如果继续学业，无非就是保研或者出国，但高见鸿又很想快点正式步入社会，工作挣钱。

谈话的时候李峋并不在，高见鸿问朱韵：“你觉得我们这行是实践经验重要，还是理论重要？”

朱韵说：“都重要吧。”

高见鸿：“那你怎么跟李峋走？”

朱韵干笑两声：“我的情况，不适合参与讨论。”

高见鸿也笑了：“也对。”他问朱韵：“那既然咱们讨论的是离开校园后的事，就把同学关系先放到一边。你跟我交个底，他打算干什么？”

朱韵实话实说："他不会考研的。他之前已经准备了很长时间，应该明年就开始着手准备公司了。"

"明年？"高见鸿愣住，"不等毕业？"

"看他自己的想法。"

"他找到投资方了吗？有启动资金吗？"

"有。"还不少呢。

有个"土豪"哥真是爽。

高见鸿皱眉，凝神思索。朱韵能理解他的纠结，如果他打算跟着李峋，那接下来的事情会忙得他根本没有精力再管出国和保研的事。

她看向窗外，已经入冬了，寒冷的天气仿佛给一切套上冷静坚硬的外壳，这种氛围似乎格外适合讨论这样的话题。

"我知道他实力很强。"高见鸿想了很久，低声道，"但他也很容易意气用事。说实话，他这人有点恃才傲物，跟我们几个配合还行，团队越大越容易出问题。"他看了朱韵一眼，又说，"你跟他在一起后,他这方面好多了，但万一你不在了，他……"

朱韵想都没想打断他："我不可能不在。"

高见鸿不语。

朱韵看着他，蓦然道："高见鸿，这件事关乎你将来的发展，我不能给出引导性太强的意见。但是有一点我想提醒你。"

"你说。"

"我除了是他的女朋友，我还是平均绩点全班第一的人。"

高见鸿看向她，朱韵神色平静道："我选择跟他，并不只是因为爱情。"

Chapter 13

打火机与公主裙

本学期的期末考试很快来临。

所有科目都按部就班进行，只有体育一项……之前口口声声说让朱韵去找江兴驰搭档期末考试的某状元，在临近之际，越发表现出心口不一来。

他嘴里肯定是不会承认的，但朱韵太了解他了，经过跟他这么长时间的交往，朱韵眼力突飞猛进，从“近视眼”升级到“显微镜”再越级到“手术刀”——几刀下去，剖开状元公事公办的表皮，看到里面满满的都是小心眼。

朱韵的应对是装傻。

在最初同甘共苦的热情退却后，朱韵发现她还是放不下自己的成绩单。考试当天，朱韵就在某人“这是你最后一次机会”的眼神压力下，淡然地跟江兴驰垫球去了。

不得不说，江兴驰排球打得真是厉害，尤其是在跟李峋配合了一个学期后，朱韵更能体会到江兴驰的牛×之处。

因为找江兴驰搭档的人太多，大家都没有时间练习。等轮到朱韵的时候，江兴驰跟她说了句“别紧张”就直接开始了。

朱韵进入状态比较慢，上来第一个球就飞了，刚想着说考试要玩完，没想到江兴驰却稳稳地将球救回来，而且不偏不斜，正好落在正上方，力度也刚刚好。之后的所有球全是这样，不管朱韵把球垫到哪里，江兴驰的回球永远是同力度、同落点，舒服得不要不要的。

或许是已经知道了朱韵跟李峋的关系，江兴驰给别的同学垫球都刚好只垫到优秀线就停下，唯独朱韵，垫了九十个了还不停，直到第一百下的时候，江兴驰才漂亮地一抬手，将球垂直垫得老高，单手稳稳接下。

今日天气很冷，朱韵一百个球后出了身薄汗。她颠颠地去找李峋，后者抱着手臂靠在排球场边的高铁栏上，给了她一个凉凉的眼神："当初说要患难与共的人去哪儿了？"

朱韵靠在旁边，配合地来回望了望："对啊，去哪儿了？"

李峋皮笑肉不笑地看着她，朱韵在他目光注视下很快败下阵来，胳膊肘戳戳他肋骨，三分撒娇七分耍赖。

很快轮到李峋，他晃晃荡荡上去，不负众望地垫了八下。唐教练想再给他一次机会补补成绩，李峋轻描淡写道了句"不用，八比较吉利"，人就走了。

别说，还真有点匪夷所思的潇洒。

他跟朱韵不同，他完全不在乎分数。

也对，成绩哪儿有装×重要。

考试结束当晚，李状元"不计前嫌"地请客吃饭，带着高见鸿和任迪的乐队，包了台球社的一间大房。

任迪的乐队里没一个正经上学的，一群血淋淋的疯子，玩起来不要命一样。朱韵和任迪远离男生坐着，任迪跟朱韵说了她的计划。

"下学期我可能就不来了。"任迪抽着烟道，她还是化着很浓的妆，一年多过去了，她比起之前的初出茅庐，更透出几分冷艳来。

朱韵："这就不来了？"

任迪："反正我一年多也基本没上什么课，成绩根本不够毕业的。"

这倒也是……

"你家里人同意吗？"

"同不同意也无所谓。当初约好了，我考来这儿，其他的就别管我。"任迪耸耸肩膀，"人得守诺不是？"

朱韵不知道该说点什么，她觉得或许应该给她点鼓励，但又很快意识到没必要，人家比她上道多了。

朱韵就着这气氛，连喝了几口酒，觉得浑身通透。

"你呢，什么打算？"任迪问。

朱韵没开口，冲后面一回头。

任迪看向正在跟高见鸿聊天的李峋，道："不换了？"

朱韵："不换了。"不可能有更好的了。

聚餐一直到后半夜，乐队的人都倒了。李峋把外套给朱韵穿好，又围上围巾，托着醉醺醺的她离开。

外面一片漆黑，冷飕飕的，朱韵被风一吹，打了个激灵。李峋察觉，把衣服给她又紧了紧："还冷吗？"

朱韵迷迷糊糊地摇头。

李峋干脆把她背了起来，朱韵的脸贴在他肩膀上，享受着骑人力车的待遇。

半晌，李峋存心找碴儿般说："公主，你好像有点沉啊。"

她蹬腿以示不满。李峋又笑道："没关系，干干巴巴的没看头，还是有点料好。"

朱韵抱着他，迷醉之中，只觉得全世界都在怀里。她闭着眼睛，充分发散少女的想象，将周围变成无边无际的银河，他们轻盈地穿梭其中。

"李峋。"

"嗯？"

"你有什么梦想吗？"

"没。"

"怎么可能？"

"我没细想过。"

"现在想想。"

"那就……继续这样吧！"

"什么意思？"

"我很小的时候就发过誓，这辈子一定要对得起自己。我只做自己想做的事、只说自己想说的话，不管为此付出什么代价，我都不后悔。"

"你前面这些年很彻底地贯彻了这个恣意妄为的生活理念。"

"没错，所以我说梦想是'继续这样'。"

"哈哈！"

"公主有梦想吗？"

"有。"

“是什么？”

“我的梦想是跟我的初恋修成正果。”

他停在一盏路灯下，侧过头，看着趴在他肩膀上闭目养神的朱韵：“我就不用问是谁了吧？”

朱韵闭着眼睛咬他一口。

李峋笑着说：“你的梦想很容易实现啊！”

第二天，朱韵清早醒来，看见李峋正在书桌前看书。她去外面买回早餐，两人简单吃了一下。李峋问她：“你买了什么时候的车票？”

朱韵：“还没买，不着急。”

李峋看了她一眼，没有说什么。

学校正式放假，人都走得差不多了，李峋不再每天去学校，把工作地点换成了自己的家。他跟朱韵还是像是在基地一样，并排挨着坐，互相听对方敲键盘的声音。

一个星期后，李峋终于再次问她：“还不回去？”

朱韵：“赶我走啊？”

李峋淡淡道：“马上要过年了。”

朱韵：“还有好几天呢，不着急。”

过了一会儿，李峋又说：“你跟你爸妈说好了？”

他难得这样纠缠一件事情不放，朱韵知道他在想什么，说道：“没事，别担心。”

其实母亲的电话早在十几天前就开始打了，朱韵一连推了四次，母亲似乎明白了什么，也不再联系她。

就这样，直到手头的工作暂时完结，朱韵才离开。她临走前，李峋坐在床边看着，朱韵过去按了按他的后脖颈，说：“你先自己玩几天，我很快回来。”

朱韵到家的时候，父母都在。她从进门的那刻起，就感觉到气氛的不同。

一家人安安静静吃完饭，很默契地谁都没有下桌，最后朱光益淡淡叹了口气，先一步起身，道：“朱韵，你跟你妈妈好好聊聊吧。”说完，拿着报纸去了客厅。

餐厅灯光很亮，发出明晃晃的白，照得桌上餐具反出纯洁的亮光。

“学校放假了，怎么没马上回家？”母亲问。

朱韵说：“我有点事情。”

“什么事？”

“很重要的事。”

朱韵有点紧张，面对面色严肃的母亲，时间越久，心就越揪着。她强迫自己分散注意力，去想临走时李峋看她的样子。

“朱韵。”母亲打断她的思路，“咱们今天就开诚布公地谈一谈吧。你那边什么情况我多少也了解了，这样说吧，”母亲简明扼要道，“我不同意。”

虽然这样的结果毫不意外，可在听到母亲那么斩钉截铁说不同意的时候，朱韵还是心凉了下：“妈，他不是你想的那样。”

“我想的哪样？”

朱韵沉默，母亲道：“你连我想的哪样都说不出来，只是一味反驳父母。你觉得这样有说服力吗？”

朱韵低声说：“他很优秀。”

母亲静了一会儿，笑着说：“你就把目光放在眼前这点地界，当然觉得他很优秀。你爸过年来家里的那些朋友的孩子，随便挑出来一个也不比他差。你不用跟我谈优不优秀，好学生妈妈见过太多了。而且这人家庭情况也比较特殊吧？”母亲淡淡道：“有一句话叫‘寒门难出贵子’，可能我以教师的身份说它不太妥当，但事实就是这样，有些东西是根里带来的，他们再怎么装都没用。”

朱韵忍不住说：“他没有装。”

母亲恍若未闻，接着说：“这类学生往往内心缺乏认同感、急功近利，挖空心思想要出人头地……”

“他没有！”

母亲冷笑一声：“没有？那怎么专拣高枝缠上你了？从某些地方讲，这人确实也挺聪明的。”

“不是！”朱韵脸色涨红，“是我缠他的！”

母亲不为所动，又说：“你是我女儿，没人比我更了解你。这个男孩在比赛上的行为我也略有耳闻，你打小就容易被这种人骗，永远长不大一样。”

朱韵看向母亲：“什么叫骗？比赛的时候本来也是方志靖没按照规则来，对其他的队伍不公平。”

“公不公平不是你说了算。”母亲冷冷道，“退一万步说，就算不公平，你也应该向校方投诉，而不是越过老师、越过学校，这样自以为是地破坏比赛。”

朱韵紧抿嘴唇，虽然她没有顶嘴，但母亲也能看出她完全无法被说服。

“你看，就是这样。”母亲不咸不淡地说，“这些人就专挑你这种善良心软的人骗，先把你拴紧了，再派你出来跟父母斗，他这么利用你，你都看不出来？”

朱韵起身。

母亲的声音变得严厉起来：“我话还没说完，你要上哪儿去？”

朱韵低声道：“没什么好说的了。”

母亲在后面喊她，朱韵飞快地上楼。

气愤、害怕、委屈……一系列强烈而复杂的感情糅杂在一起，让她无比难受。

她一刻不停地开始收拾东西，脑子乱糟糟的，什么都无法思考，看到什么就随便装起来，最后提着满满当当的行李箱下楼。

朱光益本在客厅里喝茶读报纸，看到这一幕，皱眉道：“你要干什么？”

朱韵不说话，去门口取外衣，朱光益茶杯一落桌：“胡闹！”

朱光益当家做主，平日一向沉稳，朱韵几乎从来没有看过他发怒的样子，被这一喝吓得后背直冒冷汗，靴子的鞋带系了几次也系不上。

她咬着嘴唇坚持不开口，因为知道一张嘴就露怯。父母在教育行业摸爬滚打几十年，想拿住她太容易了。

终于穿上靴子，朱韵直起身，看见母亲站在面前。

“你想干什么？把东西都放下！”

朱韵绕过她，母亲拉住朱韵的胳膊，厉声道：“朱韵你着魔了是不是！”

对。

“你什么时候变得这么不听话了？马上就要过年了，到时候家里亲戚朋友来了，你不在，怎么解释？”

最好就实话实说。

母亲站在门口，一步也不退让，道：“朱韵，你给我把东西放下，难道爸爸妈妈还没有他重要？”

朱韵抬头：“如果我说没有呢。”

母亲一愣。

在她愣神之际，朱韵绕过她，开门跑出去。
母亲在身后大声叫她："朱韵！"

风太冷了。
太冷太冷了，几乎要把五脏六腑都冻住了。
朱韵顺着无人的大街一连跑了十几分钟，最后停下的时候，发现脸上鼻涕一把眼泪一把，难看得不成样子。
太不像话了，她满脑子都是这句话，越想眼泪流得越多……
她竟然这样就出来了，她竟然对父母做出这样的事，真的太不像话了！
朱韵站在路边，冬日的风吹着眼泪，很快脸颊生疼。她使劲深呼吸，却毫无平静下来的趋势。
她直奔车站，坐上最后一班夜车。
客车缓缓启动，她身边是一个四十多岁的中年妇女，问朱韵："你也是回家？"
朱韵看着她，没有说话。
中年妇女毫不在意，兴奋道："我要回家看我女儿喽！"
朱韵轻声说："我去见我男朋友。"
中年妇女笑着说："那是好事啊，哭什么？"
回过头，朱韵靠在车窗上。
窗外的路灯杆一根接着一根晃过。朱韵眼前浮现出今天分别的时候，李峋穿着深色的卫衣长裤，微驼着背坐在床边看她的样子。
她开始企盼时间走得可以快点。

回到住处时已经三点多，朱韵眼睛干涩，疲惫不堪。出租车司机帮她把箱子抬进楼道，朱韵说了句谢谢，一开口发现嗓子有点疼。
她掏出钥匙开门，轻轻进屋。里面一片漆黑，李峋正在睡觉。
在看到那个倒在床上的人影时，她被一股浓浓的温柔化掉了。
她再次验证了母亲的话——她着魔了。她甚至觉得一切代价都是值得的。
朱韵往里走了几步，余光看到桌上放着一盒米线外卖，没吃多少，剩了一大半。桌上的书摊开着，还停在她走时的那一页，地上杂物成堆。
电脑在床上，他大概是干活干到一半，累得直接趴着睡着了。

他一个人的时候，就自己乱过。

朱韵把电脑抽走，他指尖似乎动了动。

朱韵脱了外衣，侧身躺在他身边。李峋觉浅，很容易就醒了，费力地睁开眼。朱韵用最柔软的目光迎接他。在起初的几秒困顿过后，李峋似乎明白了什么，他缓缓闭眼，一语不发地往朱韵怀里钻。

朱韵环抱住他，在他耳边轻声说："我回来得快吗？"

他还是不说话，就那么沉默地让她抱着。

朱韵发现，只要跟李峋在一起，她所有的胆战心惊都会慢慢消散。

在离开家三天后，朱韵的心渐渐安定。

李峋于她就是安神剂，她喜欢看他，喜欢摸他，喜欢被他抱着，最难受的时候，她甚至想直接嵌进他的身体里。

冷静下来后，朱韵偷偷给家里打电话，是朱光益接的。他并没有大发雷霆，只是语气沉稳地告诉她，母亲对她的行为很失望。

"你现在也大了，很多事情有自己的想法，我不想单方面地要求你什么。我也和你妈妈聊过了，我可以给你一点时间，让你们都冷静地好好想一想。不过朱韵，你妈妈脾气虽然大，但你要知道她一切都是以你为出发点。而且她在教育行业干这么多年了，看学生的眼光还是有的。"

朱韵不说话，朱光益叹了口气道："你看这好好的年都过成什么样了？你从小到大一向听话，别让你妈妈伤心。"

朱韵整个假期都没有回家，除夕就跟李峋在小单间里过。

李峋本想带她出去，朱韵以懒得动为由拒绝了。两人窝在房间里，也不看电视，十二点的时候就并排趴在窗边看烟花。

李峋在这种时候会显现出跟平时不太一样的柔和，从后面抱住她，撒娇耍无赖。他的嗓音在耳边杀伤力巨大，讲话又格外有技巧，往往几句话就让朱韵面红耳赤、溃不成军，自己则一副大获全胜的样子。

几岁？

她都懒得理他。

过完年后，他们重新开始工作，每天都有干不完的事，忙着忙着就开学了。

自从跟李峋在一起，朱韵觉得自己各方面的成长度简直越着级地往上升，所有事都要往后推个四五步才能谨慎决定。大部分同学正在过着的简单纯粹的校园生活，仿佛离她越来越远。

林老头知道李峋要创业，兴致勃勃地给他介绍了朋友开的一家创业咨询公司。李峋对此兴趣不大，敷衍了事，自己没去，派朱韵和高见鸿去意思一下。

接待他们的是一个三十多岁的咨询师，西装革履，神色严肃，颇有职业人的风范。他大概听了一下朱韵的构想，直截了当地说："放弃吧！"

朱韵问："为什么？"

"你们太年轻了，没有经验，像医疗这种复杂的行业最好不要涉足。而且抛开难度不说，这个项目公益性质太大，盈利点比较少，很有可能还没步上正轨，团队就会因为资金问题分崩离析了。"

紧接着，咨询师拿出一系列数据资料，推荐道："不知道你们对电商和游戏感不感兴趣？据我们分析，这两个行业会是未来几年发展的重头……"

朱韵听他头头是道地讲了半天，心说李峋不来是对的。

她本想找个引子直接离开，高见鸿却对此兴趣极大。他跟咨询师聊了很久，意趣相投，最后咨询师甚至搬出几家有名的投资公司，表示这几家最近都有投资电商以及游戏类创业公司的想法。高见鸿他们学校过硬，自身实力也强，如果考虑做这行，他很愿意帮忙引荐。

朱韵一语不发地在旁边听着，等高见鸿和咨询师热火朝天的交流结束后，她没有马上回学校，而是带高见鸿去路边的咖啡厅坐了了一会儿。

咖啡端上来，谁也没有动。

大家都明白对方的意思，高见鸿也不拐弯抹角，直接道："我觉得刚刚那人说得有道理。我也不是忽然之间才这么想的，之前我考虑了很久，医疗类的确像他所说，难度大、收益小。我们毕竟是要创业搞公司，必须要考虑盈利的问题。"

朱韵沉默许久，才缓缓开口道："其实李峋这人，有时候做决定还挺理想化的。"

高见鸿听她这么说，颇为意外："你这么觉得？"

朱韵笑笑："是啊。"

或许是因为早年被现实压得厉害，让李峋在有能力摆脱束缚、选择未来的时候，更多考虑的是事情本身的意义，而很少在意钱财。

这人倔到骨头里。

朱韵飞快地整理了一下思路，撇开有的没的，专注到与高见鸿的谈话中："我们先不说这项事业本身的价值，只谈你说的盈利问题。我们就拿去年来说，一年的时间，全国癌症发病人数多达三百万——你知道这是个什么概念？这说明全国每天得癌的人要超过8000人。但是我在本省几家肿瘤医院调研，发现只有2%的患者医疗信息被详细记录，剩下的都是非结构化的杂乱无章的数据。"

"你看不到这里潜在的东西吗？"朱韵目不转睛地看着高见鸿，"医疗信息早晚有一天要统合、数据早晚有一天要标准化，这里隐藏的价值绝对不只表面看到的这些。以前没人做，不代表这事就不值得做；同样，别人做不成，也不代表我们就做不成。"

高见鸿眉头紧皱，无声思索，朱韵又说："我们不是慈善机构，我们的方向没问题。高见鸿，我们需要的只是脚踏实地，并且把目光放长远。"

高见鸿还是不说话，朱韵最后道："医疗类项目的确起步难、见效慢，但你要看是谁在做。我还是那句话，你自己的路自己来决定。但是如果你选择了李峋，就请你一定——"说到这儿，朱韵顿了顿，改口道："不，是你必须要相信他！"

高见鸿抬眼，与她对视几秒，而后蓦然笑了出来。紧张的气氛顿时融化，高见鸿像不再关注谈话主题一样，靠到沙发里，调侃道："我说朱韵……"

"嗯？"

"你未免也对他太好了点！"

朱韵没想到他会忽然这么说，一时哑然。

高见鸿神色放松地看向窗外，又过了一会儿，淡淡地说："算了，就这样吧，反正我跟你们俩也搭习惯了。"

朱韵明白了他的意思，想说点什么，又觉得没必要。端起咖啡喝了一口，明明入口苦涩，硬是让她品出了甜味。

李峋的实践基地在大三刚开始的时候就停了，为此系主任还发了一通火。原来当初某状元想捞便宜的时候，在主任面前信誓旦旦，要为系部做贡献。现在该捞的都捞的差不多了，前期准备工作基本完成，最后一批成员的学分加完，他就直接撂挑子不干了。

主任生气也没办法，李峋一不在意成绩，二不需要学校推荐资源，甚至连毕不毕业都不考虑。光脚的不怕穿鞋的，人家一身轻松，耍起无赖来谁也没辙。

在基地关门的那天，李峋、朱韵和高见鸿三人出去吃了顿大排档。那是学校后身的长街上最有名的一家，天天晚上爆满。

李峋食量不大，主要战斗力在朱韵身上，她和高见鸿两人撸了一桌子的串，吃到最后，朱韵觉得自己都快变成串串了。

李峋就吊着眼梢坐在旁边看着。等他们吃得都快呕出来的时候，李峋懒洋洋开口道："起个名字吧！"

朱韵和高见鸿一起看向他："什么？"

李峋："公司总要有个名字。"

朱韵与高见鸿对视一眼，总算反应过来。朱韵热血沸腾，把手里的签子往桌子缝里一插，说："就叫串串吧！"

李峋鄙夷地看着她："又他妈喝多了！"

高见鸿认真思索，道："我觉得名字还挺重要的，要不我们找人算一下？"

"行啊。"李峋神态不变，"你去算算'串串'吉不吉利吧！"

高见鸿："……"

朱韵和高见鸿兴致来了，两人你一句我一句，名字越起越飘，李峋一边看热闹，不时还点评一下。

最后高见鸿问李峋："你有没有什么想法？"

朱韵知道李峋一开口基本就要拍板了，紧着在旁怂恿："我们起个洋气点的！"

李峋瞄她："什么叫洋气的？"

高见鸿建议道："要不起英文的吧，反正目标要放长远，对吧？"他说着，跟朱韵传了个眼神，朱韵心领神会，了然点头："对！"

李峋一副看神经病的表情看着这俩喝多的人。高见鸿一个劲儿地问他，最后李峋瞥了朱韵一眼，邪笑道："英文的啊……那L&P怎么样？"

"L&P？"高见鸿愣了愣，"什么意思？"

在高见鸿的反复催促下，他挑挑眉，道："你不是要吉利的吗？"

"对啊。"

李峋一摊手："Luck and Power——直接翻译成'吉力'，怎么样？"

高见鸿哈哈大笑："这也太肤浅了！"

李峋一本正经地胡说八道："大音希声，大道无形，带的东西越是轻松肤浅，跃龙门时才越有力量。”

高见鸿拍桌子：“好！”

回程路上，高见鸿走在前面，朱韵悄悄拉李峋：“喂！”

“嗯？”

“你真能编啊！”

“什么？”

李峋奇怪地看着她，仿佛不明白她想说什么。

朱韵拿胳膊肘顶他的腰：“L&P到底是什么的缩写？”

“我刚才不是说了？”

“呸！”朱韵眯着眼睛看他，小声说，“是Lighter（打火机） and P——”她刚开口，李峋就做出一个恍然大悟的表情，“原来你往这边想的啊！”

朱韵：“……”

李峋毫不留情地讽刺道：“我说公主，咱们自恋也得有个程度好不好？”

说完，他双手插兜，叼着烟，欠嗖嗖地在前面走。

朱韵被他嘲讽得脸上通红，借着酒劲，头脑发热，嗷地叫了一嗓子，从后面冲刺几步跳到他身上。李峋早有准备，只被她撞得晃了一下，然后就这么挂着她，接着往前走。

朱韵缠在他背上，觉得这个高度的空气格外清新，猛吸了两口。

李峋嗤笑：“狗啊你？”

朱韵极其配合地张开嘴，在他肩膀上吭哧就是一口。

“我×！”

终于出现意料之外的情节，李峋疼得大骂一声，回头就要收拾朱韵。朱韵猴子一样从他身上跃下，铆足了劲儿往前跑。

李峋哪能容她这么溜了，几大步追上她，朱韵回身抡起王八拳，噼里啪啦地抽。李峋一只大手扣住她的手腕，另一只手掐她的腰。

朱韵浑身上下都被李峋开发得透透的，随便一伸手就是命门。朱韵分分钟溃败，苦不堪言地告饶。

李峋拿着她：“还敢不敢了？”

朱韵这个生气，趁李峋不备，狠狠跺他脚。正值夏日，李峋穿着人字拖出来，被这么一踩，疼得差点没蹦起来。

他大吼一声："朱韵！"

朱韵一击得手，又撒丫子逃命。

李峋脚上疼，追得没那么快，烟往地上狠狠一扔，怒不可遏。

晚风吹拂，桂花飘香。

此夜良辰美景多逍遥。

少年人心高气傲，目视前方，不屑低头看那腌臜角落里的世事无常。

后来很长一段时间里，朱韵都在想，如果当初他们再退一点、再忍一点、再把棱角磨得平滑一点，是不是一切都会变得不一样。

可是没有如果。

甚嚣尘上，大风飞扬，那些年少的青春时光，他们就是如此放肆张狂地度过的。

大三的秋天，诡异的"L&P吉力科技股份有限公司"整套注册手续已经完成。

他们的项目需要跟医院进行详细的互动沟通，但初期的接触比较费力，医院并不是很愿意跟在校大学生做配合。

高见鸿当时正忙着给公司开户，而李峋也不可能去给人赔笑脸，沟通的重任只能交到朱韵头上。朱韵连续奋斗几个星期，使出浑身解数，又是讲理又是煽情，最后曲线救国给一堆小护士塞东西，终于说服医务科主任，拿到合作机会。

但也只是开放了一小部分的权限而已。

任由朱韵说成什么样，医院的负责人也只觉得这是大学生偶然间的突发奇想，没人关注这几个计算机系的学生到底有多大的构思。

当时一个跟朱韵混得稍熟一点的姓林的医生还跟她开玩笑说："你们要做作业得挑简单的啊，怎么能选医学界最大的深坑癌症呢？八成要出不来成绩啊。"

朱韵说："你知道我们的目标吗？"

林医生："不知道。"

朱韵伸出一根手指，林医生挑挑眉。

"1%。"朱韵说，"我们的目标是把癌症存活率提高1%。"

林医生安静几许，随后淡笑道："那可真是个宏伟的目标啊！"

李峋很早就开始着手实验，他希望可以抓取医患之间各阶段的交互信息，从而整合归类。

本来从病例库中提取电子数据对他们来说应该易如反掌，但真正实践之后才发现事情没有那么简单。常年的数据不规范等沉疴旧疾，使得程序在读取时经常出现错误，误读率非常高。

他们试验了很多种方法，最后明白凭借人力“盯梢”检查错误是不可能的，现在规模小，尚且能撑，一旦数据库扩大，错误率会以意想不到的速度飙升。

最后李峋决定采用让程序“自升级”的方法，手动输入大批精确数据，以这些作为原本检查录入内容，发现问题及时反馈，自动调整收录过程，让整个系统以一种动态的方式不断自我完善。

初期问题总算解决了。

他们忙了大半年的时间，直到大三那年的冬天。

那是一个所有人都忘不了的冬天。

某日，朱韵从住处匆匆回校，在门口见到有保安正在挂横幅，她多看了一眼，惊讶地发现上面的内容非常熟悉，竟然是信息安全竞赛。

今年比赛在这里办?

朱韵干站了一会儿，恍如隔世。

那时李峋已经很少去上课了，一家制药商慧眼识珠，看中了他们的系统，想要谈合作。

那是全国数一数二的大型制药商，肿瘤药物更是他们的重中之重。能被这样的厂商看中，是对该项目市场能力的最大肯定。

跟其他的创业者不同，因为有付一卓的协助，李峋并不担心资金问题，所以他对合作方的要求非常高，高到最后大家往往搞不清楚谁才是投资的那一个。

但是这次李峋放宽了条件。

他对朱韵和高见鸿解释说，这家制药商在国内的势力非常大，尤其在肿瘤药物方面，渗透到各家医院，如果能顺利合作，会给他们的实验数据提供很大便利。

因为主要精力还是放在技术上，在基础问题讨论完之后，剩下的细枝末节都落到朱韵头上，她每天被厂商的法务搞得头痛欲裂。

李峋看她太累，就提点新鲜事帮她放松：“今年信息竞赛在我们学校办。”

朱韵点头：“我已经看到了。”

李峋笑着说：“林老师是校方评委。他自己那边有事，想让我代他去。”

朱韵诧异道：“这不行的吧？”

“当然不行。”李峋躺在床上，玩味地看着朱韵，“不过，他找我聊的时候给我看了今年的决赛目录，我看到了点好玩的东西。”

朱韵：“什么？”

李峋嘲讽道：“咱俩的月老又来了。”

朱韵：“……”

方志靖。

此人的存在感也真是绝了，每次在朱韵觉得自己要忘了他的时候，他总要出来意思一下。

今年的决赛在寒假举行，所有的事都压在一起了。

这一边朱韵为了制药商合同细节焦头烂额，另一边家里给的时间已经到极限，再也不能拖了。

整一个学年，家里一直处在这种不安定的氛围里。朱韵尝试过很多次回家跟父母沟通，朱光益尚且好说，母亲则是油盐不进。

其实某种程度来说，朱韵的性格偏向母亲，所以她非常了解母亲有多执拗。

考试之前她接到母亲的电话，告诉她考完试马上回家。她也正好想要跟父母谈谈，找李峋要了两天假。

“行。”李峋很简单就同意了，过了一会儿，他又问，“什么时候回来？再过几天李蓝要来。”

朱韵一愣，这还是李峋第一次跟她谈这些。

看着朱韵傻傻的样子，李峋笑着说：“她过完年要结婚了。你们正式见一面吧，我也没别的亲人了。”

朱韵愣愣地点头，说：“你放心，我马上就回来。”

李峋：“不用这么着急，回去跟父母多待两天，李蓝会在这儿一直住到开学。”

那次的行李还是李峋帮朱韵收拾的，临了朱韵又不想走了，磨磨叽叽站在门口不吭声。李峋见状，调侃道：“怎么，舍不得我啊？”

朱韵撇嘴，李峋掐灭手里的烟，招招手：“过来。”

朱韵往前两步，李峋伸出手指勾了勾她的下巴：“公主。”

朱韵被他搔得发痒，忍不住缩脖，抬眼看他："干吗？"

李峋在她嘴唇上轻轻一啄："我爱你哦！"

朱韵的记忆力本来就很好，加上李峋又是这种在她生命里异于常人的存在，所以他的无数神情、无数话语、无数片段，都深深印在她的脑海中。

可是……

这所有的一切，都比不过刚刚这一段。

或许是时机过于特殊，这段影像对朱韵而言，就像一颗钉子一样，脑中已经容不下，只能扎在心脏上，跟随命运一起跳动。

朱韵回到家，家里气氛一如既往。

整一个学年了，他们还是谁也说服不了谁。

母亲为人要强、好面子，朱韵的事她从没跟其他任何人说过。朱韵一直是她的骄傲，同辈的几个孩子里她最有出息，以前母亲还经常跟朱韵聊几个弟弟妹妹有多不省心。

母亲这一年一直忙着给朱韵出国铺路，就算朱韵坚持不去考试，她还是该做什么做什么，一副胸有成竹的样子。

朱韵想借这次机会跟母亲好好谈一谈未来的规划，可还没开口，母亲已经将一叠东西放到她面前。

朱韵无言地看着，母亲道："所有手续都办完了，你愿意考试也好，不愿意考试也罢，明年必须给我出去。"

朱韵："我不可能去，我有要做的事。"

"你那个什么破公司？"母亲漠然道，"你想也别想！朱韵，小事情上你想任性我也不追究了，但人生重要抉择你必须听我的。年轻时最宝贵的就这么几年，你学这么一点点东西就跟人出去搞公司，真是不知道天高地厚了。"

朱韵："我们没你想的那么差，你最起码了解一下再……"

"我了解什么？"母亲厉声打断她，"我现在唯一了解的就是你现在好好的学念不成了，好好的路都被堵死了，你让那混账东西圈在一个地方出不来了！"

她紧紧盯着朱韵，目光刀子一样厉："你告诉我，他到底给你灌什么迷魂汤了，我忍你几天，你真当我同意了是不是？你还想让我了解？你信不信我……"

"哎，别嚷！"朱光益从客厅过来，打断她们，"都冷静点，好好说话。"

母亲脸色很差，极力压着呼吸。

朱光益对朱韵说："你也太不懂事了，你知道为了给你联系好学校，爸爸妈妈托了多少关系？你为这么一个外人，跟父母闹了一年还嫌不够？"

又是一番毫无结果的谈话，到最后，朱韵连张嘴的机会都没有。

她转过头，看到窗外飘起了雪。

今年是难得一遇的寒冬，媒体早些日子就报道过。不过这对朱韵家来说，算不了什么，整栋别墅都安装了进口地热取暖设备。由于谈论的话题过于尖锐，每个人都觉得身上在冒火。

学校这边也在下雪。

比赛的队伍已经陆陆续续来到学校。本校今年有三支队伍参加比赛，作为东道主，参赛队伍和志愿者一起热情地招待了客人。

大家偶尔相聚聊天，纷纷抱怨今年比赛安排得太晚、天气太冷，还有人开玩笑说搞不好比赛的时候机器都冻得打不开了。

学校附近的商场中，一家饮品店里，李峋跟李蓝对面而坐。

李蓝在弟弟面前总是紧张拘谨，她打了几个喷嚏，李峋蹙眉，她赶快解释："有点小病，没事。"

李峋让她自己点东西，李蓝也不太敢，只挑了杯最便宜的柠檬水。

"对了……"李蓝忽然开口，"那个，大哥上个月去了。"

李峋嗯了一声。

李蓝抿抿嘴，喃喃道："挺好的……"

李峋挑眉，李蓝马上摆手，慌忙解释道："我不是那个意思。"

李峋不说话。李蓝支支吾吾解释："就是，就是以后你不用分心给我们拿钱了。"

李峋笑了笑，李蓝感觉刚刚自己说了些不道德的事，一直闷着头。李峋淡淡问："你妈给你找了什么婆家啊？"

李蓝说："是我自己找的。"

李峋哼笑："哟。"

李蓝被他笑得有点不好意思："张庆。你还记得他吗？小时候一起玩过。"

李峋看着她："那个胖子啊？"

未婚夫被人嘲讽，就算是心爱的弟弟，李蓝也忍不住反驳："他现在没那么胖了……”

李峋：“下两百斤了？”

李蓝脸上通红，李峋哼笑，她无意中看他一眼，又怔然了。

李峋懒洋洋道：“干什么？”

李蓝摇头，小声说：“我觉得你现在……”

“怎么？”

她组织半天语言也说不清楚，李峋知道她嘴笨，也不等了，道：“你在这儿多留几天，我让你见个人。”

李蓝：“什么人？”

李峋幽幽道：“对你来说，算熟人吧。”

李蓝更奇怪了，她在这儿谁也不认识。没等再问，李峋又说：“等见了你就知道了。”

李蓝乖乖点头。

李峋看着她，半晌，道：“将来有孩子了，送我这边来念书吧。”

李蓝惊讶地抬眼，李峋嗤笑道：“你们家能教出什么人来，闭着眼睛也知道。”

李峋说话一向嘲讽，但李蓝是他姐姐，她太清楚他每句话里的意思。她眼眶发红，激动得指尖颤抖。她今天来找李峋前，本来很紧张，可今天的李峋给了她完全不一样的感觉，具体怎样她描述不清，她病中身体本来难受得要死，可现在又觉得开心极了。

另一边，李峋也在感叹世上感情之奇妙。好像不管从前怎样，只要自己有了归处，很多事都能放下，也可对过往更加宽容。

李蓝拿起柠檬水，还没喝，又打了个喷嚏。

李峋打量她：“你穿得太少了。”

李蓝揉揉鼻子：“没想到会这么冷。”她这几天一直低烧，但没告诉李峋，怕他担心。

李峋把柠檬水拿开，去前台给她要了杯热的红豆姜汁。

在掏钱的时候，门口响起“欢迎光临”。李峋下意识回头，看到三个男生从外面进来，刚好坐到他和李蓝的后面。

“妈的，冻死了！”打头的一个男生说。另一个男生也道：“对啊，而且这学校怎么这么偏啊，门口都没什么东西。”

最后一个男生冷冷地说：“你当是我们那儿呢？这地方我他妈踏进来就觉得恶心，垃圾学校只能培养垃圾。”

“您的红豆姜汁。”李峋从服务员那儿接过热饮，一脸笑意地往回走。

点餐的前台是视野死角，一旦绕出去，他的身高、样貌马上吸引了就近几桌的客人。方志靖几乎一眼就看到了他，脸色在一瞬间变得铁青。

李峋则像是碰到熟人一样，挑着眉笑道：“哟，这是哪位啊？”

方志靖两个伙伴回头看他，李峋不认识他们，但他们早就见过李峋了——在两年前的比赛里。

他的形象太过引人注目，看过一次就很难忘记。

方志靖嘴唇紧抿，李峋一手拿着饮品，一手插着兜，堂而皇之地来到他们面前：“聊什么呢？”

方志靖不说话。

李峋：“来，有什么想说的，咱们当面聊。”

方志靖总算开口，想要息事宁人：“没什么，你误会了。”

李峋却完全没有想结束的样子，高大的身影站在他们桌边，俯视道：“真是好久不见了——我算算，两年了吧？”李峋神色优哉游哉，“怎么忽然来我们这种垃圾地方了？”

方志靖脸色难看，一语不发。

李峋忽然做出恍然大悟状，道：“应该是来比赛的吧？为什么今年还来？”

他先是疑惑地看着方志靖，而后慢慢勾起嘴角：“这么说，方组长去年的比赛又折了啊？”

方志靖脑部神经疼得一跳，拳头捏到发抖。

李峋神态不遮不拦，几乎要把脸皮撕开，直接给他看骨头里的鄙夷。

方志靖的两个同学愤怒地起身：“你什么意思？”

“听不懂？”李峋扯着嘴角笑，“听不懂让你们组长帮忙解释一下。”

一个男生往前迈了一步，方志靖叫住他：“哎！王余军！回来。”他看向李峋，道：“过去的就过去了，再讲就没意思了。我不该这么说你学校，让你不舒服了，我道歉。”

李峋浅白一眼，冷笑着回到自己的位置。

座位上的李蓝目睹一切，吓得脸都白了。李峋看她紧张，直接把热饮放到她手里，道：“走吧，换个地方。”

从店里出来，李蓝对李峋说："刚刚吓死我了，我还以为你们要打架了，他们三个人呢。"

李峋低头点了支烟，在冰天雪地里淡淡地瞥她一眼："那又怎么样？"

李蓝小声说："你脾气太冲了，那男生都跟你道歉了。"

"道歉？"李峋嗤笑一声，意味深长道，"我这人最擅长抓人心理活动了。"

李蓝听不明白他的话，刚要问什么意思，一阵冷风刮来，连打了几个喷嚏。

李峋皱眉看着她，将外套脱下。

李蓝连连摆手："不用不用，我没事。"

李峋没理会，直接把衣服扔她身上："走吧。"

李蓝被冻得病更重了。

她不像朱韵身体底子好，持续好几天一直低烧，吃什么都吐。李峋送她去医院，李蓝又自己偷偷跑出来，说是太过小题大做，这点小病，他们那儿根本没人去医院。

她怕传染李峋，自己躲在宾馆养着。等过几天李峋再去看的时候，发现人瘦了一圈。

"怎么回事？"李峋皱眉，"我打电话的时候你不是说不烧了吗？"

李蓝人已经迷糊了，强撑着摇头，声音小如蚊蚋："没事……"

"不行，去医院。"李峋给她拉起来，李蓝还想拒绝，但是头晕目眩，连说话的力气都没有了。

李峋领她下楼，刚出宾馆就接到林老师电话，招呼他快点回学校一趟。

"什么事？"

林老师匆匆道："哎哟，你快来吧，缺人啊！"说完，就挂断了电话。

李峋皱眉，看着身边迷迷糊糊的李蓝，拉着她去了路边的一家餐厅："你先在这儿等我，我马上回来。"

李峋赶回学校，被林老头直接拎去行政报告厅。

明天的决赛就在这里举行，会场基本已经布置完了，有几个参赛队伍正在进行最后的设备调试。大冷的天，林老头硬是忙出满头汗，跟李峋解释说有几个志愿者去市区，被堵在回来的路上，现在各种事情火烧眉毛。

林老头是学校这边的总负责人，给李峋塞了一堆资料，焦头烂额道："你把参赛项目录入一下，我这里实在是分不开身了。”

李峋把材料看了一遍，发现要录入的东西不少，他着急带李蓝去医院，将资料放到一边：“你找别人弄吧！”

林老头瞪他一眼：“我要是能找来别人我还找你？你是最末选项好吧！”

李峋恬不知耻地笑，刚要再推，旁边过来一个人——方志靖从李峋手里接过材料，对林老头说：“老师，我来帮您弄吧。”

林老头很快认出方志靖，毕竟两年前李峋在赛场上的行径实在太过惊世骇俗，方志靖作为被其点杀的对象，给林老头留下了深刻印象。

此时两方再见面，林老头也难免有点紧张，可是看当事人两个，倒是没有什么特殊的表现。

在林老头忙着尴尬的时候，方志靖已经到电脑旁边了，他回头问：“老师，直接录就行吗？有没有什么需要注意的，您跟我说一下。”

林老头回过神，连忙道：“哎哟，不用不用，你们好歹也算客人，我们这里还有人呢。”说着，去扯李峋。

李峋后退一步没给他扯到，笑着说：“他愿意弄就让他弄吧，省得我看到什么不该看的，手再痒了就麻烦了。”

林老头后背一凉，额头上的汗差点流下来。他偷偷看向方志靖，后者正在忙着录入，似乎没有听到李峋的话。

林老头给李峋拉到一边，狠狠地指了指他：“人家好心来帮忙的，你怎么能这么刺激他？”

李峋道：“前面那么多组的软件都没测试好，他怎么专挑你这个评委老师来帮忙？”

林老头蹙眉：“你不要这么冷嘲热讽。”

李峋耸耸肩：“我先走了。”

“你别想！”林老头怒道，“你去给我帮忙把机器都测试好，确认所有队伍的软件都能运行了再走！”

“……”

李峋看了看时间，觉得还来得及，也不跟林老头犟了，转身去测试机器。

林老头回到方志靖身边，想了想，还是安抚了一句：“他这人性格就这样，浑得很，你不要往心里去。”

方志靖抬眼：“看您说的，都过去多长时间了，我早就不在意了。”

林老头安下心来，感叹道："还是要你这样的才行啊，德才兼备才能走得远，怎么跟他说都不听。"

方志靖好声道："之前的事情也不怪他，我也意识到自己的不足。他其实还挺厉害的。"

林老头听他这么说，顿时感觉这个学生不计前嫌，心胸宽阔，好感大增。他小声对方志靖道："你们今年的作品我看了，还是非常不错的。"

方志靖有点不好意思："您能再给我们点指导吗？"

林老头就他们的参赛作品细节跟方志靖谈了一会儿，方志靖最后说："这几点确实还有问题，真谢谢您提醒我们。之前我就听说这所学校的计算机系能人辈出，李峋一直有您的指导，也不怪实力那么强。"

林老头笑着说："唉，他情况特殊。"

方志靖看着他，没说话。

林老头自己倒是忍不住聊起李峋来。

虽然林老头平日见到李峋就骂，但学校里熟悉他的人都知道，对他而言，恐怕整个系的学生加在一起，还不如一个李峋来得重要。他喜欢李峋喜欢得不得了，就差没把"偏心"两个字贴在自己脑门上，拿他当自己儿子似的，一有机会就忍不住跟人炫耀。

林老头这边兴致来了，没完没了地讲，讲李峋想做的事、讲他想开的公司、讲他已经克服的技术难题，还有那些找上门合作的大型厂商。

"现在真的是你们年轻人的天下了！"林老头说到最后热血沸腾，"你们的想法、能力，还有一鼓作气的胆量，都跟我们那时候不一样了。"

他说得慷慨激昂，那边方志靖不好意思道："那个，老师……我先去趟洗手间，中午吃饭的时候水喝太多了。"

"啊，好好！你去吧！"

方志靖起身，不经意间瞥向不远处正在帮人调试机器的李峋，目光低沉又阴鸷。

他默不作声来到洗手间，里面空无一人，他反手锁上门，到水池旁边冷水洗脸，气到浑身发抖。

脑子里像是无数蚂蚁在爬，方志靖极力调整心态，还是无济于事。

眼看着恨得要死的人活得光芒万丈，他觉得这世上不可能有比这更痛苦的事了，他要被折磨疯了。

“傻×老师……”他眯着眼睛，恶狠狠地咒骂，“一点眼力都没有，怪不得混到这个岁数职称还上不去！”

他脑海中又浮现起李峋讽刺的笑，心里又是一堵，连呼吸都费劲了。他猛地推开窗子想要吹吹风，无意间看到楼下站着一个瑟瑟的人影。

李蓝在店里坐了十几分钟后就出来了，原因是服务员见她一直不点餐，过来问了一句。李蓝一害怕就走了，都忘了李峋给她留了钱。

她持续低烧，已经好几天吃不了东西，烧到身体发轻，站起来便头晕目眩。

李蓝到在校门口干站了半天，才想起可以给李峋打电话，她哆哆嗦嗦把手机拿出来，结果手机太旧，被寒冷的天气一冻，电瞬间掉光了。

那时刚好碰到一个好心的志愿者，领她到了会场外面。李蓝不敢进，就在门口等着。她穿得不多，才十几分钟过去，就已经被寒风吹得身体麻木、意识混乱，分不清周围是冷是热。

她本能地往楼里走，想去楼道里找个地方歇一会儿。

就在这时，楼里走出来一个人。他到她面前，毫不客气地问：“谁让你进了，你来这儿找谁？”

这人语气很冷漠，带着城市人特有的疏离感，李蓝有点紧张。

那人不耐烦：“问你找谁？”

李蓝声音轻得不能再轻：“弟弟……我找我弟弟。”

“原来是弟弟啊！”

那人环顾一圈，假期的校园很静，路上空无一人。

他公事公办道：“楼里正在布置会场，不能随便进。你是比赛队员吗？把你参赛证给我看看。”

“参赛？不不，我不是……”李蓝被他问得更害怕了，“我就是找人，我不是比赛，我不比赛……”

方志靖冷眼看着面前的女人——低廉、卑微、腐旧，一个能让所有男人都挺直腰板的女人。

而这样的女人，是李峋的姐姐……

只要这样想一想，刚刚那种被蚂蚁啃咬的折磨感就淡了许多。

方志靖看出李蓝病得厉害，神志不清，他缓缓走近，轻声道：“你认得我吗？”

李蓝无意识地摇头，她烧得浑身发飘，看人都模糊，更别说去思考和回忆了。

方志靖也意识到这一点，更加肆无忌惮："你不能进去，里面都是比赛的人，你随便进去的话，可能会打断比赛，而且对你弟弟影响很不好。"

李蓝嘴唇发白，无助地哆嗦："我避一避行吗？不去里面……"

"不行！"方志靖冷冷道。

他巴不得她再惨一点，看向后面没人的角落说："你去后面没人的角落里等吧，别让人看见，省得耽误大家比赛。"

李蓝没有反应。

方志靖怒斥："听见没有啊，快点走！"

李蓝只听懂有人在赶她，浑身一颤，机械地转过身。

方志靖自己的外套放在楼里，刚说这么一会儿话，就觉得冷了，不再理会她，转身回去。

天色阴霾，看不到太阳，大风吹起破碎的荒草，世界变得浑浊不堪。

朱韵在家几天，头疼欲裂。

越待越痛苦，可事情又不能这样一直拖着，总要有个解决的办法。

她不厌其烦地跟母亲解释他们要做的事情、解释他们的目标和理想，她想让母亲知道，他们绝对不是心血来潮、毫无计划就打算创业的。

可惜母亲铁板一块、油盐不进，不管她说什么，都不接受，并且能从边边角角挑出一堆理由反驳。

最后朱韵也有点火了："我不管你们接不接受，反正我已经做好决定了，绝对不会变。"

母亲笑着说："年纪轻轻，不要总把'绝对''肯定'这样没有退路的词挂在嘴边，等以后你就知道自己有多天真幼稚了。"

朱韵从没有跟李峋说过家里人的态度，也从没想让他插手解决这些问题。

现在公司已经开始慢慢步上正轨，她除了是他女朋友以外，还是他的帮手。她总是告诉自己，她是要给他帮忙的，不是添麻烦的。

就在事情一度僵持不下的时候，某一天晚上，母亲忽然一改常态，对他们的公司感兴趣起来："你把你们公司未来几年的发展方向和规划都整理出来，写一份计划书，我明天要出门，回来要看最详细的内容。"

朱韵简直不敢相信自己的耳朵，仿佛绝路之中看到希望。她马上闭关，事无巨细地开始总结，不仅是公司的发展，甚至连之前他们做过的项目也都整理到一起。

而母亲也根本没有等第二天，她跟朱光益交代了点什么，当晚就离开了家。朱韵一门心思扑在计划书上，根本没有注意。

几天后，母亲回来，一进门朱韵就递上了反复检查到最后一刻的计划书。

谁知母亲拿到手里，看都没看，直接扔到一边。

她坐到沙发上，先给自己泡了壶茶，端起杯子看向自己的女儿，审视了片刻，淡笑道："朱韵，你又看走眼一次。"

朱韵觉得自己做了一个很长的梦，一个回转倒流的梦。

从他对她说"我爱你"的那一刻起，到他们一起决定未来目标的那晚，再到夏夜的湖畔、飘摇的柳枝、黏着的汗液、除夕的烟花。

还有他们一起上过的课，抽过的烟，走过的路……

他邀请她时的声线，他鄙视她时的冷笑。

然后是那个炎热的下午，点名的老师在体育馆门口扯着嘶哑的嗓音不停地喊——"一班一号，李峋在不在？"

背后有声音回答——"在。"

梦到这儿就停了，再往前的记忆她没有，也不在意，好像她的生命就是从那一声"在"开始的。

李蓝被一组路过的参赛学生无意间发现。

他们组的作品出了一点小状况，耽误到深夜，出来后想抄近路回宾馆，绕进小路，打头一个人险些被绊倒。黑灯瞎火，他们看见地上晕着一个人，吓得差点没当场尿出来。

他们给李蓝送去医院，她的生命体征已经非常微弱，并伴有严重的低温症，陷入了重度昏迷。

医生没找到她的证件，从她身上翻出手机，充电之后看到通话记录全是一个叫"李峋"的人。

那时李峋找李蓝已经找了十几个小时了，所有能去的地方他都去遍了，最后甚至去寻求警察的帮助。

李峋的情绪已经卡在了一个撕裂的节点，等他接到电话赶到医院，看到李蓝奄奄一息的样子，便彻底爆发了。

他扯着一个学生，问李蓝为什么会倒在那种地方，神情恐怖得想要吃人一样。学生惊吓之后，又觉得气愤，说你有没有搞错，是我们给她送来的！我们明天有比赛还留到现在，你这是什么态度？鬼才知道她怎么会在那种地方！

他们要来垫付的救护车的钱就直接走了。李峋问医生李蓝的情况怎么样，医生也没个准话，含糊其辞说，一般来说不会有生命危险，但是由于患者正处在重病之中，身体格外虚弱，也不排除会有突发情况。

李峋从医院离开，来到会场外李蓝晕倒的地方查看。已经七点多了，可冬日天亮得晚，加上这几天都是阴天，周围还是一片昏沉。

行政楼左前方有个自动贩卖机，现在假期没人用，机器关着。李峋走过来，抬头，看到自动贩卖机上方装着一个不太起眼的监控。

校值班室的保安刚刚起床，一看这破天，忍不住皱眉。因为今年有比赛，他休息的时间也往后延了，这让他很不爽。

他刚要洗漱的时候，被拍门声惊得一跳。他去开门，看见外面一个高个子的男生，脸色阴沉，满眼血丝。

保安刚要问他是谁，就听男生低沉的声音说，我要昨天的监控录像。

保安不满了，说你是哪儿来的学生，横冲直撞的这是要造反啊？你老师在哪儿，给我叫你们老……

他话没说完，猛然感觉肚子一痛，直接跪到地上。

我要昨天的监控录像！男生收回脚，又说了一遍。

保安疼得站不起来，男生干脆直接自己到电脑前，只摆弄一会儿，就调出了昨天会场外的监控。

监控画面色调暗沉，像永远洗不干净的抹布。

保安很愤怒，觉得该干点什么来处理一下刚才的事件，可他又没什么动作，因为他敏感地觉得这个沉默的男生已经有点失去理智了。

会场正在比赛。

刚巧是方志靖的小组在做演示，下面的评委组林老头坐在正中，他对方志靖印象不错，正在跟旁边的老师夸他。

李峋进会场的时候谁也没有注意到，只有方志靖一下子看到他，他的发言瞬间就停了。他看着逐渐靠近的李峋，本能地往后退了半步。

两年前他带给他的那种可怕的压迫感又来了。

那一刻方志靖甚至忘记了比赛，他在心里飞快地思索着：是不是有什么东西露馅了？难道那女的跟他告状了？那也不要紧，没有第三者的对话本来就死无对证，而且大庭广众，李峋能拿他怎么样？

这么一想，方志靖又安下心来，还转头示意工作人员做一下准备。

就在停顿的短短几秒钟内，李峋已经上台，方志靖刚转回头，就感觉迎面一黑，左眼瞬间湿润，好像有什么东西碎掉，淌出黏稠的液体。

再来就是钻心刺骨地疼，疼到他身下一软，裤裆自然湿了。

他知道出事了，但他不清楚到底出了多大的事。他倒在地上，那时尚有微弱意识，眼睛里血红一片，世界也跟着一同颤抖，血液脑浆都搅和到一起。他想嘶吼，却怕到连声音都不敢出，喉咙被死死掐着，感觉出一种被人置之死地的恐怖。

之后，他就什么都不知道了。

全场都被吓傻了，直到评委席上的林老头霍然站起，冲着旁边的工作人员大吼一声：“干什么呢？快拉住啊！”

朱韵知道这件事的时候，已经是三天后了。

母亲坐在沙发里，一边喝茶，一边将事情平淡地叙述给她听。因为她的语气很轻松，所以朱韵也在心里告诉自己这不是什么很严重的事。

“不过就是打了场架而已，记过就好了。”

实在不行就退学，没什么了不起。

“记过？”母亲听得哼笑一声，缓缓道，“方志靖的左眼球摘除了。”

朱韵浑身冰凉。

母亲又道：“他倒是挺会下狠手，那么几下，就给人打得只剩半口气。”

朱韵说不出话，只是不断摇头，在心里安慰自己——不会有什么事的，肯定有原因，他不会这么突然就……

母亲哼了一声，道：“他在现场就直接被抓走了，听说昨天他姐姐死在医院了——啧啧！真是一报还一报。”

朱韵耳边响起嗡鸣：“你说什么？”

“我说真是一报还一报！”

朱韵一时间分不清这到底是现实还是梦，她回身上楼，母亲在背后说：“你去哪儿？”

朱韵不回话，脚步不停，回房间拿手机。可找来找去也找不到。她眼眶泛红，手开始不停地哆嗦，又急匆匆下楼，看着母亲说：“我手机呢？”

母亲端着茶杯，好整以暇地看着她。

朱韵看她这气定神闲的样子，大叫起来：“我问你我手机呢？！”

母亲从来没听过朱韵用这样的口气跟自己说话，一惊之下，茶水洒出几滴，烫了手，目光更厉了：“朱韵你再跟我喊一次？”

朱韵经由刚刚那一嗓子，所有的情绪都爆发了，她紧紧看着母亲，说：“你让我准备公司的资料，是为了拖住我对不对？”

母亲冷笑道：“朱韵，你少用这种眼神看着我！不是我让他去伤人的，这事跟你我都没关系，这是他自己干出来的。”

朱韵去门口。

母亲：“你要干什么？”

她扯下衣服随手披在身上。

母亲：“人已经刑拘，你要上哪儿找？现在这件事闹大了，方志靖家里也不是吃素的，孩子眼睛被人打瞎一只，你想想他们会不会放过他！”

朱韵听也不听，心里只有一个想法——她必须去见他。

就在她推开门的一刻，朱光益从外面进来，二话不说给她推回去，反手关上门。

朱韵：“你让我出去！”

“你哪儿都不能去！”朱光益沉声说，“这件事结束之前，你就老实在家待着！”

朱韵还要往外去，朱光益扬手就是一耳光：“你还嫌闹得不够是不是？”

这是朱光益第一次打朱韵。

他们家都是知识分子，不管话说到什么份儿上，父母从没动手打过孩子。母亲在一旁看了，忍不住过来拉住朱韵，冲朱光益道：“你说归说，动什么手？”

朱光益神色严肃，语气严厉，训斥朱韵：“你也不小了，分不清事情轻重吗？这是小事吗？人家孩子一只眼睛没了，后半辈子都被毁了，你还替那个浑蛋说话？”

朱韵大吼：“他瞎不瞎、死不死，跟我无关！”

朱光益又是一巴掌，母亲没拦住，朱韵被扇得结结实实。她皮肤白嫩，对外在的冲击十分敏感，这两个耳光打得她半张脸都肿起来，眼底透着血丝，可她还是强撑着，始终不让眼泪流下来。

“那他的未来呢？”朱韵抬眼，双目赤红地质问，“他也还是学生！你们怎么没人想想他的未来？”

朱光益暴喝：“他做出这种事，还想要什么未来！”

朱韵摇头：“你错了。”她压低声音：“这里所有人的未来都比不上他的，包括我！”

朱光益被她顶撞的眼神气得怒火中烧：“你说得这叫什么话？”

母亲也在一旁帮腔：“朱韵你怎么能这么不听话？父母含辛茹苦把你培养大，不是为了让你这样是非不分的！”

朱韵转向她：“我不听话的时候多了，我还会抽烟呢，你知道吗？”

母亲目光一冷：“你说什么？”

朱韵目光毫不退缩，完全豁出去了：“知道我是什么时候学会的吗？就在你和方志靖把刘晓妍逼走的那天！”

母亲瞬间僵硬。她没有料到会有这样一出，那么早的事情竟然还被朱韵记着。

朱韵的声音透着孤注一掷的颤抖，咬牙道：“所以李峋就是杀了方志靖我也只会替他鼓掌！”

母亲再一次惊呆了，她第一次在朱韵面前哑口无言。

朱光益听不下去，也不跟她废话，抓着她的胳膊往楼上走。朱韵拼了命挣扎，可哪有朱光益的力气大，朱光益给她推进屋里：“你给我好好反省！”

母亲紧跟上来：“先别锁门，我在里面看着她。”

朱韵被关了四天，母亲真的实打实地看了她四天。

朱韵什么都不吃，她使尽一切方法想要出去，可朱光益除了三餐时间以外，绝对不开门。

最后朱韵甚至想要从窗户跳下去，母亲也不拦，坐在沙发里看着她。

陪朱韵熬了这么多天，母亲的眼睛也透着深深的疲惫。

她说朱韵，我不知道你对以前的事那么挂怀，但妈妈都是为了你好。你要觉得你为了见那个男孩甘愿让爸爸妈妈痛苦一辈子，那你就跳。

母亲流着眼泪说完这句话。朱韵终于崩溃，跪在地上大哭。

好像全世界所有人都在被维护着，只除了他。

朱韵觉得自己做了一个很长的梦，一个回转倒流的梦。做到最后，她甚至觉得那个梦美得不像是她的。

李峋的事闹得非常凶。

方志靖知道李蓝去世的消息后，意识到了事态的严重性。对于监控事件，他一口咬定李蓝当时只是在问他会场的准备情况，自己好心告诉后，她怕影响弟弟就没有进楼。

方志靖的父母都在政府机关工作，在等待起诉期间，想尽一切办法制造舆论压力。有记者不知从哪儿挖来小道消息，将李峋在校期间一系列事件全部爆出。

目无礼法、打压同学、巴结领导女儿……甚至连他说喜欢笨女人的话也在其列。

媒体轻而易举给他塑造成一个攀权附贵、嫉贤妒能的形象。一时间舆论沸沸扬扬，并呈现一边倒的态势。

时间的维度似乎发生了变化。

很长一段日子里，朱韵不敢睡觉。好不容易睡着了，醒来也不敢睁眼。

仿佛睁眼，即见地狱。

李峋的判决很快下来，故意伤害造成对方重伤致残，证据确凿，且毫无悔意——当法官质问他为何要下这么重的手，他只说了一句："因为他该死。"

他拒绝一切帮助，也拒绝一切探视。

一审判决有期徒刑八年，李峋没有上诉。

朱韵的身体状况变得很差，父母原本并没有太过担心，他们清楚朱韵身体一向很好，相信只要缓一缓就没事了。

直到一个多月后，已经开学了，朱韵还是起不来床。母亲终于开始担心，她带朱韵去看西医，没有用，医生说主要是心病引起。她又带朱韵去看中医，医生号完脉，在朱韵眉梢那比画了一下，对母亲说："这孩子现在的气已经到这儿了。"说着，医生手又往上半寸，"到这儿就是抑郁症。"再往上半寸，"到这儿，十个里面九个会有自杀行为。"

母亲替她办了休学，一步不离地看着她。

一个月内，朱韵瘦了十几斤，躺在床上，惊弓之鸟一般，一点点声响也会让她出一身冷汗。

母亲坐在床边，看着这样的女儿，低声说："朱韵，人每得一场大病，就会改掉一个坏习惯。你一定要吸取教训。"

朱韵埋着头："我……"

母亲凑近："什么？"

朱韵用轻得不能再轻的声音说："我知道他脾气不好……很容易惹别人生气。"

她说得很慢，每一句都花费很大力气："他犯过很多错，又喜欢逞强，嘴也不饶人。"

朱韵从枕头里抬起通红的眼。

"可错到这个份儿上了吗？"她看着母亲，又像是透过她问向所有人，"你真的觉得他错到这个份儿上了吗，必须要付出这样的代价吗？"

母亲凝视她，半晌回答："这话你要问那些恨他的人。朱韵，在这个社会，遭人厌恶就是罪。"

朱韵无法接受。

母亲说："所有的决定都是他自己做的，是他自己的选择。我早就说过，我看学生很准，这人早晚要出问题。你从小到大就是这样，太容易被那些剑走偏锋的人吸引，最后受伤的都是你自己。"

母亲起身，临出门前又对她说："朱韵，你爸身处的位置你也该知道，你跟那男孩的事会给他带来不少麻烦，你不要只想着自己。你也不用钻牛角尖，谁年轻时候都有过冲动和异想天开，过去了就过去了，揭开这一页，接着往下走就是了。"

……揭开这一页。

然后呢?

把谁留在书里?

她有心结解不开。

"今年必须给她送出国。"朱光益对朱韵母亲说，"这样不行，她得换一个环境。"

朱韵浑浑噩噩地度过很久。母亲这次给了她充足的时间，没有催，也没有再劝。

反正不管她接不接受，结果都是一定的。

朱韵的身体每况愈下，从睡眠开始，慢慢影响到内脏、皮肤。她身上起了大片大片的疹子，吃什么药都不管用。

任迪和付一卓都给她打过电话，可他们说的内容，朱韵隔天就忘。

这后遗症太严重了。

有一阵朱韵甚至觉得，自己可能真的要扛不过去了。

最后救了她的，还是一场梦。

梦里她站在铁栅栏外，远远看见一个人，染了一头乱糟糟的金发，双手插兜站在操场中央，淡笑着，一动不动。

许久后，天地间猛然刮起一阵狂风，足球场上的草疯魔一般摇摆。

他还是一动未动。

天色仿佛末日。

她在那一刻醒来。

时间正值黑夜与黎明交界，周围是死寂的安静。

这个梦让她体验到了一种永恒的爱，或者换句话说，一种永恒的自由。

从那时起，她渐渐不再害怕。

四个月后，朱韵在出国前的那天，回了学校一次。

校园安宁，一切如常。

她只见了高见鸿。高见鸿在继续运作公司，但他放弃了之前李峋制定的项目，转向电子商务，并且经由之前的咨询师，拉了一批新的投资。

“你不能怪我。”高见鸿对她说。

朱韵没有说话，转身离开，高见鸿忽然拉住她的胳膊，声音也激动起来：“朱韵，你不能怪我，我什么都放弃了。保研、出国、学校所有的推荐我都放弃了，就为了这个公司！可他呢？他都干了些什么？朱韵，三年了，他什么时候做决定的时候想过别人！”

朱韵看着他，低声说：“李峋喜欢笨女人的话，只在基地成员面前说过，媒体为什么会知道？”

高见鸿神色一顿，淡淡地道：“你以为这几年下来，他得罪的人还少吗？”

朱韵点点头，转身离去。

“朱韵！”高见鸿在背后喊她，“你不能要求所有人都像你一样对他！”

她一步也没有停留。

那句话是怎么说的来着——所有事，都只有在最开始的时候，才是它原本的样子，越往后，就越偏离。

飞机经过短暂的加速，冲上云霄。

“女士，您需要纸巾吗？”乘务员看到流泪的朱韵，轻声问。

朱韵摇头。

她静静看着小窗外的万里高空，密布的云层。

回忆里，痛苦和快乐都不计其数。

有些片段因为回顾的次数太多，总变得不那么真实，如泡影一般，随风消散。

好在还有一个最牢固的，便是他临别前的那句“我爱你”。

摸爬滚打、千锤百炼，始终不会模糊，足以证明一切过往，告慰所有的义无反顾。